한국문학 그 웃음의 미학

—— 21세기 예술의 전략

김 영 수

국학자료원

머리말

피카소의 「황소의 머리」라는 작품은 자전거 안장과 자전거의 핸들 부분을 꿰 맞춘 것이다. 피카소가 그것을 만들기 전에는 아무도 그 두 부품에서 황소의 머리를 생각하지 못했다. 그야말로 <돼지의 귀로 비단 주머니>를 만든 것이다. 흔히 조각가들은 대리석에 갇힌 인간을 대리석에서 해방시킨다고 말한다. 새로운 생명을 창조한다는 말이다. 이것이 예술가의 창작이고 독창성이다. 우리가 삶 속에서 예술을 그리워하게 되는 것은 예술이 변화를 맛보게 하기 때문이다. 인간의 정직한 행위 속에는 변화가 불가능하다. 생명의 한계에서부터 환경조건에 이르기까지 틀에 박힌 것이다. 그래서 인간은 이 틀에서 벗어나 보고자 하는 것을 가장 큰 소망으로 삼는다. 말하자면 인간은 주어진 여건 속에서 벗어나려는 꿈을 꾸는 것이고 예술은 그 꿈을 대행해 주는 것이다.

신화나 설화 민담 같은 경우 현실적으로 불가능한 인간의 상상력을 담고 있는 이야기들이 많이 나타나 있고 동굴 벽화도 그러한 것이다. 인간은 상상적 비상을 계속함으로써 자유의 날개를 단다.

<변신설화>는 인간이 현실적으로는 불가능한 것을 이루어 가는 여러 가지 이야기들이다.

이러한 변신 모티브는 구원을 위해, 열등감의 극복을 위해, 혹은 신분 상승이나 시·공간을 초월하기 위한 것들이다.

오늘날의 예술적 상상력이 기발하면서도 황당하게 계속 이어지는 경우도 인간이 실존적 조건에서 초월하고자 하기 때문이다.

그 어떠한 예술이든 현실적으로는 닿기 어려운 것에 이르고자 하는 기본적인 욕구로 나타나는 것이므로 예술가들의 이러한 상상력의 비상은 어느 시대에나 있게 되고 이러한 욕구가 웃음에 실려 나타나게 하는 것이 유머감각이다.

한국문학의 새로운 전략의 하나로 유머감각이 절대적으로 필요한 것 같다. 지금 우리 사회는 웃음이 말랐다. 기막히는 일들이 계속 되는 까닭이다. 아연실색을 거듭하더니 이제는 실색이 정색이 되었다. 하여, 누구의 시처럼 병이 들어도 아픈 줄을 모른다. 이렇게 보면 웃음은 새 세기의 전략이전에 지금 당장 응급처치용으로도 시급한 실정이다.

나는 몇 년 전 은사 고 김동욱 선생의 권고로 「한국문학의 맥락」(일지사, 1988)을 꾸밀 때 이 땅의 달빛 능선을 따라가면서 한국인의 역사 속에 숨은 몇 가지의 정체를 끌어낸 바 있다. 그 소박한 진단에 포착된 것으로 우선 한국인들에게는 눈물주머니가 좀더 깊다는 것이다. 그것이 깊은 탓에 웃음이라는 방어기제도 그만큼 생겼다는 것을 알 수 있다.

시인 신경림이 '갈대'를 노래하면서 그 흔들리는 갈대가 실은 자신의 우는 몸짓이었다는 증언은 정곡을 찌른다.

이러한 눈물샘 때문이었는지 철학자 김태길은 「웃는 갈대」라는 수상록을 낸 바 있다.

이러한 시인의 직정과 철학자의 반역적 방어기제가 우연이 아니라는 것을 나는 한국문학과 역사의 곡절에서 확인할 수 있었다.

위에서 언급한 「한국문학의 맥락」에서 또 하나 포착된 것은 한국사는 상대로 올라갈수록 기품도 여유도 있었다는 것이다. 가령 신라인들은 신앙이 깊어 그 신앙이 실생활과 예술적 감각과 어울려 휘영청 밝은 달빛 아래 깊고 그윽한 노래를 흔히 불렀다. 향가는 말할 것도 없고 「삼국유사」에 나오는 <남백월이성(南白月二聖) 노힐부득 달달박박>조는 도를 닦는 청년이 자신의 수도하는 처지보다도 위기에 빠진 위급한 사람을 구한다는 이야기이다. 밤길의 위기에 빠진 여인을 도닦는 평계로 거절한 달달박박보다도 그 여인을 구하여 파계한 노힐부득이 먼저 성불했다는 설화는 한국인의 원형적인 멋이요. 심상이라 할 수 있다.

이처럼 수순(隨順)의 생리와 철학을 보여주는 「삼국유사」에는 <수로부인(水路夫人)>조에 '중구삭금(衆口鑠金)'이라는 민중의 힘도 내비친다.

경덕왕 때 순정공이 부인(水路)과 함께 길을 떠났다가 도중에 부인을 해룡에게 빼앗기는 사태가 벌어진다. 이때 <뭇 입은 쇠도 녹인다>는 중구(衆口)의 힘으로 수로를 구한다는 이야기가 그것이다.

이런 설화를 가진 민족이 오랜 세월 모진 역사의 굽이굽이 설한풍의 방패막이로 드디어는 운명을 뒤집는 <흉즉길>(凶卽吉)이라는 반전(反轉)의 지혜를 찾아낸다. 조선조 소설 심청전에는 심봉사가 딸을 잃고 황성구경을 가는 길에 하룻밤 눈이 맞은 여인과 지내는 밤에 악몽을 꾼다. 악몽에 대한 해몽을 함께 잔 점쟁이 여인에게 부탁했더니 <흉하면 길하다>(凶卽吉)는 꿈풀이를 한다.

이런 역설적 철학은 한국사와 한국인의 체질이 되어 어느덧 한국인은 <하늘이 무너져도 솟아날 구멍이 있다>는 믿음을 얻는다. 말하자면 어떠한 상황도 극복하고 억지로라도 팔자를 고치겠다는 심산이다. 그리고 아래로 내려와 식민지시대로 오면 이 상(李箱)은 '오감도'로 달 없는 하늘에 까마귀를 띄워 불안과 절망의 땅을 조감한다.

이처럼 한 개인의 창작도 한국사라는 전체 판도 위에서 보면 입체적으로 조직된 그 구조와 역할기능이 마치 장기판의 말들처럼 각기 다양하게 자기구실을 하고 있다.

고대의 <중구삭금>과 <흉즉길> 정신이래 이 땅에는 해학과 풍자가 많다. 풍자가들은 장기판의 차(車)처럼 직공을 하고 해학가는 포처럼 현실을 건너뛰는 묘수로 뒤집는다.

이제 우리는 이러한 사실을 토대로 하여 새 세기를 새롭게 꾸며가야 한다.

여기에 우리의 문학예술도 새로운 유머감각으로 새롭게 무장하여 어려운 현실을 즐겁게 극복해 가는 여유를 가져야 한다.

그리고 또 이제 예술이든 학술이든 그 어느 분야를 막론하고 그 분야
자체의 논리만으로는 우물에 빠진다. 더불어 살고 서로 잘 사는 상생의
원리를 구현해 가야 할 것이다.

끝으로 이 책이 나오기까지 곁에서 기도하며 지켜본 아내와 멀리서
고대하던 아들(원석, 러시아 박사과정) 그리고 글을 손질한 김주희(나사
렛대학) 교수와 한국인의 웃음을 오방색 하회탈로 구민 표지의 김태철
(청주대학)교수에게 감사하고, 어려운 시기임에도 <한국문학 그 웃음의
미학>에 찬동해 주신 정찬용사장님께 심심한 사의를 표한다.

2000년 5월

김 영 수

차 례

민중의 손수건

황당한 세상

약사(略史)페미니즘

문학에서의 성묘사

21세기 예술의 전략

여행은 길동무, 세상은 정으로

영혼의 등불

몽상의 시학

웃음의 국제 심포니

웃음의 실내악

인생은 누구인가

운명이라는 장난꾼
To be, or not to be
상황과 고독
부조리
너는 발이 없구나
사물은 존재, 인생은 무

운명이라는 장난꾼

그리스의 비극 중 하나인 「오이디푸스왕」은 인간의 운명을 그린 세계 최대의 비극작품이다. 이 작품은 인간에게 씌워진 운명의 사슬은 피할 길이 없다는 통한의 메시지를 담고 있다.

오이디푸스는 아버지를 죽이고 어머니와 결혼한다는 저주스런 운명을 타고난다(그런 신탁이 내려진 것이다). 이를 안 테베의 라이오스왕은 시종을 시켜 자기 아들인 왕자의 뒤꿈치를 꿰뚫어 황야에 버리도록 명령했다.

이에 한 목자가 버려진 이 왕자를 고린도로 데려갔고 그 왕자는 다른 나라의 왕자로 입적된다. 왕자는 성장한 뒤 이곳에서도 같은 예언의 신탁을 듣는다. 하여 이 오이디푸스는 그 집을 뛰쳐나간다. 가다가 도중에 길에서 자기의 친부인 라이오스 왕과 몇몇 시종들을 만나 사소한 시비로 싸움이 시작되어 자기의 친아버지를 죽인다. 그리고 자신이 까맣게도 모르는 테베의 나라로 들어가 왕이 되고 그의 생모와 결혼하고 자식까지 낳는다. 이러는 동안 나라에는 역병이 돌고 농사도 망친다. 전왕 라이오스를 살해한 범인을 잡아 쫓아내야 한다는 것이다.

이에 오이디푸스는 왕으로서 온갖 탐문 수색을 하여 그 죄인을 찾으려 한다. 결국 그 죄인은 자기 자신이라는 것을 알게 된다. 이 절망적인 현실 앞에서 그의 어머니이자 아내인 그녀는 자살하고 자신은 눈을 찌르고 집을 떠나간다. 이 기막힌 현실에 오이디푸스는 통곡하며 외친다. <아! 운명이여 너는 어디서 왔는가>라고. 그리고 그 극의 마지막 코러스로 들려주는 노래는 "조국 테베 사람들아. 명심하고 보라, 이 이가 오이디푸스이시다. 그 이야말로 저 이름높은, 죽음의 수수께끼를 풀고 권세 이를 데 없는 사람, 온 장안의 누구나 그 행운을 부러워했건만 아, 이제는 저토록 격렬한 풍파에 묻히고 마셨다. 누구나 사람으로 태어난 몸은 조심스럽게 마지막날 보기를 기다려라. 아무 괴로움도 당하지 말고 삶의 저편에 이르기 전에는 이 세상 누구도 행복하다고 말하지는 말아라." 이 비극은 그 후 신화이론으로 자리잡고 인류 역사 속에 계속 나타난다.

이렇게 인간의 운명은 유전적으로 반복된다는 것이 신화이다.

엘리아데는 「신화와 실제」라는 글에서 신화적 불멸성 가운데 가장 널리 퍼진 모티프 중의 하나는 창조적인 근원에의 복귀, 즉 삶의 상징적 자궁에의 복귀라고 말한다. 인간의 행위는 관습화하여 계속 반복된다는 뜻이다. 심리학자 융은 일시적인 일회적인 사건이 아니라는 뜻에서 신화는 <타고난 정신현상>이라고 말한다.

그래서 옛 사람들의 행동이 오늘 우리들의 꿈속에 나타난다고 말한다. 꿈은 인간이 잠든 사이를 틈타 대단히 자유분방해진다. 그것은 과거와 미래로 날아갈 수도 있고 도덕이라는 담장도 넘는다. 인간의 욕망과 본심이 굴레를 풀고 마음대로 벌판을 헤매게 된다. 예술이란 바로 이러한 꿈의 수법을 나타낸 것이라 할 수 있다. 그래서 보르헤스는 <과거와 현재와 미래가 허용되는 이 꿈의 힘은 현실의 실패를 예술적 승리로 변화시키는 것>이라고 말했다.

To be, or not to be

To be, or not to be, that is the question
(사느냐 죽느냐 이것이 문제로다)
난폭한 운명의 돌팔매와 화살을 맞고도
가슴속에 꾹 참는 것이 고매한 정신이냐?
아니면 조수처럼 밀려드는 환난을 두 손으로 막아
그를 없애버리는 것이 고매한 정신이냐
죽는 것은 자는 것, 다만 그 뿐이다.

— 셰익스피어 '햄릿'에서

　<사느냐 죽느냐 이것이 문제로다>라는 이 말이 얼마나 난해했던지 서구문학 도입 초기에는 이것을 <be 동사냐 be 동사가 아니냐 그것이 문제로다>로까지 비약(?)하였다. 그래서 <번역은 반역>이라는 말을 실감케 하였다.

　이에 대하여 언젠가 돌출한 우리 시대의 한 기재 김용옥은 다음과 같이 말한다.

　<To be, or not to be>란 햄릿의 독백, 아버지의 복수를 결심하고 오필리아를 만나기 전, 3막의 첫머리에서 이루어지는 이 독백을 모두

햄릿의 우유부단함이 자아내는 멜로드라마적 비극의 원천으로 생각한
다. 기껏해서 그 '오아'(or)라는 접속사에서 키에르 케고르의 '이더 오
아'(either or)를 읽어 내거나 우리 삶에 항상 불어닥치는 실존적 결단
의 한 모먼트로 해석하곤 한다. 그러나 햄릿의 독백을 지배하는 음산
한 영혼의 외침은 '오아'라는 논리적 구조의 현상적 의미에 깃들이지
아니한다. 햄릿의 '오아'는 바로 우리 삶의 현존의 순간 순간에 밀어닥
치는 모든 '오아'의 해탈을 의미하는 것이다.
　　　　　　　　　— 김용옥, '話頭, 혜능과 셰익스피어'에서

　이 시대의 특이한 기재 김용옥은 햄릿의 독백은 존재와 비존재, 생과
사 그 어느 쪽에서도 근원적으로 문제가 해결되는 그런 것이 아니라고
말한다. 그것은 모든 존재와 비존재가 초월되는 그 무엇이고 그것은 <
무의미성>이고 그 무엇은 바로 선(禪)이 제시하는 해탈일 수밖에 없다
고 말한다.
　김용옥의 이러한 견해를 이해하기 위해서 우리는 그의 사유가 전회
한 사연을 잠시 살필 필요가 있다. 그는 처음 신학도였다가 결국 선(禪)
에 머물게 되었다. 선에 안착하자 그 앞에 모든 것은 허무였다. <니기
미 씨팔, 큰스님? 엿먹어라! 뭐가 크길래 큰스님이냐? 좆대가리가 커서
큰스님이냐? 씹대가리가 커서 큰스님이냐? ……>(김용옥, 「話頭, 혜능
과 셰익스피어」 p.116)라고 대갈한다. 그리고 "나는 고려대학 石門을 나
서면서 이렇게 중얼거렸다 …… 이제 도올(김용옥의 호)에게는 스승이
없다. …… 제자도 없다. … 스치는 바람이 모두 나의 제자요 스승이다"
라고.

상황과 고독

미셸 푸코는 「狂氣의 역사」에서 지식인들은 당대의 권력이나 권위에 의해 침묵 당한 사람들이라 했다. 푸코의 생각은 진실은 당대의 체제 속에 들어가거나 권력의 요구와 일치하지 않고는 결코 진실일 수 없다는 것이다. 그것을 거부했을 때에는 허위와 狂氣로 몰린다는 것. 그래서 글을 쓰는 사람들은 언제나 그 시대의 법칙이나 규제들의 문서보관소에 복종하도록 강요받고 있다는 것이다. 그러나 예술가들은 진정한 인간의 자유를 생각하고 추구한다.

사르트르는 그의 작품 「파리떼」에서 인간의 자유를 위해 신과 논쟁한다. 이 작품에서 신과 오레스토의 대화는 다음과 같이 전개된다.

  신   : 나는 너를 창조했다. 나는 만물의 창조자다 … 너는 우주
          속의 한 벌레에 지나지 않는다.
  오레스토 : 오, 주피터여, 당신은 신들의 왕이다. 그러나 우리 인간들
          의 왕은 아니다.
  신   : 그러면 누가 너를 만들었는가 !
  오레스토 : 그것은 당신이요. 그러나 당신은 나를 자유로운 인간으로 만
          들지 않았어야 했다.
  신   : 나는 너로 하여금 내게 봉사하게 하기 위하여 네게 자유를
          주었다.
  오레스토 : 그것은 그럴지도 모른다. 그러나 자유가 당신에게 반항하
          는 것이다. 당신은 신이다. 그리고 나는 자유다.

위에서 사르트르는 인간의 자유를 끝까지 강조한다. 그래서 '당신은 신이고, 나는 자유다'라고 말한다. 신은 인간을 창조했다. 그러나 자유로운 인간을 창조했기 때문에 인간이 당신에게 반항하는 것이 아니라 자유가 반항한다는 것이다.

사르트르가 '파리떼'에서 우리들에게 전하는 메시지는 인간은 태어날 때부터 자신의 삶을 자유롭게 만들어가야 할 존재라는 것이다. 인간은 기독교적 교리와 사회적 제도의 구속을 넘어서, 보다 새로운 삶을 바라보고 매진하고 건설해야 한다는 주장이다.

그는 초기인 2차 대전 중에는 「존재와 무」에서 순수한 실존주의를 거론했지만 전후 냉전시대의 상황 속에서는 마르크스주의적 실존주의자로 지목되기도 했다. 그러나 1956년 소련의 부다페스트 침공이후에는 공산당과의 관계가 멀어진다. 그는 항상 정의의 편에서 있었다. 기득권의 수호보다는 인류의 양심 편에 섰음을 스스로의 행동으로 보여준 것이다. 그래서 마르쿠제는 사르트르를 가리켜 <세계의 양심>이라고 했던 것이다.

우리는 지난날 오랜 봉건체제 속에서 우리의 역사를 우리들 스스로 만들어가기에는 너무도 무기력했다. 교조화나 결정론에 맞서 자유쟁취를 위해 싸운 사르트르의 양심적인 행동주의가 우리에게는 새삼 주목되는 것이다.

'실존주의는 휴머니즘'이다. 이것은 사르트르의 무게 있는 목소리이다.

너는 발이 없구나

너는 발이 없구나
— 조병화, '구름' 전문

환상적 리얼리스트인 보르헤스가 신의 문제, 윤회의 문제를 반 페이지 소설로 그 거대 담론을 결론 냈듯이 조병화는 <너는 발이 없구나>라는 일곱 글자로 생의 허무 전체를 감당하고 있다. 이것은 조병화 시의 화두이자 담론이면서 그의 기지이다.

이 시 한 줄을 부연한 것이 '내일'이다.

걸어서 다는 갈 수 없는 곳에
바다가 있었습니다.

날개로 다는 날 수 없는 곳에
하늘이 있었습니다.

꿈으로 다는 갈 수 없는 곳에
세월이 있었습니다.

아, 나의 세월로 다는 갈 수 없는 곳에

　　내일이 있었습니다.

— '내일' 전문

　　위의 시는 이 시인이 고희 고개에 올랐을 때의 38시집의 머리시이다. 많은 시집을 펴내는 동안 어느새 인생의 석양에 이른 시인은 이제 생명에 대한 의식이 더욱 강렬해짐에 따라 '다는 갈 수 없는 세월'(38시집)이라는 고백체로 독자들의 가슴을 다시 적셔준다. 결국 인간의 생명은 시간의 한계 밖을 초월할 수 없다는 이 절대한계 안에서의 이야기라는 점에서 조병화 시인의 시는 페이소스가 주조를 이룬다.

　　이러한 노래를 하면서 그 탄주를 일곱자 현악('구름')에 담아냈다는 것은 애수의 극대화이다. 이러한 일곱 글자에 실은 인생의 거대담론이 시종여일하다는 것은 놀라운 일이다.

　　왜 조병화 시인은 그토록 고독을 시의 원색으로, 철학으로 바탕에 깔게 되었을까? 그는 "고독이라는 자유"속에 첫 시를 잉태했고, 오늘 그의 원숙한 시 속에서도 그 형질은 변함이 없다. "인간은 외로울 때 진실로 진실한 인간을 산다"(「순간처럼 영원처럼」 I, p.14)고 믿기 시작한 그는 다음과 같이 피력한다.

　　　　나는　내 안에서 나를 괴롭히던 일체의 관념의 기존 세계를 우선 부수어 버리기 시작했다. 교실의 철학을, 교실의 윤리를, 교실의 도덕을, 지성이라는 체면을, 그리고 교양이라는 위선을. 그리하여 있어도 소용이 없는 모든 관념의 유산들, 있어서 오히려 무거운 짐밖에 되지 않는 일체의 묵은 유물들, 거추장스러운 모든 정신의 유산들을 버리고, 「혼자」가 된 혼자를 이끌고 도달한 지점, 그곳에 스스로 스스로를 가지고 마련한 혼자의 집 그것이 나의 제1시집이었다.

　　이러한 그의 실토는 어느 한 순간의 기분이나 정서가 아닌 그의 시편 전체에 흐르는 신념이고 의지였다. 그래서 그는 그의 첫 시집 속의 「소라」에는 "모든 것을 버리고 나선 실존의 바람" 앞에서 바다와 맞서 외로운 자신의 정체를 확인하게 된다.

<고독이라는 자유>, <인간은 외로울 때 진실로 진실한 인간을 산다>. 이 시인의 철학에는 모순어법이 나타나는 듯 하다. 혹은 논리상의 충돌이 있을 법도 하다. 그러나 이것은 진실로 정직한 인간의 포즈다. 성경의 말대로 진리에만 서 있다면 그 어느 장벽이나 걸림돌이 있을 수 없다는 뜻이다. 인간이 아침 이슬이고 아침 안개라면 그것은 조만간 자취를 감추는 고독한 존재이고, 그렇다면 이 세상은 잠시 머무는 假宿이다. 이것을 알면 그 한계 안에서 인간은 자유로울 수 있다는 것이다. 그의 시는 이러한 가숙을 밝히는 자유의 램프라는 것이다.

> 생각에 따라서는 나의 램프는 지극히 약한 것인지 모른다. 그러나 약할망정 그 램프의 빛은 항상 심한 바람에 시달리면서도 꺼지지 않고, 마르지 않고, 어두운 내 「존재의 밤」을 비쳐주는데 끊임이 없었다, 밤이 더할수록.
> 육체의 사랑으로부터 정신의 방랑으로, 그리고 스스로에의 귀의로. 때문에 나는 항상 내 生을 충실히 완수하기 위하여 그 死를 충실히 살고 있는 것이다. 때문에 詩는 나에게 있어서 그 생명이며, 그 모험이며, 그 방랑이며, 그 질서이며, 그 歸依이며, 그 종교이며, 그 길, 닿지 않는 그 향수 그것이다. 지금 이 자리, 이 假宿의 밤, 나는 그 램프 아래서 남은 내 내일의 길을 바라보고 있다.
> — '假宿의 램프' 후기에서

이러한 假宿에서의 램프로 자신을 자각하고 길을 열며 가는 나그네, 이것은 시인 조병화인 동시에 이 지상에 생을 누리는 모든 인간인 것이다. 조병화의 시가 이러한 삶의 근원 속에서 배태하여 인생의 숙명 같은 발걸음으로 모든 인간의 그리움을 노래하기 때문에 그는 많은 독자들과 항상 친숙하게 만나는 공간을 가지고 있는 것이다. 쉽게 노래하면서도 가슴 깊숙한 곳으로 울림해 오고 항상 외로운 노래이면서도 신의 눈짓 같은 사랑이 은혜롭게 느껴지기 때문에 그의 시는 늘 군중들과 만나고 있는 것이다.

그래서 발 없는 구름은 오래 머물 튼튼한 다리도 없고 딴 세상으로 날을 날개도 없기 때문에 바람이 밀어내기 전에 언제나 떠날 준비를 해 둘 수밖에 없다.

헤어지는 연습을 하며 사세
떠나는 연습을 하며 사세

아름다운 얼굴, 아름다운 눈
아름다운 입술, 아름다운 목
아름다운 손목
서로 다하지 못하고 시간이 되려니
인생이 그러하려니와
세상에 와서 알아야 할 일은
떠나는 일일세

실로 스스로의 쓸쓸한 투쟁이었으며
스스로의 쓸쓸한 노래였으나

작별을 하는 절차를 배우며 사세
작별을 하는 방법을 배우며 사세
작별을 하는 말을 배우며 사세

아름다운 자연, 아름다운 인생
아름다운 정, 아름다운 말

두고 가는 것을 배우며 사세
떠나는 연습을 하며 사세

인생은 인간들의 옛집
아! 우리 서로 마지막 할
말을 배우며 사세

— '헤어지는 연습을 하며' 전문

설 자리와 떠날 때를 아는 시인 이것은 가장 위대한 모습이다. 포기하는 능력 이별의 필연을 받아들이는 것은 신으로부터 받은 슬기이고 거룩한 순종이다. 사람은 날 때부터 이미 그 어린 생명 속에 작은 씨앗이 자란다. 그것이 <떠남>이다.

> 가야 할 때가 언제인가를
> 分明히 알고 가는 이의
> 뒷모습은 얼마나 아름다운가.
>
> — 이형기, '落花'에서

이렇게 이 형기가 노래하듯이 그 아름다운 뒷모습을 알기 때문에 시인은 아예 <인간관계> 자체를 가볍게 하고자 한다.

> "깊이 사귀지 마세 / 작별이 잦은 우리들의 생애 / 가벼운 정도로 사귀세 / 악수가 서로 짐이 되면 / 작별을 하세 / 어려운 말로 이야기하지 않기로 하세 / 너 만이라든지 / 우리들 만이라든지 / 이것은 비밀일세라든지 같은 말들을 하지 않기로 하세 / (중략) 작별이 오면 후회하지 않을 정도로 사귀세 / 작별을 하며 사세" (후략)

최근 우리 사회는 대통령을 하고도 떠날 때 깨끗이 떠나지 못하고 군소리를 하는 안타까운 상황을 보면 조병화 시인의 발 없는 구름 노래에서부터 유서로 이어지는 절실한 시편들은 <신이 준 갈대피리>에 다름 아니다.

부조리

어느 날 莊子가 제자를 데리고 여행을 하던 중 산길에서 쓸모 없다고 버려둔 나무를 발견한다. 그것을 본 장자는 <이 나무는 쓸모가 없어서 천수를 누리는구나> 라고 말한다.

그날 밤 장자가 친구 집에 머무는데 친구는 반가운 마음에 거위를 잡아 대접하겠다니까 하인은 묻는다. <한 마리는 잘 울고 한 마리는 잘 울지 않는데 어느 놈을 잡을까요?> 하니까 주인은 <잘 울지 않는 놈을 잡아라>고 한다. 그러자 제자가 묻는다. <저 나무는 쓸모가 없어서 오래 살고 이 거위는 쓸모가 있어서 죽습니다. 그렇다면 유능한 것과 무능한 것 중 어느 것이 좋은 것입니까> 하니까 장자의 대답은 궁해졌다.

<장자> 속에는 이러한 패러독스가 수없이 많다. 동곽자(東郭子)가 장자에게 물었다. <소위 도란 어디에 있습니까?> 장자가 대답한다 <없는 곳이 없소, 땅강아지나 개미에게 있소, …기와나 벽돌에도 있소… 똥이나 오줌에도 있소…>

이제 장자가 바야흐로 죽으려할 때 제자들이 후하게 장사지내고 싶다고 했다. 그러자 장자가 말한다 <나는 천지를 널로 삼고 해와 달을 한 쌍의 옥으로 알며 별을 구슬로 삼고 만물을 내게 주는 선물로 알고 있다> 그러자 제자가 <아무렇게나 매장하면 까마귀나 소리개가 선생님

을 파먹을 일이 염려됩니다> 라고 하자 장자는 <땅위에 있으면 까마귀
나 소리개 밥이 되고 땅 밑에 있으면 땅강아지나 개미의 밥이 된다. 그
것을 한쪽에서 빼앗아 다른 한쪽에 주다니 어찌 편견이 아니겠느냐 …
> 했다. (安東林의 '장자의 웃음' 참조)

<오이디푸스 효과>라는 말이 있다. 불길한 예언을 피해 역으로 달아
나면 운명은 달아나는 쪽에 대기하고 있다가 덫으로 낚아챈다는 말이
다. 운명은 양도논법(兩刀論法)을 가지고 있다.

이것을 사람들은 운명이라고도 하고 부조리라고도 한다. 이러한 인간
을 상징적으로 표현한 것이 카프카의 작품이다.

오트 만(Otto Mann)이 카프카 문학을 대표한다고 평한 카프카의 「작
은 우화」는 하나의 수수께끼이다.

> "아"하고 쥐가 말하기를 "세상은 매일 좁아져 가고 있구나, 애초에
> 세상이 너무 넓어 난 불안했었지. 나는 막 달렸고, 그리고 드디어 멀
> 리 오른쪽과 왼쪽의 성벽을 보았을 때 나는 행복했었다. 그러나 이 긴
> 두 성벽은 너무나 빨리 마주쳐 나는 벌써 마지막 방에 와 있고, 저기
> 방안엔 내가 뛰어들게 될 덫이 놓여 있다."
> "넌 달리는 방향을 바꾸기만 하면 돼." 하고 고양이는 말을 하고
> 쥐를 잡아먹었다.
>
> — 카프카, '작은 우화' 전문

이 작품에서 쥐는 이중의 참화를 맞이한다. 그에게는 질주해야 할 앞
이 막혀 버렸다. 극한 상황이다. 그러한 극한상황 안에 맞닥뜨린 쥐는
고양이에게 잡아먹힌다. 더구나 그 고양이는 쥐에게 <넌 달리는 방향을
바꾸기만 하면 된다>고 했다.

그의 작품 「소송」에서는 한 선량한 인간이 죄 없이 체포되어 처형된
다. 그는 시외의 채석장에서 개처럼 죽임을 당한 것이다. 은행 대리인
요제프 K는 어느 날 아침 관리들에 의해 자신이 피의자임을 선언 받는
다.

　더구나 요제프 K는 그의 30회 생일날 아침에 돌연 죄명도 없이 체포되어 1년 동안 동분서주 고민하다가 31회생일 전날 밤에 처형된다.

　여기서 K의 죄는 무엇이며 재판소는 어떠한 경로로 소송을 처리하는가에 대해 소설은 전혀 해명하지 않은 채 끝난다.

　죄 없이 재판정에 서야 하는 K는 자신은 <죄가 없고>, <인간이 어떻게 죄를 지을 수 있느냐>고 하지만 그의 말이 통하지 않자, K는 <소송이란 하나의 커다란 사업과 같다>고 말한다.

　여기서 K의 죄와 처형은 인간의 존재상황과 연결되어 있음을 시사한다.

　이러한 조직 속의 또 하나가 「변신」의 그레고르 잠자이다. 잠자는 어느 날 아침잠을 깨보니 자신이 벌레로 변해 있었다. 그러나 그의 의식은 인간 그대로였다. 직업이 세일즈맨인 그는 벌레로 변하기는 했지만, 그 자신을 괴롭히는 것은 자신이 결근하면 사장이 화가 나 있을지도 모른다는 것이다. 그리고 그는 벌레가 되기 전까지만 해도 자기 식구들을 먹여 살리는 수입원이었다. 그러나 이러한 잠자는 매일 개미 쳇바퀴 돌듯 기계처럼 일을 계속하며 식구만 먹여 살리는 자신이 진정한 인간으로서의 자신이 아니라는 반항의식을 가졌던 것인데, 그는 어느 날 한 마리의 갑충으로 변해 버린 것이다.

　이러한 상황 앞에서 식구들은 처음에는 무슨 병이려니 생각하고 근심도 하고 동정도 하지만, 차츰 시간이 지나면서 아버지는 직장을 얻어 돈을 벌게 되고 식구들이 합심하여 먹고살게 되면서 잠자는 식구들로부터 소외되어 간다. 식구들은 갑충이 된 자신이 그들을 해치지나 않을까 염려를 하고, 심지어 그의 아버지는 잠자가 어머니와 누이를 위협했다는 이유로 그에게 사과를 던져 결국 그 상처로 잠자가 죽는다. 그러자 가정부는 그의 시체를 치우고 남은 가족은 밝은 기분으로 교외로 소풍을 나간다.

　카프카의 모든 작품이 어처구니없고 부조리하다. 그러하듯이 K도 이유 없는 피의자로 제거된 셈이다.

그리고 그의 고독의 3부작 「아메리카」, 「소송」, 「성」 중의 하나인 「성 (城)」 역시 황당하다.

「성」의 내용은 城으로부터 부름을 받은 측량사 K가 城 밑에까지 도착했으면서도 城에 들어갈 수 없다는 내용이다.

미완성 작품인 이 「성」에서 주인공 K는 성에 이르려고 모든 수단을 강구하지만 허사이다. 샛길로 들어서도 소용이 없다.

우리는 여기서 카프카와 장자를 생각해 본다. 이처럼 출구도 논리도 없는 황당한 인간을 그린 카프카와 <무위자연>에 몸을 맡기려는 장자, 이 둘은 궁극적으로 인간은 누구인가? 라는 수수께끼로 내기를 하는 것과 같다. 그러나 이 수수께끼는 영원히 풀리지 않는다. 이것이 인간이라는 정체의 난해성이다.

누가 구원의 길을 여는데 일조 할 것인가? 20세기 이전에 던진 이 화두를 21세기에는 다시 찾아보아야 할 것이다.

사물은 존재, 인생은 무

… 어떤 사팔뜨기 실존주의 철학자…… 그는 <존재와 무>라는 이
분법을 가지고 있는데, 그의 이분법에 따르면 인간은 무고 사물은 존
재다. 인간이 무인 것은 본질이 없는 텅 빈 의식을 가지고 있기 때문
인데, 인간은 이 무를 이용하여 자신의 본질을 자유롭게 만들어 간다.
— 이상운, '어떤 실패한 적선의 고백'에서

한 실존주의 철학자의 <존재와 무>라는 담론은 담론 중에도 거대담
론이다. 이러한 거대담론을 이상운은 자신의 소설 속에 그것도 하나의
농담으로 끌어넣고 그 농담을 다시 진담으로 부활시키는 재미있는 이야
기를 펼친다.

빈 깡통인간, 그것 때문에 자기 본질을 마음대로 만들어 넣는 자유,
그것도 남에게까지 그 조작된 본질을 주입시키는 인간, 실제로 이상운
이 농담으로 던지는 말처럼 이 세상에는 본질 없는 텅 빈 인간들(모든
인간이 텅 비어 있다고 했다)이 텅 빈 인간들에게 본질이라는 가짜를
만들어 강제로 집어넣는, 그리하여 남의 자유까지 뺏는 경우가 많다. 이
것은 농담 같지만 실은 사무치는 진담이다. 하여, 철학이나 예술 문학이
론가들은 스스로 본질이라는 것을 만들어 남에게 주입시킨다.(그러면서
자신은 지금 남에게 가짜 본질을 주입시키고 있다는 것 자체도 모른다.)

그래서 <인간은 무, 사물은 존재>라는 말은 본질이 없는 인간에게 커다란 경종이 되고 <본질이 없는 텅 빈 의식>을 가진 인간이 그 가짜 본질을 남에게 넣고자 하는 일종의 침략적인 음모자라는 것을 생각하게 된다.

이상운의 작품 '어떤 폭소공화국'은 단순한 폭소가 아니다. 미국 작가 커트 보네거트의 '캐츠 크레이들(Cat's Cradle)'이라는 1963년도 작품(우리말로 직역하면 '고양이 놀음'이고 의미를 제대로 살려 옮기면 '실뜨기 놀이'라 했다)을 소개한다.

그 작품의 시작은 자신을 <요나>라고 불러주기를 바란다는 한 남자의 진술로 시작한다. 이 주인공은 비참한 종말을 맞은 지구의 한 귀퉁이에서 파멸에 이르기까지 자신이 보아 온 우스꽝스럽고 기괴한 재난의 역사를 기록한다. 그 기록물이 바로 「캐츠 크레이들」이다.

보네거트는 <가장 위대한 미국의 풍자가>이고 웃고 있는 파멸의 예언자이다. 보네거트의 말을 빌면 <우리는 매일 밤 파멸의 핵무기를 베고서 잠이 든다>. 우리는 그런 시대를 살고 있다는 것이다. 눈을 크게 뜨면 누구에게나 명백한, 이처럼 무시무시한 현실 앞에서 아주 잔인한 웃음만이 위안이 된다고 이상운은 말한다.

<산소 부족을 경고해주는 어두운 갱도 속의 카나리아 같은 존재>, 그것이 보네거트라는 것. 이처럼 <잔인한 웃음만이 위안이 되는 잔인한 세상>을 이상운은 농담처럼 하면서 진지한 결론을 끌어낸다.

여기서 <인간은 무이고 사물은 존재>라는 결론을 되씹게 한다. <핵은 존재, 인간은 무>의 세상, 핵을 베고 밤마다 단꿈을 꾸는 현대인, 그래서 잔인한 웃음만이 위로의 치료제라는 이 서글픈 (쓰디쓴, 허망한) 현실을 이상운은 가벼운 농담으로 경고한다. 보네거트와 함께.

사람에게는 기억만 존재하다가 그 기억마저도 무(無)가 된다. 사팔뜨기 실존주의 철학자의 이분법, <존재와 무>, 이 거대담론은 모든 인간 앞에 궁극적으로 찾아드는 운명의 담론이다.

이상운의 작품 '그 아이의 기억'도 그런 기억이다.

초등학교 4학년인가 5학년 때였는데, 학교생활이 지루해서 죽고 싶
었던 나는 노는 시간만 되면 불알이 어마어마하게 큰 남자아이와 그
것이 엄청나게 큰 여자아이의 그림을 그리면서 놀았는데,

어쩌다가 그것이 남의 손에 들어가서 이리 돌고 저리 돌았는데, 수
업이 시작된 뒤에도 한참이나 이리저리 돌았는데, 마침내 이쪽 저쪽에
서 자꾸만 웃음이 터지는 바람에 선생님에게 발각되고 말았는데,

얼굴이 벌겋게 달아오른 40대의 남자 선생님이 누가 그린 것이냐고
따졌으나 아무도 손을 들지 않았음은 물론인데, 그는 수업을 전폐하고
범인색출에 돌입했으며 그 작전은 다음 날에도 계속되었는데,

그러던 중 나를 보호하려는 아이들의 이상한 협동으로 엉뚱한 아이
가 범인으로 몰리게 되었는데, 그는 얼굴이 통통하고 공부를 잘 못하
면서 순진해 빠진 아이였는데, 앞으로 불려나가서 대나무로 엉덩이를
얻어맞으면서도 내가 진범이라는 것을 불지 않았는데,

나이가 들어가면서 나는 간간이 그 아이를 생각했는데, 죽기 전에
기회를 만들어 그에게 사과와 고마움을 표시해야겠다고 다짐하곤 했
는데, 하지만 이제는 불가능한 일이 되어 버렸는데,

세월이 흘러 내가 서른을 넘긴 뒤 누군가로부터 그 아이의 소식을
들었는데, 사연인즉 그 아이가 군대에 가서 사고로 죽었다는 것이었는
데, ……

그때의 선생님이 죽었을까 살아 있을까라는 의문과 아직 살아 있다
면 지금도 그 일을 기억하고 있을까라는 의문과 기억하고 있다면 선
생님은 여전히 그 죽은 아이가 진범이었다고 믿고 있을까라는 의문들
인데,

나는 소위 인간관계의 곤혹스런 순간에 직면할 때마다 큰 불알 남
자아이와 큰 그것 여자 아이 그림 사건의 주인공 저 순직한 죽은 아
이의 불카한 얼굴을 떠올리며 길을 묻곤 하는데, 내가 매번 그 아이처
럼 하지 못함이 슬플 뿐.

— 이상운, '그 아이의 기억'에서

이상운은 밤마다 핵을 베고 자는 사람들의 평화로운 잠 속에서 한없
이 무거운 인간이라는 존재를 생각해낸 것이다. 그 무거운 몸을 가볍게
해보려는 것이 이상운의 독창성이고 그가 독자에게 보내는 메시지이다.

그는 인간에게 핵을 베고 자게 한 세상을 가혹하게 학대하고 싶은 것이
다. 그리고 인간에게 진실은 언제나 감추어져 있다는 것. 아니 진실은
영원히 없다는 메시지를 이상운은 허튼소리 같이 하고 있는 것이다.

> 내가 이제 질식파티가 뭔지 가르쳐 주겠어. 우리는 먼저 세상을 커
> 다란 젖은 매트리스로 덮는거야. 그리고 그 위에 올라앉아 신나게 술
> 을 마시는 거지. 우리를 똥처럼 짓누르는 세상이 질식할 때까지 마시
> 고 노는 거야.
>
> — 이상운 '동지들 질식파티를'에서

위의 작품에서 주인공 화자는 인간을 짓누르는 세상을 걸터앉아 실
컷 짓누르면서 술을 마시고자 한다. 인간은 여러 가지로 견딜 수 없는
무거운 존재의 조건에 짓눌려 있다. 이것이 마의 사슬이다. 사르트르 이
후 지식세계에 가장 큰 영향을 끼친 푸코의 반발동기도 짓누르는 것에
대한 반감이었다. 권력, 병원, 감옥 이런 것들은 모두 인간에게 사슬이
었다. <감시와 처벌>, <병원의 탄생>, <지식의 고고학> 등등
정현종이 어느 칼럼에서 쓴 가벼움의 시학에서도 질식할 것 같은 현
실에서 가벼워지는 것이 선이라고 말한다.

> 왜 가벼움인가. 역사와 실존은 무겁기 때문이다. 20세기만 한정된
> 얘기일 수 없지만, 인간이 역사라는 걸 만들고 오면서 고안해 낸 이
> 념 - 사상 - 제도 - 주장과 그것들을 배경으로 일어난 갈등 - 살육 - 전
> 쟁 - 억압은 그것과 떼어놓고 생각할 수 없는 개개인의 실존을 무겁게
> 했으니, 나 역시, 가벼워지려는 본능, 일어서려는 본능, 생명의 다른
> 이름인 탄력을 되찾으려는 의지에 따라 시를 써오지 않았나 한다.
> 그랬으니 니체가 가령 '바그너의 경우'라는 그에서 '모든 선한 것은
> 가볍고, 모든 신성한 것은 가벼운 연한 발로 움직인다'라고 했을 때
> 왜 거기다 밑줄을 치지 않았겠는가.
>
> (조선일보, 1999.12.30일자 '나의 20세기')

정현종의 말대로 무거운 세상에 <무거운 짐진 자들아 다 내게로 오

라>는 예수의 자비 같은 작가의 심정은 모두 가볍게 살 방도를 찾고, 그 방도의 하나로 유머를 쏟아낸다. 대하장편으로 무거운 사람들에게 점점 더 무거운 짐을 지켜주는 작가들보다 돈은 적게 벌어도 경쾌한 리듬으로, 역사에, 현실에, 온갖 부조리에 짓눌린 사람들의 어깨를 가볍게 하려면 이상운, 김유정, 은희경, 신현림, 성석제와 같이 독자들에게 가벼운 발걸음을 제공해 주어야 할 것이다.

> ‥‥‥ 하인리히 뵐 같은 사람이, 에세이에서 세계대전이 끝난 뒤 고향에 돌아가 폐허가 된 걸 보면서 유머의 필요성을 느꼈다고 썼다든지 또 중국 사상가 우징슝(吳經熊) 같은 사람이 ‘동서의 피안’이라는 책에서 "유머는 구원이다"라고 한 말들에 특히 공감을 느낀 까닭은 참담하기 짝이 없는 우리의 역사에서 찾을 수밖에 없다. 내 작품에 들어 있는 유머도 그런 역사적 - 실존적 무거움을 견디려는 태도일 것이다.
>
> — 정현종, ‘앞의 글’

21세기는 가벼운 재치와 유머로 반짝이는 작가, 그리고 농담으로 진담을 할 줄 아는 작가, 아니면 농담같이 살아가는 인생이 득세하는 세상이 될 것이다. 21세기의 엄청난 변화, 다양한 공간 속에서 힘차게 뛰어가려면 우선 심신을 가볍게 해야 한다. 이러한 의미에서 보르헤스가 환상으로, 유미리가 꿈으로 탈출하려는 것은 놀랍고도 당연하다.

농담 잘하는 이상운이 김영하처럼 달을 두고 이야기하는 것도 까닭이 있는 것이다. 핵을 베고 자는 사람들의 위장된 평화보다는 진실로 달을 보고 달 속에서 구릉을 찾아낸 과학자들보다도 그 속에서 옛날의 계수나무를 찾아 천년만년 부모 모시고 살아가는 것이 가벼워지는 방법이기 때문이다.

한국인은 누구인가

다신신앙(多神信仰)
재생(再生) 신앙
관상(觀相) 신앙
순리대로 산다
자연과의 교감
좋은 결말

다신신앙(多神信仰)

김태곤은 『민간의 귀신』에서 한국 전래의 귀신을 273종으로 보고 다음과 같이 분류하였다.

① 가정 단위로 신앙되는 가신
② 마을 단위로 신앙되는 동신
③ 종교상의 직능자 무에 의하여 신앙되는 무신
④ 기타 잡귀·잡신

그리고 273종은 한국인의 생활일체를 장악하고 있다는 견해를 다음과 같이 피력한다.

　마을마다 그 마을을 수호해주는 동신이 있어서 마을의 뒷산에 산신당, 동구에 서낭堂, 그리고 지역에 따라서는 부군당이나 골매기당, 국수堂이 있고, 민가에는 마당에서부터 집터를 지켜주는 지신, 문간에 들어서면 수문신, 대청마루에 올라서면 성주신, 안방으로 들어서면 아랫목에 삼신, 뒤로 돌아앉아 윗목에 향하면 조상신, 다시 나와 부엌으로 들어서면 부뚜막 솥 뒷벽에 조왕신, 장광 밑에 철융신, 다시 광으로 들어서면 업신, 변이 마려 뒤를 보러 가는 데까지도 변소에 측신이 있어 가지고 민간의 정신과 생활 일체를 귀신이 장악하게 된다.

　이렇게 보면 한국인의 정신은 신령으로 가득 차있고 집 안팎으로 시야가 멎는 곳마다 귀신이 존재하고 있었던 것으로 보면, 우리 조상들은 귀신과 생활을 같이 해온 셈이 된다. 이러한 귀·신과 공존하는 가운데에도 여기에 다시 풍수지리가 신령스러운 힘과 조화를 가지고 있는 것으로 믿었던 것까지 합산하면 한국인의 전통적인 정신생활은 완전히 외계의 타율에 의지해 왔다는 것을 알게 된다.

　이러한 한국인과 신앙의 교착성을 두고 볼 때 인간에게 있어 신앙의 태도는 곧 자기표현이라고 한 홍일식의 견해대로 본다면, 삼라만상을 신으로 생각하고 있는 한국인은 평소 만물신을 자신의 마음속에 간직하고 있었던 것이고, 신은 늘 동반자적 거리에 있었던 것이다. 그래서 평소에는 잊었다가도 다급하면 부르고 찾고, 호소하면 들어주고, 잘 대접하면 들어준다고 믿었던 특수한 신령의식을 가지고 있었다고 하겠다.

　한 예로 <왕신>은 처녀가 죽어서 된 귀신으로서 귀신 중에도 제일 악하고 무서운 귀신이고, 이 왕신은 집안을 망하게 하기 때문에 따로 奉安해서 특별히 위해야 한다. 보통 안방이나 마루 한 귀퉁이 벽에 높직이 작은 선반을 매고 그 위에 작은 오지단지나 작은 나무상자 아니면 분갑 같은 데에 모셔놓고 새로 집안으로 들어오는 물건은 그 앞에 먼저 바쳐야 한다. 흥미 있는 사실은 과년한 처녀가 미혼인 채로 죽으면 사람의 발길이 많이 닿는 네거리에 묻어 귀신이 되어 나오는 것을 방지한다. 또 처녀의 시체에 男子 옷을 입혀 매장하기도 하고, 옷에 수백 개의 바늘을 찔러 놓기도 하며, 두세 되의 참깨를 관속에 넣어 매장함으로써 그 귀신이 깨알을 세거나 바늘귀를 꿰느라 바빠서 지상으로 나올 겨를이 없도록 한다는 것이다.

　이처럼 귀신 속에 둘러싸인 한국인은 지상과 천상, 인간과 신, 인간과 자연이 서로 깊이 교통·교감하면서 살아왔고 이러한 분위기가 작품의 골격으로 혹은 소재로 차용되었다. 그 귀신에 홀리기도 쉽고 그 귀신을

다스리기도 쉬웠다는 말이 된다. 예를 들면 김동리의 『까치소리』나 『저
승새』에 나타난 <까치>와 <저승새>는 신의 사자 역할을 해 준 신령스
런 것이었다. 그래서 민화에서도 작호도는 흔히 등장했고 그 밖의 여러
설화에서 그리고 고전소설에서도 까치는 기별을 전해주는 영험을 보였
다.

　　이때 까치가 울었던 것이다. 까작 까작 까작 하는, 어머니가 가장
　모진 기침을 터뜨리기 마련인 그 저녁까치 소리였던 것이다. 그리고
　이와 동시 나의 팔, 다리와 가슴 속과 머리끝까지 새로운 전류 같은
　것이 흘러들기 시작했던 것이다. 까작 까작 까작 그것은 그대로 나의
　가슴에서 울려오는 소리였다.
　　나는 실신한 것같이 누워 있는 영숙이를 안아 일으키기라도 하려는
　듯 천천히 그녀의 가슴 위에 손을 얹었다.
　　그리하여 다음 순간 내 손은 그녀의 가느다란 목을 누르고 있었던
　것이다.
　　　　　　　　　　　　　　　　　　　　　　　　—김동리 '까치 소리'에서

　여기서 까치소리는 두가지의 사건을 유발시킨다고 볼 수 있다. 즉, 하
나는 어머니의 기침 소리와 연결되어 있고, 하나는 주인공의 가슴에 전
류를 흘리며 여인을 살해하는 순간으로 이어진다.
　이 작품의 사건 전개는 정순을 사랑하던 주인공 <내>가 제대를 하고
나와 보니 어머니는 천식에 걸려 있고, 정순은 상호의 기만에 속아 그
들이 결혼하고 있는 것을 보게 된다. <나>는 정순을 만나 자기와 결혼
할 것을 요청했으나 거절당하고 밖으로 나와 영숙을 만나 그녀를 능욕
하고 살해한다는 줄거리로 이어진다. 이러한 사건 전개 속에서 까치 소
리는 운명의 변화를 촉진시키는 사자의 소리로 들린다. 그 울음소리는
노모의 죽음 즉 봉수의 공격적 살인을 촉발시켰던 것이다.
　이인직의 『귀의 성』에서 김승지 부인 앞에 나타난 저녁까치 소리는
그녀의 죽음을 촉진시킨 결과가 되었었다. 이 땅의 고대 민간신앙에서

아침까치는 기쁜 소식이었지만, 저녁까치는 불길한 기별을 전해주는 것이었다.

『까치 소리』에 비해 김동리의 『저승새』는 더한층 원형적인 신비에 차 있다. 이야기 줄거리는 만허 스님이 젊은 날 남이네 집 머슴살이를 하고 있을 때 시작된 남이와의 사랑이 이루어지지 않아 남이는 다른 남자와 결혼하여 일찍 죽었다. 그후 경술은 절을 찾아가 스님이 되었는데 남이의 죽은 혼인 저승새가 일정한 때에 만허 스님을 찾아와 <다그르르> 운다는 내용이다.

      다그르르……
      다그르르……

  저승새가 두 번째 내는 소리에 만허의 눈은 보리수의 중간 윗가지 쪽을 향했다. 비둘기보다 조금 작고 야윈 듯한 빨강, 노랑, 주황, 그리고 잿빛의 오색실을 꿈속같이 은은하게 감은 그 새는 아득한 옛날에 왔을 때나 변함이 없어 보였고, 세 번째로 <다그르르> 내는 소리에 만허의 얼굴은 <환희라기보다는 차라리 법열에 잠기는 듯했다>. 그는 저 새가 오는 날은 꼭 샘터로 갔고, 그 샘터는 남이의 혼이 젖어 있는 곳이었다.

  인도의 바라문적 사유에서는 영혼의 존재는 모든 철학적·종교적 사유의 대전제가 된다. 이러한 영혼관을 성립시키기 위해 고대 인도인들은 미세신이라고 하는 말을 고안해 냈다. 이 미세신인 영혼은 그 사람의 前生의 갈마(羯磨, 즉 행위)에 따라 다른 새(新) 육체를 얻어 이 세상에 살게 된다는 것이다. 이것이 윤회사상의 기초인데, 이 미세한 신체(영혼)가 한 남자의 정액에 들어가 모체에 운반되어 새로운 생명으로 탄생된다는 것이고, 이 미세신이 어느 남자의 정액으로 가느냐 하는 것은 그 사신의 전생의 갈마(行爲)에 의한다고 본다. 전생의 갈마에 따라 바라문으로도 탄생하고 축생으로도 탄생한다는 것이다.

  엘리아데가 샤머니즘을 논할 때도 "사자는 모든 것을 안다"고 하였지

만 부처님 앞에 공덕을 닦고 있는 만허에게 남이가 저승새가 되어 찾아
든 것이 불교적 신앙에서는 맞는 논리이다.『대승기신론소』에는 믿음은
무량한 공덕을 가지고 있다고 전한다.

> 믿음은 진리의 근본 공덕의 어머니이며
> 모든 善根을 증장시키네.
> 일체의 의혹을 소멸시키고
> 더없는 진리를 발현시키네.
> 믿음은 모든 악마의 경계에서 벗어나게 하고
> 더없는 해탈의 진리를 보여 주네.
> 모든 공덕은 파괴되지 않는 씨앗.
> 無上의 보리수를 싹틔워 키우네.

그런데 늘 공덕을 올리고 있던 滿虛가 갑자기 사라졌고, 해마다 오던
다그르르……저승새도 나타나지 않았다는 여기에 신비가 있다. 엘리아
데는 샤머니즘을 엑스터시 자체보다는 <저승으로의 여행>이라는 점에
더 역점을 두었다.

재생(再生) 신앙

엘리아데는 이 거대한 우주의 그물 속에서 달은 질서의 규제자일 뿐 아니라 재생이라는 힘을 가지고 있다고 밝혔다. 즉 인간은 달의 삶 가운데 자기자신을 재인식하게 되고 그 「新月」이라는 현상에 의하여 재생의 희망을 갖는다는 것이다.

　　바다는 큰 눈물
　　웅얼웅얼 울며 달을 따라가지
　　그 눈물 다 가면
　　광막한 벌이라네

　　바다는 그저 눈물
　　눈물이 더 불어 누워 돌아오지
　　그리곤 또 가네
　　몇 번이라도 달 때문이라네
　　　　　　　　　　　　　— 金南祚, '凡婦의 노래'에서

김남조가 「범부의 노래」에서 "바다는 큰 눈물 / 몇 번이라도 달 때문이라네"라고 노래한 것은 이 우주의 질서 속에서 달과 물과의 에로티시즘을 노래한 것이다. 달은 물을 지배하기 때문에 모든 식물을 지배하는

물을 지배하는 달은 곧 모든 지상의 생명체를 지배한다는 논리도 가능하다.

김승희가 「배꼽을 위한 연가」에서 <배꼽>과 바다와 어머니를 연결시킨 것도 우주와 생명의 고향을 응축시킨 것이다. 印度의 신화에는 女人의 우상인 배꼽에서 우주목이 자라는 것을 이야기한다.

김남조의 「범부의 노래」외에도 우리 나라에는 달과 물과의 에로티시즘이 흔히 있다. 달의 주기적인 생성의 상징은 비단 우리 나라에만 의미를 주는 것은 아니지만 특히 한국인과 달과의 긴장관계는 특이한 면이 있다.

> 담장 너머 지붕 저편
> 멀리 기울어진 서쪽 하늘가
> 구슬픈 그대의 얼굴을 무념히 바라보며
> 나는 잠을 잃고 외로이 이 고요한 뜰 안에 서다
>
> 머언 듯 가까이 어느덧 그대 내 곁에 와서
> 나로 더불어 새벽 하늘을 거울 삼아 섰나니
> 나의 슬픈 눈자욱 드디어 흐리어
> 그대 나의 얼굴이 되고 내 그대의 슬픔이 되다
>
> — 金珖燮, '西天月'에서

이 시는 달과 나와의 합일호존을 노래하고 있다. 이것은 곧 한국인의 달과의 관련상이다. "포플라나무 저편 새벽을 바라보는 서쪽 하늘가 / 고달픈 길 바람에 흐느끼는 그대를 따라 / 내 새벽城 그대의 길을" 더듬어 가면 어느새 <나>는 달과 하나가 된다. 이 노래는 이 땅의 전형적인 서정의 한 폭이다. 이러한 달빛 서정을 오상순은 밤의 문화로 연결시킨다.

> 아시아는 밤이 지배한다. 그리고 밤을 다스린다.
> 밤은 아시아의 마음의 象徵이요 아시아는 밤의 實現이다.
> 아시아의 밤은 永遠의 밤이다. 아시아의 밤은 受胎者이다.

밤은 아시아의 産母요 産婆이다.
아시아는 실로 밤이 낳아 준 선물이다.
밤은 아시아를 지키는 主人이요 神이다.
아시아는 어둠의 검이 다스리는 나라요 世界이다.

<중략>

太陽의 아들과 딸은 기승하고 질투하고 싸우고 건설하고 파괴하고
돌진한다. 白日下에 自信있게 萬有하고 해부하고 結合하고 統一하고
盛할 줄만 알고 衰하는 줄 모르고 氣勢 좋고 모험하고 制作하고 외치
고 몸부림치고 疲勞하다.
差別相에 低徊하고 有의 面에 固執한다.
여기 뜻 아니한 悲劇의 胚胎와 誕生이 있다.
— 吳相淳, '아시아 마지막 밤 風景'에서

「아시아의 진리는 밤의 진리이다」라는 부제가 붙어 있는 이 시의 四
聯은 가장 길게 이루어져 있고 거기서 이 시인은 "밤은 곧 아시아요 아
시아는 곧 밤"이라는 은유로 아시아를 밤으로 표상시켰다. "아시아의
마음은 밤의 마음"이고 밤은 아시아의 <生理系統>이고 <精神體系>라
고 했다. 그리고 밤은 <아시아의 미학>이고 <종교>이고 <유일한 사랑
>이고 자랑이고 <보배>이고 <영광>이라고 규정한다. 그리고 밤의 정
밀과 유현함을 강조하기 위해 낮과의 대비에서 오상순은 태양을 연소하
고 자격하고 과장하고 오만하고 군림하고 명령한다고 규정한다. 확실히
태양의 낮에 비해 밤은 그 자체가 쇠함이고 그 밤의 생리 체계 속에 있
는 달은 성쇠를 계속한다. 그리고 그 달은 인간의 역사와 같이 성하고
衰하고 멸하고 또 재생하는 희귀 리듬을 가지고 있다. 그래서 비우고
차고 하는 성쇠와 태양처럼 자격하고 오만한 데가 없는 으스름 빛의 달
을 동양인은 사랑했고, 특히 한국인은 이 달의 생리와 속성을 사랑해
왔다.
　낮은 분명한 밝음이고, 밤은 어둠이라고 할 때 이 명암의 중간쯤 되

는 것이 <으스름 달밤>이다. 이 명암이라는 양극단의 완충지대는 양쪽
의 배제가 아니라 양쪽을 다 수용하는 조화의 지대이다.

> 옛날, 아주 옛날 중국 황제(黃帝) 시대엔 거울 속의 세계와 인간의
> 세계가 지금처럼 단절되어 있지 않았대. 아주 다양한 길이 나 있었다
> 는 거야. 거울 속의 세계와 인간의 세계는 평화를 지키며 거울을 통해
> 서 서로 왕래할 수 있었대. 그러던 어느 날 밤. 거울 속의 존재들이
> 인간을 공격해왔다지. 철저한 전투 끝에 인간들은 황제의 신비한 능력
> 덕택으로 힘겨운 승리를 거둘 수 있었대. 황제는 침략자들을 모두 거
> 울 속에 가둬버리고는 그들에게 인간의 행위를 똑같이 따라서 하도록
> 명령했대. 하지만 언젠가는 그들도 그 동면 상태에서 깨어날 거래. 그
> 러면 네 전설 속의 두 남녀도 다시 만날 수 있게 되겠지.
> — 김영하, '어디에도 있고 어디에도 없는'에서

거울 속의 나와 거울 밖의 나는 분명히 한 사람인 나 자신이다. 이것
은 곧 고대의 신화 속의 나와 현대의 내가 동일인이면서 둘로 차단된
것을 말한다. 말하자면 오늘날 신화·전설을 잃은 현대인은 자기 자신
을 잃은 거나 마찬가지인 것이다.

거울 속의 나는 거울 밖의 바로 그 나인데 그것은 거울 밖의 나의 이
야기도 들을 줄 모르고 또 그것은 왼손잡이로 비쳐지게 되었다. 이와
같이 그 옛날 신화·전설의 주인공이 바로 인간 자신인데 현대인은 과
학에 모든 영혼의 파라다이스를 상실하였다.

이러한 현대인의 안타까운 이야기를 김영하는 '어디에도 있고 어디에
도 없는' 달의 정체를 통해 전해 준다.

주인공 나는 세계 폐허 탐험기행을 떠난다.

> 알함브라 궁전, 화산 폭발로 묻혀버린 폼페이, 그리스에 널려 있는
> 신도 없는 신전들. 한때 번창했던 항구였지만 지금은 갯벌이 되어버린
> 중세 항구 브뤼헤, 아우슈비츠, 프놈펜, 보스니아, 잉카문명의 수도였
> 던 쿠스코, 그리고 끝까지 스페인 정복자들에 항거했던 잉카인들의 마
> 지막 거점 마추픽추, 거석들만 덩그러니 남아 있는 이스터 섬 등등.

그런데 머나먼 이국에서 만난 남녀 한 쌍은 서로 만날 수밖에 없는 오누이였다. 그들은 우연히 계속 마주친다. 그 여인은 자신을 달이라고 했다. <저는 달이예요, 어디에도 있고 어디에도 없는 달>이어서 당신이 눈만 감으면 보이는 달이라는 것이다. 그들은 어린 시절 어머니 밑에서 서로 헤어진 사이이다. 어느 날 삼륜차에서 치어 상처 입은 사실을 사진으로 확인한다.

이러한 헤어지고 만나는 인간사를 김영하는 차고 기우는 달로 표현하고 또 하나의 전설로 바꾸어 놓는다.

그곳엔 신이 사는 호수가 있어요. 그 호수엔 이런 전설이 있다지요. 아주 오래 전 펠리컨 한 마리가 날아와 그곳에 두 개의 알을 낳아놓고 다시 날아갔대요. 세월이 흘러 첫 번째 알이 부화되었는데 거기에서 한 남자아이가 태어났지요. 그 남자아이가 나머지 알을 깨뜨리자 그곳에서 여자아이가 나왔대요. 둘은 쌍둥이처럼 닮았다지요. 두 아이는 그 뒤로 호숫가에서 고기를 잡아먹으며 자라났는데 서로 아주 깊이 사랑했다지요. 세월이 흘러 이성에 눈을 뜨게 되었겠지요. 어느 비바람이 몹시 치던 날, 두 아이는 호수 위에 떠 있는 갈대 섬 위에서 아주 길고 격렬한 정사를 벌였답니다. 그러자 신이 진노하여 하늘에서 벼락을 내려 그 갈대 섬을 태워 버렸답니다. 두 사람은 어떻게 되었을까요? 여자아이는 물 속으로 사라지고 남자아이만 갈대를 부여잡고 살아났는데 그 사내아이가 너무도 구슬프게 우는 바람에 수많은 새들이 호수에 날아와 함께 울어주었대요. 사내와 새들이 하도 울어대니까 신도 마음이 변하여 자비를 베풀어주기로 했답니다. 신이 사내아이에게 물었지요. 그녀를 원하느냐? 사내아이는 고개를 끄덕였지요. 그 애를 다시 볼 수만 있다면 어떤 것도 감수하겠어요. 신은 고심을 했겠지요. 그래서 신은 죽은 여자아이를 되살려주기는 하였으되 두 사람이 만날 수는 없도록 하였답니다.

그 후로 사내아이는 그녀가 보고 싶을 때면 가만히 호수 위를 들여다본답니다. 그러면 그녀의 모습이 나타납니다. 그 사내아이는 자기가 듣고 싶은 이야기를 말합니다. 그러면 그녀가 똑같이 속삭여주니까요.

이들은 우연히 헤어지고 우연히 만나고 또 헤어질 시간 앞에 임한다. <이제 헤어질 시간인가 / 그런 것 같아 / 너는 누구지? / 나는 달, 네가 기차의 속도로 달리면 기차의 속도로 따라가는 / 어디에도 있고 어디에도 없는. / 이제 가야지 / 그래, 잘 가>

여기서 달은 하나이지만 순이도 따라가고 영이도 따라가는 달이다.

한국인의 전설 중 오래된 것 중의 하나가 달과 호랑이 이야기이다. 어린 남매를 두고 등 넘어 베품 팔러간 어머니가 저문 날 집으로 돌아오다가 호랑이에게 모든 것을 빼앗기고 호랑이는 이 여인으로 변장하여 남매가 기다리는 집을 찾아와 문 열어라 엄마가 왔다고 한다. 목소리를 듣고 호랑이 임을 알게된 남매는 하나님께 애원하여 두 개의 동아줄로 하나는 달이 되고 하나는 해가 되어 올라갔다는 전설이 있다.

이러한 달 이야기가 여러 가지 유형으로 많이 꾸며지고 패러디 하여 전해진다. 하여, 한국인의 심상에 그려진 이 달은 영영 지워지지 않는다. 달의 재생은 영원한 한국인의 신앙이고 희망이다.

관상(觀相) 신앙

　최근 우리 나라에는 외래문화에 기존문화가 완전히 잠식된다는 우려의 목소리가 높다. 이러한 판국에 정종진이 「한국현대문학과 관상학」이라는 색다른 역저를 출간하여 주목을 끈다. 박래품이 오랜 세월 길러진 자생적 자기전통을 완벽하게 갉아먹는 현실에서 정종진은 성난 얼굴로 한국문화의 르네상스를 꿈꾼다.

　한반도의 반만년이 자생시킨 문화가 여러 가지이고 그것들이 모두 재생, 부활시킬 것은 아니지만 그 중에는 우리의 자존심으로 개성으로 부활시켜야 할 것들이 상당수 있다. 그 중의 한가지가 관상학인 것이다. 이것은 단일민족이 한 울타리에 오랜 세월 살면서 삶의 한 방편으로 생긴 것이다.

　정종진의 말대로 관상은 경험을 통한 통계학이다. 미신이 아닌 과학적 지혜로 숙성한 관습인 것이다. 이러한 관상 습성이 어떻게 생활 속에 스며들어 있는가를 조사, 분석하기 위해 관상학의 저자는 수천 권의 작품을 독파하고 거기서 통계치를 추출한다.

　아줌마, 처음 본 사람 같지 않네. 인상이 좋아서 그런가? 혹시 날 본 적이 있지 않소? 정말 현대적 미인이셔. 내가 관상을 좀 볼 줄 안

단 말씀이야. 아줌마 얼굴이 평생 손에 물 안 묻히고 신발에 흙 안
묻히고 살 상이야. 저 귓불과 콧방울이 얼마나 탐스럽나? 용하다는
관상쟁이들 다 엉터리야. 관상을 제대로 보려면 손금도 보고 족상도
보고 뭐 거시기까지 봐야 한다는데.

― 오정희, '새'에서

한국인이 남과 첫 대면하여 상대방의 관상부터 살피는 것은 여러
가지로 해석할 수 있다. 빈번한 피해 때문에 생긴 경계일 수도 있고,
남을 미리 간파하자는 직관적 지혜의 발로라 할 수도 있을 것이다. 살
은 사목(巳目)인데… 그런 사람 친하게 사귀는게 불길하니라.

― 홍명희, '임꺽정'에서

하관이 염소처럼 가파르게 빠져있고 눈자위를 좌우로 쉴 사이 없이
굴리고 있으니 그 마음이 수시로 변하기를 일삼는다는 뜻일게다.

― 김주영, '객주'에서

어두우면서 강한 눈빛이 평탄찮은 운명을 암시하는 듯 깊었고

― 박경리, '토지'에서

굴곡없이 반반하게 자리잡은 이마가 뼈대를 말하고 있었고, 눈꺼풀
이 얇은 눈에 재주가 들어있었다.

― 조정래, '아리랑'에서

위에서 예시된 몇 가지의 예에서 보듯이 이미 수학적 통계처럼 잡혀
져 있는 고정관념은 상대를 이해하는 지름길이 되는 것이다. 즉, 마음을
파악하자는 것이다.

"사람은 누구라도 앞모습보다 뒷모습이 실해야 한다."
"살고 난 뒷자리도 마찬가지라."
고 어른들은 말했다.
"앞에서 보면 그럴 듯 해도 돌아선 뒷태가 이상하게 무너진 듯 허
전한 사람은, 그 인생이 미덥고 실하지 못하다."

고도 하였다.

앞모습은 꾸밀 수도 있으나 뒷모습만큼은 타고난다는 뜻도 있으리라.

"사람 귀천은 뒤꼭지에 달려 있느니.

또 그렇게도 말했다.

이는 관상에서도 마찬가지였다.

"전상(前相)이 불여(不如) 심상(心相)이라."

고 하여, 사람의 앞모습 좋은 것이 뒷모습 좋은 것만 못하며

"후상(後相)이 불여(不如) 心相이라."

고 하여, 뒷모습이 아무리 보기 좋아도 그 사람 마음의 모습이 바르고 훌륭한 것만 못하다 했다.

— 최명희, '혼불'에서

이러한 관상은 풍수지리학과 유사한 점이 있다. 산 좋고 물 좋고 햇빛 밝고 바람 잘 드는 곳이 명당이다. 조상을 이러한 명당에 뫼시면 자손의 마음이 편해진다. 편한 것은 일종의 복록이다. 이와 같이 사람의 외형도 보기 좋게 반듯하면 호인이고 선인이고 걸인이다. 오악(五岳, 이마, 코, 턱, 양쪽 광대뼈)이 바르고 준수하면 귀골이고 입술이 제방같이 두툼하면 식복으로 계산한다. 유방이 토실하면 생물발육의 기운이고 손금은 나무의 무늬이다. 그리고 발(足)은 팔자로 본다.(발이 크면 노복으로 보았다) 이러한 관상이 <살결이 희면 열 허물이 묻힌다>는 속담으로 고정되기도 한다.

이러한 패러독스가 한편으로는 세찬 풍자로 전위되기도 한다.

셋째 놈이 나온다. 고급공무원 나온다.

풍신은 고무풍선, 독사같이 모난 눈, 푸르족족 엄한 살,

꽉 다문 입꼬라지 청백리(淸白吏) 분명쿠나

단 것을 갖다주니 절래절래 고개 저어 우린 단 것 좋아 않소, 아무렴, 그렇지, 그렇구말구

어허 저놈 뒤 좀 봐라 낯짝하나 더 붙었다

이쪽보고 히뜩히뜩 저쪽보고 헤끗헤끗, 피둥피둥 유들유들 숫기도

좋거니와 이빨 꼴이 가관이다
　단 것 너무 처먹어서 새까맣게 썩었구나, 썩다못해 문들어져 오리
(汚吏)가 분명쿠나
　산같이 높은 책상 바다같이 깊은 의자 우뚝 나직 걸터앉아
　공(功)은 쥐뿔 없는 놈이 하늘같이 높이 앉아 한 손으로 노땡큐요
다른 손은 땡큐땡큐
　되는 것도 절대 안돼, 안될 것도 문제없어, 책상 위엔 서류뭉치, 책
상 밑엔 지폐뭉치
　높은 놈껜 삽살개요 아랫놈껜 사냥개라, 공금은 잘라먹고 뇌물은
청(請) 해먹고
　내가 언제 그랬더냐 흰 구름아 물어보자 요정마담 위아래로 모두
별탈 없다더냐.

— 김지하, '오적'에서

　이처럼 한국의 관상학은 보편적 지식의 집약이나 결정에서부터 다양
하게 전위하는 지혜로 발전한다. 특히 주목되는 것은 이 땅의 관상의
잣대가 주로 자연 동식물에 기대고 있다는 점이다. 이것은 한국인이 대
자연(우주)이라는 굳건한 힘에 중심무게를 주고 있다는 것을 알 수 있
다. 인간은 필연적으로 변하고 또 한국은 지정학적 조건 때문에 외세에
항상 불안한 터이라 대우주의 섭리에 기대는 심정이 더욱 강해진 것 같
다. 대자연, 대우주만이 믿을 수 있다는 신념에서 거기에 기대는 것이
다. 한국인이 많은 신을 끌어들인 것도 어려울 때 힘을 얻으려는 일종
의 탈출심리라 할 수 있을 것이다.

순리대로 산다

「삼국유사」에는 수도하는 두 청년 노힐부득(努肣夫得)과 달달박박(怛怛朴朴)에 관한 이야기가 의미심장한 뜻을 담고 전해지고 있다.

두 청년은 각기 산에서 불도를 닦고 있었다. 그런데 어느 날 아름다운 낭자가 저문 날 길을 잃고 이들 두 청년에게 하룻밤 쉬어가기를 간청할 수밖에 없는 신세가 되었다. 이 낭자는 먼저 달달박박이 머물고 있는 곳을 찾아가 다음과 같은 노래를 부르며 부탁한다.

나그네 가는 길에 해가 지니 천산이 저물어 길 멀고 城먼데 외롭기
짝 없고나 오늘 庵下에 투숙코자 하니 자비한 和尙은 꾸짖지 마소.

이러한 노래로 청해오는 낭자에게 달달박박은 일언지하에 거절한다
<사찰은 청정을 주로 하므로 너는 가까이 할 곳이 아니다. 지체치 말고 가라>고 했다.

이 낭자는 거절당한 그 길로 바로 노힐부득이 있는 곳을 찾아가 위와 같은 노래로 다시 간청하게 된다. 그때 노힐부득은 <이 땅은 부녀의 더럽힐 데가 아니다. 그러나 중생에게 수순함이 또한 보살행의 하나이다>라고 하면서 그 딱한 낭자를 맞이했다. 앞서 이 낭자를 거절하는데 성공했던 달달박박은 그 낭자가 곧바로 노힐부득에게도 찾아간 사실을 알

고 있으므로 짐작컨대 노힐부득은 염계(染戒)했음이 틀림없을 것으로 믿고 파계한 몰골이나 구경하고자 그곳에 찾아가 보았다.

그런데 어인 일인가, 파계하여 처참할 줄 알았던 노힐부득은 뜻밖에도 연대에 앉아 미륵존상으로 성불해 있지 않은가. 실로 충격적인 사실이 아닐 수 없었다. 파계가 성불로 역전해 있다니 놀라운 일이었다. (여기서 그 낭자는 범인은 아니었다)

우리는 이러한 이야기를 담고 있는 한편의 설화를 단순한 이야기 하나로 보아 넘길 수 없다. 특히 그 설화의 문맥 속에서도 보석처럼 반짝이고 있는 수순이라는 말은 일찍이 한민족의 신앙이요, 철학이고 바른 일간의 길이었다.

다시 한번 음미해 보면 달달박박은 <사찰은 청정을 주로 하므로 너는 나가라>고 거절했지만 노힐부득은 <중생에게 수순함이 보살행의 하나>라고 하여 자신이 닦고 있는 계율에 앞서 우선 위기에 몰린 사람을 구해주었다. 그러니까 달달박박은 자신의 성불하겠다는 집념 하나에 사로잡혀 지상의 인간도를 저버렸는데 비해 노힐부득은 자신이 닦고 있는 불도를 넘어 우선 어려운 처지에 있는 사람을 구해줌으로써 인간도에 순응했고 그처럼 불도를 벗어난 듯한 소박한 인간미가 바로 진정한 불도요, 진리이고 성불의 길이라는 것을 시사해준다.

이러한 사실 앞에서 우리는 무엇을 생각하게 되는가. 天上이나 절대자는 地上을 떠나 존재하지 않는다는 것. 하나님도 부처님도 지상의 인간, 중생이 없고서야 어디에서 현현될 수 있겠는가를 우선 생각해 보게 된다.

우리가 우리를 구원해주는 그 어느 절대자에 연결될 수 있는 사다리는 나와 당신(절대자)으로 직결되어 있는 것이 아니라 나와 너의 사랑과 善과 연민의 情으로 만들어진 선행(先行)사다리가 있다는 것을 증언해 주는 것이 아니겠는가.

다시 말하면 서방정토나 하늘의 낙원도 우리가 살고 있는 이 지상에서 먼저 이루어져야 한다는 뜻을 담고 있는 것이다.

우리가 위에서 본 삼국유사의 <남백월 이성 노힐부득 달달박박>조는 우리들에게 수순(순리)이라는 인륜을 이야기해 주는 한편의 위대한 드라마이다.

그 어느 장편소설이 이처럼 극적이고 충격적이고 의미심장할 수 있겠는가. 이 단편설화야말로 천지인 삼재가 조화를 이루어 영화로울 수 있는 모델을 구축해 놓은 것이다. 나와 절대자라는 수직과 수평의 구도 위에 이기적인 달달박박과 이타적인 노힐부득이라는 두 청년으로 이항 대립 체제를 구축하고 거기에 아름다운 여인을 등장시켜 전개되는 파계와 성불의 역전극은 그야말로 뛰어난 픽션일 뿐 아니라 한민족의 평화와 고일한 품격을 유지시켜 주려는 의도적 유산인 것이다.

처용의 경우도 마찬가지이다. 아내와 동침한 역신을 발견했을 때 세속적으로 격투로 끝장내야 할 충격적 사건 앞에 처용이 가무이퇴(歌舞而退)했다는 것은 일대 파격이었고 상식적으로는 비굴한 관용이었다. 그러나 이 글 문맥 속에는 성내지 않았기 때문에 벽사진경했다(公不見怒 以辟邪進慶)고 한 것은 이미 여기엔 범인의 인간적인 범속한 요소를 초월한, 앞의 부득이 파계로 성불한 것처럼 파탄으로 파사한 충격적인 변용이었던 것이다. 이상과 같이 「삼국유사」에서 '남백월이성'에서는 순리(順理)를 이야기 해준 반면 같은 「삼국유사」의 '수로부인'조에는 <중구삭금(衆口鑠金)이라는 민중의 힘을 강조해준다.

자연과의 교감

오리도리
삿갓집에
울도담도 없는 집에
이때마침 나왔다
「에고야야 네웬일고」
맞부뜰고 大聲痛哭
울고나니 날이샌다

改服하야 媤家로 가니
묵밭이 되었고나
쪼바의꽃은 시어머니
엉그구꽃은 시아바이
할미새꽃은 시누씨
할무대꽃은 맏동새
新郎꽃은 함박꽃

한가지 꺾어 품에 안고
한고개 넘노니
구실이 되었고나
농안에다 였드니
인도還生 하야

百年偕老 하얏드라
　　　　　　　　　　　— 고정옥, '조선민요연구'에서

　이 민요는 못 견딜 현실을 허구로 초탈하고 있는 예가 된다. 여기에
사연으로 깔린 내용을 사설로 풀려면 소설 한 편이 될 수 있을 것이다.
그러한 소설적인 내용을 노래로 담았다.
　시집살이를 못하고 되돌아왔다가 다시 가보니 시집 마당은 묵밭이
되고 갖가지 꽃들만 피어 있었다. 그 한 가지 꽃을 품에 안고 한 고개
를 넘고 보니 구슬이 되고, 그 구슬을 농 안에 넣었더니 그 신랑꽃이 사
람으로 환생하여 두 부부가 잘 살았다는 줄거리이다.
　김열규의 지적대로 신화는 <신인동형>으로 의인화되는 것인데 여기
서는 꽃이 신이 되어 인간과 동질이 되었다. 원래 인간(新郞)이었던 것
이 함박꽃이 되었다가 다시 인간(新郞)으로 환생한 것이다.
　신과 인간이 만나는 자리가 신화일 때 신과 인간은 동질이라는 근원
적인 심상에서 이것이 서사민요로 가능했던 것이다. 그래서 신화는 흔
히 의인법과 은유로 비유될 수 있었다.
　시집살이가 어렵다는 것은 이 땅에서는 이미 굳어진 일상이었고 이
러한 시련의 고비를 <완전한 픽션>으로 처리한 것이 이 민요의 특징이
라 하겠다.
　인간과 신이 만나고, 인간과 자연이 협화를 이루고 서로 감통할 수
있다는 사고 패턴이 속신으로 깔려있는 이 땅의 예술적 기법으로 흔히
의인법이 활용되어 사물에 생기를 주었다는 것이 흥미 있는 사실이 아
닐 수 없다.

　　　잠아 잠아 오지마라
　　　요내 눈에 오는 잠은
　　　말도 많고 흉도 많다
　　　잠오는 눈을 쏙 잡아빼어

탱자나무에 걸어놓고
들며 보고 날며 보니
탱자나무도 꼽박꼽박
　　　　　　— 김소운, '조선구전민요집'에서

위의 노래는 민요 가운데 부요(시집살이노래)에 속한다. 이 몇 줄 안
되는 민요가 자세히 관찰해 보면 여러 가지로 기능하고 있다는 사실을
알게 된다. 우선 이 노래가 깔고 있는 문맥상의 의미를 캐보면 깊게는
지난날 이 땅의 봉건체제가 배태해 있고, 좀더 가까이는 고달팠던 여성
사가 보인다. 그리고 바로 눈앞에 깔린 글줄에는 <고초당초>보다 맵다
던 시집살이가 보이고 또 이 노래 글줄에 나타나 있지 않은 행간까지를
읽어낸다면 지난 날 여인들에게 강요되었던 삼종지도나 칠거지악(일곱
가지 쫓겨나는 조건) 재혼불허 등 가혹했던 도덕률까지도 더오른다.

그런데 이 민요의 진정한 기능은 여인들의 한탄이나 자조나 원망으
로 끝나지 않는다. 그 무겁고도 매운 시집살이가 기발한 기지로 희화해
서 시름도 눈물도 원망도 애달픔도 화해적인 웃음으로 용해되어 버린다
는 데에 이 작품의 생명이 있다.

이렇게 수렴해서 보면 이 한 편의 민요 속에는 지난날 이 땅의 설움
덩이 민중들의 생활사가 있고 그 역겨운 생활을 이겨온 힘과 정과 슬기
와 관용이 있다. 그들은 겹겹이 쌓인 시련과 수심의 고개를 웃음으로
자위하고 수용하고 때로는 풍자로 찌르고 반어로 조롱하고 기지로 피하
며 살아왔던 것이다. 그들의 가장 큰 생활무기는 웃음이었던 것이다. 그
래서 자기네 상민을 억압하며 거드름을 피우던 양반 사대부 문학에 비
해 구비전승으로 부평초같이 살아 이어온 서민문학이 한결 인간적이고
생기 있고 사실적이고 진솔했다. 기껏해야 찾은 소재가 탱자나무였으니
점잖은 선비양반들의 <수석송죽월>에 비하면 그야말로 쌍것이었지만
자연이면 아무 대상이나 골라잡아 <—내 벗인가 하노라>하던 그 양반
들의 상투적인 관념과는 달리 자연은 그들의 동반자였고 벗이었다.

그리고 위에서 든 부요의 경우 시집살이 고개를 조심조심 넘어가면
서 보고도 못 본 체, 들어도 못들은 체 살아가고 있는 가련한 며느리가
흉잡힐까봐 오는 잠을 쏙 뽑아 탱자나무에 걸어 놓고 들며나며 보았더
니 금방 그 탱자나무에 잠이 옮아 꼼박꼼박 했다니 여기서 활용된 수사
적 기능은 인간과 자연의 교감을 완성시켜 주었다.

양반 사대부야 세사영달에나 눈이 어두워 혼을 잃고 살다가 기껏 그
치열한 생활현장에서 실패하고 나면 다시 자연을 찾아와 하소연하는 판
이니 그러한 그들에게 자연은 진정한 벗이 아니었다. 그러나 가난한 상
민·천민들에게 자연은 그들의 삶의 현장이고 대피소였다.

이처럼 한국 서민문학의 대표적인 갈래인 민요에서 그들은 항시 사
물 속에서 자신을 발견하고, 혹은 사물의 짓이나 소리를 그대로 살려
표출시킴으로써 리얼리티를 획득하고 체험문학의 진수를 보여줄 수 있
었다.

> 꽃같은 처녀가
> 꽃밭을 매는데
> 달같은 총각이
> 내손목 잡네
>
> — 임동권, '한국민요집 I '에서

위의 노래에서도 직유로 꽃·처녀·달·총각을 잘 어울리게 하였다.
그러나 직유로써는 아직 사물과 인간과의 교감에 거리감을 느끼게 되지
만 다음과 같은 은유에서는 주체와 객체의 거리, 즉 원관념과 보조관념
은 하나로 결합된다.

> 배꽃일세 배꽃일세
> 큰애기 얼굴이 배꽃일세
>
> 桃花라지 桃花라지

큰애기 얼굴이 桃花라지

菊花라지 菊花라지
큰애기 얼굴이 菊花라지

　　　　　　　　　　　　　　— 임동권, '한국민요집'에서

　위의 「배꽃타령」에서는 큰 애기 얼굴이 배꽃으로 도화로, 국화로 은유, 직결되고 있다. 이럴 때 이질의 두 대상은 은유로 등질관계를 형성한 것이다. 우주의 만상에 정령을 불어넣었던 그들은 주체와 객체를 항시 동질로 하나가 될 수 있게 하는 것이 그들의 생리요 관습이었다는 사실을 확인시켜 준다.
　그러나 서구의 사고패턴은 반드시 사물과 자신을 공존시키거나 동반하지는 않았다.

　　　언덕을 지나 골짜기를 지나서
　　　　떨기를 빠져나 가시밭을 빠져 나와
　　　숲을 지나고 울타리를 지나서
　　　　물을 빠져나 불을 빠져 나와
　　　　달보다도 빠르게
　　　어떤 곳이라도 어정거린다
　　　　　　　　　　　　　— 셰익스피어, '한여름밤의 꿈'에서

　위의 셰익스피어의 소네트 중에는 자신을 달에 비긴 곳이 한 곳 보인다. <달보다도 빠르게> 자신(主體)이 달보다 빨리 지나갔다고 했다. 이 시의 분위기를 깊이 따지지 않고서라도 <달처럼 빠르게>라고 할 수도 있을 법한데 <달보다도 빠르게>로 표현한 이들의 전통적인 사고체계를 얻어낼 수 있다. 과학에 의지해온 서구인들은 <너와 나는 다르다>는 사고패턴을 형성해왔고, 동양인은 <너와 나는 하나이다>라는 사고에 젖어왔다. <너와 나는 별개>라는 사고와 <너와 나는 하나>라는 사고의 차이는 엄청나게 큰 것이다.

동양의 신화에는 인간이 어떻게 창조되었는지 불분명할 정도로 많은 신이 있고, 불교에서는 <자타불이>로 모든 것을 하나로 묶어준다. 그러나 서양의 성서적 신화에서는 神은 단 하나인 여호와가 있을 뿐이다. 그리고 이 여호와는 인간을 하나님의 모습대로 만들어 축복을 받게 하고 이 지상의 모든 것을 지배하게 해주었다고 한다. 이처럼 사상의 기층에서부터 서양의 문화체계는 지배의 원리 위에 전개되었고, 동양은 공존의 원리 위에서 뻗어 나왔기 때문에 그들의 작품 속에서도 너와 나는 별개라는 의식과 너와 나는 동질이라는 정 반대의 방향으로 피워 올릴 수 있었다.

셰익스피어는 <달보다 빠르게>라고 표현했지만 박목월은 달 가듯이 간다.

> 구름에 달가듯이
> 가는 나그네
>
> — 朴木月의 '나그네'에서

달과 나는 언제나 동반자이고 공존의 바탕 위에 살고 있는 것이다.

> 돌담에 속색이는 햇발같이
> 풀아래 웃음짓는 샘물같이
> 내마을 고요히 고흔 봄길 위에
> 오늘 하로 하날을 우러르고 싶다.
>
> — 김영랑, '돌담에 속색이는 햇발'에서

여기서 돌담과 햇발의 속삭임, 풀과 생물과의 교감, 그리고 이들처럼 고요한 <내 마음> 이러한 어울림은 서구적 발상인 <서풍에 쫓겨가는 나뭇잎>과는 대조적이다.

事物과의 교감은 곧 대상과 자기와의 일치, 공존을 의미한다.

좋은 결말

한국인의 가슴에 남은 명작이라면 춘향전, 심청전, 흥부전 등이라 해도 이견은 별로 없을 것이다(그것은 해마다 상연되는 기호품목이다).

그 세 작품에서 공통점 하나를 찾는다면 좋은 결말일 것이다. 또 하나의 공통점은 고통을 참고 이기면 영화가 온다는 것이다.

춘향전은 말미에 이도령의 장모가 둥실둥실 춤추는 것이 인상적이고 심청전의 대미에는 심봉사가 눈을 뜨고 잔치마당 맹인들 모두가 여기서 번쩍 저기서 번쩍 눈을 뜨는 것이 신기하고 신바람 난다. 흥부전에서는 흥부내외가 타는 박에서 금은보화가 쏟아진다.

이들에게 이런 영화가 찾아오기까지에는 견디기 어려운 고통과 절망의 나날이 있었다.

한국의 근대인들은 왜 이토록 짜 맞추기나 한 듯한 기계적인 호종(好終)을 좋아하는가.

요즈음은 독자들의 예술감식안이 상당수준으로 높아졌는데도 그처럼 틀에 박힌 작품들이 매해 정초마다 상연돼도 싫다하지 않는다.

이것은 한국인의 무의식적인 경사현상이다. 한국의 작가들은 한 작품의 끝을 비극으로 처리하고는 발뻗고 자지 못한다. 카프카처럼 자식이 벌레로 변하자 빗자루로 쓸어버리고 태연히 남은 식구들을 외출시키는 상황('변신')은 절대로 하지 않는다. 그러나 서구에서는 카프카의 변신을 20세기의 수작으로 꼽는다.

이 땅에서 일찍이 서구예술 감각에 남 먼저 뛰어든 이상(李箱)도 식민지의 하늘을 달 대신 까마귀로 어둡게 그리고 야유하면서도 결국 '날개'로 <다시 한번 날자꾸나> 하고 외친다.

정지용이 서구 모더니즘으로 이미지스트로 출발했지만, 그도 역시 마지막에는 동양의 시원을 찾아 귀거래사를 읊을 수밖에 없었다.

여기서 심청전의 해피엔딩을 조금 더 구체적으로 살펴보자.

> 우리 절 부처님은 영검이 많으셔서 빌어 아니 되는 일없고 구하면 응하나니, 공양미 3백 석을 부처님께 올리옵고 지성으로 불공하면 정녕 이 눈을 떠서 완인되어 천지만물을 보오리다.

이 말을 듣고 심봉사는 자신의 처지는 생각지 않고, 눈뜬다는 말만 반가워서 "그러면 3백 석을 적어 가시오." 하니 중이 허허 웃고, "적기는 적사오나 댁 가세를 둘러보니, 3백 석을 무슨 수로 하겠소." 하자 심봉사 화를 내면서 "여보시오. 어느 쇠아들놈이 부처님께 적어 놓고 빈말 하겠소. 눈 뜨다가 앉은뱅이 되게." 하고 빨리 적어 오라고 독촉한다. 이런 성화에 중은 '심학규 백미 3백 석'이라 적었고, 심봉사는 중 보내고 화 꺼진 뒤에 생각하니 당치 않은 처사에 후회가 막심했다.

위의 심봉사가 성화를 올리며 3백석 적으라는 독촉에는 웃음이 있다. 전혀 가당찮으면서 눈뜬다는 말에 정신을 잃고, 혹하여 언약을 하고 나니 막막했던 것이다. 그처럼 심봉사의 뻔한 처지와 빨리 적으라는 독촉 심정 사이에 괴리가 있고, 그 괴리 사이에 웃음이 있는 것이다. 그러나 그 웃음은 경멸이나 조롱이 아닌 동정이고 더욱 주목되는 것은 그 웃음 끝에는 결국 맹인이 지극한 효성으로 눈을 뜬다는 충격적인 호종을 보인다는 점이다.

이러한 끝맺음을 흥부전에서도 볼 수 있다. 얼마나 가난하여 죄진 사

람의 처벌을 대신 받고자 하고, 더구나 살덩이가 튈 매를 맞고 돈을 받
아 오겠다니 우습고, 그런 기회마저 빼앗길까봐 근심하는 꼴이 더욱 가
련하고 웃음이 터진다. <흥부전>이 독자와 긴장관계를 맺고 있는 까닭
은 여기에 있다. 이러한 웃음 속에는 당시의 부패한 사회를 노출시키는
풍자성도 깔려 있지만······.

　이러한 상황에서 웃음이 점입가경으로 이르게 되는 것은 그 매품마
저 나라에서 내린 사면령 때문에 놓칠 판이 되었기 때문이다. 관청의
도사령이 각도 각읍 죄인 중에 살인죄를 범한 자 외에는 "방송(放送)하
라 하옵신다."고 하면서 일부러 연생원 일은 잘 되었다고 위로해 주니
흥보가 낙심천만하는 말이,

　　여보시오 도사령, 나는 매를 맞아야만 수가 생기오. 매 한 대에 한
　냥씩으로 금놓고 왔는데 그저 가면 나로서는 큰 낭패요.

하고 집으로 돌아오니 흥부 아내는 반겨 맞았다. "아이 아버지 다녀오
시오? 죄가 없어 놓여 오나? 태장 맞고 돌아오나, 현장 맞고 돌아오나?
상처는 어떠하오?"라고 물으니 흥부는 매도 못 맞고 그저 돌아오는지라
화가 치밀어 아내에게 크게 화내며 호통을 친다. "나더러 상처를 물으
니 너의 친정 할아비한테 물어 보아라! 매 한 대 맞지 못하고 건성으로
돌아오는 사람한테 이년아! 장처는 무어고 상처는 다 무엇이냐?" 하고
윽박지른다. "그것도 복이라고 못 맞았다."고 한탄하는 그 몰골에 웃음
과 눈물이 함께 괴는 것이다. 박을 타는 장면에서도 한 박을 타니 아름
다운 월궁 선녀가 나와 흥부의 부실(副室)이 되겠다고 하나, 흥부 아내
는 "내가 처음부터 그 박은 타지 말랬지"한다.

　그리고 이 웃음 뒤에는 복이 터지는 영화가 이어진다.

선사의 지팡이

비익조(比翼鳥)의 사랑
― 류시화

　　최근 한국의 시단에는 선시풍이 자주 등장한다. 한심한 세상과 무관
하지 않으리라 본다.　더구나 혼미에 혼탁을 거듭하는 선거판이면 선사
의 지팡이가 묵묵할 수야 없을 것이다.　그러나 선사가 아무리 메아리
친들 그것이 정치판으로까지 스며들 수 있을지는 의심스럽다.

　　한국의 정치꾼들 중 가끔이라도 시집을 펼쳐보는 정객 선량이 몇 명
이나 될까.　정당이라기 보다는 철새들의 도래지로 변질해가고 세상에
서 전과자가 가장 많은 국회라는 말이 있을 정도의 정가에서 선시가 어
느 귓가로 흘러들 수 있을까. 선사의 대나무 지팡이로 돌같은 이마를
빠개져라 치기 전에는.(선사는 제자의 선문에 대답 대신 흔히 지팡이로
머리를 치는 것이 선답이기도하다.)

　　　달이 지구로부터 달아날 수 없는 것은
　　　지구에 달맞이꽃이 피었기 때문이다
　　　지구가 태양으로부터 달아날 수 없는 것은
　　　이제 막 동그라미를 그려낸
　　　어린 해바라기 때문이다

아침에 눈을 뜨면 세상은
나비 한 마리로 내게 날아온다
내가 삶으로부터 달아날 수 없는 것은
너에 대한 그리움 때문
지구가 나비 한 마리를 감추고 있듯이
세상이 내게서
너를 감추고 있기 때문

파도가 바다로부터 달아날 수 없는 것은
그 속에서 장난치는 어린 물고기 때문이다
바다가 육지로부터 달아날 수 없는 것은
모래에 고개를 묻고 한 치 앞의 생을 꿈꾸는
늙은 해오라기 때문이다

아침에 너는 나비 한 마리로
내게 날아온다
달이 지구로부터 달아날 수 없는 것은
너에 대한 내 그리움 때문

— 류시화, '나비' 전문

<내가 삶으로부터 달아날 수 없는 것은 너에 대한 그리움 때문>이고
<파도가 바다로부터 달아날 수 없는 것은 그 속에서 장난치는 어린 물
고기 때문이다>고 했다. 나는 너로하여 나인 것이고 너는 나로하여 너
인 것이다.

내가 지구를 디디고 선 것과 내가 내 나라 국민의 일원인 것, 그리고
네가 네 정당의 일원이었던 것은 너와 우리에게 주어진 숙명과 관계 때
문이었다. 이러한 소명과 그리움과 사랑으로 서로 믿는 세상을 꾸며가
면서 살아가는 것이다. 이것이 하루 아침 한 순간에 팽개쳐 질 수 있
다면 그것은 벌레만도 못한 사기 행각인 것이다.

외눈박이 물고기처럼 살고 싶다
외눈박이 물고기처럼

사랑하고 싶다
두눈박이 물고기처럼 세상을 살기 위해
평생을 두 마리가 함께 붙어 다녔다는
외눈박이 물고기 비목*처럼
사랑하고 싶다

우리에게 시간은 충분했다 그러나
우리는 그만큼 사랑하지 않았을 뿐
외눈박이 물고기처럼
그렇게 살고 싶다
혼자 있으면
그 혼자 있음이 금방 들켜 버리는
외눈박이 물고기 비목처럼
목숨을 다해 사랑하고 싶다.
　　　　*비목(比目) - 당나라 시인 노조린의 시에 나오는 물고기

　　　　　　— 류시화, '외눈박이 물고기의 사랑' 전문

　비익조(比翼鳥)는 암수의 눈과 날개가 하나씩이라서 짝을 짓지 않으
면 날지 못한다는 전설의 새이다. 이런 전설의 새 노래가 우리 마당에
와서 나무 없는 가지에 앉아 노래하는 까닭을 우리는 다시 귀를 열고
들어야 한다.

새는 공중을 나는 동안 대기를
거의 누르지도 않았다
그러나 오월의 하루 동안 새가
우리집 지붕 위를 맴돌다가
갑자기 집 뒤의 빈터로 추락했을 때
나는 지구가 한 쪽으로 기우뚱해지는 것을 느꼈다

마치 새를 떠받치고 있던
어떤 손이 치워지기라도 한 듯
새가 수직으로 빈터의 민들레밭에 내리꽂히자

우리집 식탁이 기울고
식탁에 놓인 오후의 만찬이 기울고
순간적으로 찻잔의 물이 엎질러졌다

죽음의 무게가 결코 가볍지 않다고 말하려는 듯
추락한 새의 무게는
우리집 뒤의 민들레밭을 누르고
민들레밭은 다시 도시 전체를 누르고
도시는 또다시 도시들로 가득한 세상 전체를 눌렀다
그렇게 해서 잠시 세상의 무게 중심이
한 마리 새의 죽음의 무게로 이동하는 것을 나는 느꼈다

마치 세상의 모든 새들이 그날 오후
우리집 빈터에 와서 추락하기라도 한 듯
그리고 세상의 모든 날개들을 떠받치고 있던
어떤 손이 갑자기 치워지기라도 한 듯
지구의 중심이 우리집
민들레의 빈터로
기우뚱하고 이동하는 것을 나는 느꼈다
　　　　　　　　　—류시화, '새들은 우리 집에 와서 죽는다' 전문

　새 한 마리 빈터에 추락했을 때 지구는 한 쪽으로 기우뚱한다. <한
마리 새의 죽음의 무게로>하여 세상의 무게 중심이 잠시 이동한다. 수
직으로 민들레 밭에 꽂힌 새 한 마리 때문에 <우리 집 식탁이 기울고/
오후의 찻잔이 기울고/ 찻잔의 물이 엎질러졌다> 우리는 이런 우주적
전원교향곡을 듣다가 아침마다 펼쳐지는 <개싸움만도 못한> '진흙탕
싸움'을 보면 그 아름다운 전원교향곡은 삽시에 무너져 내린다.
　<국태민안>한다는 정치가 국가를 위태롭게 하고 백성을 불안하게만
한다. 그러면서도 공자가 죽어야 나라가 산다는 몰지각이 판을 친다 하
여 그 누가 지식인을 <쥐식인>이라 했다.

　　연필이 없다면 난

손가락으로
모래 위에 시를 쓰리라

내게서 손가락이 사라진다면
입술로
바람에게 시를 쓰리라

입술마저 내게서 가버린다면 난
내 혼으로
허공에다 시를 쓰리라

내 혼이 어느날 떠나간다면
아, 그런 일은 없으리라
난 아직 살아 있으니까

—류시화, '저녁의 꽃들에게'

　　모래 위에 쓰는 시와 바람에게 보내는 시 그리고 혼으로 허공에 쓰는
시는 우리들의 혼과 마음을 그린 시이다.　모든 것이 궁극적으로 헛되
다는 것을 우리는 성경 '전도서'에서도 볼 수 있고 노장의 물 같은 철학
에서도 볼 수 있고 류시화의 노래에서도 들을 수 있다.　류시화의 시는
우리들에게 잔 없이 건네지는 술인데도 <당신이 부어준 그 술에/ 나는
이미/ 취해 있기에> 우리는 그 술이 오늘 더욱 그리운 것이다.
　　이런 종소리 같은 시편들이 귀먹고 눈먼 우리 세상에 하염없이 울려
퍼져도 들리지 않는다.

　　바람 자는 숲속 길을 걷다가 문득 범종 소리를 들었다. 살아갈수록
멀어지는 진심이 내안에도 진흙 속의 푸른 하늘처럼 펼쳐져 있음을
일깨우는 저 범종 소리에 이미 대나무며 상수리나무들은 다 깨달아
별스런 일도 없는 데, 오직 나 하나만 우둔한 먹통으로 남아 있는 것
은 아닌지, 정말 나 하나만 천하의 먹통이라면, 저 범종 소리는 다름
아닌 무쇠공같은 나를 깨기 위해 저렇게 거듭거듭 울고 있는 것이리
라

— 최승호, '저녁 범종소리' 전문

이 범종소리가 이제는 2000년 한국의 새벽 종소리가 되어 깊은 가슴
을 다시 열게 해야 할 것이다.

헐벗은 가지의 에로티시즘
— 정현종

진실한 이야기를 충격적으로 해오면 눈물이 난다.

진실에 너무나 목말랐던 요즈음 세상은 더욱 그렇다. 오늘의 세상인 심은 메마르다. 사막같이 타박타박하다. 이러한 세상살이에 진실로 진실한 말 한마디는 금방 눈물샘을 자극한다.

관악산에 가서 아들과
잠자리를 잡다가
너무 세게 잡아 그 자리에서
죽은 잠자리
내가 죽인 잠자리

산을 내려오는 동안 줄 곧
나를 따라오던 그
죽은 잠자리,
세상에 들어서자 금방
안 보이는
그 잠자리

보이지 않는

세상
— '보이지 않는 세상' 전문

<내가 죽인 잠자리>와 이 시의 화자는 줄곧 사랑을 하다가 산을 내려와 속세에 안기는 순간 그 사랑도 끝난다. 세상은 그런 사랑이 숨쉴 틈이 없다.

정현종은 지극히 평범한 이야기를 진실로 다시 꾸며낸다. 주로 역설로 쓴다.

지극히 평범한 사실이 그의 역설의 용광로에서 다시 태어나는 순간 그것은 전혀 낯설게 새로운 것으로 다가온다. 한 평생 살던 아내가 때로는 연인처럼 다가오듯이.

> 그래 천지간에 거듭
> 나무들은 봄을 낳는다
> 끙끙거리지도 않고
> 잎 트는 소리
> 물 흐르는 소리를 내며
> — 정현종, '헐벗은 가지의 에로티시즘' 에서

<나무들은 봄을 낳는다>는 말은 상식적으로는 뒤집혔다. 봄이 나무를 낳는다고 해야 어법으로나 상식으로 통한다. 그러나 상식적으로 뒤집힌 말을 다시 읽어보면 실은 상식이 뒤집혔다는 것을 알 수 있다. 나무가 봄을 낳는다. 즉 나무를 키우기 위해, 잎새와 꽃과 열매를 얻기 위해, 봄은 오는 것이다.

뭇 생명체들이 따뜻한 봄을 필요로 하지 않는다면 봄은 왜 올 것이며 봄이 온들 무슨 소용이 있겠는가. 봄은 무심히 오는 듯 하지만 까닭이 있다.

이처럼 사물의 원리나 존재의 비의를 찾아 삶을 풀어가는 시에는 상식적인 눈으로 보기에 바보같은 소리인 그것이 진리인 것이다.

노자가 세상에서 가장 강한 것이 물이라 하고 약한 것이 강한 것을 이긴다 하고 낮은 것이 높은 것을 먹여 살린다고 할 때 속물들은 노자를 웃는다. 그러나 곡신불사(谷神不死)라 인간은 물 같은 축축한 골짜기에서 나지 않았는가. 허튼 소리, 잡념 같은 소리로 세상을 사로잡는 노자의 생각은 실은 있는 그대로이면서 다 꾸며낸다. 무위이무불위(無爲而無不爲)이다.

> 내가 제일 좋아하는 건 나도 모르게
> 잡념인가봐
>
> 그건 애쓰지 않아도
> 저절로 생기고
> 저절로 꺼지고
> 출입이 自在하니
> 그다지 스스로 있는 걸 어찌
> 좋다하지 않으리요,
> 잡념의 볼기짝이여
> 잡념의 귀싸대기여
>
> ― '잡념' 전문

공중변소 변기에 붙인 스티커에 씌어진 말에 <변기에 오물을 버리지 마시오!>(최승호, 「달마의 침묵」)라고 했을 때 속물들은 <미친놈!>이라 할 것이다. 그러나 깨끗한 정원에 오물을 버리지 말라고 했다면 그것이 바른 말이고 쓸 말이었지만 시에서는 쓸모 없는 말이다.

무엇이 보리(菩提)냐고 묻자 덕산(德山) 스님이 말했다. <가거라. 여기에 똥을 싸지 말라>고. <바퀴벌레와 부처의 무게가 같고 한 송이 맨드라미와 태양의 무게가 같다>니 그렇게 대답할 수 있을 것이다. 어떤 것이 부처냐고 묻자 동산스님이 <삼(麻)서근이다>(최승호, 「달마의 침묵」)라고 했다니 이와 같은 언저리에서 정현종이 시업을 했던 것 같다.

정현종이 많은 시를 썼는데 시집 「떨어져도 튀는 공처럼」에서 흔히 선사(禪師)같이 웃는 모습을 보여준다. 그는 왜 선의 언저리에 머물러 있을까를 생각하게 한다. 세상 돌아가는 꼴을 외면하기 위해서 일 것이다.

정현종은 '찰랑대는 마음으로' 남의 졸업을 축하한다. <축하하는 일이 줄곧 있으면 얼마나 좋겠니. 무슨 때 말고도… 기쁨 없는 삶은 삶이 아니니 결심하고 기뻐하지 않아도 그냥 기쁜 거 있지>라고 말하는 시인의 심사는 이미 이심전심의 삼매에 든 참 기쁨을 알고 전하고 또 받을 줄 아는 시인이다.

> ……
> 오랜만에 양복은 싱글
> (하, 싱글거리는 양복!)
> 이백원 주고 구두를 닦고
> 주머니엔 술값을 감춰놓고
> 너희 사각모에 나부끼는 술처럼
> 찰랑대는 마음으로 나는
> 서성거린다
>
>   — '찰랑대는 마음으로'에서

정현종은 남을 사랑하는 마음도 축하하는 마음도 전혀 의식적이지 않다. 아주 자연스럽게 무의식적으로 자기도 모르게 실행하고 있는 것이 더욱 아름답다. <가섭삼매(迦葉三昧) 가섭이 모르고, 아난삼매(我難三昧) 아난이 모른다>(서경보, 「禪의 인간상」)고 했다.

사랑 삼매에 빠지면 자신의 사랑의식을 의식하지 못하고, 한국인 삼매에 빠지면 그것이 애국이다.

요즈음 부쩍 노자 특강이 시끌벅적하고 공자를 자주 들먹인다. 선사의 지팡이가 어른거리고 은은히 종소리가 그리워지기도 한다. 세상이 타락할 대로 타락했다는 증거다. 이제는 과학이나 논리만으로는 참으로 인간적인 심정은 더 이상 견딜 수 없다는 증거이기도 하다.

세상은 제각각 대립이고 갈등이다. 일찍이 계급투쟁과 이데올로기의
대립으로 신물난 우리들에게 온갖 싸움이 더욱 심각해졌다. 더러운 인
간들은 화장실에서 잠시 생각할 마음의 여유조차 없다.

금강경(金剛經)에는 <참으로 머물 곳이 없나니라>고 하였다. 어느 한
곳에 집착하면 거기에 집착하여 버릴 줄 모르기 때문이다.

인간은 누구인가

— 김승옥

오래 전의 일이지만 김주연의 김승옥 작품 평가에는 보다 큰 문제를 간과하고 있었던 것 같다. 김주연이 김승옥 작품에서 가장 특징적인 것으로 제시한 <트리비얼리즘>이라는 <사소한 것의 사소하지 않음>에 대한 인식이 과연 김승옥의 작품들에서 가장 중요한 요소였는지는 다시 관찰해 볼 필요가 있다고 본다.

필자가 보기에 김승옥은 <사소한 것의 사소하지 않>은 것으로서의 발견이나 문제 제기보다는 이 작가는 처음부터 생명에 대한 근원적인 다시 보기를 시작하는 것으로 보인다. 이러한 근거로 이 작가는 여러 가지 생소하고 황당한 사건을 계속 제시하면서 인간이 감추고 있는 새로운 비밀을 끌어내고 있는 것이다. '생명연습'의 경우, 처음부터 해괴한 인간이 등장한다. 나환자로 착각하리만치 눈썹과 머리털을 면도날로 싹 민 학생이 나타난다.

그리고 다음으로 등장하는 인물은 교회의 전도사로 나이 스물인가 되던 해에 손수 자신의 생식기를 잘라 버렸다고 했다. <하나님이 그렇게 하라고 시켜서 라는 것이었다.>

<나>의 형은 폐결핵 환자로 다락방에서 수음을 하고 외도하는 어머니를 죽이자고 <나>와 누이를 꾀다가 결국 그 자신이 자살을 한다.

또 하나 황당한 사건은 애란인 교회 선교사는 한적한 곳을 혼자 몰래 찾아와 수음을 하고 간다. 그리고 또 <내>가 한 교수에게 동료 교수 사모님이 죽었다는 소식을 전하자 그 사모님이 옛날 한 교수의 애인이었다는 이야기를 <나>에게 들려준다.

이상과 같은 사건으로 이어지는 이 작품의 분위기에는 상식을 거부하는 인간의 행태가 황당하게 이어진다.

지난날 전쟁을 겪은 폐허 속의 이야기는 대부분 유사하였다. 전쟁으로 세상이 바뀌어지자 인생관도 따라서 바뀌었다는 것이 대부분의 작가 작품 경향이었다.

그러나 김승옥은 전후 전전에 관계없는 인간의 정체를 찾는 환상적인 리얼리스트이다.

눈썹을 면도날로 민 학생, 자살한 형, 성기를 자른 전도사, 수음하는 선교사, <나>의 <아버지>가 죽은 후 계속 아버지 닮은 남성들과 외도하는 <어머니> 등 이러한 인물 행태를 통해 재즈와 같은 알 수 없는 인간상을 발견한다.

결국 인간은 각자가 자신에 대해서 잘 모를 뿐 아니라 남남끼리도 소통이 되지 않는다는 것. 이러한 의미에서 김승옥의 소외는 실존주의나 산업사회가 가져온 소외보다 인간의 본질적이고 근원적인 소외를 찾는다. 여기서 그의 시니컬한 웃음이 발견된다.

이러한 의미에서 김승옥의 '무진기행'의 그 안개는 인간 스스로의 정체불명을 상징적으로 제시해 준다.

상식적으로 무진이라는 고향은 공기 맑고 신선한 곳이다. 그래서 머리를 식힐 수 있는 곳이다. 그러나 실제의 무진은 전혀 다르다. 어딘지 분뇨 냄새가 나고, 병원 앞에는 크레졸 냄새가 난다. 눈부신 햇살 속에서 개 두 마리가 혀를 빼물고 교미를 하고 있다 등등.

그러니까 인간의 정체는 상식적인 것과는 전혀 다르다는 것이다. 그래서 김승옥에게는 일상(출퇴근, 등하교)들이 모두 장난 같이 보인다.

'서울 1964년 겨울'에서 세 사람이 우연이 만나 대화하는 것이나 벌어

지는 사건도 모두 소통이 잘 되지 않는다. 이처럼 인간은 자기 스스로
와 단절되어 있고 타인과도 철저히 남남이다.

> "안형, 파리를 사랑하십니까?"
> "아니오, 아직까진……" 그가 말했다. "김형은 파리를 사랑하세요?"
> "예"라고 나는 대답했다. "날을 수 있으니까요, 아닙니다. 날을 수
> 있는 것으로서 동시에 내 손에 붙잡힐 수 있으니까요. 날을 수 있는
> 것으로서 손안에 잡아본 적이 있으세요?"
>
> — '서울 1964년 겨울'에서

이러한 대화 외에 서로 남모르는 그들 사이에 벌어지는 사건들도 자
연스럽게 어색하다.

이러한 의미에서 김승옥은 이 상(李 箱)이 본 또 하나의 불길한 까마
귀로 세상과 인간을 다시 발견한다. 같은 60년대에 서정인, 이청준, 박
태순, 홍성원, 박상융 등이 각기 특색을 지니고 등장했지만 김승옥이 생
명을 다시 보는 그 <연습>은 특이한 시각이었다.

너무도 희극적인

― 최인호

최인호의 '他人의 방'을 흔히 사회학적 이론이나 70년대식 규격에 맞추려는 경향이 있지만 그것은 지극히 위험한 일이다. 필자 생각으로는 이 작품에서 <나>의 방이 남의 방으로 인식되거나 방의 물건들이 <나>와 무관하고 거울끼리 성교하고 히히덕거리는 것 등은 원래 인간은 대답 없는 우주 속에서 소외된 영원한 이방인이라는 보다 근원적인 차원에서 읽을 필요가 있다고 본다. 그는 지극히 자유스러운 작가이다. 특히 최인호는 당대의 사상이나 비평적 논리를 거부한다. 그래서 그는 카톨릭 신자이면서도 <나는 아직도 스님이 되고 싶다>고도 말한다. 진실로 <진리가 너희를 자유케 하리라>는 그런 진리 앞에서 그는 자유스럽고 그러한 눈으로 인간이라는 미망을 자유분방하게 풀어본다. 그래서 그는 골계라는 도구를 활용한다.

이러한 상상력으로 하여 그는 가장 가난한 거지가 <이 지상에서 가장 큰 집>을 짓는 역설의 미학을 구축하기도 하고 <잠자는 신화>에서는 성기 도난 사건으로 또 하나의 수수께끼를 만들기도 한다. 이처럼 그의 문학에는 그 어떠한 장애물도 없다.

<오늘 피었다가 내일 아궁이에 던져질 들꽃도 하나님께서 이렇게 입히시거늘 하물며 너희야 얼마나 더 잘 입히시겠느냐> 하는 성경 말씀도

그의 일용할 양식이고 <어리석은 우리들이 너무나 가엾어서 석가는 8만의 법문을 토해 내셨습니다>는 석가의 말에도 염화미소를 보낸다.

이러한 작가에게 비평적 훈계는 앞산 새소리에 불과하다. 하여, 최인호에게는 다음과 같은 에피소드가 있다.

① … 당시 최고의 영향력을 자랑하던 <창작과 비평>에서 원고를 청탁, 중편 <미개인>을 주었다. 얼마 후 그는 창비의 편집자였던 염무웅으로부터 저항의식이 없으니 강하게 고쳐 달라는 부탁을 받았다. 그러나 그는 내 작품의 평론가가 이리 고쳐라 저리 고쳐라 하고 주문하는 것은 옳지 못하니 당장 작품을 돌려달라고 요구했다. ……

② 그 무렵 평론가 김현이 최인호를 불렀다. 당신은 참 좋은 작가였다. 그런데 <별들의 고향>으로 대중작가가 되려한다. ……
최인호 대답, 내게 신경 쓰지 마시오. 형님. 내가 못마땅하면 내 이름을 평론에서 빼시오. ……

이상은 최인호의 경험담을 임순만이 전한 것이다. 최인호는 그 때를 회상하면서 <만약 내가 김현 형님으로부터 그런 제의를 … 받아들었다면 나는 물론 문단의 보호를 받으며 … 모범생 작가가 되어 신춘문예의 단골 심사위원이 되어 있을지도 모른다.>고 술회한다.

이러한 작가 최인호의 가장 큰 매력은 유머감각이다.

최인호의 '견습환자'는 그의 데뷔작이다.

이 작품은 병원에 입원한 환자가 의사나 간호원들이 웃음이 전혀 없다는 것을 발견하고 환자 자신이 의사가 되어 웃음 잃은 그들에게 웃음을 찾아주겠다는 아이러니로 꾸며진다.

환자가 청진기를 들고 웃지 않는 의사와 간호위들을 일일이 관찰하고 그들에게 웃음을 유발시킬 소인부터 찾는다. <나>는 먼저 이들을 본격적으로 관찰하기 시작한다.

주사 놓는 특징, 이를테면 K는 파리 잡기나 하듯 세게 살갗을 때리

면서 주사바늘을 꽂는 다거나, L은 약솜으로 얼리듯이 슬슬 문지르다
가 기회를 봐서 기습하듯이, Y는 파충류처럼 유난히 찬 손길로 사뭇
애무라도 하는 양 살갗을 어루만지다가 주사를 놓는다는 식의 개개인
의 하찮은 특징에도 어느 틈엔가 친숙해져 있었다.

　　<나>는 웃지 않는 이들을 웃겨보려고 온갖 유머를 생각하면서 한 인
턴에게로 다가간다. <수고하십니다>, <아, 예> 이렇게 <내>가 말을 걸
면 인턴의 대답은 의무적이고 기계적이다. 인턴은 신문을 보고 있었다.
토요일 판 부록으로 나온 어린이용 만화였다. <그 만화 재미있습니
까?>, <아, 예 아주 재미있는데요> … <다음 호를 기다리십니까?>, <
아, 아니에요. ……> 이러한 대하에서도 효과를 보지 못한 <나>는 좀
더 진한 것을 투약한다. <제가 재미있는 얘기 하나 할까요?> <아, 예>
그리고   <나>는 병원에 입원하고 며칠 후 도무지 잠이 오지 않아 간
호원에게 열 시쯤 수면제를 달라고 한 이야기를 들려준다. <그런데 그
날은 제법 피로했던 모양으로> 운수 좋게도 잠이 들었다는 것, 잠든 나
에게 간호원은 <제 이름을 부르며 황급히 깨워 눈을 떠보니 간호원은
'수면제 잡수실 시간입니다> 하고 속삭이더라는 전말을 이야기하고 <
핫하, 핫하하> 웃었다. 그러나 인턴은 웃지 않았다. 잠자려고 수면제를
부탁했지만 환자가 자고 있으면 수면제 복용은 보류시키는 것이 상식이
지만 이 간호원의 동작은 지극히 기계적이었다는 것을 <나>는 꼬집으
며 인턴을 웃기려 했던 것이다. 그러나 인턴은 <마치 웃는 방법을 잊어
버린 사내처럼 어리둥절해서 서 있었다>.
　　<나>는 웃음 없는 환자(의사)들의 웃음치료는 실패하고, 퇴원날짜가
되어 퇴원을 하는 차안에서 그 인턴의 웃는 모습을 발견한다. 차창 너
머로 젊은 인턴이 어떤 아름다운 여인과 파라솔 밑에서 콜라를 마시고
있었다. 그리고 나는 점점 멀어져 가는 병원 한 구석 코스모스가 피기
시작하는 뜰에서 방금 그 젊은 인턴이 웃음을 띤 것 같은 환영을 보게
되었던 것이다. 그래서 나는 <그 여인에게 마음속으로 그를 잘 요양시

켜 주기를 기원>한다.

여기서 최인호가 시류를 타고 유행에 민감한 작가였다면 그는 70년대의 산업화와 통치권의 폭압에 폐쇄된 사회를 간접적으로 풍자한다는 식으로 저항의식을 보이면서 그 인턴에게 굳이 웃음을 찾아낼 생각은 하지 않았을 것이다. 그러나 최인호는 70년대를 그리는 작가 이전에 한 인간을 그리고 싶었던 것이다.

최인호의 작품 '술꾼'에 이르면 그의 절망의 희화적 수법은 더욱 농도를 짙게 한다. 이 작품에서 주인공은 불쌍한 고아원 소년이다. 그러나 이 아이는 이미 순수를 잃고 거짓말을 하면서 술을 얻어먹고 다닌다. 어른들이 <애야 우리 한잔하지 않으련?> 하면 <싫어요> 하면서 <난 아바질 다리러 왔시오> 하고 꾸며댄다.

> '… 너 이 지구가 왜 도는지 아니'
> '몰라요'
> '술 먹으라고 돌아간다. 또 하나 가르쳐 줄까 똘똘아'
> '넌 왜 개가 한 다리 들고 오줌싸는 줄 아니?'
> '건 알아요, 두 다리 다 들면 넘어디디요'

이 아이를 놀리고 술 권하고 담배 권하고 하는 술꾼들 역시 한심한 족속들이다. 그 중에 <구레나룻> 사내가 껄껄거리며 웃는 소리는 생의 절망까지 마모되고 망가진 수레 소리였다.

> 술만 취하면 그는 늘 웃었다. 제 여편네가 피난통에 총알 맞아 배에 공기구멍이 휑하니 나서 죽어 버렸다는 얘기를 하면서도 웃었고, 자기는 이제 혼자 살아갈 수밖에 없다면서도 웃었다. 나이 오십 되기 전에 자살하겠다면서도 웃었다. 도대체가 그 사내는 웃는 것밖에 모르는 모양이었다.…
> <여보게 나는 조만한 애새끼를 보면 캴캴캴. 우리 죽은 애새끼 생각이 나서 말이야, 캴캴캴. 꼭 조만한 새끼였는데 말이야 캴캴캴. 날 닮아서 잘 생기구 영리한 영악쟁이였는데 말이야, 캴캴캴. 크면 한자

리 할 만한 새끼였는데 말이야 캴캴캴.

이상과 같은 '술꾼'의 풍경을 최인호는 특유의 골계적인 그림으로 담아낸다. 최인호의 작품은 진폭력이 크다. 웃음과 눈물을 동전 앞뒤처럼 뒤집어가면서 그 속에서 천길 깊은 우수를 보여주기도 한다.

놀부가 인간적이다

― 최인훈 · 채만식

전통에 대한 담론은 내 것에 대한 감상적인 애지중지가 아니다. 그것은 무조건적인 내 '얼'의 숭상도 아니고, 민족의 개성 찾기라는 국수주의는 더욱 아니다. 그것은 진정한 자아(自我) 찾기이다. 우리들 자신의 정체를 찾자는 것이다. 그것도 단순히 내 것이니까 찾자는 것이 아니고 버릴 것을 버리는 데서 찾아지는 것을 말한다. 그리고 단지 찾는 데 머물지 않고 그것을 보강하는 작업은 더 중요하다. 예를 들어 원전 「온달전」은 내 것에 대한 단순한 탐색이지만 그 원전 「온달전」을 최인훈이 패러디 하여 창작한 새로운 <온달전>('어디서 무엇이 되어 다시 만나랴'(희곡)은 자기 전통(자아)을 심화 확대 내지 창조적 재생산한다는 점에서 그 의의가 큰 것이다.

채만식이 「흥부전」을 다시 쓰고, 최인훈이 「놀부뎐」을 다른 각도에서 다시 쓰고 그 외 여러 작가들이 춘향전, 처용가 외 여러 고전을 재창조하고 패러디 하는 것은 고전에 대한 재해석인 동시에 <자기 심화 확대>이고 근원설화의 확장이라 할 수 있다. 이렇게 볼 때 문학예술의 이론적 과제는 일시적인 것과 일정기간 지속되어야 하는 것. 그리고 영원한 화두가 되는 것 등으로 나누어 볼 수 있다. 예를 들어, 순수 · 참여의 논의는 시대상황 위에서의 주제이지만 전통문제는 그 의미가 정착될 때까

지의 화두가 될 수 있고, 그보다 <자아 찾기>(내지 존재론적인 문제)는
영원한 문학예술의 화두가 될 수 있는 것이다.

전통의 확립 문제가 우리 나라에서 새삼 중차대하게 여겨지는 것은
우리는 숙명적으로 근대화와 맞물린 서구화가 있었고 그 서구화가 지속
적으로 현재까지 우리 문화를 중압하고 있기 때문에 그런 가운데 내 것
찾기는 새로운 창작 이상의 의미를 갖게 되는 것이다.

이러한 의미에서 최인훈 외 여러 작가들이 고전을 패러디 하거나 그
근원 설화 자체에 수정 보완하는 등의 작업은 새로운 상상력과 예술영
토의 개간을 의미한다.

최인훈의 「놀부뎐」을 보면 과거 착한 흥부의 대명사는 게으름뱅이로
전락하고 욕심 많은 놀부는 심술이 아니라 동생을 사랑하는 심산에서
<고운 놈 매하나 더> 때리기로 나타낸다. 그리고 때리는 형 뒤의 형수
는 더 착하게 부각된다. 놀부 몰래 양식을 갖다 주는 <심지는 양귀비>
이다.

그리고 흥부의 아내는 여러 가지로 부족하여 웃음을 산다. 놀부가 아
우에 대한 꾸지람 소리로 아우가 밤이슬을 맞고 다니며 도적질한다는
소리에 밤이슬이 부부 침실의 밤이슬인줄 알고 흥부 아내는 흥분한다.

　「이놈아 네가 기어히 밤이슬을 맞았구나」 길이 아니면 가지 말고
말이 아니면 듣지 말 것이요 정정대도에 땀 흘려 이마를 적실 일이
지　밤이슬에 젖는단 말ㄱ 저 놈이 멸문지화를 불렀구ㄴ 오장육부
가 벌컥 뒤집히는지라 벌떡 일어서며 발로 상을 차니 방바닥이 낭
자한데 흥부내외는 안색이 흙빛이더ㄹ 이때 계수씨 불쑥 나앉으며
하는 말이 「에그 아즈바니 너무하오. 밤이슬 맞는 것은 가장이 아
니요 소첩인데 어찌 억설을 하시오」「계수씨 그게 웬 말이오?」「조
화의 이치를 웬말이 웬말이오?」「그래 어디서 밤이슬을 맞았단 말
씀이오?」「몰라서 물으시오 알고서 물으시오? 물으니 답하리다. 녹
음방초 우거진 곳 춘풍 열풍 부는 골에서 맞았소」「그게 어드메요?
」「우리 부부 원앙금침 속이요」「아이구 계수씨 그런 이슬이 아니
요. 한데서 맞는 밤이슬 말이오」

— 최인훈, '놀부뎐'에서

이상의 예문은 작가 최인훈이 고전을 재구성하면서 원텍스트에서 흔히 과장되게 나타난 골계부분을 현실적인 리얼한 곳에서 생기 있게 포착함으로써 「흥부전」의 해학미도 새롭게 구축한 일면까지 볼 수 있다.

이와 같은 패러디 소설 연구에 심혈을 경주하고 있는 김현실은 우리 고전에는 <서사적 잠재력을 지닌 채 숨어있는>[1] 작품들이 많고 그것을 변용한 <현대의 고전>은 근원에로의 회귀인 동시에 자기 찾기 작업이라는 뜻을 밝힌다.

김현실은 최인훈의 '온달'(<어디서 무엇이 되어 다시 만나랴>)과 김지원의 '평강공주와 바보온달'을 점검하면서 「삼국사기」의 '온달' 설화를 패러디한 현대판 '온달' 설화가 어떻게 변주되어 갔는가를 조사하기 위해 먼저 원텍스트 온달설화를 행위 단락 중심으로 다음과 같이 나누어 본다.

1) 온달은 외모가 용종(허름하고 보잘 것 없음)하나 마음은 수연한 (순박, 꾸밈없음) 걸인으로서, 모두 바보라고 부르는 인물이다.
2) 당시 평강왕은 울보 공주에게 늘 온달한테나 시집가라고 농담한다.
3) 장성한 공주가 온달에게 시집가길 청함으로써 왕과 갈등한다.
4) 공주가 보천을 가지고 내쫓긴다.
5) 온달을 찾아간 공주는 의심하는 온달과 온달모를 설득하여 결혼한다.
6) 공주는 패물을 팔아 살림을 일구고 지혜로써 궁마를 사서 길들이며 온달을 가르친다.
7) 온달은 국중 수렵모임, 전쟁에 나아가 공을 세움으로써 사위로 인정받고 대형의 벼슬을 받는다.
8) 온달이 전쟁에 자진해 나아가 전사한다.
9) 움직이지 않는 온달의 시신을 공주가 위무하여 저승세계로 인도

---

1) 김현실 외, 「한국 패러디 소설 연구」, (국학자료원, 1996), p.17.

한다.

<무엇보다도 이 이야기는 인간이 자신과 외부와의 관계 맺기를 시작하는 첫 단계로서의 부녀관계와 부부관계를 다룸으로써 인간의 원초적인 대타갈등을 드러내고 있다는 점>과 <부부와 남녀의 통념적 위상이 전도되어 있다는 점> 등에서 '이야기' 성을 풍부하게 간직하고 있다는 것을 제시한다. 이상과 같이 밝힌 김현실은 그 동안 이러한 연구에서 얻은 느낌으로 우리 나라에서 <우부현처 모티브만을 떼어내어 그 무의식적 수용양상에 주목한다면 또 하나의 우리 서사 문학사를 기록할 정도로 다양한 수용사를 밝힐 수 있을 것>이라고 말한다.

그리고 김현실은 고전 주제의 재해석이나 옛 세계관의 타진 정도를 넘어서서 '온달과 평강' 속에 나타나 있는 우리가 지나치기 쉬운 심리적인 면까지 파고들고 있다는 것을 다음과 같은 글에서도 알 수 있다.

아무런 설명 없이 울보로만 표현된 공주의 '울음'을 우리는 좀더 본질적인 차원에서 해석해 볼 수 있다. '울음'이란 아이의 세상에 대한 불만 표출의 방식이다. 따라서 울음은 어린아이의 강한 자의식을 드러내는 것이다. 순종적이고 순한 아이와 달리 울보란 무언가 반역적이거나 개혁적 삶으로 나아갈 소지를 지니고 있는 것이라 해석할 수 있다. 평강은 그렇게 처음부터 비범의 가능성을 가지고 있었던 것이다.

위에서 볼 수 있는 고전의 재해석 작업의 일환으로 '울음'에 대하여는 김현실의 이 글 <각주>에 의하면 이미 김대숙도 「한국설화문학연구」(서울:집문당)에서 <평강은 울보이고 울보는 욕구불만의 상태이고 그 의식은 늘 깨어있다>는 의견을 제시한 바 있다는 것이다.

김현실과 함께 패러디 연구에 참여하고 있는 황도경은 '우리시대의 처용'에서 <처용설화는 끊임없이 독자가 작품 의미 생산에 참여하는 열린 텍스트이며 완결된 텍스트가 아니라 생성중인 텍스트>[2]라고 말한

---

2) 김현실 외, 앞의 책, p.56.

다. 즉 삼국유사의 <처용랑 망해사조>는 <화석화 된 존재로서가 아니라 우리 안에 살아 있는… 꿈틀거리며 변용해 가는 존재>라고 본다.

같은 작업에 임한 한혜선은 '최인훈의 「춘향뎐」을 읽는다'에서 <최인훈은 이끼 낀 우물을 열고 새 두레박을 던>지는데 거기서 하는 작업은 <고소설에서 세운 중심 기둥들이 무너지고 새로운 해석들을 산출함으로 탈 자동화되는 책읽기>라고 말한다. 즉 <춘향은 선, 변학도는 악이라는 이분법적 사고는 허물어진다>[3]고 말한다.

한혜경은 '익숙한 이야기 다르게 읽기'―(채만식의 「흥보씨」와 최인훈의 「놀부뎐」)을 분석하면서 <한국인에게 너무 익숙한 흥부와 놀부의 이야기가 재구성된 부분을 자세히 분석한다.

가령 원텍스트의 「흥부전」에서는 <제비>가 행운의 시작이고 영화의 상징으로 되어 있는데 채만식의 「흥보씨」에서는 제비가 <재수 없음>의 상징으로 나타난다는 것이다.

흥보씨는 떨어진 제비를 집으로 올려놓아 주지만 결과는 전혀 다른 방향으로 희화화된다는 것.

그리고 최인훈이 변주곡 속에서 가장 의도적으로 내비친 것은 공주가 온달을 대성케 한 고정관념을 깨고 공주의 정치적 욕망과 강퍅한 성격 때문에 온달은 희생제물이 된다는 쪽으로 초점을 맞추어 가고 있는 것을 보면 기존 시선의 해체와 인간사는 인간의 의지로 이루어지는 것이 아니라 인연과 운명에 이끌려 간다는 불교적인 사상을 바탕으로 하고 있다는 것을 알 수 있다.

이러한 사실은 우리의 고전의 재해석 작업이 지난 70년대 이후 점차 새로운 차원으로 들어서 가고 있다는 것을 말해주는 것이다. 그리고 최인훈에 대한 평가가 <광장>이나 <회색인> 등에서 금기의 이데올로기에 과감했다는 것 못지 않게 그는 고전의 부활(패러디)작업은 문학의 새로운 터전을 마련했다고 보아야 하고, 채만식 역시 「태평천하」나 「탁

---

3) 김현실 외, 앞의 책, p.119.

류」 등의 창작세계 못지 않게 이 땅의 근원설화를 재구성한 것도 중요
하다고 본다.

한국예술, 감각의 혁명

새로운 지형도
— 이 상

十三人의 兒孩가 道路로
疾走하오.
(길은막달은골목이適當하오.)

第一의兒孩가무섭다고그리오.
第二의兒孩도무섭다고그리오.
第三의兒孩도무섭다고그리오.
第四의兒孩도무섭다고그리오.
第五의兒孩도무섭다고그리오.
第六의兒孩도무섭다고그리오.
第七의兒孩도무섭다고그리오.
第八의兒孩도무섭다고그리오.
第九의兒孩도무섭다고그리오.
第十의兒孩도무섭다고그리오.

第十一의兒孩가무섭다고그리오.
第十二의兒孩도무섭다고그리오.
第十三의兒孩도무섭다고그리오.
十三人의兒孩는무서운兒孩와무서워하는
兒孩와그러케뿐이모였소.

(다른事情<사정>은업는것이차라리나앗소)

그中의一人의兒孩가무서운兒孩라도좃소.
그中의二人의兒孩가무서운兒孩라도좃소.
그中의二人의兒孩가무서워하는兒孩라도좃소.
그中의一人의兒孩가무서워하는兒孩라도좃소.

(길은뚤닌골목이라도適當하오.)

十三人의兒孩가道路로疾走하지아니하야도좃소.
— 李箱, '오감도'

'오감도'는 까마귀의 눈을 통해 이상이 그린 식민지 지상의 그림이다. 이 시에 대해 여러 해설이 붙여졌고 모두들 난해한 시라고 했지만 이것을 역사적 상황판 위에서 펼쳐보면 의외로 단순하다. 같은 말의 반복이나 괄호 속의 말이나 13이라는 숫자 등은 기재 이상이 어두운 하늘을 까마귀로 조감한 빼앗긴 땅을 그린 처지에서 보면 내용은 저절로 풀린다. 지상은 공포의 거리이고 도로는 막혔든 말든, 막다른 골목이든 아니든 전혀 관계없다는 것이다. 이것이 이상의 독창적 관찰법이다. 까마귀 대신 거울을 통해 보아도 막히고 뒤집힌 세상은 같다.

거울속에는소리가없소
저렇게까지조용한세상은참없을것이오
— 李箱, '거울'에서

여기서 <거울 밖의 나>와 <거울 속의 나>는 단절되어 있다. 그래서 <거울 속의 나>는 <내 말을 못 알아듣는 딱한 귀가 두 개나 있소>라고 말하고 그것은 <내 악수도 받을 줄 모르는—왼손잡이오>라고 자조한다.
이처럼 식민지는 내 조국인데도 낯선 이국 땅이고 나는 소외되어 있

다. 이상의 작품을 실존주의적 소외의식으로 보는 것도 이러한 이유 때
문이다.

실존주의가 이상이 떠난 뒤에 왔지만 이미 이상은 실존주의를 예언
의 나팔로 불었던 것이다. 즉 이상 문학은 부조리하고 해괴하고 불안하
고 어처구니없는 인간세상의 파행을 불길한 새 까마귀의 눈으로 혹은
<거울>로 본 것이다. 그것이 그의 패러독스이고 괴소(怪笑)였던 것이
다. 이러한 사실을 그의 '날개'에서 살펴보자.

　　내가 이렇게까지 내 아내를 소중히 생각한 까닭은 이 33번지 18가
구 가운데서 내 아내가 내 아내의 명함처럼 제일 작고 제일 아름다운
것을 안 까닭이다. 18가구에서 각기 별러들은 송이송이 꽃들 가운데서
도 내 아내가 특히 아름다운 한 떨기의 꽃으로 이 함석지붕 밑 볕 안
드는 지역에서 어디까지든지 찬란하였다. 따라서 그런 한 떨기 꽃을
지키고 — 아니 그 꽃에 매어 달려 사는 나라는 존재가 도무지 형언
할 수 없는 거북살스러운 존재가 아닐 수 없었던 것은 물론이다. ……
　　그러나 아내는 한 번도 나를 자기 방으로 부른 일이 없다.
　　나는 늘 웃방에서나 혼자서 밥을 먹고 잠을 잤다. 밥은 너무 맛이
없었다. 반찬이 너무 엉성하였다. 나는 닭이나 강아지처럼 말없이 주
는 모이를 넙죽넙죽 받아먹기는 했으나 내심 야속하게 생각한 적도
더러 없지 않다. 나는 안색이 여지없이 창백해 가면서 말라들어 갔다.
나날이 눈에 보이듯이 기운이 줄어들어 갔다. 영양부족으로 하여 몸통
이 곳곳이 뼈가 불쑥불쑥 내밀었다. 하룻밤 사이에도 수십 차를 돌쳐
눕지 않고는 여기저기가 배겨서 나는 배겨내일 수가 없었다.
　　그렇기 때문에 나는 내 이불 속에서 아내가 늘 흔히 쓸 수 있는 저
돈의 출처를 탐색해 보는 일변 장지 틈으로 새어 나오는 아랫방의 음
식은 무엇일까를 간단히 연구하였다. 나는 잠이 잘 안 왔다.
　　　　　　　　　　　　　　　　　　　　　— '날개' 중에서

위의 부분에서 보면 화자의 아내는 <나>를 극히 홀대하고 불편한 존
재로 취급할 뿐이다. 이러한 관계에서도 세상의 부부나 인간들끼리 혹
은 인간의 이상과 현실, 인간과 자연은 서로 발이 맞지 않는다는 것을

보여준다. 아내는 <나>에게 아스피린이라고 속이고 수면제인 아달린을 먹인다. 아내가 감기약 아스피린을 주는 줄로만 알고 있었는데 그것이 수면제인 아달린이라는 것을 알게 된 <나>는 거기서 좌절하고 심한 자학을 한다. 하여 <나>는 주머니에 가지고 온 아달린을 꺼내 남은 여섯 개를 한꺼번에 질겅질겅 씹어먹어 버린다. 거기서 <나>는 일 주야를 잠들었고 깨어보니 풍경이 온통 노란 세상이다. 그러나 <나>는 그러한 아내를 탓하지 않는다.

　　우리 부부는 숙명적으로 발이 맞지 않는 절름발이인 것이다. 나나 아내나 제 거동에 로직을 붙일 필요는 없다. 분해할 필요도 없다. 사실은 사실대로 오해는 오해대로 그저 끝없이 발을 절뚝거리면서 세상을 걸어가면 되는 것이다. 그렇지 않을까?
　　그러나 나는 이 발길이 아내에게로 돌아가야 옳은가. 이것만은 분간하기가 좀 어려웠다. 가야 하나? 그럼 어디로 가나?
　　　　　　　　　　　　　　　　　　　　　　　— '날개' 중에서

　이와 같은 부분은 카프카의 <작은 우화>가 보여주는 막다른 골목과 오버랩된다. 카프카의 <작은 우화>에는 쥐 앞에 열린 길이 없고, 기껏 길을 가르쳐준 고양이는 금방 쥐를 잡아먹었던 것이다. 이러한 상황에서 이상은 끝없이 각양각색으로 방황(여러 작품 형태)하다가 걷던 걸음을 멈추고 그리고 어디 한번 날아보고 싶었던 것이다. <날개야 다시 돋아라 날자, 날자, 날자. 다시 한번 더 날자꾸나. 한번만 더 날아 보자꾸나.> 하고 외친다. 이것은 현장에서 실패한 인간(이상)의 소리이다.

　　　　　　　　　　　　　▽은 나의 AMOUREUSES이다.

　　종이로만든배암이종이로만든배암이라고하면
　　▽은배암이다

　　▽은춤을추었다

▽의웃음을웃는것은破格이어서우스웠다.

슬럽파어카땅에서떨어지지아니하는것은너무소름끼치는일이다.
▽는눈은冬眠이다
▽은電燈을三等太陽인줄안다

— '▽의 유희' 중에서

위의 시는 이상이 1931년 7월 ≪조선과 건축≫지에 발표한 일문(日
文)시이다. 여기서도 확연히 포착되는 것은 이 시 역시 자신(이상)의 자
화상처럼 그렸다는 것을 알 수 있다. 이 시에서 배암은 남성의 성기를
상징한다. 그리고 <종이로 만든 배암>은 남성기의 무기력한 상태이고
그 무기력한 ▽(즉 이상 자신)이 춤을 추었다는 것은 우스운 일일 수밖
에 없다. 이승훈은 이 시의 해설에서 <아내>와 <나>의 대립을 노래한
것이라 했다(이승훈, 「이상 시전집」, 문학사상사, 1989, p.105). 그리고
이미 이상은 남자를 ▽로 그리고 여자를 △로 만든 형태면으로도 여자
를 남자보다 든든한 꼴로 마련했고 그의 작품들이 거의 여성 우위로 처
리한 것도 비정상의 상징적 그림이라 하겠다.

▽은 나의 AMOUREUSE이다.

▽이여 씨름에서이겨본經驗은몇번이나되느냐.
▽이여 보아하니外套속에파묻힌등덜미밖엔없고나.
▽이여 나는呼吸에부서진樂器로다
나에게如何한孤獨은찾아올지라도나는xx하지아니할것이다.
오직그러함으로써만나의生涯는原色과같하여豊富하도다.
그런데 나는 캐라벤이라고.
그런데 나는 캐라벤이라고.

— 이상, '神經質的으로 肥滿한 三角形'

이 시에서도 화자의 정신풍경을 볼 수 있다. ▽인 남자는 △인 여자와 씨름하여 이겨본 적이 없다는 여성 우위의 상태를 기술하고 있다. 그래서 <나>는 <외투속에파묻힌등덜미>밖에 보이지 않는다는 자신의 정신적인 위축과 외소함을 말한다. 그래서 <나에게여하한고독은찾아올지라도나는xx하지아니할것이다>는 여기서 <xx>로 암묵시킨 것은 <연애>라는 말을 생략한 것으로 볼 수 있을 것이다. 연애하고 사랑할 때마다 여자는 항상 자기 우위에 있게 되기 때문이다.

소설 '봉별기(逢別記)'에서 그의 아내와의 만남도 그 만남 자체가 우연이지만 그러한 우연한 만남으로 부부관계가 설정된 뒤에는 비정상이 지속된다.

愚라는 佛蘭西 留學生의 遊冶郎을 나는 錦紅에게 勸하였다. 錦紅이는 내 말대로 禹氏와 더불어 <獨湯>에 들어갔다. 나는 이 淫亂한 設備 문간에 나란히 벗어놓은 禹氏와 錦紅이 신발을 보고 언짢아하지 않았다.

— 이상, '봉별기'에서

여기서 이상은 말로는 언짢아하지 않았다고 했지만 스스로 주선한 일에서 심히 고독해 한다. 그는 금홍을 타인에게 스스로 권하고도 고독해 한다. 이러한 상황에서 그가 마련한 집은 상식이 통할 수 있는 평범한 집이 아니었다. 식민지라는 병이고 인간과 자연, 세상의 병이다. 발이 맞지 않는 이 지상의 병은 상실증과 실존주의적 부조리라는 병일 것이다.

이상은 허망한 현장에서 후퇴하고 다시 제 2의 실존을 꿈꾸고 비상하게 된다. 그는 동경으로 가지만 그 동경행은 그의 인생과 문학의 종말이 된다. 적국에 가는 것 자체도 모순이다.

膏盲에 든 文學病을—이 익애의 이 도취의 …… 이 굴레를 좀 벗고

飄然할 수 있는 제법 斤量 나가는 인간이 되고 싶소 ……

위의 편지는 이상이 일본 동경으로 가기 직전 김기림에게 보낸 편지 가운데 있는 말이다. 그러나 이상은 자신이 날개를 달고 날아보고픈 꿈을 안고 간 그 곳(동경)의 실제 사정은 이상 자신의 꿈에 그리던 기대와는 정반대였다. 그는 결국 그곳에서 좌절하고 마지막 숨을 거두는 비극의 종말을 맞게 된다.

이상이 동경으로 가기 전 이미 그의 육신은 폐결핵을 깊이 앓고 있는 상황이었다. 더구나 그 당시(1937년) 일본 군부는 소위 대동아 전쟁이라는 전시 체제하에서 한국의 사상범을 마구 구속 검거하는 때였다. 이때 이상은 단지 거동이 수상하다는 이유로 단골 노파가 경영하는 우동집에서 검거되어 감방에 처넣어졌다. 한달여의 감방생활에서 그의 폐결핵은 절망상태로 악화되어 결국 그의 일생은 끝맺게 된다.

위에서 보는 바와 같이 이상의 짧은 인생은 비극으로 끝난다. 그러나 그의 문학예술 자체로만 평가한다면 그의 일생은 찬란한 불꽃이라고 할 수 있다. 이 땅에서 그의 문학은 전위이고 해체이고 일보 전진이었고 가장 난해한, 그리고 이색적인 새 지평 열기의 문학이었다.

감각의 혁명
— 정지용

疎開터
눈 우에도
춥지 않은 바람

클라리넷이 울고
북이 울고
천막이 후두둑 거리고
旗가 날고
야릇이도 설고 흥청스러운 밤

말이 달리고 불테를 뚫고 넘고
말 우에
계집아이 뒤집고

물개
나팔 불고

— 중 략 —

내 열살 보담
어른인
열 여섯 살 난 딸 옆에 섰다

열길 솟대가 기집아이 발바다 우에 돈다
솟대 꼭두에 사내 어린아이가 거꾸로 섰다
거꾸로 선 아이 발 우에 접시가 돈다
솟대가 주춤 한다
접시가 뛴다 아슬아슬

클라리넷이 울고
북이 울고
가죽잠바 입은 團長이
이웃! 이웃! 救勤 한다
방한복(防寒服) 밑 외투(外套) 안에서
千萬 나의 마흔 아홉 해가
접시 따라 돈다 나는 박수(拍手)한다
                    ─ 정지용, '曲馬團'(1950.2)에서

곡마단 가족은 아슬아슬하게 자기 생명을 공중에 매단 서러운 족속들이다. 불테를 뚫고 '말 우에 / 기집아이 뒤집고 / 물개 / 나팔 불고' 하는 절묘한 광경이 벌어지지만 '야릇이도 설고 흥청스러운 밤'이 된다.

특히 '기집아이가 뒤집고' 하는 재주를 보면 자신의 지난 '마흔 아홉 해가 (영락없이) 접시 따라' 돌았던 것이다.

하여 지용 자신의 곡예사적인 지난 시간들 속에서 '물개 / 나팔' 부는 재주도 있었지만 애기가 우는 '탈의실'에서 단발머리가 드나드는 서글픈 모습도 자신의 한 순간과 오버랩 된다.

시인(지용(1902∼1953?)의 약 50년의 생애는 이 땅의 최근세사에서 가장 심한 격동기였다. 식민지 36년에 광복이 오고, 곧 이어 남북 분단으로 좌우익이 대립하고 그 소용돌이 속에서 6·25 전쟁이 터진다. 그 후 사라진 그를 두고 얼마 전까지 월북이냐 납북이냐로 엇갈렸다가 결국 그는 납북되었다는 것으로 확인되었다. 그 뿐 아니라 그는 마르크스주의자인가 아닌가? 그리고 지용은 진정한 카톨릭 신자인가 등도 논란거리였다.

이러한 그에 대한 논의가 김윤식의 『한국 근대문학 사상사』(한길사, 1984)를 비롯하여 김학동의 『정지용 연구』(민음사, 1987), 양왕용의 『정지용 시 연구』(삼지원, 1988), 최두석의 '정지용의 시 세계', 『창작과 비평』 제60호(1988, 여름), 이승훈의 '람프의 시학', 『정지용 연구』(새문사, 1988), 임영천의 『한국 현대문학과 기독교』(태학사, 1995) 외 많은 논의들 속에 설왕설래했었다.

그러나 실은 지용은 좌우익 그 어느 한 편에 서서 광분하지 않았다. 그 마음 바탕이 순수하다는 것은 누구나 인정하고 있었다.

> 조선처럼 물질적으로 가난하고 시인이 많은 나라도 없다. 그러나 그들의 대부분이 나비처럼 연약하다. 아름답지만 약하다. 역사는 탁류가 되어 도도히 흘러예거늘……. 강 언덕에 핀 꽃에 누워 가는 구름이나 바라다보는 시인들……. 그 구름을 역사의 흐름으로 착각하지나 말았으면 좋으련만, 태준·원조·남천·임화를 문단명부에서 제명처분한 예술부락의 시인들. 그들은 꽃다운 호접(胡蝶)이다. 탁류 속에서 몸부림치는 물고기를 비웃는 나비들이여! 두고 보라. 시들은 꽃 위에서 백일몽을 깨리니 때는 이미 늦으리라. 아름다운 호접(胡蝶).
> — 김동석. '탁류의 음악'에서

김상용, 조지훈, 서정주 등을 극구 매도하는 자리에서도 김동석은 정지용에 관해서는 한마디로 "지용은 너무 맑다"고 했다.

도상(途上)의 나그네

① 얼굴하나야
　손바닥 둘로
　폭 가리지만
　보고싶은 마음
　호수만 하니
　눈감을 밖에

― '호수 1' 전문

② 오리 모가지는
　호수를 감는다
　오리 모가지는
　자꾸 간지러워

― '호수 2' 전문

위의 시 '호수 1'은 단순한 역설이 아니다. 기교로 탁월한 에스프리를
보여주던 자신의 이미지즘 시와도 다른 것 같다. (그의 생애의 여로에
펼쳐지는 숨은 곡절의 예시 같은 것을 느낄 수 있다)

지용이 '호수 2'에서 <오리 모가지는/호수를 감는다/오리 모가지는 자
꾸 간지러워>라고 표현하여 뛰어난 기교와 감각을 보여주지만 '호수 1'
과는 깊이에서 전혀 다르다.

밤비는 뱀눈처럼 가는데
페이브멘트에 흐느끼는 불빛.
카페 프란스에 가자.

― 정지용 '카페 프란스'에서

이 시에서 가는 줄기의 '밤비'를 '뱀눈'으로, 그리고 페이브멘트의 흔
들리는 불빛을 '흐느끼는'으로 표현한 것 등은 당시 이 땅의 선구적인
주지파가 보여준 경이적인 수법이었다.

그리고 그의 형태주의 詩는 아직 서구 시에 익숙하지 못했던 이 땅의
문단에 신선한 충격이었다.

시의 신비는 시어의 신비다. 시는 언어와 Incarnation적 일치다. 그
러므로 시의 정신적 심도는 필연적으로 '언어의 정령을 잡지 않고서는
표현, 제작에 오를 수 없다. 다만 시의 심도가 자연 인간생활, 사상에
뿌리를 깊이 서림에 따라서 다시 시에 세밀히 화(化)되지 않은 언어

는 결국 시를 사장시킨다. 시인이 거하는 궁전이 언어요, 이를 다시
방송하는 것도 언어다.[1]

 이상에서 볼 수 있는 바와 같이 지용은 초기에 언어의 마술사로 통했
다. 최재서는 이러한 정지용을 말의 비밀을 아는 <언어의 마술사>라고
하면서, 그의 마술의 비밀은 감정을 그대로 쏟아놓지 않는 데 있다고
했다. <표현을 강요하는 감정을 누르고 눌러서 제기력이 막 한도를 넘
어서려고 하는 마지막 순간에 탁 풀어놓는다>는 것이다.
 그러나 지용은 언어적 감각보다는 정서의 깊은 곳으로 침잠해 간다.

> 넓은 벌 동쪽 끝으로
> 옛이야기 지줄대는 실개천이
> 휘돌아 나가고
> 얼룩백이 황소가
> 해설피 금빛 게으른 울음을 우는 곳
> —그곳이 차마 꿈엔들 잊힐리야.
>
> 질화로에 재가 식어지면
> 빈 밭에 밤바람 소리 말을 달리고
> 엷은 조름에 겨운 늙으신 아버지가
> 짚베개 돋아 고이시는 곳
> —그곳이 차마 꿈엔들 잊힐리야.
>
> 흙에서 자란 내 마음
> 파아란 하늘빛이 그리워
> 함부로 쏜 화살을 찾으러
> 풀섶 이슬에 함초롬 휘적시던 곳
> —그곳이 차마 꿈엔들 잊힐리야.

— '鄕愁' 전문

---

1) 『鄭芝溶全集』, 「散文 2」, 民音社(1988), p.253.

　플라톤은 <인간은 존재(being)의 세계에서 생성(becoming)의 세계로 추방되었다>고 하였다. 「향수」가 1연에서는 고향의 원형으로 시작하여 2연에서는 밤 풍경을 노래하고 있지만, 3연의 <흙에서 자란 내 마음 / 파아란 하늘빛이 그리워>에 이르면 생성하고 소멸해가는 유한한 존재가 영원한 존재인 하늘빛을 그리워 할 수밖에 없는 종교적 심상을 보여준다.

　이러한 3연의 종교적인 영안에 이어 4연으로 오면 <아무렇지도 않고 예쁠 것도 없는 / 사철 발벗은 안해가 / 따가운 햇살을 등에 지고 이삭 줍던 곳>이라는 이 부분에 이르러서는 3연의 언제나 그리운 하늘빛과 친화력을 지나 하나가 되고 있는 절묘한 발전적 양태를 보여주고 있다. 이처럼 「향수」의 화자는 자연과 동화된 상태에서 언제나 그리운 하늘(자연과 종교적 심상)에 닿아 있음을 본다.

　이러한 지용의 감추어진 심사가 「고향」에서는 그대로 드러나면서 인생의 무상이 강조된다.

　　　고향에 고향에 돌아와도
　　　그리던 고향은 아니러뇨

　　　산꽁이 알을 품고
　　　뻐꾸기 제철에 울건만,

　　　마음은 제 고향 지니지 않고
　　　머언 港口로 떠도는 구름.

　　　오늘도 메 끝에 홀로 오르니
　　　한 점 꽃이 인정스레 웃고,

　　　어린 시절에 불던 풀피리 소리 아니나고
　　　메마른 입술에 쓰디 쓰다.

고향에 고향에 돌아와도
그리던 하늘만이 높푸르구나

— ‘故鄉’ 전문

이 「고향」에서 김학동도 지적한 것처럼 산꿩이나 뻐꾸기, 꽃, 하늘 등
의 자연의 이미지는 불변의 연속성으로 나타나 있지만 <떠도는 구름>
으로 은유된 식민지의 마음은 그대로이지 않다는 것이다.
「향수」나 「고향」에서 자기 존재(생성과 소멸의 운명)의 뿌리를 모색
한 지용은 그 존재의 꿈(뿌리)을 <바다>시에서 더 한층 심화시키는 것
이 주목된다.

외로운 마음이
한종일 두고

바다를 불러—

바다 우로
밤이
걸어온다

— ‘바다 3’ 전문

이 시에서 바다는 지용에게 외로운 그의 심리와 오버랩 된다. 바다의
이미지는 보편적으로는 열린 지평이고 뚫린 공간이다. 그러나 그 무엇
인가의 그리움에 젖어있는 지용에게 바다는 외로움과 어둠이 걸어오는
고독의 외길이 되기도 한다.

후주근한 물결소리 등에 지고 홀로 돌아가노니

어데선지 그 누구 씨러져 울음 우는 듯한 기척,

돌아서서 보니 먼 燈臺가 반짝 깜박이고
갈매기떼 끼루룩 끼루룩 비를 부르며 날아간다

울음 우는 이는 燈臺도 아니고 갈매기도 아니고
어덴지 홀로 떠러진 이름 모를 스러움이 하나

— '바다 4' 전문

「바다 4」는 '울음, 비, 스러움'으로 구축되었다. 위의 「바다 3」과 「바다 4」를 연결시켜보면 '바다 — 밤 — 등대 — 갈매기 — 비 — 스러움'으로 지용이 그 무엇인가 찾지 못해 방황하는 도상의 나그네의 심상을 표출시킨다. 이것은 마치 마르틴 부브가 "현대는 고향 상실의 시대다"라고 하면서 인간은 깃들일 품을 찾는다고 한 바로 그 모습이다.

영혼의 고향

지용의 종교시에 이르면 그의 예리했던 이미지즘적 시의 문법은 하나의 완법에 불과하고 그의 시는 오랜 시간 방황하여 찾은 천주를 만나 영혼이 더없이 행복해진다. 여기엔 세속적인 갈등이나 불안, 절망을 지나온 후의 안정과 평강이 있을 뿐이다.

그의 종교시들('不死鳥', '나무', '恩惠', '별', '갈릴레이 바다', '그의 반', '다른 한울', '또 하나 다른 태양' 등) 가운데 신앙시로서는 첫 작품이 되는 '그의 반'에서는 그간의 바다의 시편들이 하강하여 모색한 존재의 꿈을 위로 올라가 찾아 안주하는 모습을 보게 된다.

무엇이라 이름하리 그를?

나의 영혼 안에 고흔 불,
공손한 이마에 비추는 달,
나의 눈보다 갑진이
바다에서 솟아올라 나래 떠는 金星,
나의 가지에 머물지 않고
나의 나라에서도 멀다

— '그의 반'에서

이처럼 지용은 바다계열의 시와 거의 동시에 발표된 이 신앙시를 기점으로 하여 또 하나의 새로운 전기를 맞이하게 되는 것이다.

얼골이 바로 푸른 한울을 울어렀기에
발이 항시 검은 흙을 향하기 욕되지 않도다.

곡식알이 거꾸로 떨어져도 싹은 반듯이 우로!
어느 모양으로 심기여졌더뇨? 이상스런 나무 나의 몸이여!

오오 알맞는 位置! 좋은 우아래!
아담의 슬픈 遺産도 그대로 받었노라.

나의 적은 年輪으로 이스라엘의 二千年을 헤였노라.
나의 存在는 宇宙의 한낱 焦燥한 汚點이었도다.
목마른 사슴이 샘을 찾어 입을 잠그듯이
이제 그리스도의 못박히신 발의 聖血에 이마를 적시며—

오오! 新約의 太陽을 한아름 안다.

— '나무' 전문

그의 시 '나무'는 지난날 '향수'에서 <흙에서 자란 내 마음>이 항상 <그립던 하늘 빛>을 찾아 <이제 그리스도의 못박히신 발의 성혈에 이마

를 적시며—> 감격스럽게 <오오! 신약의 태양을 한아름 안>고 영광에
넘친다.
　이러한 종교시에서는 이미 지용은 모든 번뇌를 잊고 일어섰고 갈등
도 회한까지도 모든 것이 주의 은혜로 바뀌었다.

　　　온 고을이 밧들만 한
　　　薔薇 한가지가 솟아난다 하기로
　　　그래도 나는 고하 아니하련다.

　　　나는 나의 나히와 별과 바람에도 疲勞웁다.

　　　이제 太陽을 금시 일어 버린다 하기로
　　　그래도 그리 놀라울리 없다.

　　　실상 나는 또하나 다른 太陽으로 살었다.

　　　사랑을 위하얀 입맛도 일는다.
　　　외로운 사슴처럼 벙어리 되어 山길에 슬지라도—

　　　오오, 나의 幸福은 나의 聖母마리아!
　　　　　　　　　　— ‘또 하나 다른 太陽’ 전문

　이제 시인(지용)의 최대 행복은 <나의 성모마리아!>이므로 <온 고을
이 밧들만한 / 장미 한가지가 솟아난다 하기로 / 그래도 나는 고하 아
니하련다>고 다짐한다. 지구상의 태양을 잃는다 해도 자신이 영혼의 눈
으로 보고 있는 또 하나의 자기 태양이 있으므로 놀라지 않겠다는 것은
자신은 영안과 영혼이 찾는 신앙 그것이 전부라는 것이다. 여기엔 갈등
도 번민도 껴들 수 없었던 것이다.

　　시인은 구극에서 언어문자가 그다지 대수롭지 않다. 시는 언어의

구성이기보다 더 정신적인 것의 열렬한 정황 혹은 旺溢한 상태 혹은 황홀한 사기임으로 시인은 항상 정신적인 것에서 정신적인 것을 조준 한다. 언어와 宗匠은 정신적인 것까지의 일보 뒤에서 세심할 뿐이다. 표현의 기술적인 것은 차라리 시인의 타고난 재간 혹은 평생 숙련한 腕法의 부지중의 소득이다. 시인은 정신적인 것에 신적 광인처럼 일생 을 두고 가엾이도 열렬하였다. 그들은 대개 하등의 프로페슈날에 속하 지 않고 말았다. 시도 시인의 전문이 아니고 말았다.

정신적인 것은 만만하지 않게 풍부하다. 자연, 人事, 사랑, 죽음 내 지 전쟁, 개혁 더욱이 德義的인 것에 명이 든 육체를 시인은 차라리 평생 지녀야 하는 것이, 정신적인 것의 가장 우위에는 학문, 교양, 취 미 그러한 것보다도 <愛>와 <기도>와 <감사>가 據한다. 그러므로 신앙이야말로 시인의 일용할 糧道가 아닐 수 없다.

정취의 시는 漢詩에서 황무지가 완전히 없어지고 말았으리라. 진정 한 <愛>의 시인은 기독교 문화의 개화지 구라파에서 족출하였다. 영 맹한 이교도일지라도, 그가 지식인일 것이며 기독교 문화를 다소 반추 하는 것임에 틀림없다.

신은 愛로 자연을 창조하시었다. 애에 협동하는 시의 영위는 신의 제2창조가 아닐 수 없다.

이상스럽게도 시는 사람의 두뇌를 통하여 창조하게 된 것을 시인의 영예로 아니할 수가 없다.

　　　　　　　　　　　　　　　　　　　— '詩의 옹호'에서

그의 많은 시론 가운데 하필 「시의 옹호」냐라고 할 수도 있겠지만 위 에서 인용한 부분에는 그의 시가 시도한 거의 대부분의 시학적 논지가 포용되어 있다는 것을 볼 수 있을 것이다.

위의 글 첫 줄에서 보면 <시인은 구극에서 언어문자가 대수롭지 않 다>고 말하고 이어 <시인은 항상 정신적인 것에서 정신적인 것을 조준 한다>는 견해에 주목해 볼 필요가 있을 것 같다. 이러한 자신의 뜻을 좀 더 구체적으로 부연하여 <표현의 기술적인 것은 차라리 시인의 타 고난 재간 혹은 평생 숙련한 완법의 부지중의 소득이다>라고 하였다. 여기서 우리는 그의 초기 시에서(후기에도 나타나지만) 보여지는 모더

니즘이나 이미지스트로서의 감각적인 시풍은 자기 시 세계의 본령은 아
니라는 것을 시사하는 것이다.

그리고 그가 추구하는 정신적인 것에는 <자연, 人事, 사랑, 죽음 내지
전쟁, 개혁> 등이 있지만 <정신적인 것의 가장 우위에는 학문, 교양, 취
미 그러한 것보다도 愛와 기도와 감사가 據한다>고 하여 지용이 겨냥
하는 정신 속에는 애와 기도와 감사라는 그의 캐톨릭 신앙에 닿아 있음
을 알게된다. 그래서 <신앙이야말로 시인의 일용할 신적 糧道가 아닐
수 없다>고 했던 것이다.

특히 이러한 진술에서 짚고 넘어가야 할 한 줄의 삽입구가 눈에 띄는
데 그것은 '정취의 시는 漢詩에서 황무지가 완전히 없어지고 말았으리
라'는 대목이다. 여기서 시사하는 것은 그의 영혼의 안착지는 영혼이 행
복한 종교시이고 그의 시학이 완성한 곳은 동양시학이라는 것으로 해석
할 수 있을 것이다(이 부분은 후술할 것이다). 이러한 강한 주장을 그는
완곡하게 다음과 같이 진술한다.

신은 愛로 자연을 창조하시었다. 애에 협동하는 시의 영위는 신의
제2창조가 아닐 수 없다.

위의 예문에서 수렴되는 것은 신의 사랑으로 자연을 창조했고 인간
인 (시인은) 사랑으로 제2창조를 하는 것이니 시인 지용이 지향하는 궁
극의 세계는 신앙적인 영혼의 행복을 찾는 것이라는 것을 알 수 있다.

나의 가슴은
조그만 '갈릴레아 바다'

때없이 설레는 파도는
美한 풍경을 이룰 수 없도다.

예전에 門弟들은

잠자는 主를 깨웠도다.

주를 다만 깨움으로
그들의 信德은 복되도다.

돛폭은 다시 펴고
키는 方向을 찾었도다.

오늘도 나의 조그만 '갈릴레아'에서
主는 짐짓 잠자시는 줄을 ―

바람과 바닷가 잠잠한 후에야
나의 탄식을 깨달었도다

― '갈릴레아 바다' 전문

「카톨릭 청년」4호에 실린 이 시는 성경 마가복음 4장(35-41)의 혼을
재연시켜 본 것이다.

이러한 지용의 종교시에 대하여 몇몇의 폄하하는 평가는 성급한 것
이라 생각된다. 어느 시인이나 작가에 대한 작가론, 작품론이 많을수록
그 작품의 질이 풍성해질 수도 있지만 그와 반대로 미궁 속에 빠질 수
있다는 아이러니도 우리는 종종 본다. 특히 신앙문학 같은 경우 작가는
그 어떠한 신비체험이나 특이한 영감으로 창작하게 되는데 이러한 작품
을 풀겠다고 나서는 이론가들의 잣대는 거의가 자기 사상이나 감정으로
짙게 물들어 있고 신비체험이나 영감보다는 논리에 익숙한 편견을 가지
고 임하기 때문이다. 논리를 초월한 논리로 창작했는데 그것을 감상하
는 감상객은 일차원적인 논리의 눈으로 그것을 보려니 오해가 쌓일 수
밖에 없는 것이다.

시원으로의 회귀

정지용의 시작 여정(詩作 旅程)에서 그의 종교시에 이르면 그는 영혼의 행복을 맛본다. 그것은 지용 자신이 오랜 시간 기다리던 영혼의 고향에 기착했기 때문이다. 여기서 그의 시의 발걸음을 잠시 정리해 보면 그의 시의 순례는 「카페 프랑스」를 기점으로 하여 이 땅에 1920년대에 이미 모더니즘을 경험하여 시의 완법(솜씨)을 보여주었고 이어 진한 고향의식으로 한국인의 정서에 깊이 내접하였다.

여기서 그의 모더니즘은 앞을 향한 창작이었고 「향수」는 존재의 꿈을 찾아 뒤돌아보는 회귀였으니 이것으로 지용은 바슐라르가 말하는 상상의 두 가지(창작과 뿌리 찾기)를 동시에 이행하여 시를 공고하게 한 셈이다.

그리고 그 거점에서 하방으로 바다시를 노래하고 심해에서 다시 상승하여 종교시에 이르렀으니 그의 시는 수직과 수평으로 구축된 하나의 새로운 공간을 마련한 셈이다. 그러나 지용은 여기서 머물지 않았다. 이러한 공간에서 다시 시작되는 그의 시혼은 이전까지와는 완연히 다른 세계를 빚어낸다. 말하자면 이때까지의 체험의 탑으로 쌓은 그의 시의 공간에서 지난날의 완법은 그대로 지니고 있으면서도 초기의 고향 계열의 시가 그리던 것보다, 더 한층 커다란 스케일로 동양 전통의 산수시를 향해 회귀해 오게 된다는 점이다.

> 가재도 긁지 않는 白鹿潭 푸른 물에 하늘이 돈다. 不具에 가깝도록
> 고단한 나의 다리를 돌아 소가 갔다. 쫓겨온 실구름 一抹에도 白鹿潭
> 은 흐리운다. 나의 얼굴에 한나잘 포긴 白鹿潭은 쓸쓸하다. 나는 깨다
> 졸다 기도조차 잊었더니라
>
> ― '白鹿潭' 마지막 절

기독교의 관점에서는 우주만상을 창조한 이는 신이기 때문에 미의

근원도 신의 속성이라고 말한다. 그러나 동양에서는 모든 것이 자연에서 비롯된다고 보았기 때문에 미의 궁극에도 자연이 있다고 본다.(그러나 자연도 신의 창조물이라면 차이가 없어진다)

「백록담」 끝 연 첫줄을 유심히 볼 필요가 있다.

가재도 긔지 않는 白鹿潭 푸른 물에 하늘이 돈다

위에서 살핀 종교시에서도 하늘 빛을 찾아 영혼의 고향에 안착한 것을 보았지만 이 「백록담」에서 다시 찾은 하늘은 지난날 초기의 '향수'에서 그리던 바로 그 하늘을 가재도 긔지 않는 그 푸른 물에서 찾아낸 것이다.

흙에서 자란 내 마음
파아란 하늘빛이 그립어

— '향수'에서

이 '향수'에서 그리던 심사를 생각해 보면 '백록담'에서 찾은 하늘은 예사로운 하늘이 아닌 것이다.

지용은 한라영봉(漢拏靈峯)에서 <산이 하도 너그럽고 은혜로워 산록을 둘러 인을 깃들>게 했다고 자신이 말한 적이 있는(多島海記) 그 영봉의 백록담에서 그리던 그 하늘을 찾고 그 앞에서 자신은 소멸되고 자연으로 귀화해 본다. 이렇게 보면 그에게는 캐톨릭의 천주와 무위자연 속의 하늘이 호융해 있다 할 수밖에 없을 것이다.

지용의 두 권의 시집 중 첫 시집인 「정지용 시집」이 1935년에 간행되고 두 번째 시집인 「백록담」이 1941년에 발간되었는데 이 「백록담」에 실린 25편의 시와 8편의 산문을 조사한 이숭원(李崇源)은 25편의 시 중 고전 지향의 소산이 18편이라고 지적한 것을 보면 지용은 점차 서구적인 경향에서 동양적인 경향으로 이동해 온 사실을 발견하게 된다.

「백록담」에 수록된 고전 지향의 시를 대표한다고 말하는 「山 1」도 <뼈를 저리울 정도의 고요가 감싸고 있는 깊은 겨울 산>(이숭원)의 정경을 펼치고 있지만 <九成>에서 <꽃도 / 귀양 사는 곳>이라고 표현할 정도로 그윽한 정적을 나타내는 것은 이 무렵 지용의 시혼에 담겨 있는 특징을 보여주는 것이다.

영문학을 전공하여 영미 시에 통하고 주로 영미문학을 강의하면서도 시의경까지 강의했다는 지용의 후기 사상은 어느새 영미문학이나 그 이론보다는 동양의 사상에 깊이 침잠 하는 것을 볼 수 있다.

지용은 「시의 옹호」에서

하강한 것이란 天成의 위의를 갖추었기 때문에 요설을 삼간다. 싸우지 않고 항시 이긴다.
왜곡된 견해는 고독할 수밖에 없다.

이상과 같은 주지는 즉 타당한 것은 싸우지 않고 이기고 왜곡된 것은 지지를 받지 못하고 항시 외로울 뿐이라는 동양정신의 진수이다.

하늘의 도는 다투지 않아도 잘 이기고, 말하지 않아도 잘 응해주고, 부리지 않아도 스스로 오고, 편안한 태도로 잘 꾸민다.
하늘의 법망은 큼직큼직하고 소홀하지만 놓치지 않는다.

天之道 不爭而善勝, 不言而善應, 不召而自來, 繟然而善謨, 天網恢恢而疎不失

— '老子'에서

노자의 철학은 천지간에 있는 삼라만상은 결국 보이지 않아도 道가 현현(顯現)하고 작용하는 것이라고 본다. 도는 보이지 않지만 그 속에 만상이 있고 만물이 있고 단 신비로운 도에는 모든 생명의 근원인 정기

(精氣)나 정령이 솟아 나온다. 도는 바로 만물의 근원을 총체적으로 다스리는 것이라고 본다. 그래서 노자는 자신도 도가 누구의 자식인지 모른다(吾不知誰之子)고 말한다. 도는 스스로 그렇게 되어진 것이라고 말한다. 그러면서도 도는 모든 것을 담는다는 것이다.

지용은 <한 가지 사물에 대하여, 정확한 견해는 논설 이전에 이미 타당한 화협이 있었던 것>('시의 위의')이라고 말함으로써 <도는 이미 스스로 그렇게 되어진 것(自然)>이라는 노자의 정신과 일치한다.

그래서 지용은 <시는 타당한 것과 협화하기 전에는 말하자면 밝은 자리가 크게 옳은 곳이 아니고 보면 시 될 수 없다>고 말한다. 이것은 지용과 동양(정신) 예술이 갖는 궁극적인 미학인 것이다.

이처럼 원숙한 시학 속에 살던 정지용이 이 땅 최근세사의 난맥 속에서 '곡마단'을 노래하게 한 것은 한 점 페이소스이지만 그의 시가 금의환향했다는 것은 민족의 긍지이고 시대를 초월한 시의 본질을 보여준 것이다.

거대한 뿌리
― 김수영

자유를 위해서
비상하여 본 일이 있는
사람이면 알지
노고지리가
무엇을 보고
노래하는가를
어째서 자유에는
피의 냄새가 섞여 있는가를
혁명은
왜 고독한 것인가를

― 김수영, '푸른 하늘을'에서

김수영은 위의 시를 4·19 직후에(1960. 6. 15) 썼다. 4·19 혁명이 군사정권에 의해 좌절된 것도 보았다. 그는 흔히 말하다시피 참여시인으로서 그의 야유와 욕설, 악담 등이 세찬 저항과 참여의식에서 빚어진 것으로 볼 수도 있다.

그러나 그의 시나 문학 이론을 통해 보다 더 확실하게 느낄 수 있는 것은 차라리 자기 풍자에 있는 것이다. 그는 자신과 민중을 연민하고 고백하면서 민중의 길을 열고자 한 시인이었다.

이러한 정신을 그는 성의 노골적인 표현으로 에둘러 나타낸 것이 그의 시정신 가운데 하나이다.

> 그것하고 하고 와서 첫 번째로 여편네와
> 하던 날은 바로 그 이튿날 밤은
> 아니 바로 그 첫날밤은 반시간도 넘어 했는데도
> 여편네가 만족하지 않는다
> 그년하고 하듯이 혓바닥이 떨어져나가게
> 물어제끼지는 않았지만 그래도
> 어지간히 다부지게 해줬는데도
> 여편네가 만족하지 않는다.
> ……
> 나는 섬찍해서 그전의 둔감한 내 자신으로 다시 돌아간다
> 憐憫의 순간이다 恍惚의 순간이 아니다
> 속아 사는 憐憫의 순간이다
>
> ― 「性」에서

김홍도가 <사계춘화첩>에서 위선적인 양반 조롱을 강조하기 위하여 발가벗고 두 손 벌리고 헐레벌떡 여인 쪽으로 뛰는 광경은 김수영이 이 시에서 못난 민중의 몰골을 베껴놓는 것과 유사하다고 볼 수 있다.

> 죽은 고기처럼 혈색 없는 나를 보고
> 얼마 전에는 애 없는 여자하고 오입을 했다고 한다.
> 초저녁에 두 번 새벽에 한 번
> 그러니 아직도 늦지 않지 않았느냐고 한다.
> 그래도 추탕을 먹으면서 나보다도
> 더 땀을 흘리더라만
> 신문지로 얼굴을 씻으면서 나보고도
> 산보를 하라고 자꾸 권한다.
>
> ― '강가에서'에서

<김수영은 원래가 실험적인 시인>이라고 전제한 김종길은 <회한하

게도 이 구절은 추한 느낌을 주지 않을 뿐 아니라 시로도 균형을 잃지
않고 있다>고 평한다. 이러한 지적도 온당하지만, 그의 시에서 이러한
실험은 단지 그의 시적 실험이라기보다는 그의 <온몸>으로 쓰는 시혼
인 동시에 성의 금기에 대한 완전한 해방으로 못난 자신들을 고백하고
있는 부분이라고 할 수 있을 것이다.

> 팽이가 돈다
> 어린아이고 어른이고 살아가는 것이 신기로워
> 물끄러미 보고 있기를 좋아하는 나의 너무 큰 눈앞에서
> 아이가 팽이를 돌린다
> 살림을 사는 아이들도 아름다웁 듯이
> 노는 아이도 아름다워 보인다고 생각하면서
> 손님으로 온 나는 이집 주인과의 이야기도 잊어버리고
> 또 한번 팽이를 돌려주었으면 하고 원하는 것이다.
> 都會 안에서 쫓겨다니는 듯이 사는
> 나의 일이며
> 어느 小說보다도 신기로운 나의 生活이며
> 모두 다 내던지고
> 점잖이 앉은 나의 나이와 나이가 준 나의 무게를 생각하면서
> 정말 속임 없는 눈으로
> 지금 팽이가 도는 것을 본다
> 그러면 팽이가 까맣게 변하여 서서 있는 것이다.
> 누구 집을 가 보아도 나 사는 곳보다 餘裕가 있고
> 바쁘지도 않으니
> 마치 別世界 같이 보인다
> 팽이가 돈다
> 팽이가 돈다
> 팽이 밑바닥에 끈을 돌려 메이니 이상하고
> 손가락 사이에 끈을 한 줄 잡고 방바닥에 내어 던지니
> 소리 없이 회색 빛으로 도는 것이
> 오래 보지 못한 달나라의 장난 같다
> 팽이가 돈다

팽이가 돌면서 나를 울린다
제트機 壁畵밑의 나보다 더 뚱뚱한 주인 앞에서
나는 결코 울어야 할 사람은 아니며
영원히 나 자신을 고쳐가야 할 運命과 使命에 놓여있는 이 밤에
나는 한사코 放心조차 하여서는 아니 될 터인데
팽이는 나를 비웃는 듯이 돌고 있다.
비행기 프로펠러보다는 팽이가 記憶이 멀고
강한 것보다는 약한 것이 더 많은 나의 착한 마음이기에
팽이는 지금 수천년 전의 聖人과 같이
내 앞에서 돈다
생각하면 서러운 것인데
너도나도 스스로 도는 힘을 위하여
공통된 그 무엇을 위하여 울어서는 아니 된다는 듯이
서서 돌고 있는 것이다.
팽이가 돈다
팽이가 돈다

— '달나라의 장난' 전문

위의 시에서는 돌고 있는 팽이나 그것을 보고 있는 나나 양쪽이 다 가여운 것들이다. 그러면서도 나는 <영원히 나 자신을 고쳐 가야 할 運命>이고 <방심조차 하여서는 아니 될 터>이다.

이 시는 최정희에 의하면 <6·25 사변이 일어나고 그가 포로 수용소에 가고 가족은 수원인가 어디에 피난살이를 하던 때 초라한 피난살이에서 돌아와서 쓴 것이라고 한다> 그렇다면 더구나 이 시는 인간의 위선 외에 시대와 개인의 절망, 특히 절망하는 민중 자신에 대한 페이소스도 배어 있다 할 수 있을 것이다. 그는 일부 시에서 분노에 찬 격정적인 절규를 보여주기도 했지만, 이 시에서 타는 듯한 내적 갈망을 응축시키고 승화시키는 모습을 보여준다. 그는 앞의 시 '강가에서'도 자신의 발가벗고 음행하는 모습을 전혀 감추지 않고 사람들 앞에 내보이고 있었다.

詩를 배반하고 사는 마음이여
자기의 裸體를 더듬어 보고 살펴볼 수 없는 詩人처럼 비참한 사람
이 또 어디 있을까

— '구름의 파수병' 중에서

그의 <온몸>으로 펼친 시는 독자들에게 자신의 모든 것을 바쳐 독자와 함께 있고자 한다. 그는 끝까지 자유와 정직을 노래했지만, 연민의 정으로 갈망했다. 1945년 이 땅의 광복의 계절 속에서 시를 시작한 김수영은 자유가 없는 그 식민지에서 영혼이 꽁꽁 묶여 산 처절한 시간 속에서 그의 시를 잉태시켜 왔다고 볼 수 있다. 이러한 속박과 광복의 교차지에서 출발한 그의 시가 또 서구문학까지를 깊이 익힌 동서의 교차공간까지를 수용한 지성이었다는 것은 그의 시세계의 한 특징을 가늠하는 데에 참고사항이 될 수 있다. 그래서 그는 일부에서 전형적인 모더니스트로 혹은 정통 참여시인으로 처리하지만, 실은 그의 시는 태반부터 그 어느 극단적인 모더니스트도 참여파도 아니었던 것이다.

이러한 사실은 이미 김현승도 언급한 바 있지만, 염무웅이 「김수영론」에서 지적했듯이 <그는 모더니즘 詩의 내용 없는 형식주의에 건강한 사회의식을 결합시키고자 한 인물>이었지 결코 <사회 침여 일변도로 기울어진 문학적 편식가는 아니었다>고 봄이 타당할 것이다.

그는 참여파로만 보기에는 너무도 축축한 연민의 정과 정직성을 가지고 있었다. 그래서 그의 시에는 의외로 눈물이나 설움이라는 축축한 부분이 많다. 더구나 성을 소재나 주제로 다룬 시에서 그의 나체를 송두리째 독자 앞에 내놓고 위선하는 자신(혹은 민중)을 고백하는 형태로 표출시킨 포즈는 그가 갈망하는 사랑과 진실을, <온몸>으로 독자에게 보여주고 있는 한 전형이다. 그래서 그는 아직 떠난 지 반세기도 안 되었지만 그가 남긴 말 가운데 시작(詩作)은 <머리>로 하는 것이 아니고 <심장>으로 하는 것도 아니고 <몸>으로 하는 것이다. <온몸>으로 밀고 나가는 것이다>라고 의미심장하게 말했던 것이다.

　온 몸을 던져 고백한 시이기 때문에 그는 많은 독자 특히 시 이론가
들에게 둘러싸일 수 있었을 것이다. 당당하고 현학적인 철학적 변설보
다는 정직하고 진솔한 한 줄의 고백이 소중한 것이다. 폴 고갱의 그림
'고대 마호리족'에는 교접하는 두 연인이 활짝 열린 꽃잎 속에 파묻혀
있다. 거기에 꽃대로 된 두 손이 그 알몸을 보듬고 있다. 이처럼 적나라
한 자기 고백을 활짝 핀 꽃이 안고 있다는 것은 김수영의 활짝 연 고백
의 시를 독자가 안아주는 것과 오버랩된다.
　그래서 김수영은 '거대한 뿌리'를 노래할 수 있었다. 당당하면서도 자
기 전통과 자기 민족 그리고 자신에게 한없는 연민의 정을 느끼면서.

　　　나는 아직도 앉는 법을 모른다
　　　어쩌다 셋이서 술을 마신다 둘은 한 발을 무릎 위에 얹고
　　　도사리지 않는다 나는 어느새 南쪽식으로
　　　도사리고 앉았다 그럴 때는 이 둘은 반드시
　　　以北친구들이기 때문에 나는 나의 앉음새를 고친다
　　　八・一五 후에 김병욱이란 詩人은 두 발을 뒤로 꼬고
　　　언제나 일본여자처럼 앉아서 변론을 일삼았지만
　　　그는 일본대학에 다니면서 四年동안을 제철회사에서
　　　노동을 한 强者다

　　　나는 이사벨 버드 비숍女史와 연애하고 있다 그녀는
　　　一八九三년에 조선을 처음 방문한 英國王立地學協會會員이다
　　　그녀는 인경전의 종소리가 울리면 장안의
　　　남자들이 모조리 사라지고 갑자기 부녀자의 世界로
　　　화하는 劇的인 서울을 보았다 이 아름다운 시간에는
　　　남자로서 거리를 無斷通行할 수 있는 것은 교군꾼,
　　　내시, 外國人의 종놈, 官吏들뿐이다 그리고
　　　深夜에는 여자는 사라지고 남자가 다시 오입을 하러
　　　闊步하고 나선다고 이런 奇異한 慣習을 가진 나라를
　　　세계 다른 곳에서는 본 일이 없다고
　　　天下를 호령한 閔妃는 한번도 장안外出을 하지 못했다고……

傳統은 아무리 더러운 傳統이라도 좋다 나는 光化門
네거리에서 시구문의 진창을 연상하고 寅煥네
처갓집 옆의 지금은 埋立한 개울에서 아낙네들이
양잿물 솥에 불을 지피며 빨래하던 시절을 생각하고
이 우울한 시대를 패러다이스처럼 생각한다

버드 비숍女史를 안 뒤부터는 썩어빠진 대한민국이
괴롭지 않다 오히려 황송하다 歷史는 아무리 더러운 歷史라도 좋다
진창은 아무리 더러운 진창이라도 좋다
나에게 놋주발보다도 더 쨍쨍 울리는 追憶이 있는 한 人間은 영원
하고 사랑도 그렇다

비숍女史와 연애를 하고 있는 동안에는 進步主義者와
社會主義者는 네에미 씹이다 統一도 中立도 개좆이다
隱密도 深奧도 學究도 體面도 因習도 治安局
으로 가라 東洋拓殖會社, 日本領事館, 大韓民國官吏,
아이스크림은 미국놈 좆대강이나 빨아라 그러나
요강, 망건, 장죽, 種苗商, 장전, 구리개 약방, 신전,
피혁점, 곰보, 애꾸, 애 못 낳는 여자, 無識쟁이,
이 모든 無數한 反動이 좋다
이 땅에 발을 붙이기 위해서는
第三人道橋의 물 속에 박은 鐵筋기둥이 내가 내 땅에
박는 거대한 뿌리에 비하면 좀벌레의 솜털
내가 내 땅에 박는 거대한 뿌리에 비하면

怪奇映畵의 맘모스를 연상시키는
까치도 까마귀도 응접을 못하는 시꺼먼 가지를 가진
나도 감히 想像을 못하는 거대한 거대한 뿌리에 비하면……
— '거대한 뿌리' 전문

그는 우리의 전통과 역사와 추억이 그 무엇보다도 소중하고 든든한

뿌리가 된다는 것을 알았고 그 든든한 뿌리는 하잘 것 없는 <요강>이고
<망건>이고 <장죽>이며 <곰보> <애꾸> <애 못 낳는 여자> <무식쟁이>
등이라는 역설적 주장을 한다.

그리고 그 못난 것들이 제삼 인도교 철근 기둥보다 더 거대한 뿌리라
고 본다. 그는 대한민국을 당당하게 말한 시인이다. 이 <거대한 뿌리>를
거쳐 김수영은 드디어 '풀'을 노래한다.

  풀이 눕는다.
  비를 몰아오는 동풍에 나부껴
  풀은 눕고
  드디어 울었다
  날이 흐려서 더 울다가
  다시 누웠다.

  풀이 눕는다.
  바람보다도 더 빨리 눕는다
  바람보다도 더 빨리 울고
  바람보다 먼저 일어난다

  날이 흐리고 풀이 눕는다
  발목까지
  발 밑까지 눕는다.
  바람보다 늦게 누워도
  바람보다 먼저 일어나고
  바람보다 늦게 울어도
  바람보다 먼저 웃는다
  날이 흐리고 풀뿌리가 눕는다

                                                — '풀' 전문

이 작품 '풀'에는 많은 해석이 뒤따르고 있다. 첫째 김현이 지적한 대
로 <민중주의자들>에게 이 시의 풀은 민중의 상징이며 비를 몰고 오는
동풍은 외세의 상징이라는 것이다. 그리고 황동규는 '풀'을 <삶의 움직

임의 과정을 보여 주는 상징 동력>으로 보았고, 정현종은 <어둠 속에
자신을 열어 놓고 흔들리고 있는 풀잎의 부드러운 힘>이라고 보았다.

우리가 여기서 주목해야 할 것은 풀이라는 몸체가 갖는 이미지이다.
풀은 나타난 잎으로는 한없이 연약하다. 그래서 항시 바람에 나부낀다.
그러나 그것은 마지막 밑뿌리까지 흔들리지는 않는다. 강인한 뿌리가
있기 때문이다. 그 뿌리는 풀잎이 흔들리고 울어도 울지 않는다. 하여,
<풀은 바람보다 먼저 웃는다> 이것이 김수영의 시의 힘이고 생명이고
연민이다.

새로운 지평
— 이어령

　지난 60년대 비평에서 <순수> 대 <참여>의 논쟁은 뜨거운 열기를 보였다. 지난 1950년대는 반공 이데올로기가 경직된 사회 분위기를 조성했고, 60년대에는 군사정권과 경제성장제일주의로 역시 사회는 경직된다. 이러한 가운데 전개된 <순수> 대 <참여>의 논쟁은 사회적 억압 구조와 맞물려 긴장된 분위기를 고조시켜 주기에 충분했다.

　당시의 논쟁의 분위기는 김붕구가 '작가와 사회'(1967년 10월 12일 < 세계문화자유회의> 한국본부 주최 토론회) 라는 제하의 주제발표에서 <작가가 이론화된 앙가주망이나 참여문학을 표방할 제 그것은 필연적으로 프롤레타리아 혁명의 이데올로기로 귀착된다>는 요지의 주장을 하기에 이른다.

　이러한 이데올로기 문제로 싸움이 불붙자 임중빈은 '반사회 참여의 모순'(대한일보)으로, 선우휘는 '문학은 써먹는 것이 아니다'(조선일보)라는 소론으로 그리고 신동엽은 '선우휘씨의 홍두깨'(「월간문학」 1969. 4) 라는 글로 각각 격한 쟁론을 벌였다. 특히 신동엽은 선우휘를 <적색 노이로제>라는 용어를 쓰면서 매도하였다.

　이처럼 <순수> 대 <참여>의 논쟁이 뒤엉켜 과격해지고 있을 때 김수영과 이어령의 일대일 논쟁이 시작되어 결국 이 싸움은 이 두 사람의

몇 차례 격론으로 끝나게 되었다. (김수영은 이 무렵 갑자기 타계하였다)

그러나 이어령과 김수영의 논쟁이 과열은 했지만 흥미 있고 깊이 있는 예술이론으로 그간의 <순수> 대 <참여> 논쟁을 한 차원 높인 결론을 이끌어 내주었다.

여기서 이어령은 <에비> 이론을 제기했다. (「조선일보」 '<에비>가 지배하는 문화' 1967. 12. 28) <에비>란 유아들에게 쓰는 말로 아버지라는 무서운 힘을 상징한다. 당시 한국 문화계는 있지도 않은 <에비>에 눌려 스스로 창조력을 위축시키고 있다고 이어령은 주장했다. 즉 당시의 문화의 침묵은 문화인들 스스로의 소심증 때문이라는 것이다.

이에 김수영은 '지식인의 사회참여'(「사상계」 1968. 1)라는 글로 응수하면서 창조의 자유가 억압되는 것은 정치 권력의 탄압에 더 큰 원인이 있다고 했다. 그리고 김수영은 <최근에 써놓기만 하고 발표하지 못하고 있는 자신의 작품이나 신춘문예 응모작품 속에 끼여 있는 불온한 시들이 거리낌없이 방출될 수 있는 사회가 되어야 영광된 사회가 된다>는 요지의 주장을 한다. 이에 이어령은 '서랍 속에 든 불온 시를 분석한다' (「사상계」, 1968. 3)로 이어령 특유의 패러독스로 응수한다. 즉 김수영이 말한 그 <영광된 사회>가 왔을 때에는 이미 그러한 불온 시는 발표되지 않아도 좋다는 것이다. 발표가 허락되는 순간 이미 발표할 만한 가치를 상실해 버리는 것이 바로 <참여시의 운명>이라는 것이다.

이러한 김수영과 이어령의 논쟁은 당대 두 장인들의 논쟁답게 수준 높은 응구첩대로 문화계에 신선한 충격을 주었다. 궁극적으로 이들의 논쟁은 논쟁이라기보다는 <유쾌한 상대성>(바흐친)으로 당시 한국의 예술 문학 자체를 상승시키는 결과를 보인 셈이다. 여기서 이어령은 <순수>와 <참여>에 대한 원론적인 문제를 밝혀주었다.

이어령은 애당초 <참여의 문학>은 문학을 위한 문학도 아니며 <사회를 위한 문학도> 아닌 <자기 존재를 위한 문학>이라고 보았다. 즉 <인간의 상황은 역사적인 것이고 사회적인 것이기 때문에 결국 <자기

실존>을 향한 문학은 사회참가의 문학이 된다는 것이다(이어령의 '사회
참여의 문학'에서).

이처럼 이어령은 <실존주의적 상황 논리>로 참여문학을 풀이하였다.

> 지금까지 한국문화의 위기의식은 정치적 기상도에 따라 좌우되어
> 왔다. 한국의 작가들은 옛날이나 오늘이나 원고지의 백지를 대할 때마
> 다 총검을 든 검열자의 어두운 그림자를 느껴야 했다. 창조의 자유가
> 작가의 서랍 속에 있지 않고 官의 캐비닛 속에 맡겨져 있다는 것은
> 사실이다. 정치권력으로부터 배급받은 자유의 양만으로 창조의 기갈이
> 채워질 수 없다는 것도 또한 우리는 알고 있다. 그러나 참된 문화의
> 위협은 자유의 구속보다도 자유를 부여받고 누리는 그 순간에 더욱
> 증대된다는 역설이다.
> 실상 자유란 것은 천지개벽 초하룻날부터 완제품으로 만들어진 것
> 은 아니다. 그리고 그것은 남들이 축복해 주기 위해서 자신에게 선사
> 하는 버스데이 케이크와 같은 것은 더구나 아니다. 때로는 속박이 예
> 술창조에 있어서는 轉毒爲藥의 필요악일 수도 있다.
> — 이어령, '누가 그 조종을 울리는가'에서

<창조의 자유가 작가의 서랍 속에 있지 않고 관의 캐비닛 속에 맡겨
져 있었다는 것은> 한국의 작가들이 스스로 자유를 획득하는 전사(戰
士)가 아니라 겨우 <정치 권력으로부터 배급받은 자유만으로 창조의 기
갈>을 채웠다는 것은 문학인 스스로가 반성해야 한다는 역설적이고 기
지에 찬 발언이었다.

그 동안의 논쟁이 흙탕물 싸움을 하고 남의 견해에 <일리가 있다>는
전제하에 자기 진술에 임하기보다는 남을 물 속에 넣고 나의 깃발만 세
우겠다는 초보적인 싸움에서 벗어나 김수영과 이어령은 뼈아픈 자성론
으로 새로운 지평을 열고자 했다.

그리고 이어령은 비평활동 초기부터 모험적인 글(논쟁 같은 것)을 무
수히 진술했지만 거의가 생의 본질이나 근원을 관류했고 기존의 고정관
념을 해체하면서 새로운 문화의 지평을 열었다. 이러한 힘의 하나가 그

이 비유법이다.

> 낙타는 어째서 눈썹이 긴가? 낙타는 사막을 가기 때문이다. 허허 벌판에 모래바람이 분다. 불타는 사자의 눈이라 해도 혹은 그것이 아름다운 사슴의 눈이라 해도 사막의 지평을 바라볼 수는 없다. 모래 언덕에서 뜨거운 모래바람이 앞을 가릴 때 오직 길을 잃지 않고 앞으로 갈 수 있는 것은 낙타뿐이다……
>
> 낙타는 가끔 운다. 낙타는 왜 슬퍼 보이는가? 사막의 길을 가기 때문이다. 표지판도 방향도 없는 모래 한복판에서 낙타는 긴 목을 빼고 가야 할 먼 지평의 구름을 본다. 모래바람이 부는 목 타는 길이다. 쉬어 갈 녹지는 너무나도 멀다. 그러나 선인장처럼 가시 같은 의지가 길을 인도한다 해도 달도 믿을 것은 못된다.
>
> 낙타 같은 言語를 갖고 싶다. 사자의 눈이나 사치한 사슴의 뿔 같은 言語보다도 사막을 건너가는 그런 낙타의 言語로 詩를 쓰고 싶다. 지평을 바라볼 수 있는 기다란 목으로, 사풍(砂風) 속에서도 앞을 내다볼 수 있는 긴 눈썹으로, 그리고 혀를 말리는 갈증을 제 몸으로 적셔 가는 등위의 혹으로 내 生의 길을 걷고 싶다 ……
>
> — 이어령, '말'에서

말은 없는 것을 있게 한다. 결핍을 채운다. 그래서 이어령은 <시인*이여, 상실과 결핍과 부재를 두려워하지 말라>('결핍이 만드는 풍요의 꽃들')고 한다. <아라비아 사람들은 황량한 사막 속에서> 자지만 <아라비안 나이트>에는 많은 꽃과 나무 이야기, 녹지와 정원 이야기가 무수히 나온다는 것이다.

이어령은 비평가로서의 출발 초기부터 오늘까지 황량한 이 땅에 무수히 많은 언어의 녹지를 만들었다. 그 중의 대부분이 에세이 비평이다.

이어령은 이러한 글로 주유천하를 하였다. 그 어느 정치가보다도 장군보다도 웅변가보다도 날카로운 문필은 쉽게 세상을 지배할 수 있다.

---

* 이어령이 말하는 시인은 <창조적인 삶, 이를테면 끝없이 사랑과 아름다움을 추구하는 사람, 그리고 일상의 습관을 거부하고 새로운 의미를 발견하려는 모든 사람을 가리킨다>고 말한다.

특히 에세이 비평은 혼을 정복하는 게릴라이기 때문이다. 이어령 문장의 장점은 비유법에 있다.

> 같은 쇠를 가지고 일본이 세계에서 제일 잘 드는 日本刀를 만들고 있을 때 한국인들은 세계에서 제일 크고 잘 울리는 에밀레종을 만들었다.
>
> 칼로 쌓아올린 역사의 그 그늘에는 반드시 누군가 그 칼에 잘려 피를 흘려야 한다. <주판>으로 돈을 버는 역사에는 반드시 빼앗기고 손해를 본 사람의 눈물과 배고픔이 넘치게 마련이다. 그러나 <종>은 아무 것도 빼앗지 않는다. 그 울림은 오직 생명 같은 감동을 줄뿐이다. 그러므로 종이나 고도(琴)로 얻은 승리와 영광은 만인의 것이다. 아무도 그것 때문에 피를 흘리거나 눈물을 흘리지 않을 것이다. …… 칼을 가진 자와 주판을 가진 자만이 역사를 지배했던 것이 일본의 비극이었다. 이제부터 <군사대국> <경제대국>이 아니라 <문화대국>의 새 차원으로 역사를 바꾸어 가야만 확대지향도 제 빛을 차지할 수가 있을 것이다. 앞으로는 그 고도(琴)와 같은 생명의 울림을 만들어 가야 할 것이다.
>
> — 이어령, '축소지향의 日本人'에서

위의 예문은 이어령이 「축소지향의 일본인」으로 일본 전국민을 놀라게 한 글이다. 우리는 삼국시대 이후로 사뭇 일본에 밀려 왔다. 그러나 이 글은 우리를 정복한 일본의 가슴을 서늘케 했다.

지난날 한·일 양국은 한때의 불행한 역사 때문에 서로가 냉정한 타자였다. 그러나 세계화, 국제화 시대인 오늘은 그 어느 나라도 서로 등을 돌리고 살 수는 없다. 더구나 한국과 일본은 지정학적으로 가장 가까운 나라이고 이미 양국의 문화교류는 서로 대문을 열었다.

이를 위해 서로가 깊이 알고 이해의 폭을 넓혀야 한다. 이러한 시기에 이어령이 제시한 고도(琴) —일본 설화에는 큰 나무로 배를 만들고 그 배가 부서진 뒤에도 그 나무로 소금을 굽고 타다 남은 나무로 고도를 만들어 온 나라(七鄕)에 퍼지게 했다는 이야기가 있다—와 종이라는

거대담론은 크나큰 파장으로 양국에 미쳤다. 이럴 때 비유는 기지를 넘
어 대각(大覺)의 지혜가 된다. 또 한가지의 비유법을 보자.

　　성서의 백합화는 신의 은총과 사랑 속에서 아무런 근심 없이 피어
　나는 것으로 되어 있다. 그러나 현실의 들판에서 자라는 진짜 백합화
　는 감미로운 이슬보다는 폭풍이라든가 해충이라든가 하는 자연의 위
　협을 더 많이 받고 피어난다. 그러므로 백합화의 순결한 꽃잎과 그 향
　기는 외부로부터 받은 선물이 아니라 자신이 싸워서 얻은 창조품이라
　는 데 그것의 현실적인 의미가 있다.
　　　　　　　　　　　　　　　　　　　　— '누가 그 弔鐘을 울리는가'에서

　성경의 백합 이야기는 인간이 무엇을 먹을까 무엇을 입을까 걱정하
지 않아도 하느님께서 솔로몬이 입은 영광보다 더 아름다운 백합 같은
옷을 입혀주신다는 내용이다. 그러나 원죄의 인간에게 하느님은 남자는
땀을, 여자는 산고의 고통을 겪게 했다. 이처럼 땀과 산고를 겪고서야
훌륭한 글이 나온다는 뜻으로 이어령은 백합의 비유를 활용하였다. 천
상의 백합과 지상의 백합은 다르다는 것을 강조한다. 즉 지상의 예술품
은 온갖 폭풍이나 번개를 이겨서 비로소 태어난다는 것.
　이 글에서 두 번째 비유는 <아담의 배꼽>이다. <중세의 화가들은 아
담의 배꼽조차도 그리지 못하게 하는 극성스러운 승려들과 싸우면서 성
화를 그렸다>는 예를 들어, 지난날 이 땅의 문인들은 <사전보다도 일
본 관헌의 까만 수첩을 더 근심하며 문장의 어휘들을 창조했다>는 것
이다. 일제에 저항하면서 글을 썼던 선배 문인들을 추앙하기 위해 중세
화가를 예로 들었던 것이다. 그리고 맹목적인 대중들의 분별없는 눈을
비판하기 위해 같은 언덕에 매달린 예수와 도적을 분간하지 못하는 것
으로 비유한 것이라든가 <눈앞에 있는 팥죽 한 그릇이 아쉬워 장자의
기업을 야곱에게 팔아 넘긴 <에서>의 비유도 기발하다. 이것은 단순한
에스프리가 아니다.
　이어령은 이 글에서 <문학적 가치를 정치·사회적인 이데올로기로

평가하는 오늘의 오도된 사회 참여론자>들을 질타한다.

이어령 하면 <흙 속에 저 바람 속에> <우상의 파괴> <한국 한국인
> <축소지향의 일본인>을 비롯하여 제목만으로도 책 한 권은 실이 될
것이지만 그의 대부분의 논지는 패러독스로 이어지고 눈물 이야기는 희
귀하다(과문한 탓인가). 그러나 그에게도 깊은 눈물이 있다.

> 영화를 보고 운다는 것은 비록 소박한 일이기는 하나 남에게 자랑
> 할 것은 못 된다. 하물며 비극영화도 아닌 공보실 뉴스를 보고 울었다
> 면 사람들로부터 적지 않은 조소를 받을 것도 같다.
> 그러나 감히 말하건대, 나는 하찮은 그리고 수초 동안에 불과한 뉴
> 스의 한 장면을 보고 뜨거운 눈물을 흘렸던 일이 있다. 그것은 전쟁
> 고아들로 구성된 어린이 합창단이었다. 미국 순회 공연을 마치고 경무
> 대를 예방한 장면이었다고 기억된다.
> 미국에서 그들은 몇 푼의 자선금품을 얻어왔으며 메이 플라워의 후
> 예들로부터 동정도 많이 받았다는 것이다. 그들은 가난한 나라에 태어
> 났으며 거기에 또 전쟁 고아라는 운명까지도 걸머진 것이다. 그러나
> 순진한 아이들은 아무 뜻도 없이 귀여운 입술로 '아리랑'을 부르고 있
> 다.
>
> — '독재자와 아리랑' 중에서

가난한 한국 땅, 그 속에 태어난 전쟁 고아, 그리고 그들의 아리랑 노
래에 이어령은 눈물을 흘린다. 이 전쟁 고아들은 미국 순회공연을 하면
서 몇 푼의 자선금품을 얻고, 그 메이 플라워의 후예들로부터 동정을
받았다는 것이 이어령에게는 심히 불쾌하고 자존심 상하고 안쓰럽다.
비교적 냉정한 지성인의 눈물을 산 것이다(이것을 보면 그는 반드시 냉
정한 문명비평가만은 아니다).

> 말할 듯 말할 듯 하면서도 머뭇거리는 이 모순의 청자빛이야말로
> 한국인이 아니면 창조할 수도 이해할 수도 없는 빛깔이다.
> 그것은 한 마디로 말해 속으로 멍든 빛이다. 슬프고 외롭고 눈물에
> 찬 원한 속에서 살았기에 따뜻하고 능동적이고 밝은 그 색채 — 붉고

노란 불꽃의 그 색채를 몰랐던 것이다.

현세의 즐거움보다는, 그리고 타오르는 생명의 찬미보다는 어둠 속에서 빛을, 죽음 속에서 생을 얻어야 했던 사람들이다. 짓밟혀 온 생이었기에, 눈물 많은 운명이었기에 존재하지는 않으나 영원한, 그리고 공허하기는 하나 무한한 <무>의 색채에 의해서 텅 빈 마음을 채워갈 수밖에 없었던 것이다.

— '안에 간직한 침묵의 빛깔'중에서

위의 글을 보면 이어령은 고아들의 아리랑 노래가 들려준 그 청각적인 자극의 눈물보다 눈에 보이는 청자빛이 훨씬 눈물겨운 것이다. <머뭇거리는 모순의 청자빛> 그것은 속으로 멍든 한국사가 빚어낸 속눈물이라는 것이다. <짓밟혀 온 생> <무한한 무의 색채> 거기에 한국인은 마음을 채우면서 살아왔던 것을 생각하는 것이다.

일본의 야나기 무네요시가 한국 예술의 가냘픈 선과 색에서 고달픈 역사를 읽을 수 있다고 한 그 연민의 심정과 상통한다.

비극의 승화
— 차범석

인생을 무대 위에 올려 놓은 것이 드라마이다. 거울같이 조명하는 수법을 소박하게 리얼리즘이라고 말한다. 그러나 사실주의는 단순한 현실의 복사가 아니다. 즉 그 대상이 가지고 있는 내면적 정체의 채굴이다.

꾸르베의 사실주의는 자연에의 노스탤지어 즉 자아원천에 대한 노스탤지어이다. 그러니까 리얼리즘은 사물의 무게나 두께를 직접 손으로 헤아릴 수 있는데까지 이른다는 말이다. 그래서 앙고르는 꾸르베의 작품을 보고 <이 사나이는 한 개의 눈이다>라고 말했다. 그 눈은 단순한 눈이 아니라 조형적인 명암이 보이는 그런 눈이라는 것이다.

차범석은 흔히 사실주의 작가로 일컬어진다. 데뷔작 '밀주(密酒)'에서 오늘에 이르기까지 그 수법을 계속 심화 확대해 왔다.

그는 반세기 가까이 활동해 오면서 수 많은 작품을 썼고, 그 내용도 다양하다.

차범석을 유민영은 한마디로 '휴머니스트'라고 평한다. 그렇다면 차범석은 리얼리스트에 휴머니스트이니 한국 최근세사의 애환을 무한한 애정으로 그렸다고 볼 수 있다. 실제로 그의 작품에는 풍자적인 요소가 있고 때로는 씨니컬하지만 무엇보다도 페이소스가 가장 짙다. 휴머니스트인 까닭이다. 이 세상을 빛과 그림자로 보고 있는 그는 어두운 그림자를 밝은 빛으로 구원하는 것이 휴머니즘이라고 본다. <인생의 밑바닥

이나 사회의 그늘진 곳에서 인간 정신의 참 모습을 찾고… 모든 것이 밝은 빛 아래로 이끌어 올려져야> ('거부하는 몸짓으로 사랑했노라' p.178) 휴머니즘이라고 주장한다.

반세기의 그의 작품 속에는 정치적 사회적 부조리에서부터 신구세대의 갈등이나 분단의 비극 외에 수많은 풍경화가 다기 다양하게 노출되어 있지만 우리가 차범석을 더 구체적으로 알기 위해서는 그의 대표작 「山불」을 보아야 한다.

그의 작품 가운데 이것은 한국 최근세사의 비극의 단면을 한곳에 응축했기 때문이다.

한국사에서 국기가 기울기 시작하는 한말의 풍운을 차지하고 국권을 상실한 식민지에서 광복과 분단 그리고 4·19로 이어지는 이 숨막히는 상황 속에서 남북간의 이데올로기 전재의 비극을 그는 이 한 분지에서 극대화 시켰다.

이것은 동족산잔 그 자체의 거대담론이 아닌 그 와중에 이데올로기가 무엇인지도 모르는 순박한 한 고을 백성들의 희생과 갈등상을 다룬 것이다.

이러한 작품을 쓴 동기에 대해 차범석은 다음과 같이 말한다.

> 일정한 방향이나 의식도 없이 끌려 다니는 무지한 사람들의 애정의 원색은 곧 적나라한 인간의 모습이기도 한 것이다. 나는 여기, 문명도 의욕도 찾아볼 길 없는 깊은 山 속에서 그릇된 사상의 희생과 갈등을 통해 지난 날 우리 민족이 겪었던 상처를 어루만지며 잃어버린 인간성을 찾고자 붓을 들었다.
>
> — 유민영, '한국현대희곡사'에서

역사의 한 분지를 이룬 이 산골 마을은 일명 과부촌이다. 한 집에 삼대 과부가 살고 이웃집들도 노인 외에 남자는 없다. 6·25로 남자들은 끌려갔거나 죽었다. 거기에 <빨치산>과 <아군>이 번갈아 밟고 가는 이 작은 터전은 언제나 수라장이고 특히 빨치산들이 한번 다녀가면 양식마저 거의 동이 난다.

젊은 남자가 없는 이 연인천하에 어느날 나타난 탈출공비인 규복은 점례와 사월이(양쪽 다 젊은 과부)와의 삼각관계로 번져 비극 속에 드리워진 한 토 막 촌극을 보여 준다.

굽은 것을 못 보고, 불쌍한 처지를 외면하지 못하는 차범석이 이 작품 속에서 누대에 걸쳐 정든 이웃 사촌이 이데올로기에 휘말려 서로 <반동>으로 <고자질>로 원수지간이 되어간 역사적 희생제물에 각별 뜨거운 눈길을 보낸다.

울면 운다고 반동이고 웃으면 웃는다고 반동이다.

살림은 쪽박을 찰 판에 <까마귀 똥도 약이라면 칠산 바닥에 찍> 하고 <도적이 제발 저리고> <암탉이 울면집안이 망한다>는 속담등이 난무한다.

차범석은 이 「산불」에서 다양한 소도구며 토속어 속담등을 적기에 활용하여 작품 전면에 생기를 불어 넣는다.

특히 어수선하고 뒤숭숭한 분위기에 까마귀의 등장은 그 흉흉한 상황을 더욱 짙게 한다.

쌀례네　빌어먹을 까마귀떼들이 왜 또 극성이야!
　　　　난 저 소리만 들으면 똥물까지 넘어 온다니까.
이웃아낙 을 쌀례네, 그건 또 왜?(하며 쌀례네 쪽으로 다가온다.)
쌀례네　작년 겨울에 아범 송장을 찾으러 나갔을 때 일이에요. 무네미 산골을 넘어가려니까 저 까마귀떼 우는 소리가 들리지 않겠어요?
　　　　그때 문득 까마귀는 송장을 찾아다닌다는 말이 생각나서 그쪽을 더듬었지요. 그랬더니 토끼 바위 바로 아래에 까마귀들이 새까맣게 모여서 무엇을 쪼아 먹고 있지 않겠어요. 그래 가까이 가봤더니 그게 바로 아범의……
이웃아낙 을 저런!

쌀례네 얼굴이며 손에 붙은 살은 까마귀밥이 되고 뼈만 허옇게 남았
는데…….
(그때의 참경을 상기했는지 눈살이 찌뿌려진다.)

정임 그런데 어떻게 서방인줄 알아봤수?

쌀례네 옷을 봤지요. 고동색 조끼와 회색 솜바지가…… 게다가 재작
년 대보름날 산불을 끄다가 태운 불구멍이 바지에 남아 있
는게 틀림없었으니까…….(한숨을 내쉰다.)

정임 송장을 찾아 줬으니까 까마귀에게 절을 해야죠. 형님

쌀례네 그렇지만 그것들이 울어대지 않았던들 그 징그러운 꼴을 안
봤을 게 아닌가? 눈알도 없고 코도 없이 허연 이빨과 광대
뼈만 앙상하게 남은 꼴이…….(스스로의 감정을 억제치 못
하여 흑흑 느껴 울기 시작한다. 몇 사람이 등을 어루만지며
위로해 준다.)

이웃아낙 갑 (혼잣소리처럼) 젊은 것들이 불쌍했지! 늙은이들이야
다 산 목숨이지만 오뉴월의 은어처럼 펄펄 뛰놀던 젊은 놈
들이…….(눈꼽에 낀 뱁새눈을 찔끔거리며) 언제는 국군에
게 밥을 해 냈다고 죽이고, 언제는 빨갱이놈들에게 아부했
다고 경을 치고…….(한숨) 똥파리만도 못한 목숨인 줄은 알
지만 정말 억울했지…… 억울해…….

양씨 (그녀의 손을 붙잡으며) 큰일 날 소리 다하지. 지금이 어느 세
상이라고……말조심해요, 동생.
(이때 다시 까마귀가 울어대자 쌀례네는 미친 듯이 뛰어나
가 고함을 지른다.)

쌀례네 듣기 싫어! 저리 가지 못해!
(바로 이때 무대 우편 산길에 원태가 앞장을 서고, 대장과
공비 세사람이 내려온다. 공비들은 남루한 차림이다. 다만
대장은 솜바지에 방한모를 썼다.)

원태 (쌀례네를 보며) 웬 지랄이야!

대장 우리보고 그러는 거요, 동무?

원태 아, 아닙니다.……저……어서 내려서십시오.

　　　　(이 말에 쌀례네는 꿈에서 깨어난 사람처럼 겁에 질려 뒤
　　　　돌아와서 사람들 틈바구니에 숨는다. 군중들은 마치 고양이
　　　　앞의 쥐처럼 허리를 제대로 펴지 못하고 헛간 있는 쪽으로
　　　　몰려온다. 양씨와 점례는 내키지 않으면서도 비굴하리만큼
　　　　허리를 굽히며 인사를 한다. 공비들은 감시하듯 한길에 서
　　　　있다.)

원태 (거수 경례를 하며) 이장 동무, 소고하오.(대장에게) 자, 앉으
　　　　십시오.

　　　　(하며 마루 쪽을 가리킨다.)

　　　　(이 말에 양씨는 재빠르게 마루를 걸레로 훔친다.)

이상과 같은 경황에서 까마귀의 등장은 드라마의 효과를 극대화 시
킨다.

이상(李箱)이 1930년대의 주지적인 한 선두주자로 식민지시대를 그려
갈 때 까마귀가 내려다 보는 '오감도(烏瞰圖)는 어둡고 불길하고 답답한
세상을 더욱 어둡게 그릴 수 있었다.

이러한 이상의 까마귀를 분단의 갈등과 질곡 속에서 다시 차범석이
차용했다는 것은 우연한 일이 아니다.

이 땅의 역사위에 까마귀는 항상 불길한 징조나 처절한 자리에 출몰
했던 것이다.

이처럼 처참한 상황에서 쌀례네는 그 흉측한 까마귀가 자기의 죽은
남편을 찾아준다는 이 비극 속의 아이러니는 작가의 독특한 에스프리이
다.

까마귀가 자기 남편의 송장을 찾아 줬으니 그 흉측하고 불길한 까마
귀에게 도리어 절을 해야 할 판이니 눈물겨운 역설이다. 그 뿐 아니다.
이들의 신세야 말로 <언제는 국군에게 밥을 해냈다고 죽이고, 언제는

빨갱이놈들에게 아부했다고 경을 치고……>하는 <똥파리만도 못한>
목숨이다.

'산불'을 착안한 작가의 혼은 바로 여기에 있다. 예리한 리얼리스트인
그는 한국의 최근세사를 누구보다도 깊은 연민과 자조와 비판의 눈으로
응시한다. 이러한 비극의 승화가 그의 대표작 '산불'의 혼이다.

그것이 바로 해학적인 슬픈 웃음인 것이다. 하여 차범석의 작품 속에
는 페이소스가 가장 많고 더러는 풍자로 아니꼬운 정치판과 부정비리에
냉소를 보여주기도 한다. 이것은 그의 품격이고 천성이기도 하다.

그는 이미 데뷔작 「밀주(密酒)」에서부터 연민과 냉소를 뒤섞은 비판
적 시선을 보여준다.

이 「밀주」의 주인공은 돼지우리 같은 집에서 가난한 어부로 살아간
다.

외아들은 전장에 나갔고, 늙은 어부가 겨우 생계를 유지한다. 여기에
가짜 밀주 수색원이 나타나 가난한 어부의 등을 치는 것이다. 산비탈에
전복처럼 붙어 사는 장노인에게 그들은 무자비한 도적떼이다.

> 吉相 나으리 저의 집 어느 구석에 이십만환이 있겠오? 저의 집
>   형편은 누구나 다 알아요. 그러니 어떻게 생각해 주셔야지
>   정말……
> 乙 칠만환 밖에 없단 말이야.
> 吉相 예. 아바이 소상때 쓸랴고 정월달 홍어잡이부터 모아온 돈
>   이랍녀…… 그러니 어떻굼 사람 하나 살린다 치고 네……
>   (금방이라도 눈물이 쏟아질 듯 애원한다.)
> 里長 저도 잘 알지만 정말 피눈물나는 돈이랍녀. 눈먼 어머이에
>   다, 처자가 다섯인디 지난 보릿고개 때는 굶기가 일쑤였죠.
>   그래도 이 돈은 꽉 쥐고 모았으랍녀. 그러니 어떻게……
>   — 밀주 <密酒> 에서

이 작품의 결말에서는 국민병으로 나갔던 어부의 아들이 돌아와 가짜 수색대원을 잡고 고발한다. 이것이 창작적 문법상으로는 오히려 피해자는 피해자인 채 처량하게 퇴장하는 것이 더 작품성이 유지될지 모르지만, 한국인은 너무도 오랜 세월 시달려온 그 역사의 홀대 앞에 해피엔딩으로 끝내야 보복이라도 하듯 직성이 풀리는 심리이면을 감추고 있다.

그는 작품 속에서 여러 가지 유형으로 반항한다. 역사 자체에 대한 반항이고 사회 현실과 비인간적인 모든 것에 대한 반항이다. '산불'에 나타난 역사 앞에서의 연민과 '밀주'의 계열에 속하는 사회에의 항변외에 모든 세상사에서 그는 왜곡된 인간성을 포착한다. 즉 <같이 웃어줄 사람은 있어도 울어줄 사람은 없는 것> ('함께 울어줄 친구여') 이 세상 인심이라는 것이다.

더구나 <인간의 구원을 바탕으로 하는 종교가 물욕과 대립과 교세 확장에만 혈안이 되고 있는 현실> ('주여, 불쌍히 여기소서' p. 212)은 분노를 느끼게 한다는 것이다.

더구나 <자비를 외우면서 무자비하게 상대를 후려치고 넘어지는 야차들. 어마어마한 음모와 파멸과 암투가 지금 이 시간에도 교회와 법당 안팎에서 이루어지고 있음을 알고 있다.> ('주여, 불쌍히 여기소서')고 작가는 말한다.

리얼리스트에 휴머니스트인 차범석의 차범석다운 또 하나의 작품상의 면모는 그의 문명비평가적인 모습이다. '계산기' '성난 기계' '분수' 등이 그러한 계열에 속한다. 인간성 회복과 자아 원천에의 노스텔지어로 리얼한 그림을 그린 꾸르베처럼 차범석의 그리움은 인간의 인간다운 자기 찾기에 있다.

이러한 의미에서 그가 현대인의 인간성 상실과 고독과 인간 소외를 본다는 것은 견딜 수 없는 분노요, 상심일 수밖에 없을 것이다.

특히 '성난 기계'는 폐외과 병원에 여환자가 수술을 받기 위해 입원하지만 그의 남편은 그 수술을 거부한다.

남편의 말에 의하면 담배 회사 포장공인 아내는 퇴근길에 치마폭에 담배를 훔쳐내고 그 남편은 아내가 훔친 담배를 팔아서 연명한다. 아내는 담배를 치마폭에 몰래 싸오는 것은 눈감아주는 감독이나 직공과 수시로 성교를 맺기 때문에 수술을 받고 살아나면 다시 그 짓을 할 터이니 차라리 그 비용으로 <나와 어린 것들>이나 살겠다는 호소이다.

이러한 남편의 주장에 분노한 의사는 매정한 남편의 심사는 간접살인이라 하여 수술을 감행한다.

아내에게도 일말의 잘못은 있지만 남편의 이기주의는 바로 기계시대의 비인간적인 일면을 드러낸 것이다.

바야흐로 세상은 기계가 인간의 인간적인 모든 것을 빼앗아 가는 시대가 도래한 것이다. 기계 속에 인간은 많은 영화를 누릴 수도 있지만 그런 가운데 인간적인 요소는 거의 퇴화되어 간다.

게다가 오늘날 인문학은 거의 멸절되어가고 있다.

예술과 철학이 경시되어가고 모든 인간적인 모럴이 침몰해가고 있다.

이처럼 암울한 세상에 극작가 차범석이 깊고 뜨거운 눈빛으로 세상을 응시하고 있다는 것은 예술 자체의 미덕인지도 모른다. 그는 지나치리만치 순수하고 소박하면서도 단호하다. 한 인간이 회고록을 쓴다는 것은 <자신을 처형대에 올려놓을 만한 배포와 용기와 그리고 겸손이 있어야 한다고 말한다.> ('회고록' p.189) 그러면서도 차범석은 항상 자신을 돌아본다. 스스로 어느새 오만에 빠지지 않았나 하고 자성하는 것이다.

그는 오늘 대한민국 예술원 회장의 자리에 앉아 있으면서도 거장답지 않게 언제나 모습은 천진하다. 순수하여서 가식할 줄 모르고 때로는 21세기를 앞지르는 어른이고 또 때로는 유교시대의 엄부이기도 하다. 딸에게 보낸 편지에는 송시열(조선조)의 <계녀서>(戒女書) 다음으로 훈계가 강하다. <김서방하고 잘 의논해서 꼭 그렇게 하도록 해라… 무슨 일이건 사전에 시어머님께 여쭙고 나서 하도록 해라….

나는 적어도 그런 면에서는 우리의 재래식 규범이나 예법을 지켰으

면 좋겠다.> 등으로 <~하도록 해라> <~알겠니?> <~말아라> 등으
로 그 엄한 당부는 제 2의 <계녀서>이다.

이처럼 유연하고 진폭력이 있는 차범석은 같은 편지라도 광주의거
이후에 띄운 고향에의 서한은 눈물겨운 호소문이다. 그는 또 하나의 비
극의 드라마를 한통의 편지로 압축하였다.

<차범석론>은 이 편지의 일부로 결론 짓는다.

......

무등아 얼마나 고생했느냐. 어디 다친데는 없냐. 유달아, 나는 뒤늦게
이 편지를 쓰게 되는 이 순간에도 네가 밤마다 꾸어야 했을 그 흉악한
꿈자리와 산발한 광녀의 머리칼 같은 거리의 혼미를 화면을 통하여 산
발적으로 대했을 때 자꾸만 밑바닥으로 가라앉고 자꾸만 과거로 되돌아
가려는, 나의 무명실보다도 약한 성미에 스스로 짜증을 느꼈다.

6월 6일부터 공연하기로 돼 있던 연극을 2주일 앞두고 중단하기로 결
심을 하고, 나는 단원을 모아놓고 얘기했을 때, 누구 한 사람 찬성도 반
대도 없는 그 답답한 침묵 속에서 결판을 내고 말았다. 포스터, 티켓을
모두 인쇄해서 예매처마다 예매를 시작했고, 신문지상을 통하여 대서
특필로 예비 선전까지 한 이 공연을 중단한다는 것은 정말 뼈가 아프
고, 속이 아리고, 입맛이 뚝 떨어지는 일이었지만 우리는 공연을 연기하
기로 결정을 했단다. 그것도 찬성도 반대도 없는 상태에서 내 한마디의
사형 선고 같은 통고로 무기 연기하고 말았구나. 그러고 보니 내가 무
슨 굉장한 권한을 지닌 사람이 된 것처럼 들리겠지만 사실은 그게 아니
었단다.

내 고향 사람들이 죽어가고 쓰러지고, 내 고향땅이 흔들리고 파이고,
내 고향 선천에 총탄이 쏟아지고 핏자국이 낭자하다는데 어찌 우리가
안일하게 연극을 하고 있겠는가 하는 원초적인 불안이자 소박한 감상벽
에서였다면 비웃는 사람도 있을 게다.

......

지난날, 동학란도 이러했을까? 광주 학생 독립 운동도 이렇게 끝났겠지? 그러나 그때는 일본의 제국주의와 식민지 정책에 대한 항거였겠지만 지금 사정은 다른 것같다. 6·25 동란을 가리켜 흔히들 승리자도 패배자도 없는 기형적인 전쟁이라고 말한 어느 작가의 말이 생각난다. 누가 이겼을까? 누가 졌단 말인가? 그것은 모두의 승리이자 모두의 패배가 아니겠느냐.

　　……

너희들의 외침에 귀기울인 사람도 분명 있었고 깊은 잠에서 깨어난 사람도 분명히 있었을 것이다. 다만 지금 우리 앞에 놓여진 문제는 서로 이해하고 용서해 주고 그리고 새로운 동지가 되는 풍토만이 남아 있을 뿐이다. 그것이 없다면 우리는 마지막이다.

　　……

동지선달 밤하늘을 이마로 걸어걸어
— 서정주

서정주는 희대의 장인이다. 그의 시는 무한한 힘을 가지고 있다. 때로
는 천재의 광기이고 수줍은 연인의 야릇한 몸짓이고 때로는 세기적 거
장이 묵묵한 대리석에 신선을 조각하여 날려보낸다. 그는 시작(詩作)에
서 남겨두는 맛도 있고 때로는 주문으로 또는 판타지로 펼친다. 그래서
서정주의 시는 표면구조만으로는 이해하기 어려운 집합적 암시성을 갖
는다.

말과 상상력의 샤먼적 힘에 속어의 미 까지 부가하여 시는 날개를 달
고 선계로 비상한다.

어느 사내 진땀 흘리며/계집과 수풀에서 그짓하고 있다가/떨어지는
홍시에 마음이 쏠려/또그르르 그만 그리로 굴러가 버리듯/나도 이제 고
로초롬만 살았으면 싶어라〉(兩中有題)고 한다.

그러나 달관한 듯한 서정주는 애당초 인간이 만든 언어의 한계와 우
주적 교감의 무한대를 알고 있기 때문에 시어로는 보이지 않는 뒷맛 속
에 시의 참맛을 접어두는 경우도 있다.

바다속에서 전복따파는 濟州海女도
제일좋은건 님오시는날 따다주려고

물속바위에 붙은그대로 남겨둔단다.
詩의전복도 제일좋은건 거기두어라,
다캐어내고 허전하여서 헤매이리요?
바다에두고 바다바래여 詩人인 것을…….

— 서정주, 「詩論」 전문

  흔히 시인들은 시어로 노출시켜야만 말이 전달되는 것으로 알고 있
지만 서정주는 오히려 노출로 사물이 훼손되고 진의가 소멸되는 경우를
알고 있기 때문에 그는 때로는 변죽만 울려 놓고 독자에게 춤추게 하는
경우도 있다.
  그는 새 문법의 창출자가 되기도 하고 혹은 지상과 천상, 인간과 자
연을 이어주는 통역사가 되기도 한다.

    한밤중에 슬프게 목울음 우는
    禪雲山 두견새에 그 까닭을 물으니
    <서러워도 너이는 울 줄도 몰라
    내가 대신 우노라>고 대답합디다.

    이른아침 하늘 높이 깔깔거리는
    禪雲山 종달새에 그 까닭을 물으니
    <너이는 어린애 때 웃음도 잊어
    내가 대신 웃노라>고 대답합디다.

— '두견새와 종달새' 부분

  시어는 애당초 단순히 추상적인 기호에서 벗어나 사물 그 자체가 되
려는 성질을 가지고 있고, (사물시) 언어이면서 언어이기를 거부하는 속
성까지 지닌다. 하여 시인은 언어를 쓰면서도 그 언어로부터 해방될 때,
시의 진수에 이른다.
  김춘수 같이 새 시를 찾아 헤메다가 추락하는 경우('처용단장')도 있

고 침묵으로 말을 극복하려고도 한다.

이것을 흔히 시론가들은 아이러니라 하고 모순어법이라고 하지만 그
실제는 훨씬 심오한 비밀이 있다.

기럭아 기럭아 너는 무슨 재주로
꽁꽁 언 하늘을 이마로 걸어걸어
九萬里 먼 나그넷길 지칠 줄도 모르니?

맨드라미 봉사꽃의 그 무슨 恨이기에
동지섣달 밤하늘을 이마로만 걸어걸어
잠도 없이 서러운 永遠처럼만 가느냐?
— '기럭아 기럭아' 전문

그는 이미 조사법을 넘어선다. 문법으로 따지면 말이 안되는 이 괴
이한 말법을 통해 말 이전의 실제에 닿는다.

사람이 만든 말은 사람을 중심으로 했기 때문에 발로만 가는 인간 중
심의 언어로 걷는다 했지만 날개가 있는 새의 경우는 이마를 앞세워야
날아갈 수 있기 때문에 결국 이마로 걷는다고 할 수 있다.

사람이 비행기를 타고 갈 때는 비행기는 발 대신 이마로 걷는다. 그
는 날개로 나는 것이 아니다.(날개는 기계이고 그 날개를 작동하는 것
은 다른 힘이다.)

찰란히 티워오는 어느아침에도
이마우에 언친 詩의 이슬에는
몇방울의 피가 언제나 서껴있어
볓이거나 그늘이거나 혓바닥 느르트린
병든 숫개만양 헐덕어리며 나는 왔다.
— '자화상'에서

이 '자화상'부분에는 시인의 시 쓰고자하는 마음에 감도는 그 무엇을

자연의 이슬방울 같은 순수한 것으로 그것을 인체의 피로 대유하고 거기에 시라고 하는 하나의 생명을 탄생시키기 위해 〈병든 숫개만양 헐덕어리며〉 치열하게 고뇌해 온 자신을 말한다. 여기서 시인은 인간이 만든 지극히 이성적이고 합리적인 문법에서 해방된다.

그래서 서정주는 자신의 어법으로 시를 썼고 그런 시에 독자는 자신이 관습에 해방된 까닭을 모르면서도 그의 시에 빠진다.

좋은 것은 까닭이 있다. 꼭이 무엇이라 찜어내지 못하면서 거기에는 숨은 까닭이 있는 것이다. 그런 희열이 흥으로 이어지는 것이 서정주의 시이다.

> 가난이야 한낱 襤褸에 지내지 않는다.
> 저 눈부신 햇빛속에 갈매빛의 등성이를 드러내고 서있는
> 여름 山같은
> 우리들의 타고난 살결 타고난 마음씨까지야 다 가릴 수 있으랴
> ……
> 어느 가시덤풀 쑥굴헝에 뇌일지라도
> 우리는 늘 玉돌같이 호젓이 무쳤다고 생각할일이요
> 靑苔라도 자욱이 끼일일인 것이다.
>
> ― '無等을 보며'에서

흔히 한국사는 한국인의 가난한 살림, 남루한 옷자락을 이야기해 준다. 그런 역사를 길게는 서사구조로 표출시킨다. 소위 한맺힌 이야기로 풀어낸다. 차범석의 '산불'도 그 한 예가 된다. 아무것도 모르는, 이데올로기가 무언지도 모르는 산협촌 사람들이 〈빨갱이〉와 〈아군〉이 번갈아 기섭해오는 터에 삶은 쑥대밭이 된다. 서로 적대하는 동포의 원수끼리 벌인 싸움에 오늘은 아군, 내일은 적군에 추파를 던져야 한다.

이런 저런 쑥대밭을 체험한 뒤에 차범석은 고향에 띄운 편지로 무등을 부른다.

죄없는 무등이 큰 상처 입고 묵묵한 그 모습에서 고향을 보면서 고향

사람들에게 편지를 쓴다.

그런데 서정주는 그런 <무등>을 보면서도 한국인의 마음은 玉같이 변치않는다는 노래를 한다.

남루나 상처 따위는 겉으로 보이는 일시적인 행색에 불과한 것이라고 말한다.

　　괜, 찬, 타, ……
　　괜, 찬, 타, ……
　　괜, 찬, 타, ……
　　괜, 찬, 타, ……
　　수부룩이 내려우는 눈발 속에서는
　　까투리 메추라기 새끼들도 깃들이어 오는 소리…….
　　괜찮타, …… 괜찮타, …… 괜찮타, …… 괜찮타, ……
　　폭으은히 내려오는 눈발 속에서는
　　낯이 붉은 처녀아이들도 깃들이어 오는 소리……

　　울고
　　웃고
　　수그리고
　　새파라니 얼어서
　　운명들이 모두 다 안끼어 드는 소리……
　　　　　　　　　　　── ‘내리는 눈발 속에서는’에서

위의 시는 6·25때 쓴 것이라한다.(「서정주 문학전집3」, 일지사)

언제나 불어오던 한국 땅의 설한풍이 6·25라는 돌개바람 광풍으로 벼락까지 친다.

이런 시기에도 산 속의 <玉갈이> 호젓한 마음씨는 <괜,찬,다>는 소리로 위로를 받는다.

서정주의 시어는 어째서 이처럼 무한대로 팽창하는가.

그는 신이 아니면서 이적(異蹟)을 보여주고 요술쟁이가 아니면서도 언어에 마술을 건다.

이처럼 자유자재한 언어의 주술사인 그의 시의 특징은 무한하게 열린 하늘과 무한량으로 교감하는 세상 동족의식을 가지고 있다.

<新羅사람들은 무엇이든 그들이 하는 일에 하늘의 빛을 섞어 하기를 좋아했습니다>('新羅風流'1)라고 한 것처럼 서정주 자신은 신라인을 좋아했고 그런 신라인이 좋아한 하늘을 좋아하였다.

이처럼 열린 하늘을 무대로 하여 그의 운신의 폭은 무한대로 팽창한다.

> 姦通事件이 질마재 마을에 생기는 일은 물론 꿈에 떡 얻어먹기같이 드물었지만 이것이 어쩌다가 走馬痰 터지듯이 터지는 날은 먼저 하늘은 아파야만 하였습니다. 한정없는 땡삐떼에 쏘이는 것처럼 하늘은 웨-하니 쏘여 몸써리가 나야만 했던 건 사실입니다.
> 　[……]
> 　마을 사람들은 아픈 하늘을 데불고 家畜 오양간으로 가서 家畜用의 여물을 날라 마을의 우물들에 모조리 뿌려 메꾸었습니다.

> — '姦通事件과 우물'에서

지상에서 죄진 사람은 오양간의 여물을 먹는다.

이러한 사죄와 참회는 하늘이 노하여 명령한 순천백성의 몫이다. 하여 순후한 쇠똥 말똥으로 사죄해야 한다.

> 에짚트의 저승으로 가는
> 어느 門 앞에서는
> 安東 삼밭에서 윙윙거리다 온 것 같은
> 풍뎅이 귀신이 앞장을 서고,
> 고 다음에서는 턱수염 난 염소귀신,
> 고 다음에야 겨우
> 사람귀신이 三등으로 뒤따르고 있다.

아마도
풍뎅이는 몸이 가벼워서
휭! 뺑소니쳐 날아가삐리는 재주가 좋고,
염소는 얌전하고 점잔하신데,
사람은 뱃속에 똥이 그중 많아서 三등인 것 같다.
— '에짚트의 어떤 저승의 門 앞'에서

시인은 에짚트의 저승길 풍뎅이에서 <安東 삼밭>의 풍뎅이를 본다. 그리고 <풍뎅이 귀신이 앞장을 서고 / 고 다음에서는 턱수염 난 염소귀신 / 고 다음에야 겨우 / 사람귀신이 三등으로 뒤따르고 있다>고 했다.

저승에서의 생물의 서열은 지상에서와 다르다는 것을 말해준다. 인간이 인간 중심으로 매긴 서열에는 인간이 영장이었지만, 저승에서는 가장 더럽고 가장 많은 똥을 간직한 인간이 가장 하등 동물이다.

치정같은 정치

시대의 자학
— 김동인·염상섭·현진건·김유정

한국인은 가슴마다 허전한 시공간 하나를 가지고 있다. 그것은 아직도 메꾸어지지 않은 채 그 상처앓이가 이어지고 있다. 허전한 시공간은 지난 일제 강점기 때문이며 그것이 아직도 이어지고 있는 이유는 오늘의 분단상황 때문인 것이다.

이제 식민시기가 끝나고 분단된 상태로나마 각기 별거독립하고 있으니 그런대로 후일담이라도 하고 살지만 강제로 점령당해 식민지의 신민으로 살아야 하는 그때의 상황이야말로 죽지 못해 사는 삶이었고, 그 피폐상은 말로 형언할 수 없었다.

그래도 민족혼과 살아남은 말과 문학예술이 있었기에 모든 것을 잃고 헐벗은 겨레가 작품으로 일용할 양식을 삼고 쓰디쓴 웃음이라도 웃으며 살았다.

비록 쓰디쓴 웃음이지만 그 속에는 막연하게 나마 희망이 있었고 웃음과 그 희망 덕택에 숨통도 틔었다.

'감자'(김동인), '발가락이 닮았다'(염상섭), 'B사감과 러브레타'(현진건), '소낙비'(김유정) 등이 당시의 우울한 땅에 각기 울고 웃기는 기량으로 우수와 그늘을 다소나마 걷어냈다.

나라와 겨레가 통채로 먹힌 처지가 되자 애당초 빈궁했던 살림을 다

시 일제에 수탈 당했으니 이 땅은 눈물과 가난과 통곡과 절망으로 가득
찰 수 밖에 없었다. 국권이 전락하자 경제적 벌거숭이로 쪽박차고 내몰
린 민족에게 당장 힘이 되고 위로 받을 아무 것도 없었던 그때에 작가
는 말하자면 작은 구세주였다.

그 울분과 그 절망 그 고초를 벗고 치유 받을 아무런 대상도 힘도 없
는 때에 그 기막힌 통한을 잠깐씩이라도 잊고 살아갈 에너지를 주었으
니 그때의 작가는 빛나는 작품 이상의 미덕으로 추억되는 사람들이다.

이 시대의 풍자와 해학 작품을 플롯 중심으로 연구한 김주희의 결론
은 이들 작품을 눈물겨운 해학성으로 매듭짓는다. '감자'의 복녀나 '발가
락이 닮았다'의 M 그리고 'B사감과 러브레타'의 B사감 또는 '소낙비'의
춘호 내외의 비도덕적 추악상 등은 연민으로 해소된다는 것이다.

김주희는 이들 작품을 N Frye의 비평의식에 대입하면 이상의 주인공
들은 대부분 <겨울의 미토스>에 해당한다고 본다. 즉 <주인공들은 죽
음이나 광기 이외에는 세계로부터 도피할 길이 없기 때문>이라 보았다.
우선 '감자'의 구성을 예로 들어보자.

1) 복녀는 가난하나 정직한 농가에서 규칙 있게 자라난 도덕심 있는
   처녀였다.
2) 80원에 팔려서 20년 연상의 게으른 남편에게 시집을 간다.
   ① 소작, 막벌이, 행랑살이 등 하는 일 가는 곳마다 남편의 게으름
   으로 쫓겨난다.
   ② 칠성문 밖 빈민굴로 이사가다. 복녀가 거랑질을 나가나 먹을 것
   을 못 얻다.
   ③ 송충이 잡이를 가서 감독에게 몸을 허락한 뒤 편하게 돈벌며 유
   쾌한 쾌락을 구하는 방법을 터득한다. 매음과 도적질을 생활의 방
   편으로 삼는다.
   ④ 왕서방네 감자를 도둑질하다 들킨 뒤로 그와 매음의 관계를 갖
   게 된다.
3) 왕서방에게 복녀가 살해되고 복녀의 죽음은 남편, 한방의사, 왕서방

사이의 현금거래로 감추어진다.

이러한 작품구조상의 비극적인 틀을 김주희는 <1920년대의 경제적 파탄과 이동, 식미지하 생활의 어려움> 바로 그것이라 했다.

'B사감과 러브레타'의 경우도 C여학교 교원인 B사감은 독신주의자이면서 찰진 야소군으로 기숙사 여학생들과의 대립구조는 심하게 나타나지만 이 갈등구조도 결국은 B사감에 대한 여학생들의 안스러움과 연민으로 바뀐다는 점에서 이 작품은 풍자를 포용한 해학의 특성으로 결론 짓는다.

'발가락이 닮았다'에서도 자식을 본 주인공이 자신의 생식 능력이 없는 처지를 고뇌하면서 궁한 나머지 발가락이 닮았다고 하는 몰골은 연민의 대상이었다.

김유정의 '소낙비'에 등장하는 춘호 내외 역시 위와 같은 해학적 요소와 궤를 같이 한다.

이 '소낙비'의 구성은 다음과 같이 짜여져 있다.

1. 춘호가 어떻게 돈 이원을 좀 해오라고 강요하다.
2. 쇠돌엄마에게 돈을 빌리러 갔다가 이주사를 만나 몸을 빼앗기고 (부정을 저지르고) 내일 이맘 때 돈을 받기로 하다.
3. 춘호와 아내가 서울 생활에 대해 그려보다.
4. 춘호가 돈 받으러 가는 아내를 치장해보내다.

춘호가 돈 이원이 필요한 이유는 그걸 밑천으로 삼아 노름을 하기 위해서이다.

왜 노름을 하는가 하면 삼 사십 원을 따서 동네의 빚을 대충 가리고, 옷 한 벌 지어 입고 진저리 나는 이 산골을 떠나 서울로 가려는 것이다. 서울로 가서 아내는 안잠을 재우고 자기는 노동을 하고 둘이서 다부지게 벌면 안락한 생활을 할 수 있을 것으로 믿기 때문이다.

그 돈 이원을 자신이 구하지 못하고 아내에게 강요하는 이유는 자기는 타관에서 떠돌아온 몸이라 자기를 믿고 장리를 주는 사람도 없고,

알량한 집은 팔 수도 없는데 아내는 나이 젊고 얼굴이 똑똑하겠다, 돈 이원쯤이야 어떻게라도 될 수 있겠기 때문이다. '어떻게'는 모든 수단을 다 포함하는(부정까지도) 의미를 띤다. 아내의 부정을 유도했다고 까지 볼 수 있다.

춘호는 자기 고향인 인제를 등진 지 삼 년이 되었다. 해마다 흉작에 농작물도 안되고 빚만 늘었다. 할 수 없이 춘호는 집세간을 그대로 두고 살기 좋은 곳을 찾는다고 나이 어린 아내의 손목을 끌고 전전하다가 이곳에 정착하였다. 그러나 이 곳 역시 속사정은 일반이다 농토를 얻을 수도 없으니 밥도 없다. 하여 엉뚱한 투기심만 생긴다.

말하자면 춘호도 뿌리 뽑힌 나그네이다. 춘호 아내는 이주사에게 겁탈을 당하는 형식을 취하지만 내심으로는 의도가 있었던 것이다. 결국 이러한 궁지도 시대 상황과 연결되는 것이다.

<남편은 돈을 구하기 위해 아내의 부정을 종용하고 아내는 의도적으로 겁탈을 당하는 이 부부>의 비틀거림은 시대의 자학이었다.

이러한 역사의식에서 볼 때에 식민지라는 한 시대가 연출한 거의 모든 작품은 풍자를 포용한 해학성이 짙은 것으로 볼 수 있다.

반드시 식민지시대가 아니라도 이 땅의 역사는 곤고할 때가 많았다. 이것은 지정학적인 탓이기도 했다. 그래서 풍파와 절망이 많았고 그러한 역사 속에서 웃음이 흔했던 것이다.

신경림이 '갈대'를 노래하면서 그 흔들리는 갈대가 실은 자신의 우는 몸짓이었다는 말은 기교가 아니다.

치정같은 정치
― 송 욱

지난날 송욱이 「何如之鄕」으로 세상을 풍자했을 때 모두들 쓰디쓴 심정으로 공감하였다. 그러나 어느새 그것도 옛이야기가 되었다. 그러나 그 노래는 아직 영영 추억의 뒷골목에만 있는 것은 아니다.

골목처럼 그림자진
거리에 피는
孤獨이 梅毒처럼
꼬여 박힌 8字면,
淸溪川邊 酌婦를
한아름 안아 보듯
痴情 같은 政治가
常識이 病인양하여
포주나 아내나
빚과 살붙이와,
現金이 實現하는 現實 앞에서
다달은 낭떨어지!
…

― 송욱, '何如之鄕'에서

윗 부분은 병든 정치를 풍자한 것이다. 말의 짝짓기와 꼬리물기가 8
자처럼 서로 꼬여 물고 있다. <고독이 매독처럼>, <꼬여 박힌 8자>,
<치정같은 정치>, <현금이 실현하는 현실> 등 사회와 정치와 부패상
이 4·19라는 막다른 골목에 이르렀던 그 현장을 보여 준다.

> 도는 돈은
> 運命을 쥐고,
> <아니>가 <네네> 같은 앉은뱅이라.
> 외마디 마디마디
> 强姦 姦通 輪姦 하는 사람 사이를
> 鍾路를 물결처럼
> <自然>이 啞然하게 밟고 오소서.
> 아아 사랑이여 修羅場이여!
> 할렐루야 할렐루야,
> 멧부리마다 골짜기마다
> 모든 물을
> 빗물 샘물 허드렛물
> 개천물 눈물을
> 거느리는 낮은 바다가
> 王 같은 바다가 되어,
> 卍字처럼 앞뒤로
> 게걸음치며
> 내처 흐른다
>
> — '何如之鄕'에서

돈은 도는(회전) 것인데 그것을 <운명>처럼 쥐고 있다는 것은 <아니
>가 <네네>로 아첨하고 바뀌는 전도된 세상을 비판한 것이다. 그리고
<종로>가 <강간>, <간통>, <윤간>의 거리가 되었다면 윤리와 도덕
이 간자로 뒤덮인 세상이라는 것이다. 이처럼 <사랑>은 <수라장>이
되고 <할렐루야 할렐루야>의 축복의 소리도 수라장으로 묻혀 가고 있
다. 여기서 기독교의 <할렐루야>처럼 불교의 (卍字)도 글자의 휘청거

림처럼 <계걸음치며> 돈다는 세상 풍자가 유독 빛난다. 이처럼 모럴이
수라장으로 바뀐 세상에 <눈 뜬 송장>과 <눈 감은 목숨들이>, <의안
과 의지로 의리를 지켜 간다>고 비꼰다. 이처럼 겉보기에 육자배기 타
령 같은 말 짝짓기로 꼬이고 비틀리고 망가지고 허물어진 세상을 타령
조로 엮어 나간다.

> 輕音樂에 맞추어
> 輕食事를 하다가
> 內憂가 肺病이면
> 花柳病이 外患이다
> ……
> 生理가 論理가 되기까지는
> 理論이 道理없어
> 微妙한 妙味는 오로지 土亭秘訣!
> ……
> 才談과 肉談과 私談을 하다
> 感傷과 中傷과 外傷을 거쳐
> ……
> 꼬꼬대
> 잠꼬대
> <아뿌레>가 아뿔사 遲刻을 한다
> 民主
> 注意(칠!)
>
> ― '何如之鄉'에서

　이 시인은 「하여지향」 열 두 타령으로 허물어진 사회를 골고루 지적
해 가면서 <내우>에서 <외환>에 걸쳐 서글픈 심정을 자학적으로 토로
한다. "왜란과 호란과 양요를 겪고 / 움직여야 하니까 동란을 거쳐" 온
갖 수모와 수치의 삶을 이어 온 것은 이 시인의 말대로 "역사가 넣은
주릿대"였다. 이러한 참담한 역사 속에서 그나마 겨우 된 <민주주의>
가 <꼬꼬대>, <잠꼬대>로 <민주주의>, <칠>로 둔갑해 있다는 것이다.

그래서 이 시인은 "주책없고 대책 많은 / 인간성이 성적이다"라고 찌른다.

송욱은 자기에게 주어진 모국어를 종횡무진으로 활용했고, 그것을 예술로 어느 정도 승화시켰다. 그는 "나의 모국어가 어떤 외국어에도 못지 않다"고 자부하고 "한국어는 나의 또 하나의 다른 육체"이고 <나의 법신>이라고까지 자기 모국어에 법열을 느끼고 있었다. 그 송욱은 이 땅의 50년대의 동란으로 인한 파산과 60년대의 정치적 파국의 현장에 서서 현대판 타령조로 우리 사회에 충격을 주었다. 점잖은 문학보다 쌍스러운 문학이 이 땅의 문학사에 어쨌든 더 충격을 주면서 지각변동을 일으킨 다이나믹한 힘이 되어 주었다는 것은 부인할 수 없다.

풍자 공화국
— 이근삼

　오늘도 세상은 희극적으로 꾸며져 가고 있다.

　우리 나라에서 이러한 희극 세상을 가장 잘 그려내는 극작가가 이근
삼(李根三)이다. 그는 이미 1960년대 초반에서부터 활발한 희곡활동을
시작하여 오늘에 이르기까지 그의 희곡은 풍자를 주축으로 하여 재미있
고 신랄한 세상 이야기를 펼친다.

　그는 한마디로 한국의 독특한 독설 희곡작가이다. 미국에서 희곡 수
업을 하고 돌아온 후 줄곧 세상 풍자로 일관하고 있다.

　한 편의 작품은 이 세상에 태어나서 살다가 쓸모가 없으면 죽고, 그
생명이 시대에 부응하고 요청되는 것이면 그것은 오히려 다시 청춘을
맞고 세월이 갈수록 생명의 빛이 영롱해진다.

　고전이나 명작은 시대의 색깔에 관계없이 살아서 항상 새 독자들과
대화를 나눈다.

　이근삼의 희곡은 인간의 운명이나 우주적인 생명을 노래하는 사연이
아니면서도 그 생명은 길다. 그의 풍자적인 희극은 주로 상류층의 무기
력이나 비리, 부패, 혹은 정치판의 타락한 모습들을 겨냥한 것들이다.
'제18공화국' 같은 정치 풍자는 오늘도 여전히 빛난다. 이 작품은 이승
만 정권에서부터 군사정부에 이르는 기간의 기자이지만 그 이후 문민정

부, 국민의 정부에 이르기까지 '제 18 공화국' 이라는 작품은 퇴색하지
않았다.

이근삼은 '제 18 공화국'의 <18>이라는 숫자도 유민영의 지적대로 공
화국 숫자가 아니다. <씨팔> 공화국이라는 욕이 치솟는 심정으로 지은
것이다. 이근삼이 바라보는 역대 공화국은 너무도 한심하다. 하여, 국무
총리나 장관들 이름이 모두 지아망(망아지) 국무총리이고 쥐람다(다람
쥐) 장관이다. 이 공화국 우화 속의 정치 행태는 <카리스마적 지도에
의해 편한 대로 뜯어 고쳐지는 선거법, 공무원의 선거 간섭, 정보정치,
정치부패, 외자(外資), 지식인의 무기력…>(유민영, 「한국현대희곡사」)
등등으로 형편없다.

이러한 정치를 송 욱은 일찍이 <치정(癡情) 같은 정치>라고 비꼬았
지만 여기서 군사정부는 치지도외 하더라도 민주화와 평화적 정권교체
를 자랑하던 문민정부후에도 국민의 실망은 지속되고 있는 것이다.

이러한 정치판 외에도 이근삼이 보는 세상은 인간성의 <위대한 실종
>이고 <거룩한 직업>(역설)의 사회 역설의 세계이다.

'위대한 실종'의 주인공은 맹팔용(서예가)이고 그의 아내는 음악대학
장인 공여사이다. 아내 공여사의 허영심과 명예욕과 위선에 견디다 못
한 남편은 식모와 탈출을 한다. 탈출한 남편이 기차 사고로 죽은 것으
로 오인하고 공여사는 모금을 하여 남편의 동상건립에 임한다.

실은 식모는 식모대로 다른 곳으로 가고 남편은 시골에 있다가 돌아
온 것이다.

> 팔용 나야, 나…… 잘 있었어?
> 공여사 아니, 당신…… 당신(울상이 되어)
> 이제 돌아오면 우린 어떻게 되는 거요?
> …… 망했다, 망했어!
> 팔용 글쎄…… 어떡하면 좋지?
> 공여사 하여튼 당신은 다시 살아날 수 없어요. 알겠지요?
> 팔용 난 살아있는데

공여사 체면도 있으니까. 당신은 죽은 걸로 됐어요.
— 이근삼, '위대한 실종'에서

아내의 명예 때문에 살아있는 남편은 죽어야 한다는 풍자다. 남편은 남편으로서의 인정은커녕 한 인간으로서의 인정도 가치도 없다.

이러한 이근삼의 희곡정신은 이미 60년대 초의 데뷔작품인 '원고지'에서부터 시작된다. 주인공인 중년 교수는 한 지식인의 허울 속에 돈이라는 물신이 들어앉아 영문 번역 기계가 된다.

하여, 그는 아침 영자신문만 보아도 자동적으로 번역에 돌입한다. 채플린의 희극 속에 등장하는 공장 직공이다.

제목 자체가 아이러니인 '거룩한 직업'에서는 중년인 문화사 교수 집에 도적이 들어갔다가 훔칠 물건은 하나도 없고 강의용 낡은 노트밖에 없으니까 도적은 주변머리 없는 교수에게 호통을 치고 남의 집에서 훔쳐온 양주를 내놓는다.

이러한 작품 앞에 이제는 작자 이근삼도 한 사람의 독자로 그 풍자를 바라본다. 그리고 그 풍자나 페이소스가 아직 살아있을 가치가 있기에 이근삼도 박수를 치고 있는 것이다.

인간 동물원
— 최승호

알제리에 주둔했던 프랑스 병사들이 개구리의 뒷다리를 포식한 뒤 희한한 사건이 발생했다고 한다. 병사들이 며칠동안 발기상태에서 벗어나지 못해 곤혹스러웠기 때문이다. 이른바 음경강직증에 걸렸던 것이다.

왜 이런 해괴한 일이 일어났을까. 그 이유인즉 북아프리카에 서식하는 에스파뇰 파리는 최음제의 원료로 쓰이는 최음제 성분을 몸에 지니고 있었고 병사들이 먹은 개구리는 그 파리들을 대량으로 먹었기 때문이라고 한다.

이 이야기는 제롬 스트리췰라가 지은 「세기말의 동물이야기」라는 우스개 소리 같은 것이지만 오늘을 살아가는 현대인들은 작은 경종으로 들어볼 만하다.

굳이 문화인류학이나 생태학적인 근거를 끌어오지 않더라도 인간은 자연계의 그 어느 것과도 관계 맺지 않고 있는 것이 없다.

사람 몸에 병이 들면 땅에서 나는 약초로 다스린다. 그보다 인간은 의식주 자체를 자연에 의지할 수밖에 없다. 사람들만이 내뿜고 기계가 토하는 도시의 사람들은 숨통이 막히면 삼림욕을 해야한다. 하늘, 땅, 금수 초목할 것 없이 인간과 무관한 것이 무엇이겠는가. 그러면서도 인간은 자연과는 별개요, 유아독존이고 자연은 정복의 대상일 뿐이다. 지난날 <생각하는 갈대>라던 인간은 오늘 <충동과 욕망의 갈대>가 되었다.(자크 라캉) 이제 <나는 생각하지 않는 곳에 존재한다>고 라캉은 말한다. 인간 속에는 충동으로 작동되는 악마적인 기제가 숨어있는 것이다. 그 속에서 해괴한 욕망과 악취미가 문화의 이름으로 자행된다. 자연 속의 생태계를 과학의 이름으로 마음대로 변형 조작하여 탐식하고 이용한 나머지 그것이 인체에 보복의 재앙으로 다가온다. 자연환경 파괴로 지구생명체가 급속한 멸종위기에까지 이르고 있다. 오존층 파괴, 지구온난화로 앞으로 30년 동안 현존 동식물의 5분의 1이 소멸될 것이라는 보고까지 나온다. 소위 환경호르몬(내분비계 장애물)이 지구생명체 멸종에 커다란 영향을 끼친다는 것이다.

환경호르몬 가운데 대표적인 것으로 PCB, 농약, DDT, 디엘드린(Dieldrin), 톡사펜(Toxaphen) 등이 있다고 한다. 이 물질들이 수질이나 토양 중에 잔류해 자연의 먹이사슬을 통해 동물이나 사람의 체내에 들어가 축적되면 생명은 위협을 받는다. 이런 물질들이 인간이나 야생동물들에 기형을 유발한다. 우리가 흔히 쓰는 플라스틱 류나 컵라면, 1회용 도시락, 접시, 각종 용기에서도 환경호르몬이 나온다고 한다. 이 환경호르몬으로 야생동물의 수컷 생식기가 위축된다. 우리 나라 해양연구소에서의 각종 보고에 의하면 고등의 암컷에 수컷 성기가 달린 것을 처음 발견했다고 전한다. 어류의 경우 영국 각지에서는 수컷인지 암컷인지 알 수 없는 것이 나타났고 조류의 경우에는 갈매기에서 동성 짝짓기도 나타났다는 것이다.

이상은 문명이라는 이름으로 병든 인간이 야기 시킨 이상현상의 극히 일부분인 것이다.

인간의 욕망은 함정을 모르고 질주한다. 악취미이고 배신자이고 자기 욕망 충족을 위해서는 타생명체를 끝없이 이용, 학대한다. 먹는 데도 악식, 기식(奇食), 음식(淫食)을 서슴지 않는다. 유배당한 나폴레옹은 미식으로 시름을 잊으려고 악어 콧살과 악어 젖으로 만든 치즈를 먹었다고 전한다. 식도락가로 유명한 소동파는 바퀴벌레의 간까지 꺼내 손수 요리해 먹었다고 한다.(이것은 농담인지도 모른다.)

이러한 음식(汪食), 기식의 행태 또한 야비하기 이를 데 없다. 인간들의 음식(汪食), 음행(汪行)에 죄 없이 제물이 되는 금수 곤충은 얼마나 많은가.

지난 2월 1일(1998) 대만 산시아 근교 사찰에서 열린 돼지콘테스트에서는 무게가 무려 961kg으로 우승한 돼지는 일등한 죄(?)로 도살돼 사찰 제물로 쓰여졌다고 한다.

연합통신(1998.3) 화보에 소개된 것이다. 이 거구의 돼지는 큰 몸을 던져 인간들의 장난 콘테스트에 출연하여 영광을 안겨준 죄로 도살된다. 그것도 사찰 제물이 된다. 이러한 사실을 보고 박수 치는 사람은 많지만 유심히 보는 사람은 적다.

최승호는 자신의 대부분의 시에서 야비하고 오만한 인간을 알레고리로 노래한다.

> 도살장 천장 향해 검은 울음 게우다가
> 저것 봐, 수소가 일어선다
> 도끼와 뿔의 박치기다
> 아니다
> 도끼와 급소의 박치기다
> 수소는 글썽글썽한
> 큰 눈알을 부릅뜬 채 죽어간다
> 저 놈은 수소다
>
> — '숫소'에서

소는 조상대대로 농경사회의 이 땅에 재산의 반쪽이고 재산가치보다 한 가정의 일가권속이었다. 그러나 인간은 소를 마음껏 부려먹다가 소에서 고기냄새가 나면 도끼로 내려치고 가죽을 벗기고 간과 살을 뜯어먹는다. 그래서 인간은 모두 백정이다.

나는 황색의 개들이 목에 털을 곤두세우고
으르렁거리는 것을 보았다
똥을 혼자서 다 먹으려고
으르렁거리는 변기 같은 아가리들을

— '세 개의 변기'에서

위에서 똥을 서로 먹으려 으르렁거리는 개는 개가 아니라 탐욕으로
싸우는 인간개들을 지칭하는 것이다. 물질만능시대에 **빠진** 현대 속에서
우리가 흔히 바라볼 수 있는 광경들이다.

몇 사람이 보신탕집에 들어갔다. 간 사람 모두 보신탕 달라니까 주인
이 세 분 <다 개지요> 했다는 농담은 농담이 아니다.

이러한 의미에서 최승호의 시 '북어대가리'는 더욱 신랄하다.

북어를 뜯어 고추장에 찍어 먹으며 그는 혼자 술을 마시다가 잠들었
다. 잠들자마자 꿈속에서 북어가 나타나 찢어질 듯이 벌어진 입으로 고
함을 질러댔다. "너도 북어대가리 나도 북어대가리다. 네가 나를 찢어
먹을 수 있는 거냐?" 소스라쳐 잠에서 깨어보니 밤 한시 오 분이었다.

— '북어대가리'에서

민주주의 수십 년에 이제 한국도 평등평화를 이룩했다. <너도 북어대가
리 나도 북어대가리다>. 사람끼리의 평등 뿐 아니라 말라**빠진** 북어대가리까
지 자유 평등을 주장한다. 대통령도 돈을 먹을 수 있고 감방 갈 수도 있다.

<해묵은 똥구덩이에서 해탈한 구더기가 왕파리가 되어 날개를 치
며 최초로 날아가 앉은 곳에 황금빛 똥이 있었다>

— '우화집'에서

서민이 사장이 되고 장관이 되고 대통령까지 되면 그것은 이 세상에
서는 어느 정도 성공했고 해탈한 것이라 본다. 그러나 해탈해 봤자 기
껏 황금빛 똥구덩이에 다시 앉는다.

'장수하늘소'가 날지 않는다
— 장석주

한국은 지금 農事는 있어도 農民은 없다.

오늘의 한국은 대도시 일변도의 한국이 되어버렸다. 그러니 상대적으로 한국의 지역사회나 田園은 소외되고 외롭다. 농촌에서 농토를 지키던 농민들이 정든 땅과, 정든 호미, 정든 쟁기를 버리고 무작정 서울로 대도시로 몰려든다. 문화복지의 집결지 서울, 면적으로 따지면 국토의 0.6% 밖에 안 되는 서울이 한국의 田園을 마구 먹어 치우고 있는 셈이다. 그러니 서울은 북새통이고 초만원이다. 그 속엔 온갖 구조적 모순으로 갈등하고 있다. 빈부격차, 노사분규, 도취와 우울, 홍분과 냉소, 홍청거림과 바둥거림 등의 심한 삶의 편차가 요지경속이다.

강물은 市場이다. 강물은 화폐개혁으로 못쓰는 구화폐 쓰지 못한 에세이 시체 짧은 꿈이다. 강물은 불행 악몽 弔詞다. 강물은 고름과 피와 태어나지 않은 딸이다. 강물은 창녀다. 그녀는 밤마다 공장의 폐수로 몸단장을 한다. 그러나 더 추해진다. 강물은 호적부다. 주민등록증이고 병적증명서다. 강물은 밀수업자 연하의 애인 그 애인의 직업 길바닥의 신문 대소변을 못 가리는 늙은 어머니 변두리의 삼류여관 음탕한 낙서 야간순찰 콘돔 김밥이다. 강물은 공중변소 배고픔이다. 서울 市民들의 온갖 오물들을 허겁지겁 집어삼키는 거대한 위 그 자체다. 강물은 배탈 서사 증오 참았던 오줌 사타구니다. 강물은 부

부싸움이다. 강물은 교회 죽어서 털이 빠지고 팅팅 불은 쥐 비현실이
다. 강물은 고장난 시계 내가 사랑하는 사내 혹은 내가 미워하는 나
자신 퇴폐적인 술집 아물지 않는 상처다. 그러나 강물은 사랑하는 어
머니 몸이 아파 괴로워하는 어머니의 유방 우리가 탐욕의 입으로 빨
고 있는 빈 젖꼭지다.

— '자정의 물 받기'에서

추악한 도시를 강물로 그린 것이다.

의식의 흐름 같은 진맥으로 보면 서울은 한마디로 시궁창이다. 아비
규환이다. 이 시인이 상상으로 창조한 이 진실제(Platon의 idea의 세계)
전면에 있는 보이는 세계는 노사분규, 5공 비리, 빈부귀천, 옷 로비, 큰
손, 위조지폐, 노략질 등등일 것이다. 이러한 현실을 시인은 몽환으로
그려보았다.

> 저무는 서울의 저녁하늘에 떠 있는 구름들 속에서
> 뱀들이 괴로워 꿈틀거리는 것은
> 농약의 독이 전신으로 퍼지고 있는 동안
> 뱀의 뱃속에 있는 개구리들의 슬픔 탓이다.
> 모든 것은 가고 다시 돌아오지 않는 아픔 탓이다.

— '사라지는 것들을 위하여'에서

문명을 만끽하고 있는 대도시 서울이 뱀의 뱃속이 되어 있다. 문명은
살기 좋은 문화의 공간으로 가는 듯하다가 결국은 인간의 병든 도시로
변했다. 데스몬드 모리스(Desmond Morris)가 현대도시의 비인간화된 삶
을 <인간동물원>(Human Zoo)이라고 했다는 것은 충격적인 고발이다. 이
인간동물원에서 달은 물 속에 빠지고 하나님은 보이지 않고 물고기는
애꾸눈이 되었다. 여기서 고통하고 질식하는 것은 <뱀의 뱃속에 있는
개구리>이다. 서울(都市) 즉 농약에 갇힌 뱀, 그리고 뱀의 뱃속에 갇힌
개구리, 이렇게 겹겹이 현대문명은 인간을 질식시키고 있는 것이다. 문
명은 인간에게 빛으로 왔지만 사랑으로 승화되지는 못했다. 결국 궁극

적으로 사랑이 없는 냉혹한 빛(문명)은 도시에 갇혀 신의 심판을 받는 다. 신은 <요나>로 하여금 니느웨의 백성들에게 그들이 나쁜 행실을 고 치지 않으면 처벌될 거라고 경고하도록 명령하였다. <요나>는 니느웨의 사람들이 회개하여 신이 그들을 용서하는 결과를 두려워하여서 그 傳導 로부터 도망하였다. 그는 강한 질서와 율법의 감각을 가진 인간이긴 하 지만, 사랑이 없는 사람이었다. 그는 도망하여 피하고 있을 때, 자기자 신이 고래의 뱃속에 삼켜져 있음을 발견하였다. 신의 벌을 받는 요나는 곧 도시의 문명이고 그 문명은 그 문명을 만든 인간 자신이라고 볼 때 궁극적으로 인간은 문명(도시)에 갇힌 뱀, 뱀의 뱃속에 갇혀 신음하는 개구리로 이중적 질곡에 갇힌 꼴이 된 것이다.

> — 수은을 먹고 흘리는 수은의 눈물
> 눈물방울
> 절벽 같은 천둥번개 같은
> — '그리운 나라'에서

「밤하늘은 아름답다」에서는 수은을 먹고 애꾸눈이 된 물고기들이 있 었는데 이 시 「그리운 나라」에서는 "애꾸눈 개들이 희디흰 대낮의 거리 에 수은을 토한다."

> 煙氣에 그을린 달과 이마에서 떨어지는 별
> 傷心한 杜鵑새는 굴뚝에서 울었다
> — 오세영, '잃어버린 사내'에서

산업사회에서 내뿜는 연기는 맑은 신비의 달을 질식시킨다. 이제 두 견새는 님의 넋을 그리며 우는 것이 아니라 기계 공해 곧 죽어 가는 달 과 인간을 곡할 수밖에 없다.

> 한 사람이 벌거벗은 몸으로 태어나면

출생신고서의 검은 잉크 자국이 마르기도 전에
그의 이름은 벌써 전쟁의 날들의 동원명단에 들어간다
한 사람이 벌거벗은 몸으로 태어나면
상인들은 그에게 팔 물건들의 목록을 작성하고
의사들은 그의 치료비로 청구할 액수를 계산하고
누군가 벌써 그의 수의를 깁고 있고
누군가 벌써 그의 棺을 짜고 있고
누군가 벌써 그의 묘비명을 새기고 있고
누군가 벌써 그의 사망진단서에 붉은 도장을 누르고 있다.
　　　　　— '내 노래 속에는 장수하늘소가 날지 않는다'에서

　이러한 장석주의 서곡 한 줄이 "내 노래는 왜 늘 어둡고 음울하기만
한지"로 시작되는 것은 장석주의 서곡만이 아니고 거의 80년대 시의 일
반적인 서곡에 해당된다. 그들(80년대)은 외형적으로는 시의 기존 형태
를 파괴하고 있으면서 안으로 들여다보면 문명으로, 그리고 산업사회의
사회적 상황으로 몰락해 가고 있는 현실에 대한 혐오이고 충격적인 몸
짓이었다.
　그러나 시인은 고발이나 독백으로만 끝날 수는 없다. 그래서 장석주
는 다음 작업으로 옮아온다.

상한 짐승처럼 엎어져 잠들지 못하고 울부짖는
서울의 비명을 못 듣는구나
아무나 위독한 서울을 살려다오.
서울의 하늘에 신선한 산소를 다오.
깨끗한 햇빛을 아니 조용히 놓아만다오.
잠들지 못하는 이유를 알기 위하여
서울 변두리의 몇 포기 줄을 뽑아보라.
죽은 풀뿌리가 움켜잡는 죽은 흙덩이
새 잎을 돋게 하던 서울의 뿌리가 썩고 있구나.
서울의 혈관을 흐르는
서울의 정신은 함부로 더럽혀졌구나

— 장석주, '서울의 病' 전문

한 시인의 직관에 포착된 서울은 '상한 짐승처럼 엎어져 잠들지 못하고 울부짖는' 비명과도 같은 것이다. 詩의 美學은 어느 의미에서의 <反映>이다. 이제 이 시인은 이처럼 위독한 서울을 거울처럼 반영하는 것으로 끝낼 수 없기 때문에 '아무나 위독한 서울을 살려다오'라고 절규한다. 썩고 있는 서울은 '신선한 산소'가 필요하고 '깨끗한 햇빛'이 절실하다는 것이다.

서울은 이러한 병의 치유를 위해 어디서 약방문해야 하는가? 그 발병의 중요한 원인 가운데 하나가 文明을 과식하고 田園을 먹어 치운 탓이었다면 서울은 이제 자연과 전원을 복용해야 되는 것이다. 즉 전원의 르네상스 운동을 벌여야 하는 것이다. 서울이 장악한 대부분의 중앙집권을 지역사회라는 그 本鄕으로 돌려주어야 하는 것이다.

인간은 자연 속에서 나서 자연과 더불어 살아가는 자연의 일부분이기도 한 것이다. 그 자연을 배반할 때 인간은 스스로를 배반하게 된다. 科學도 어느 한계를 지나면 자연이 용납하지 않는다. 이것이 바로 현대의 서구문명이 지니고 있는 한계점이다. 科學은 自然이라는 위대한 품속에서 일종의 곡예나 기교 정도이고 결국 자연의 섭리 이상을 크게 뛰어넘지 못하게 운명 지워져 있는 것이다.

통일을 꿈꾸는 색주가
― 김준태

삼팔선 바로 앞이라도
코앞에 놓인 북한 땅은 보이질 않더니
눈곱만큼도 보이지를 않더니

내가 발가벗고
불알까지 모조리 내놓고
벌거숭이로 턱 버티고 서서 바라보니
히야, 그때야 능글맞게
북한 땅은 보이기 시작하더라

어디 그뿐이겠어
삼팔선 철조망 가에서
자지를 덜렁 내놓고
오줌을 누고 있었더니
그것을 六·二五 동란 때
홀엄씨가 돼버린 북쪽의 한 여편네가
무슨 생각이 절로 났는지
몰래 살짝이 훔쳐보더라.

　　　― 金準泰, '삼팔선 앞에서 북한 땅을 바라보는 기법, 그리고
　　　　　　　　　통일을 꿈꾸는 슬픈 色酒家' 전문

동구의 공산체제가 무너지고 사회주의 국가들이 무너지고 있는데도 자유의 새 봄은 아직 북한의 동토에는 해빙의 기미가 잘 보이지 않는다. 유일 체제로 결빙한 우리의 또 다른 반쪽은 스스로 만들어 세운 이상향에서 좀체로 한 눈 팔 생각조차 하지 않는다. 어버이 수령의 사랑에 묻혀 죽도록 충성하면 그것이 지상 최대의 행복이고 낙원인 것이다. 볼 권리도 알 권리도 들을 권리도 그들에게는 필요 없다. 당은 결정하고 인민은 따르도록 된 세뇌속에서 오로지 당이 소식 전해 주는 대로 지시하는 대로 따라가면 편하고 영광스럽다. 그러니 그러한 낙원 속에 앉았으니 자신들이 지금 자유 없는 멍에를 쓰고 있는지 진실로 인간다운 자유가 없는 성곽 속에 갇혀있는지 조차 알 길이 전혀 없는 것이다.

남한은 지금 굶주리는 사람이 많다고 하면 그런 줄 알고 연민의 정을 느껴주면 되고, 남한은 통일을 방해하고 있다면 또 그대로 척척 믿고 사는 판국이다.

이러한 판국에서 기발한 생각을 해낸 것이 김준태의 코믹한 통일기법의 시이다. 위의 시가 코믹하지만 실은 그 속에는 치열한 접근공법이 감행되었다고 보아야 한다.

그는 통일기법의 숱한 시들을 보아왔고 김준태 자신도 여러모로 통일시의 문법을 써 보았지만 모두가 허망했다는 결과에 새롭게 시도한 기법이었다.

수천 년의 혈육 동족이 단 수십 년 나뉘어 사는 동안 단단하게 일상들이 굳어서 추상적 민족감정과 동포의식만 남아 있는 것처럼 보이는 시점에 정색하고 대면하는 것이 도움이되지 않는다고 본 것이다. 북한의 한 홀엄씨 앞에서 시적 포즈를 버리고 역설적인 술주정뱅이가 되어 짖궂게 자극한 것이 오히려 반응을 얻은 것이다.

그 동안 온갖 논리로 단일민족의 이름으로 민주자유의 이름으로 세계의 신질서 신사고의 이름으로도 허사였던 그들 앞에 김준태는 시적 문법이나 정공법을 무시하고 6·25 때 외롭게 홀엄씨가 된 그녀의 본능적인 욕구를 자극했던 것이다.

그 어떠한 이데올로기로 철갑을 둘러도 인간이기 때문에 외면할 수 없는 밥과 성이라는 미끼. 여기에 북한의 체제는 걸려 든 셈이다. 이러한 의미에서 이 시는 하나의 단순한 기지가 아니다. 적어도 앞으로 굳게 닫힌 북한 동포의 가슴을 열기 위해서 그 시인은 기발한 묘수를 찾아본 것이다.

김준태가 상징적으로 동원한 성은 오늘의 그들에게 밥인가 자유인가 아니면 또 다른 것인가 이것을 탐색케 한 것이다.

바람부는 압구정동

소문의 도깨비
― 구중관

구중관의 꽁트 '소문의 도깨비' 이야기는 인간 속에는 환상이 있다는 것을 증언해주는 사건이다. 이 꽁트에 등장하는 주인공은 삼류 소설가에, 40대 노총각이다. 그는 미스 김과 오후 5시에 뽀뽀다방에서 만나기로 약속되어 있으므로 오후 5시가 될 때까지 산 속의 선녀탕에서 몸을 닦고 식히게 된다. 시간이 가까워지자 이 노총각은 선녀탕 밖으로 나와 옷을 입으려는데 옷이 없어졌다. 하는 수 없이 그토록 기다리던 약속 시간을 놓치고 밤중에야 발가벗은 채로 그 산길을 내려온다. 과붓집 낮은 담벼락에 몸을 붙이고 엎드려 앞길을 잘 살핀 다음 살풋살풋 춤추듯이 마을길을 걸어서 자기 집 앞에 당도하였다. 그런데 이튿날은 다음과 같은 도깨비 소문이 번졌다.

어느 별이 총총한 밤에 도깨비 한 마리가 마을로 내려와 춤을 추고 다녔다. 그 도깨비의 목격자가 한 사람이 아니라 두 사람이었기에 소문은 매우 신빙성 있는 사실로 온 동네에 유포되어 나갔다. 도깨비가 숲 속에서 내려온 것을 본 사람은 마을 가장 나이 많은 노파였다. 눈 밝은 과부의 증언에 의하면 도깨비의 몸은 구리처럼 검붉었고 키는 장대같이 큰 데다가 머리엔 뿔이 돋았고 두 다리 사이에도 방망이 만한 뿔이 매달려 있었다.

소설이란 작가와 독자가 협력하여 만드는 예술품이다. 소설 한편을 두고 독자와 작가는 따로따로 - 작가는 쓰는 작업으로, 그리고 독자는 읽는 일로 - 분업하고 있지만 실은 작가와 독자는 원천적으로 상상이라는 공간을 함께 공유하고 있기 때문에 상상의 공화국을 같이 건설하고 있는 셈이다. 이러한 상상의 공화국을 작가와 독자는 합작하고 또 공동으로 관리하고 있는 셈이다.

우리들 앞에 실존하지 않는 도깨비 이야기가 까마득한 옛날부터 오늘에 이르기까지 아직도 우리들의 의식에서 떠나지 않고 있다는 것은 인간은 도깨비라는 정체불명의 허깨비를 자신 속에 만들어 놓고 길러가고 있기 때문이다. 그러한 괴기성 때문에 소설이라는 허구에 매어 달릴 수 있는 것이다.

인간에게 이러한 상상의 공간이 없었다면 허구라는 소설 자체가 생겨나지 못했을 것이고 그것이 생겨난다고 해도 발붙이고 뿌리내릴 수 없었을 것이다. 이렇게 보면 인간들의 상상력과 망상과 착각의 가능태 때문에 작가는 마음껏 상상의 거짓말로 꾸며진 진귀한 이야기를 제공해 주고 독자는 그것을 거짓으로 꾸며진 이야기인 줄 알면서도 거기에 함몰된다.

이렇게 보면 인간은 재미있는 괴물에 속한다. 마술사들이 진기명기로 사람들을 속이고 즐겁게 할 수 있는 것도 결국은 인간성 속에 그처럼 불가사의한 괴기성이 내포되어 있기 때문인 것이다. 그래서 소설이 정착했고 그 소설은 영원히 인간의 삶을 떠나지 못하는 것이다.

백마 탄 기사
— 송 영

　톨스토이가 꾸민 「어린이를 위한 이야기」 가운데 '다람쥐와 늑대'라
는 우화가 있다.

　늑대에게 잡힌 다람쥐가 놓아달라고 하자 늑대는 다람쥐에게 네가
항상 기뻐하는 이유가 무엇인지를 말해주면 풀어준다고 했다.

　풀려난 다람쥐는 나무위로 올라가서 말한다. <넌 마음씨가 고약해서
따분한 거야. 나쁜 심보가 네 마음을 갉아먹고 있어. 나는 아무에게도
해를 입히지 않기 때문에 즐거운 거야>라고 말한다.

　결국 남에게 해를 끼치지 않으면 우선 그 자신이 즐겁고 행복하다는
뜻이다.

　현대사회가 먹을 것은 비교적 유족해도 언제나 행복감에 이르지 못
하는 까닭은 각자가 남을 모르는 이기주의 때문이다.

　못난 친구를 늘 비아냥거리던 여자 친구들이 어느날 갑자기 그 못생
긴 노처녀가 백마 타고 온 멋진 남성과 약혼이 이루어지자 그때부터 그
녀를 흉보던 친구들은 하루아침에 불행해졌다는 콩트를 송영의 '백마를
탄 기사'에서 볼 수 있다. 여고 동창들은 모여 앉으면 화투치고 남의 험
담 늘어놓기 일수인데 그런 험담 속에는 반드시 수진이 흉보기도 한목
껴 있었다.

그러나 이 못난 노처녀는 언제나 큰 소리는 혼자 치고 있었다. 자기에게는 반드시 백마 타고 올 기사가 있다는 것이다. 그러니 흥은 증폭되고 있었다. "백마 탄 기사가 왔다가 수진이 얼굴 한 번 보고 나면 놀라서 말에서 떨어지겠다"는 것이다. 그런데 이 못난 노처녀에게는 실제로 백마 타고 온 기사가 나타난 것이다. 그 남자는 수진이를 한 번 보고 반했다는 것이다. 그날부터 그 남자는 매일 하루도 안 거르고 장미꽃 한 다발씩을 수진이에게 보내왔고 일은 급진전되어갔다. 그러니 늘 흥만 보던 동창들은 아연실색하게 되고 갑자기 질투심 속에 불행해져 갔다.

"글쎄 그 백마를 탄 기사가 기어코 나타났다지 뭐니?"

수진이를 비아냥거리던 입들은 이제는 선망으로 급회전 한 것이다.

애당초 못난 수진이를 돌려놓은 이들은 수진이 앞에 나타난 그 멋진 박사요 미남 청년인 백마 탄 기사가 시기의 대상이 되고 만 것이다.

이러한 <동심원>의 행복논리를 우리는 설화 속에서도 흔히 볼 수 있다.

옛날 두 거지가 의좋게 살다가 어느 날 금덩어리가 생긴 후 둘이 함께 망한다는 이야기도 있다. 그토록 우의가 돈독한 두 거지 앞에 금덩이가 생기자 둘은 자축하는 기분으로 술을 마시기로 한 것이다. 한 거지는 술을 사러 가고 또 한 거지는 남아 있었다. 술 사러 간 거지가 가만히 생각해 보니 이 금덩이를 자기 혼자 가지면 금방 부자가 될 것 같아 사들고 가던 술에 독약을 탔다. 그런데 집에 남은 거지는 그 금덩이를 혼자 갖고 싶어 술 사오는 친구를 없앨 마음으로 몽둥이를 준비하고 있었다. 그러니 결과는 뻔했다. 술을 사온 거지는 친구 거지에게 맞아죽고 몽둥이로 친구 거지를 죽인 그는 독약을 탄 술을 마시고 죽었다. 결국 욕심이 생긴 둘은 함께 죽었던 것이다.

요즈음 세상에 재산 때문에 이렇게 싸우는 경우를 우리는 흔히 볼 수 있다. 재산이 형제 앞에 없을 때에는 서로가 형제는 하나였는데 갑자기 많은 유산을 나누어 가지려는 그때부터는 <너는 너> <나는 나>로 벌어지고 찢어져 형제간에 큰 싸움이 되고 그것이 재판정에까지 가게 된다.

그러나 그 옛날의 한민족은 적선을 많이 했다. 반드시 불교의 교리에 따르지 않아도 선을 쌓을 줄 알았다. 그 적선이 꼭 물질적인 것이 아니라도 마음으로라도 남에게 선한 마음을 베풀기를 좋아했다. 적선을 하면 복을 받는다고 알고 있었다. 이것이 조상적부터 오래 오래 지속되니까 어느새 남에게 선을 베푼다는 의식이 자기 자신의 행복 쌓기로 전이되었다. 즉 남에게 좋은 일을 하는 순간 자기 마음이 기뻐진다는 것을 알았다. 결국 남에게 좋은 일을 한다는 것은 곧 나의 행복 쌓기이고 행복누리기인 것이다. 네 속에 내가 있고 내 속에 네가 있을 때 즐겁게 되는 것이다.

나는 누구인가?
— 구병천

구병천의 작품 '포유강 사람속'에는 현대 사회의 풍경화가 그려져 있다. 이 작품의 주인공은 이름이 없다. 그의 존재는 주민등록번호에 의해 확인될 뿐이다. 작가 지망생인 주인공은 나는 더 이상 내가 아니며, 단지 컴퓨터 전산망에 기록된 그 수많은 기호들의 하나에 불과하다고 생각한다.

모든 사람들이 지금 살아가고 있지만 그것은 모두가 끌려 다니는 수동적인 인간일 뿐, 인간적인 진정한 가치를 상실한 시대에 살고 있다는 것이다. 주민등록번호가 620306-1894710인 이 주인공은 자신도 모조 인생에 불과하다고 느낀다.

후기 산업사회로 접어들면서 인간은 완전히 물질에 의해 지배받는 시대가 되었다는 것이다. 여기서 인간은 "나는 누구인가"라고 묻게 된다. 이렇게 세상은 황폐해졌고, 이 황폐해진 사회 속에서 인간은 방황하게 되고 방황은 절망을 낳고, 절망은 허무를 낳게 된다.

이처럼 지난 80년대의 우리는 경제 제일을 부르짖는 독재 체제하에서 정치적·경제적 모순갈등으로 살아왔는데, 오늘 90년대는 경제 개발의 성과를 향유하면서도 산업화에 의해 해체된 가치 속에 방황하고 있는 것이다.

이러한 현대인의 비극은 그 어떠한 철학이나 사상도, 종교도 이 근본적인 허무감을 다스릴 수 없다고 이 작가는 기술하고 있다. 지금 우리 앞에는 그 무엇도 절대적인 것은 없고, 그 어디에도 중심이 없이 흔들리고 표류하고 있을 뿐이라는 것이다.

이러한 오늘의 풍경화를 냉소적으로 그리고 있는 이 작가는 이 황량한 풍토를 여러 가지 수법으로 코믹하게 비꼰다. 그러나 끝에 가서 주인공은 호소한다. 인간인 자신은 하나의 기호로 전락하기는 싫다는 것이다.

이처럼 현대는 중심축도, 가치관도 없이 마구 표류한다. 진리 자체도 그렇다. 더구나 포스트모더니즘이 이 땅에 상륙한 이래 진리는 중심에 있지 못하다. 다음과 같은 일화가 이러한 현실을 대변해 준다.

하이데거는 고흐의 구두를 그린 그림을 보고 그 구두의 그림은 논밭의 풍상을 겪은 농부의 땀과 수고와 고독을 드러내 보여주고 있다고 했다. 그러나 샤피로는 이 구두가 농부의 것이 아니고 사실은 고흐가 젊은 시절 부친의 권유에 따라 잠시 목사로 일할 때 신었던 구두라고 하면서 하이데거를 공박했다. 이러한 논쟁 앞에 자크 데리다는 「그림의 진실」이라는 책에서 놀라운 견해로 위의 두 견해를 간단히 해체시킨다. 그는 이렇게 말한다. <이 그림을 자세히 보라. 나에게는 그것이 한 쌍의 구두가 아니라 두 개의 왼쪽 구두처럼 보인다>고 했던 것이다. 김성곤의 「포스트모더니즘과 현대의 미국 소설」.

데리다는 <급변하는 이 시대에는 고정된 진실은 존재하지 않는다>고 보았다.

사랑은 유명약국에서 팝니다
— 이윤택·이기철

상상력을 수퍼마켙에서 구입하도록 하세요
자유와 평화도 통조림 가공 배달해 드리죠
사랑은 캡슐에 넣어 전국 유명약국서 판매중
우주복 패션의 TV광고 모델
손가락 끝에서 날씬하게 튕겨져 나오는 레이저광선
그 경이적 미학에 취해 아내는 리모트 콘트롤 컬러 TV를 구입하였
다.
바다 맨션을 꿈꾸는 아내를 위하여
　— 中略 —

검은 관이 맞은 편 13층 창턱에서 하야 하고 있다.
밧줄에 매달린 채 뒤뚱거리며
상주들은 엘리베이터를 타고 내려와
1층 관리실 앞에 도열하여 어이어이곡을 놓고 있다.
나는 그만 폭소가 터진다.
누군가 면상을 친다.
코피가 주르르 흐른다. 시커멓다.
자꾸 흐른다. 아내의 눈에서 레이저 광선이 번쩍번쩍 쏟아진다.
아니, 저건 눈물이다 여보, 배가 고프다. 코피를 쏟고 나니 참을 수
없도록 밥숟갈이 그립다.
　　　　　　— 李潤澤 '밥숟갈이 그립다' 중에서

「상상력」은 수퍼마켙에서 구입할 수 있고 「자유와 평화」도 통조림으로 가공해서 배달해주는 세상이라고 풍자한 시이다. 심지어는 「사랑」마저 캡슐에 넣어 유명약국에서 팔고 있다고 한다.

이윤택은 이 시에서 인간과 인간성을 상실한 현대를 극단적으로 과장하여 조롱한다. 후기 산업사회에 살고 있는 인간은 인간적인 요소라고는 거의 상실한 황무지에 살고 있다는 것이다.

「상상력」과 「사랑」과 「자유·평화」는 인간에게 무엇인가. 그것은 가장 인간적인 증표이고 창조와 행복감의 원천이고 인간적인 한계를 초월할 수 있는 축복이 아닌가. 이것을 슈퍼마켓에서 팔고 통조림 공장에서 가공하며 혹은 캡슐에 넣어 유명약국이 취급한다면 이야말로 인간을 최대로 모독한 것이고 이러한 조작을 산업사회가 빚어냈다는 것이다.

그리고 이윤택은 아파트시대의 진풍경을 포착함으로써 그는 현대사회를 신랄하고 코믹하게 고발한다. 가장 경건하고 엄숙하게 모셔야 할 <관>이 <밧줄에 매달린 채 뒤뚱거리며> 내려오고 <상주들은 엘리베이터를 타고 내려와> 관리실 앞에 도열하여 어이어이 곡을 한다. 거기서 <폭소>가 터지고 <면상>을 치고 코피가 터진다. 정신이 번쩍 난다. 배가 고파진다. 밥숟갈이 그리워진다.

이 시에서 마지막의 <폭소>와 <코피>와 배고픈 허기와 밥숟갈이 그리워진다는 순간은 인간이 비인간적인 수렁에서 인간적인 본성으로 기사회생해 오는 순간인 것이다. 그 옛날 인간의 순수가 자연이라는 원시림 속에서 호롱불을 밝히며 이야기꽃을 피우고 살던 그 인간의 본향을 배고프다는 의식으로 깨어나고 있다는 것은 드라마틱하다.

> 치자꽃 마을에 사는 사람들은
> 치자꽃 같은 말소리로 사랑을 속삭인다.
> 등 너머 동쪽바다에서 잡혀온
> 몇 마리 새우들이
> 저녁식탁의 맑은 불빛에 등을 반짝이고
> 아이들은 앵도알 같은 귀를 열고」

아직 들에서 돌아오지 않은 아버지를 기다린다.
　　　　　　　　　　　　― 李起哲 '치자꽃마을'에서

　대도시라는 공해 속의 우리(動物의 집)에 갇혀 사랑과 자유를 통조림 속에서나 찾아볼 수 있는 <인간동물원> 마을에 비해 치자꽃 피는 마을에서 치자꽃 같은 사랑을 속삭이는 전설 같은 이 마을의 이야기는 진실로 산너머 저쪽의 행복한 마을인 것이다.

　지금 李起哲은 '치자꽃 마을'을 꿈꾸고 있는 것이다. 그는 지금 유토피아를 상상하고 있다.

　이기철은 샤갈의 그림에서처럼 <生의 종말에 찬란한 꽃다발>로 대응시키고 있음을 보여준다. 인간성이 함락한 도시에 아름다운 옛날을 복원하고파 향수의 노래를 부르고 있는 것이다.

앵도를 먹고 무서운 애를 낳았으면 좋겠어
― 이성복

앵도를 먹고 무서운 애를 낳았으면 좋겠어.
　걸어가는 시가 되었으면 물구나무서는 오리가 되었으면 嘔吐하는
발가락이 되었으면.
　발톱 있는 감자가 되었으면 상냥한 工場이 되었으면 날아가는 맷돌
이 되었으면 좋겠어.
　　　　　< 中略 >
　그날 아침 내게는 돈이 있었고 햇빛도
아버지도 있었는데 그날 아침 버드나무는
늘어진 팔로 무언가를 움켜잡지 못하고
그 밤이 토해 낸 아침 나는 울고 있었다
그날 아침 거미줄을 타고 大型 트럭이
달려오고 큰 새들이 작은 새의 눈알을
찍어 먹었고 그날 아침 언덕은 다른 언덕을
뛰어넘고 다른 언덕은 또 다른 언덕을 뛰어넘고
병든 말이 앞발을 모아 번쩍, 들었다 그날
아침 배고픈 江이 지평선을 핥고
내 울음은
동전처럼 떨어졌다.
　　　　　　　　　　　　― 이성복, ‘口話’에서

　이상의 ‘口話’는 대부분 <~좋겠어>로 시작하여 <~좋겠어>로 끝난

다. 화자가 하고 싶다는 소망이란 <앵도를 먹고 무서운 애를 낳았으면 좋겠다>는 것이고 <걸어가는 詩가> 되고 <물구나무 선 오리가>, <嘔吐하는 발가락>이, 그리고 <발톱 있는 감자>가 되고 싶다는 것들로 이어진다. 그리고 3연에서는 <모두가 神秘였다> <사람이 사람을 괴롭히는 것> <죽은 꽃> 등이 신비롭다는 것이다.

이러한 口話體로 일관하는 이 시집은 계속 잠깨지 못한 몽유병 환자처럼 봄밤의 잠꼬대 같은 흉칙하고, 망칙하고, 허탄하고 황당한 노래를 펼친다 '1959년'에서는 <그해 겨울이 지나고 여름이 시작되어도 봄은 오지 않았고> <채 꽃 피기 전에 아주 작은 열매를 맺고 / 不姙의 살구나무는 시들어 갔다>. '또 비가 오고'에서는 <죽은 물고기가 하늘에서 떨어진다>. <실성한 봄은 여물지 않은 복숭아 속에서 중얼거리고> <앉은뱅이와 곱추를 불어 동요를 부르게 하고, 늙은 王과 송충이를 교미시켜 病든 아들을 얻게 하라>고 한다. '루우트 기호 속에서'는 <어릴 때 돌로 쳐죽인 뱀이 나를 감고, 전에 훔쳐먹은 노란 사과 하나 몸 속을 굴러다니고, 性器 끝에서 번개가 빠져나간다>. 이어 '出埃及' 마지막 연에서는

이제 집이 없는 사람은 天國에 셋방을 얻어야 하고
사랑 받지 못하는 사람은 아직 戀情에 그러는 늙은 子宮으로 돌아가야 하고
忿怒에 떠는 손에 닿으면 문둥이와 앉은뱅이를 낫는단다. 主여
— '出埃及' 마지막 연

이처럼 세상을 보는 이성복은 '꽃피는 아버지'에서 <고향 땅이 여어기이서 몇 리나 되나>고 노래하고 <나무가 웃으며 말>하고 '家族풍경'에서는 <형은 와이셔츠처럼 웃고> '그날'에서는 <…사람이 사람을 사랑하면 죽일 수도 있을 거라고>고 생각하고 <잔디밭 잡초 뽑는 여인들이 자기 삶까지 솎아내>는 것도 본다. '그러나 어느 날 우연히'에서는 <어느 날 갑자기 망치는 못을 박지 못하고 / 어느 날 갑자기 벽돌을 나

르던 조랑말이 왼쪽 다리를 / 삐고 // 선생은 생선이 되고 / 어떤 노래
는 금지되고 어떤 사람은 수상해지고 <어느 날 갑자기 일흔이 넘은 노
파의 배에서 / 돌덩이 같은 胎兒가 꺼내지고 … / 어느 날 갑자기 장님
이 눈을 뜨고 / 앉은뱅이가 걷고 갑자기 <X이 서지 않는다>고 했다.

　이상과 같은 시의 행렬이 이 시집 끝까지 이어진다.

　이러한 노래에 비평적 시중은 오히려 독자들에게 방해가 될 것이다.

바람 부는 압구정동
― 유 하

바람 부는 날이면, 압구정동에 가야 한다. 사과맛 버찌맛
온갖 야리꾸리한 맛, 무쓰, 스프레이, 웰라폼 향기 흩날리는 거리
웬디스의 소녀들, 부띠끄의 여인들, 까페 상류사회의 문을 나서는
구찌 핸드백을 든 다찌들 오예, 바람불면 전면적으로 드러나는
저 흐벅진 허벅지들이여 시들지 않는 번뇌의 꽃들이여
하얀 다리들의 숲을 지나며 나는, 끝없이 이어진 내 번뇌의 구름다
리를
출렁출렁 바라본다 이 거추장스러운 관능의 육신과 마음에 연결된
동앗줄 같은 다리를 끊는 한 소식 얻기 위하여, 바람부는 날이면
한양쇼핑센타, 현대백화점 네거리에 떡하니 결가부좌 틀고 앉아
온갖 심혜진, 최진실, 강수지 같은 황홀한 종아리를 뚫어져라 바라
보며
不淨觀이라도 해야 하리
[……]
　　　　　― 유　하, '바람 부는 날이면 압구정동에 가야 한다'에서

<심혜진, 최진실, 강수지의 종아리>도 아름답지만 그 옛날 원두막지
기 딸의 <구릿빛 종아리>는 더 아름다웠다. 최진실 다리는 샨데리아
밑에 더 아름답지만 원두막지기 딸의 구릿빛 다리는 이글거리는 태양아
래 더 아름답다. 그것은 태양 빛으로 화장을 했기 때문이다. 그래서 지

금 유하는 서럽고도 아쉬운 마음에 압구정동을 노래하고 있는 것이다.
<자본주의 사회의 모든 세련된 상징들을 껴안고 있는 압구정동을 지나
면서도, 이제 시멘트 밑으로 묻혀버린 배나무 뿌리들의 거대한 신음소
리를> 듣게 되는 것이다.

그 옛날 두메산골의 반딧불 같은 호롱불도 어느새 압구정동의 거대
한 <샨들리에>로 변하였고, 휘황찬란한 불빛 아래 <부패色>의 성찬이
<왜곡된 자본주의>를 말해준다.

이처럼 상전벽해가 된 압구정동은 지난날 배나무 밭이 대량으로 학
살되었다고 하여 유하는 그것을 진혼곡으로 변주하여 노래부른다. <쩝
쩝대는 파리크라상, 홍청대는 현대백화점, 느끼한 면발 / 영계들의 애마
스쿠프, 꼬망딸레브앙드레 곤드레만드레 / 부띠끄 / 무지개표 콘돔, 평
화 이발소, 이랏샤이마세 구정가라, 오케 / 온갖 젖과 꿀과 분비물 넘쳐
질펀대는 그 약속의 땅 …>이 유하의 '바람 부는 날이면 압구정동에 가
야 한다'에서 부패와 타락으로 홍청대는 늪으로 고발되고 있다. 그러나
이러한 그의 조소와 기롱은 반드시 풍자를 위한 풍자는 아니고, 해체시
의 한 기법과도 다름을 보여주고 있다. 그것은 그의 고향 <하나대>라
는 유토피아를 찾는 징검다리를 건너가는 과정으로 보인다.

> 가을 들판에 참새 떼처럼 내려앉는
> 오후의 햇빛이여
> 갈대 숲 강아지풀 어루만지며
> 수랑골 방죽 위에 뛰노는 달빛, 별빛이여
> 아, 이 대지 위의 빛잔치
> 대지는 늘 홍청망청 잔치를 여는구나
> 보아라 무진장으로 해가 꾸어주는 저 빛을
> 달과 별이 빌려주는 저 빛을
> 오후 다사로운 햇빛 빛더미로 쏟아지는
> 가을 들판 눈물 하나로 흔들린다
>   ― '햇빛, 달빛, 별빛' 전문

유하는 그의 고향 <하나대>를 지상에서 가장 아름다운 곳으로 노래한다. 하여 그의 그러한 향토 서정을 노래한 시편들은 너무 아름다워서 슬픈 곡조로 들려온다. 햇빛, 달빛, 별빛으로 무진장 벌이는 잔치, 자연은 그러한 값진 보물을 무제한의 빛으로 쏟아 붓는다. 그야말로 향토 고향은 <값없는 청풍>, <임자 없는 명월>로 사시사철 넉넉하고 아름답다. 그런 <하나대>(고향)는 굴뚝새가 사는 가난하고 한적한 마을이기도 하다.

　　너무 작은 쥐방울새는 세상 누가 그의 존재를 인식하지 않는다 해도 서러워하지 않는다.
　　여기, 살아 쩡하게 숨쉬고 있던 것들 어느새 굴뚝의 연기처럼 다 흔적 없이 사라지고
　　굴뚝 새 저 혼자 남아 굴뚝의 텅 빈 숨길처럼
　　하나대를 스쳐간 자리, 쫓아가 보니
　　살아온 날들이 헛일이었다고
　　쏴아아아 소나무들의 눈물바람 고인다.
　　　　　　　　　　　　　　　　— '굴뚝새가 사는 마을' 중에서

박철화도 지적한 것처럼 유하는 <저 혼자 남은 굴뚝새>의 외로움을 통해 고향의 외로움과 산다는 허무의식을 일깨워주기도 하지만 한편, 그의 그러한 허무는 자연의 빈 몸, <비어 있음>으로 하여 무한한 것을 채울 수 있는 푸짐한 고향의 품을 제시해 주기도 한다. 이러한 고향에는 <저 모든 것들을 오래오래 길러온 어머니>가 있다. ('정글어가는 하나대를 바라보며')

그래서 영원히 아름다운 곳으로 노래 불린다.

새끼를 꼬면서
— 김창완

70년대의 유신체제이래 민중들의 생활은 척박하고 자유는 극도로 옹색해지자 민중문학은 민중의 대변자로 그들의 문학은 바로 시대정신이기도 했다. 이러한 분위기 속에서 농촌시와 산업근로시는 팽창할 대로 팽창할 수 있었다.

> 눈 저리 푸짐헝께 풍년들랑가
> 풍년들어 뭣헌당가 똥값보다 헐할텐디
> 그나 저나. 우리 할 일 땅 파묵고 사는 일
> 이 새끼 꼬아설랑 보릿단도 묶고
> 이 새끼 칭칭꼬아 가마니도 묶고
> 장에 내갈 도야지 주둥이도 묶어야제
> 우리 동네 늙은이 중 먼저 간이 관도 묶고
> — 김창완, '새끼를 꼬면서'에서

살림은 거덜나고 자유는 옹색한 시대에 <땅푸묵고>, <보릿단도 묶고>, <가마니도 묶고>, <도야지 주둥이도 묶고> 한다는 대목에 이르러 독자의 가슴은 섬뜩해진다. 입을 묶인 도야지 주둥이는 말할 자유와 생존의 권리마저 빼앗긴 속절없는 처절한 모습이어서 암울해질 수밖에 없다.

민중의 개념은 아직 정확하게 잡혀져 있지는 않지만 대체적으로 상부계층에 대한 하부계층의 총칭이다. 여기에는 노동자, 농민, 소상인, 공업자, 도시빈민 등이 구성원으로 되어 있고 거기에 일부 지식인들이 선두에 섰던 것이다. 그리고 이들의 삶의 현장과 고통을 담은 것이 소위 민중문학이었다.

> 잠이 안 온다, 누나야
> 수출 제1위의 그 합판공장을 견학하고부터는
> 우리 집 담요떼기보다 더 넓은
> 합판을 나르던 누나의 그 팔뚝, 그 땀방울.
> 알 밴 종아리 보기 싫다고 바지만 입는 누나야.
> 무거운 짐을 견디려면 무쇠기둥이 되어야겠더라.
> 잠이 안 온다, 누나야
> 공장 기계소리만 웅웅거리고 누나가 돌아오지 않는 이 밤은 ……
>   ― '잠이 안 온다, 누나야'에서

위의 시에 나타난 공장노동자들의 안스러운 모습과 그들의 삶의 고뇌를 확인하기 위해 한때는 도시산업선교회나 학생들이 그들의 노동판에 위장 취업하는 사례까지 있었다.

이러한 민중문학도 이제는 그 방향을 바꾸어 가고 있다. 어느 모임에서 한국 민중 문학의 지도자적인 위치에 있는 한 시인이 <이제는 민중의 기를 내리자>고 했다는 후문이 나돌았다는 것은 이제 민중문학, 민중의식도 새로운 시대 앞에 섰다는 것을 말해준다. 여기서 참고해 볼 것은 최근 이 땅의 예술계에 상륙한 포스트모더니즘도 은근히 이 민중문학을 압박해 가고 있는 셈이다. 포스트모더니즘이 민중문학을 지지할 수 없는 것은 그들 민중문학이 절대가치로 추구하는 편향성을 포스트모더니즘은 인정할 수 없기 때문이다. 그들은 절대 진리나 혹은 그 어느 권위주의도 그 어떠한 유형의 절대가치도 거부한다.

모더니즘 자체가 전통과 대립하는 혁신적인 것이었지만 미지에의 탐험가적인 그 모더니즘도 결국은 포스트모더니즘에 의해 밀려날 수밖에 없었던 것이다. 이처럼 모든 여타의 가치를 해체시키고 배제하며 부정하고 절규하던 민중문학이 이제는 포스트모더니즘에 의해 소멸되어 가고 있다고 해도 좋을 것이다.

그리고 민중문학이 민중의 고뇌 앞에서 새로운 지평을 열고 가려는 그 자체는 바람직하지만 그렇다고 산업근로 지향이나 농촌 지향적인 것이 아니면 무조건 사갈시 한다는 것은 지나친 편견일 수밖에 없을 것이다.

민중의 손수건

민주주의 조사(弔辭)

— 김지하

...
서울이란 장안 한복판에 다섯 도둑이 모여 살았것다.
남녘은 똥덩어리 둥둥
구정물 한강가에 동빙고동 우뚝
북녘은 털빠진 닭똥구멍 민둥
벗은 산 만장아래 성북동 수유동 뾰쪽
남북간에 오종종종 판잣집 다닥다닥
게딱지 다닥 코딱지 다닥 그 위에 불쑥
장충동 약수동 솟을대문 제멋대로 와장창
저 솟고 싶은대로 솟구쳐라 삐까번쩍
으리으리 꽃궁궐에 밤낮으로 풍악이 질펀 떡치는 소리 쿵덕
　　　　　　　　　　　　　　　— 김지하, '오적'에서

　김지하의 위의 담시는 이 시대의 해체와 파괴의 한 전형이라 할 수
있다. 새로운 시의 문법이나 미학의 차원이 아니다. 그 시대 전반에 걸
친 해체와 파괴이고 저항의 한 표본이 된 것이다. 비어나 속어의 배치
혹은 민요나 판소리 사설의 활용 정도가 아니라 한 시대 민중의 세찬
항변이라는 점을 높이 평가할 수 있다.

...

똥도 유신, 오줌도 유신, 줄도 유신, 빽도 유신, 고문도 새마을, 재판도 새마을, 부정도 새마을, 부패도 새마을 …
추상 추상 추상 같은 유신신촌지회를 준언 준엄 준엄히 만방에 발표하시었겠다.
오호!
昨今에
......
維新이닷!
......
수염 짧은 놈 잡아랏!

......
주머니 무겁게 처진 놈 잡아랏!
......
웃지 않는 놈 잡아랏!
......
자유 좋아하는 놈, 굶어죽을 자유를 허락하고
민주주의 좋아하는 놈, 링컨수염 기르도록 민주적으로 협조하고
생존권 좋아하는 놈, 건빵 먹이고 물먹여서 배터져 죽게 하고
......

김지하는 1959년에 서울대 미학과에 입학하고 바로 이듬해(1960) 4.19 혁명에 참가한다. 1964년에는 당시 6.3 사태로 투옥(대일 굴욕 외교 반대투쟁에 참가하고 조사(弔辭) <민족적 민주주의> 및 행진가 <탄아! 탄아! 최루탄아> 등 작성 혐의) 된 경력이 있고 1970년에는 '오적'을 사상계에 발표하였다. 당시 정권은 이것을 <북괴의 선전활동에 동조한 것>이라 하여 판매 금지시켰고, 김지하는 다시 투옥되었다가 폐결핵 악화로 3개월 후 보석으로 풀려난다.
이러한 경력을 가진 김지하가 '오적' 이후 투옥생활 속에서 쓴 작품들을 「타는 목마름」으로 <창비사>에서 출간하자 그것이 독자들에게 많은

호응을 얻었다.

> 신새벽 뒷골목에
> 네 이름을 쓴다 민주주의여
> 내 머리는 너를 잊은 지 오래
> 내 발길은 너를 잊은 지 너무도 너무도 오래
> 오직 한가닥 있어
> 타는 가슴 속 목마름의 기억이
> 네 이름을 남 몰래 쓴다 민주주의여
> 　　…중략…
> 숨죽여 흐느끼며
> 네 이름을 남몰래 쓴다.
> 타는 목마름으로
> 타는 목마름으로
> 민주주의여 만세
> 　　　　　 ― 김지하, '타는 목마름으로'에서

김지하의 시선집 「타는 목마름으로」에는 이 시인의 산문 몇 편이 실려 있는데 여기서 김지하는 풍자와 해학이 예나 이제나 민중문학에 절실하다는 것을 강조한다. 특히 주목되는 것은 김수영에 대한 깊은 인식이라 하겠다.

김수영은 <자기 자신과 더불어 자기가 속한 계층에 대한 부정·자학, 매도의 방향을 보여>주고 있다고 다음과 같이 진술한다.

이러한 소시민 속에서 그는 우리 사회의 진보를 가로막고 있는 중요한 부정적 요소를 파악해 내려 했고, 그 요소에 공격을 집중함으로써 거대한 뿌리를 내린 채 결코 쓰러지려 하지 않는 오랜 모순의 정체를 폭로하고 고발하려 했다. 그 자신이 태어나고 또 그 자신이 몸담아 숨쉬고 헤엄치던 자궁이자 집이요 공기이며 바다인 민중에게 칼날을 맞세운 그의 문학 방향에 또 하나의 의미심장한 아이러니가 숨어 있다. 그는 자기 자신을 죽임으로써 넋의 생활력이 회복되기를 희망한 하나의 강력한 부정의 정신이었으며, 현실 모순의 육신으로 파악된 소

시민성을 치열하게 고발함에 의하여 참된 시민성의 개화(開花)를 열
망한 하나의 뜨거운 진보에의 정열이었다. …
　　　　　　　　　　　　　　　　　　　— 김지하, '김수영론'에서

　김지하는 김수영의 문학정신을 예리하게 관찰하였고 그 속에서 김수
영이 온몸을 던져 정직한 고백으로 자기 자신인 민중의 개화를 꿈꾸었
다고 보았다. 다시 말하면 잘못된 거대한 뿌리를 캐내려는 의지로 김수
영은 자학하고 자기 모멸감에서 서러워한 것을 볼 수 있다는 것이다.
　김지하가 김수영을 바라보는 이러한 측면은 실은 당시 민족문학과
민중문학의 기수로 알려진 신경림이나 황석영, 조세희 등에서도 다소
유사한 연민 섞인 해학과 풍자를 볼 수 있었던 것이다.

농 무
— 신경림

한국의 시인들은 대부분의 경우 사물에서 들려오는 소리에 '운다'를 즐겨 쓴다. 새가 운다는 것은 상례이고 갈대도 울고 꽃도 울고 비도 울고 크레인도 운다고 표현한다.

신경림의 작품 「갈대」는 온 몸으로 흐느낀다.

> 언제부턴가 갈대는 속으로
> 조용히 울고 있었다.
> 그런 어느 밤이었을 것이다.
> 갈대는 그의 온몸이 흔들리고 있는 것을 알았다.
> 바람도 달빛도 아닌 것
> 갈대는 저를 흔드는 것이
> 제 조용한 울음인 것을
> 까맣게 몰랐다.
> — 산다는 것은 속으로 이렇게 조용히 울고 있는 것이란 것을 그는
> 몰랐다.
>
> — 신경림, '갈대' 전문

눈물을 흘리는 마음에서 우리는 가식을 보기 어렵다. 순수 그대로의 순간이고 진솔한 모습 그대로를 볼 수 있는 것이다. 눈물은 어떠한 정

황에서건 인생의 깊은 골짜기에서 솟는 인위적으로 억누르지 못하는 순
수 감정의 증표이다.

연민의 정을 감출 길 없어 가슴 아플 때에도 눈물나지만 너무도 인간
적인 진실이 호소되고 있을 때에도 눈물은 난다. 어쨌든 눈물은 그윽한
곳, 순수한 곳, 뜨거운 곳에서만 솟는 것이니 그 정체는 아름답고 가이
없고 맑고 깊은 마음자락에 있는 것이다. 하여 눈물이 있고 웃음이 있
는 곳에는 삶의 진실이 있다는 것이다.

> 답답하고 고달프게 사는 것이 원통하다.
> ……
> 보름달은 밝아 어떤 녀석은
> 꺽정이처럼 울부짖고 또 어떤 녀석은
> 서림이처럼 해해대지만 이까짓
> 산구석에 처박혀 발버둥친들 무엇하랴
> 비료값도 안 나오는 농사따위야
> ……
> 한 다리를 들고 날라리를 불거나
> 고개짓을 하고 어깨를 흔들거나
>
> — '농무'에서

<어떤 녀석은 / 꺽정이처럼 울부짖고 또 어떤 녀석은 서림이처럼 해
해대지만 이까짓 / 산구석에 처박혀 발버둥친들 무엇하랴 / 비료값도
안 나오는 농사 따위야>라고 울분과 자학과 한탄으로 얼룩질 뿐이다.
그래서 <한 다리를 들고 날라리를 불거나>라든가 <고개짓을 하고 어
깨를 흔들거나>라고 하는 신명은 진실로 솟는 농무의 신명이 아니라
역설이고 자탄이고 자신을 비꼬는 자학인 것이다. 이처럼 삶의 현장을
춤으로, 그것도 순박하고 순수하고 전승적인 농무로 비꼬는 이 시에 대
해 같은 솜씨와 가창력을 가진 조태일은 산문으로 신경림의 노래에 다
음과 같은 해설을 붙인다. <음양의 농촌 수탈은 결국 빈혈 상태의 농촌
을 만들었는데 거기서 벗어나려는 농민들의 비장한 발버둥은 끝나고 만

다>는 것이다. 이처럼 삶의 현장을 처절하게 포착하는 이들 詩 가운데
신경림의 「겨울밤」은 가장 짙은 자조의 빛으로 이루어져 있다.

> 우리는 협동조합 방앗간 뒷방에 모여
> 묵내기 화투를 치고
> 내일은 장날, 장꾼들은 왁자지껄
> 주막집 뜰에서 눈을 턴다.
> 들과 산은 온통 새하얗구나 눈은
> 펑펑 쏟아지는데
> 쌀값 비료값 얘기가 나오고
> 선생이 된 면장 딸 얘기가 나오고
> 서울로 식모살이 간 분이는
> 아기를 뱄다더라 어떡할거나.
> 술에라도 취해 볼거나 술집 색시
> 싸구려 분냄새라도 맡아볼거나,
> 우리의 슬픔을 아는 것은 우리뿐
> 올해는 닭이라도 쳐볼거나
> 겨울밤은 길어 묵을 먹고
> 술을 마시고 물세 시비를 하고
> 색시 젓갈 장단에 유행가를 부르고
> 이발소집 신랑을 다루러
> 보리밭을 질러가면 세상은 온통
> 하얗구나. 눈이여 쌓여
> 지붕을 덮어 다오 우리를 파묻어 다오
> 오종대 뒤에 치마를 둘러쓰고
> 숨은 저 계집애들한테
> 연애편지라도 띄워 볼거나, 우리의
> 괴로움을 아는 것은 우리뿐
> 올해는 돼지라도 먹여 볼거나
>
>   — '겨울밤'

이 시가 갖는 특이한 기량과 뉘앙스는 한 편의 시가 마련할 수 있는

의도적 분위기를 생생하게 살리고 있다는 점이다. 민중시의 기본적인
장(場)이 되어 있는 농촌의 풍속도가 끈끈하면서도 소박한 언어로 이루
어져 있기 때문이다. 이 시에서 <방앗간 뒷방>, <묵내기 화투>, <장날
>, <주막집 뜰>, <면장 딸 얘기>, <유행가를 부르고>, <신랑을 다루
러> 등은 흔히 볼 수 있는 농촌의 풍경이고 일상들인 것이다. 그러나
새하얗게 눈이 쌓이고 <비료값 얘기가 나오고> <서울로 식모살이 간
분이는 아기를 뱄다더라 어떡할거나>, <올해는 닭이라도 쳐볼거나>, <
올해는 돼지라도 먹여 볼거나>, <물세 시비를 하고> 등에서는 농촌의
암담함을 리얼하게 드러낸 수법이었다. 이러한 분위기를 고조시키기 위
해 이 시인은 눈(雪)의 이미지를 역설적으로 쓴다. 흔히 시에서 눈의 상
투적이고 상식적인 이미지는 결백이나 청결이나 축복, 환희 등이었지만
이 시에서 쌓인 눈은 적막과 절망과 자학의 의미를 상승시킨다. 이 시
서두에서 눈은 <주막집 뜰에서 눈을 턴다>로 시작되어 <들과 산은 온
통 새하얗구나>로 적막감을 마련하고 이어 <눈은 펑펑 쏟아지는데>에
서는 막막하고 막힌 환위를 제시하고 이어 <눈이여 쌓여 지붕을 덮어
다오 우리 파묻어 다오>로 자학은 절정에 이른다. 이러한 신경림의 절
망 의식은 그의 시편 속에 축축이 배어 흐르는 눈물이라는 어휘로도 밀
도를 더하고 있지만 특히 <술>로 자조와 자폐의 톤을 더욱 높인다.

술을 퍼 먹이고 갈보집으로 앞장을 세우다가도 ──「冬眠」

해만 설핏하면 아랫말 장정들이 소줏병을 들고 ──「失明」

술에라도 취해 볼거나 ──「겨울밤」

포장 친 목로에 들어가 전표를 주고 막걸리를 마시자 ──「遠隔地」

소주병과 오징어가 놓인 협동조합 구판장 마루 ── 「꽃 그늘」

돌아오는 골목어귀 대폿집 앞에서
웃어 보면 우리의 얼굴이 일그러진다 ──「山邑日記」

아내 대신 묵을 치고 술을 나르고   —「驚蟄」

무명두루마기가 풍기는 그 역한 탁주 냄새   —「時祭」

늘 술만 마시고 미쳐서 날뛰다가 마침내 그녀석은 죽어 버렸다
                                              —「傳說」

목로에 앉아 막걸리를 들이키면   —「罷場」

우리집 봉당에 모여 소주를 켰다   —「廢鑛」

국수 반 사발에 막걸리로 채워진 뱃속   —「오늘」

모두 함께 죽어 버리자고 북어알을 사온 어버이는 술이 취해 뉘우치고

                                      — '山一番地'

예로부터 술을 짝해 온 노래가 많지만 특히 6·25 동란 속의 「불안한 토요일」(김종문)에서 술은 일시적 의지처가 되었고 위로 더 거슬러 올라가 고려시대의 어지러운 세상에서 「청산별곡」은 술로 결사를 맺은 것을 볼 수 있었다. 그 맥이 오늘의 민중시에서 다시 빈번하게 부상하고 있다는 것은 주목된다.

신경림의 시는 비단 술로만 어두운 그림자를 가중시킨 것이 아니라 그의 시 '겨울밤' '원격지' '제삿날 밤' '눈길' '파장' 등에서는 으레 화투로 삶의 퇴락상을 보여 주고, '산일번지'에서는 <애기 밴·처녀>로, '폐광'에서는 <낙반으로 깔려죽은 내 친구들의 아버지>라는 제시로 더욱 어두운 현장을 고발한다. 그리고 <갈보애기>('그 겨울'), <멀건 풀죽으로 요기를 한 나>('동면'), <아내는 내 여윈 목을 안고 울었다>('동면'), <우리의 음성은 통곡이 된다>('귀로'), <다리를 저는 그의 딸>('산읍일지'), <쓸쓸히 살다가 그는 죽었다>('묘비'), <쓸쓸히 죽어간 사람들이여>('심야') 등의

처절한 문맥으로 민중의 삶의 현장을 암울하게 채색한다.

백낙청은 신경림의 시집 『농무』의 발문에서 그의 시에 대하여 냉철한 눈으로 농촌 현실을 보며 억눌려 사는 그들의 고난과 분노와 맹세를 바로 자기 것으로 삼는 친숙한 가락이라고 찬양하고, 이어 <문학에서도 결국은 물고기가 바다에 의존하듯 민중의 삶에 스스로를 의탁하는 작가와 작품이 끈덕지게 살아남아 승리하리라는 것이 우리의 믿음이다.>라고 했다.

돼지꿈

― 황석영

황석영이 지난날 많은 대작으로 장인적인 솜씨를 보인 것은 사소한
사건 속에 놓치지 않는 풍자와 유머러스한 부분이 있었기 때문이었다.
한 예로 그의 단편 '돼지꿈'도 그 주제가 아무리 민중의 함성이었다 해
도 그것이 골계적인 솜씨로 풀어 나갔기 때문에 그 함성은 자신의 갤러
리에서 나이브한 효과로 더 강한 호소력을 획득했던 것이다.

그의 작품 '돼지 꿈'을 잠시 살펴본다.

이 작품의 등장인물인 강씨내외는 가난한 사람들끼리 재혼한 처지였
다. 강씨는 고물장수이고, 강씨의 재혼녀는 남매를 데리고 왔다. 데리고
온 아들 근호는 공장에 다니고, 딸 미순은 가출을 했다. 이 밖의 등장인
물로는 교회에 다니는 삼촌과 칼갈이 노인과 포장마차의 덕배, 그리고
공장 여직공 등이 있다. 이들 가난한 사람들끼리의 부딪침은 한탄과 울
분과 엇갈림으로 자조와 자학이 짙은 색조를 띤다. 이들 재혼 부부의
구조적인 냉기에 가출한 미순이가 어느 건달의 씨를 잉태하고 들어옴으
로써 얼어 있는 이들의 감정이 터지고 충돌하기 시작한다. 이 충돌은
재혼 부부뿐 아니고 온 식구가 좌충우돌한다. 강씨 아내는 자기 딸이지
만 미순이가 원수 같고 그의 뱃속에 있는 생명체는 더욱 저주스럽기만
하다. 이러한 인물 배치나 사건으로 보아 이 작품은 지극히 절망적인

하층민의 비극으로 전개될 수밖에 없는 상황이다. 그러나 작가의 에스프리로 이 작품은 눈물과 웃음으로 범벅이 된다. 이러한 웃음의 발단은 기도에서 시작된다. 교회에 다니는 미순이 외삼촌은 이러한 경황에서도 기도뿐이다. <……우리가 불행함은 죄인이기 때문임을 잘 아나이다. 지금 공장에 나가 야근을 하고 있는 근호와 이 집 가장에게 은총이 늘 함께 하시고, 미순이가 잉태한 생명에게도 복을 주셔서 ……>라고 이어지는 여기서 <잉태한 생명>에 대한 강씨 부인의 저주와 삼촌의 축복 사이에는 엇갈리는 아이러니가 있고, 거기서 독자들은 웃게 된다. 이것이 작가의 유머감각이다.

강씨 부인은 미순이에게 <널 같이 병원>에 가서 낙태시키려 하자 미순이도 반대이고 교회의 삼촌도 반대한다. <누님, 어떻게 멀쩡하게 산 애기를 죽입니까?>하고 나서자 강씨 부인은 <넌 참견 마라. 그것도 나오면 입이라구 …… 살기가 얼마나 힘든데>하고 꾸중한다. 여기서 한 고귀한 생명(만물의 영장)이 먹는 입으로 계산되어 탄생의 기회가 박탈되려는 순간도 서글픈 아이러니이다. 그리고 자기 어머니(강씨 부인)가 윽박지르자 죄진 미순이가 <시키는 대로 할래요> 하자 강씨 부인이 <아이구 장하셔라, 미친년!>하는 문맥에도 기발한 아이러니와 위트가 있다.

미순이가 그와 같은 지경으로 들어왔으니 당장 급한 혼처에라도 싸 보내자면 돈이 앞서야 하는데 수중에 돈은 없고 하여 강씨 처는 그런 미순이가 돼지기라도 했으면 내 속이나 편하겠다고 푸념을 하면서도 공장에서 일하는 근호가 얼마를 들여 올까를 계산한다. 너무 답답하여 <이런 때 친정붙이라고 하나 있는 삼촌이라도 조카 혼사에 보태라며 돈 만 원쯤 내놓으면 얼마나 자랑스러우랴 싶었다> 그래서 그녀는 삼촌에게 <먹고 나서 예수고 뭐고지 …… 이번 혼사에 만 원만 보태 줄래?> 하고 에멜무지로 삼촌에게 한마디 던진다. 그러자 삼촌은 전도사 어른께 미리 말씀드려 보겠다고 대답한다. 그러나 강씨 처가 <애 행여

나 돈이 나오겠다 ······>하니까 삼촌이 <아녜요, 요샌 오히려 그런 쪽
이 경제가 낫습니다>하고 대답하는 속에도 일침의 풍자가 있다.

  이러한 절박한 처지에서도 그래도 강씨 부인은 <사람이 죽으란 법은
없으니까 ······ 어떻게든 되겠지>하고 믿는 이 막연한 신뢰감 속에는
이 땅의 전통적인 설마라는 신념의 부사형 사고 패턴을 찾아볼 수 있
다. <하늘이 무너져도 솟아날 구멍이 있다.>고 믿는 것이 절박한 때에
의지하는 이 땅의 사고 양태이다. 이것은 많은 신에게 의지해 온 전통
적인 한민족의 사고의 원형이라고 생각된다. 거처하는 곳마다 신령이
있고, 일마다 혹은 가는 곳마다 신이 있기 때문에 한민족은 급할 때면
신령을 찾아 빌고, 빌면 일이 풀린다는 막연한 신앙으로 살아왔다. 그래
서 <설마 죽기야>, <하늘이 무너져도 솟아날 구멍이>하고 절박할 때
하늘에 의지하던, 이 믿는 심정이 강씨 처에게도 통하여 그녀 앞에는
뜻밖에도 놀라운 생돈이 굴러 들어온다. 근호가 공장에서 일하다가 손
가락 세 개를 잘리고 그 보상으로 돈 3만 원을 받아 오다가 포장마차
집에서 홧김에 술 마신 술값 2천 원을 제하고 2만 8천 원을 싸들고 집
으로 들어온다.

  근호가 윗 주머니에서 돈이 든 두툼한 봉투를 꺼내어 강씨 댁에게
내밀었다.
  "돈 받아 두슈, 아버지한텐 모른 척 하시구요. 알아서 써요. 괜히"
  강씨 댁이 돈을 꺼내 들고 불안하게 주위를 둘러보았다.
  "이게 ······ 웬 돈이 이렇게 많니?"
  "3만 원이에요."
  "3 ······ 3만, 어서 났어?"
  "손 다쳤다구 회사에서 줬어요."
  "아이구 고마워라, 이런 때 돈 3만 원! 그러게 도무지 근심이 안 되
더라니까. 어쩐지 모두 잘 풀려 나갈 것 같더라니. 잘 됐다, 잘 됐어
······."
  "애, 2만 8천 원인데 ······."
  "아참 거기서 내 술값 2천 원은 빼구."

"무슨 술을 2천 원어치나 처먹어. 진작에 왔으면 공술에 개고기루 자알 먹을걸."

— 황석영, '돼지꿈'에서

여기서 손가락 세 개 잘린 비참과 돈뭉치 생긴 반가움 사이에 껴 있는 모자간의 엇갈림 속에는 엄청난 비극이 있고, 그 비극 속에 민중의 쓴웃음이 있으며, 한국인의 쓰라린 웃음이 있다. 그러니까 여기에는 자학적인 쓰라림과 풍자적인 냉기와 아이러니를 혼류시킨 작가의 에스프리가 보인다.

아들 근호의 부상한 내막은 들을 겨를도 없이 당장 절실한 돈뭉치가 생겨 잘됐다고 환호하는 강씨 부인의 넌센스는 심봉사가 공양미 3백 석을 시주하면 눈뜬다는 말에 앞뒤 잴 것도 없이 빨리 적어 넣으라 재촉하고, 거짓말이면 봉사에 앉은뱅이까지 될 줄 안다고 하면서도 눈뜬다는 말에 혹하여 장담하는 모습과 같고, 거기에 손가락 잘려 무참하게 된 근호는 몸을 팔아야 하는 심청이의 처지와 궤를 같이 한다.

강씨 부인의 다급한 심정과 심봉사의 다급했던 심정이 같았고, 근호나 심청이의 그 괴롭고 허전한 인간적인 심정에서도 같다 하겠다.

난쟁이의 공
— 조세희

70년대의 민중문학에는 조세희의 <난쟁이의 공>이 주목된다. 조세희의 「난쟁이가 쏘아 올린 작은 공」에는 한 가족인 난쟁이 아버지와 어머니, 영호, 영희, 그리고 나가 늘 전쟁과 같은 생활을 한다. 그들은 <그 전쟁에서 날마다 지기만 했다.> 그러면서도 그 다섯 식구는 지옥에 살면서 천국을 생각한다.

이러한 반전의 근성은 이미 고전작품의 문맥에서도 나타났었다. 「춘향전」에서 옥중 춘향이가 이어사를 만나기 직전의 악몽과 심봉사가 딸을 만나기 전의 악몽이 흉즉길(凶卽吉)로 풀이되어 사실대로 악몽과는 달리 큰 행운을 얻게 되었다.

철거 계고장을 받은 무허가 빈민촌의 나(「난쟁이가 쏘아 올린 작은 공」)의 집 주소는 <서울특별시 낙원구 행복동>이다. 지옥을 상징한다는 불행한 처지의 빈민가를 낙원과 행복으로 표현한 것이 아이러니이다. 그런데 이들은 대항하는 힘이라고는 중구(衆口)밖에 없다. 철거장에 대항하기 위하여 동사무소에서 이들은 소동을 피운다.

행복동 주민들이 잔뜩 몰려들어 자기의 의견들을 큰 소리로 말하고 있었다. 들을 사람은 두셋밖에 안 되는데 수십 명이 거의 동시에 떠들어대고 있었다.

이 문맥에서 <들을 사람은 두셋밖에 안 되는데 수십 명이 떠들어 대고 있다.>는 것은 「삼국유사」의 수로부인에서 들을 대상은 용 한 마리 뿐인데 작가창지(作歌唱之) 하는 쪽은 중구(衆口)였다는 고전에 뿌리를 두고 있다.

이것은 한국사 위에는 예로부터 민중은 뭉친 힘(큰 힘)으로 버티었다는 사실을 증언해 주는 것이다. 외세 침략(임란·호란 등)에도 민중의 힘으로 대항하였고, 동학란이나 3·1운동도 민중의 힘이었다. 그리고 천민들이 양반들에게 저항하는 정신도 중구에서 흔히 나타났던 것이다.

이러한 처지에서 볼 때 김용덕(金龍德)이 한국사를 철학적인 수상으로 펼친 글에서 한국사의 새로운 과제를 생각하면서 <역사 연구나 역사 서술에 있어서 당위적인 자세는 지배층 위주에서 지방 중심으로, 남성보다 여성에게 눈을 돌리는 일이라고 생각한다.>고 전제하고 <오늘의 역사가 민중의 오늘과 내일을 위한 것인 이상 우리는 왕조 중심적 사관에서 탈피하여 민중을 역사 속에서 찾아야 할 것이다.>라고 술회한다.

웃으면 눈이 예쁜 가시내들
— 강인한

휘트먼의 '풀잎' 서문은 우리들에게 오래오래 감동으로 남는다. 그의 <미국의 대표자는 민중이다>라는 한마디는 그들 민중의 자존심이고 자부심이고 보람 그 자체이다. 더구나 휘트먼이 <미국의 진가를 남김없이 나타내고 있는 것은 행정부도 입법부도 아닌… 그 풍요한 국토의 도처에 살고 있는 문중>이라고 한 것은 그들 민중에게는 최대의 헌사가 된다.

지구와 태양과 동물을 사랑하라. 부를 경멸하라. 구하는 사람에게는 모두 자선을 베풀라. 어리석은 자들을 사랑하라. 압제자들을 증오하라. 계절마다 옥외에 나가 풀잎을 읽어라.

— 휘트먼, '풀잎' 서문에서

언젠가 김남주는 기자와의 대담에서 몇 년째 되는 자신의 서울 생활에 대해 <하늘엔 별 하나 없고 거리엔 온통 자동차뿐이니까 도무지 사람 사는데 같지 않다>고 했다. 그리고 시인 중의 전형적인 인물로 누구를 꼽느냐는 질문에는 네루다를 들었다. 네루다가 <나의 시가 민중의 칼이 되고 그들의 손수건이 되어 고통의 땀을 닦아주기를…… 바란다.>

는 말이 감동적이라는 것이다. 진실로 시인이 민중의 이마에 흐르는 땀
을 닦아주는 손수건이 되어 줄 시를 쓴다는 것은 큰 보람일 것이다.
　이상과 같은 휘트먼의 우렁찬 민중의 찬가에 비해 이 땅의 민중을 위
한 손수건은 너무도 눈물겨운 사연을 담고 있다.

　　　　　이 나라의 가장 후진 사람들의 눈물이
　　　　　모여 흐르는 곳
　　　　　백년을 질척이는 갯땅이여, 오, 갯땅이여,
　　　　　황산벌에서 찢어진 마지막 깃발이여
　　　　　무너질 아무 것도 남아 있지 않은
　　　　　이 땅에서
　　　　　나는 차라리 무너지고 싶구나
　　　　　아편꽃 빠알갛게 타는 백제의 해를 보며
　　　　　오월에 나는 무너지고 싶구나
　　　　　　　　……
　　　　　지금은 비어있는 마을
　　　　　젊은 놈들은 도시로 가고
　　　　　잘난 놈들은 돈벌러 가고
　　　　　약은 놈들은 등을 치러가고
　　　　　쑥덕만 남아서 지키는 고향
　　　　　웃으면 눈이 예쁜 가시내들
　　　　　과자공장으로 다방으로 술집으로
　　　　　더러는 밑천도 팔러 다 떠나가 버리고
　　　　　비어있는 마을에 햇살은 고와
　　　　　어어이 부르면
　　　　　어어이 뒷소리로 넘기던 모내기는 누가 하나
　　　　　전라도여, 전라도여,
　　　　　　　　　　— 강인한, '전라도여 전라도여'에서

　위의 노래는 강인한이 전라도를 한스럽게 노래한 일부이다. 이 시인
은 한국 수난의 근대사를 <거덜이 난 고향>으로 한탄하였다. 특히 그
곳은 <이 나라의 가장 후진 사람들의 눈물이 모여 흐르는 곳>이고 이

제는 <무너질 아무 것도 남아 있지 않다>는 쓰디쓴 이야기를 애절하게 노래한다. 그 때 우리에겐 가나안 복지는 아예 보이지도 않았다. 그래서 시인의 노여움과 분노는 <아편꽃 빠알갛게 타는 백제의 해>로 형상화 되었다. 그의 애절한 마음은 바닥까지 드러나면서 <무너지고 싶다>고 절규하고 있어 고향과 조국의 아픔을 더욱 증폭시킨다. <웃으면 눈이 예쁜 가시내들 / 과자공장으로 다방으로 술집으로> 다 떠나가 버리고 <어어이 부르면 / 어어이 뒷소리로 넘기던 모내기> 할 사람도 없이 < 쑥떡만 남아서 지키는 고향>은 갈수록 절망이었다.

이 시는 지극히 아름답다. 척박한 역사와 상황을 곡진하게 노래했기 때문이다. 흘러간 노래처럼 구성지게 불러 애간장 태우는 감미로움도 있다. 특히 지난날 민중의 가슴을 뜨겁게 적신 노래이다.

황당한 세상

아침해보다 눈부신 남자와 여자
— 박완서

박완서의 '여자와 남자가 있는 풍경'은 순간 포착이 기발하다. 주인공 나는 막차로 C역에 도착했다. 달래 마을에 가기 위해서다. 그러나 날은 저물고 달래마을로 가는 차는 끊겼으니 하는 수 없이 허름한 역전 여인숙 신세를 지게 되었다. 한 여인숙에 들어서니 노파가 맞이한다. 그 여인숙에는 먼저 들어선 손님이 있었다. 중년 남녀였다. 그들은 한 눈에 남남끼리라는 걸 금방 알 수 있었다. 나는 노파가 안내하는 됫박 같은 방에 들어서기는 했지만 도무지 잠잘 수 있는 분위기가 아니었다. 게다가 마루 끝에서 실랑이를 하던 남녀가 바로 옆방에 들었고 옆방이라 해도 베니어판 칸막이로 남녀가 주고받는 말이 한방에서처럼 똑똑히 들렸기 때문이다. 두 사람은 기차에서 처음 만났지만 통성명하고 이야기 주고받다 보니 같은 고향이라는 것, 둘 다 돌아가는데 반가워해 줄 사람도 없다는 것, 고향에서 눌러 살게 될지는 두고봐야 할 것이라는 것 …… 그리고 나서 다시 외로운 몸이란 소리를 되풀이 되풀이했다.

그런데 얼마만 이었을까. 나는 어떤 힘찬 소리에 화들짝 놀라 잠이 깬 것이다. "죽여, 칵 죽여준다!" 그 소리는 주위를 의식해서인지 짓눌린 듯이 낮았는데도 어쩌나 박력이 있었는지 나는 누가 내 목을 누르고 있는 것처럼 오싹 전율했다. 이어서 남자는 여자의 목을 누르고, 여자는 필사적으로 도망치려 몸과 몸이 숨가쁘게 부딪는 소리가 들리고 마침내 여자의 "오매 나죽네" 하는 단말마의 비명까지 들려왔다. 그리곤 조용해졌다. 부스럭대는 소리가 극히 조심스럽게 들렸지만 아마 남자가 여자의 팔목시계를 풀고 핸드백을 뒤져 십 년 넘어 식모 산 돈을 훔쳐내는 소리리라.

나는 날이 밝아야 이웃 사람이라도 부르고 신고라도 할텐데 우선 겁이 나고 사지가 떨려서 다후다 이불을 머리끝까지 뒤집어쓰고 몸을 공처럼 돌돌 뭉쳤다.

그런데 방바닥은 이제 막 따끈따끈해 오는지라 어이없게도 나는 또다시 깊은 잠 속으로 빠져들었다. 얼마를 지냈는지 밖에서 떠들썩하는 소리에 잠이 깼다. 날이 활짝 새 있었다. 나는 후다닥 방문부터 열었다. 어젯밤 죽은 여자와 죽인 남자가 나란히 서 있었다. 여자는 곱게 화장까지 하고 생기에 넘쳐 있었고, 여자의 짐을 양손에 든 남자는 당당하고 의젓해 보였다. 여자가 남자더러

"오매 저것 좀 봐유"

하며 앞산을 가리켰다. 시뻘건 해가 물빛 하늘을 장미 빛으로 물들이며 힘차게 솟아오르고 있었다.

두 사람은 생전 처음 해돋이를 보는 것처럼 황홀하게 넋을 잃고 아침해를 우러르고 있었다. 이런 두 사람이 나에겐 아침해보다 눈부셨다.

박완서의 이 축소된 콩트의 맛은 서문 없는 사랑의 쾌속미에 있다. 대부분의 독자들이 소설로 체험한 사랑이야기는 서양 속담에도 있는 것처럼 본문보다 서문이 더 긴 사랑이야기를 보아왔다. 그러나 박완서가 포착한 남자와 여자의 이 풍경은 시골태생에 배운 것도 없는 되바라지지 않은 중년 남녀가 고향길 차안에서 우연히 맺어져 황홀한 사랑의 클라이맥스를 맞이했다는 속도시대의 한 풍경화이다. 그러면서도 이 콩트가 지닌 진풍경은 낯선 중년남녀의 사랑장면이 약탈과 살상의 장면과

같은 공포와 전율의 순간을 방불케 했다는 점이다.

밀란 쿤데라의 「참을 수 없는 존재의 가벼움」에 등장하는 주인공 토마스는 수많은 여인과 관계하게 되는데 그의 그러한 목적은 성적 유희나 쾌감이 아닌 여인이 갖는 비밀의 탐색을 위한 것이었다. 그러한 의도에서 이루어지고 있기 때문에 그는 여성과 관계할 때 여성을 상상의 해부도로 해부한다. 그 결과 성교시의 여성의 얼굴에서 일그러진 고통의 모습을 발견하게 된다. 이러한 논법으로 살피면 박완서의 여자와 남자의 성풍경에서도 기묘한 사실을 포착하게 된다. 인간 감정이 절정에 이르고 있을 때에는 성교나 범죄나 성인이나 돼지나 유사한 단말마를 나타낼 수 있다는 사실을 시사 받을 수 있다. 이처럼 조그마한 손바닥 속의 이야기에도 인간 감정의 깊은 오지에까지 들어갈 수 있고 탐색할 수 있을 뿐 아니라 그 황홀하고 찬란함도 경험할 수 있다는 것을 우리는 알게 된다.

황당한 세상
— 은희경

<황당>이라는 낱말이 생겨날 초엽에는 황당한 일이 거의 없었다. 그러다가 의외의 사건, 사태가 터지기 시작하면서 <황당>이라는 말이 생기고 그 말이 생기자 세상은 점차 황당해져갔다.

진실로 지금은 황당한 일이 다반사로 나타난다. <황당>이 상식이 되었다. 그래서 이제는 의외라는 말 자체도 사어가 될 차례가 되었다. 매사에 코페르니쿠스적 전회도 비일비재하고 충격도 예사다.

의외의 세상이고 황당한 세상이다. 그래서 거짓말도 상식으로 통한다. 이 나라에서 가장 권위를 자랑하는 국회 청문회에서도 거짓말은 통하고 사법기관에서도 그것이 통한다.

이러한 세상 속에 은희경이 그린 회화 '서정시대'는 지극히 사실적이고 풍자적이다. (실은 거짓말이 공공연히 유통되는 세상에 풍자랄 것도 없지만) 은희경은 이 시대의 덩어리 자체를 코믹한 괴물로 바라본다.

<나>는 젊은 나이에 원형탈모증으로 고민에 빠졌다.

얼굴을 바짝 거울 앞으로 들이민다. 두 팔을 쳐들어 머리 속을 이리저리 헤집어보는 내 손길은 몹시 다급하다. 원 세상에, 내 머리 속에 땜통이라니!

나는 울상을 짓고 허겁지겁 K에게 전화를 한다. 큰일났어. 머리 한복판에 땜통이 생겼는데 원형탈모인가봐. K의 대답은 미리 준비라도 하고 있었던 것처럼 거침없이 나온다. 뭐? 그럼 곧 대머리 되겠네? 거, 비 맞으면 딱딱 소리 나서 안 좋을 텐데. 박 부장 알지? 박 부장이 그러는데 자기 대머리 위에 빗방울 떨어지면 말야, 그 소리가 군대 벙커 위에 떨어지던 시끄러운 빗소리는 댈 바가 아니라더라. 참, 너 밥 먹었냐?

대답하는 내 목소리는 풀이 죽어 있다.

「왜?」

「회사 옆에 주꾸미 잘하는 집이 생겼는데 초고추장 맛이 죽여줘.」

「…… 근데?」

「나와서 점심이나 사라.」

그가 나를 위로하는 방식은 언제나 이렇게 방만하다. 그러나 고지식한 나는 그런 냉정하고 뻔뻔스러운 위로를 쉽게 받아들일 수가 없다.

「뭐야, 지금? 나는 심각해서 죽겠는데 말 몇 마디 해주고 결국 점심 한 끼 해결하자는 거였어? 인간이 어떻게 그러냐.」

「야, 인간이니까 그런 거지. 인간이 뭐 대단한 건 줄 알아? 오디세우스도 사랑하는 부하들이 다 죽었는데도 밥부터 먹었고, 배가 부르니까 그제야 눈물이 나왔다잖아.」

원형탈모증으로 불안해진 〈나〉는 이것을 친구에게 상의하고 대책을 얻거나 동정이라도 듣고싶어 전화를 했다. 그렇다면 상식적으로 기대되는 것은 거짓말로라도 걱정 말라거나 아니면 위로하는 심정으로 〈내가 살 테니〉 점심이나 같이 하자 했을 것이다. 그러나 K라는 친구 대답은 전혀 다르다. 공포를 조성하고 한술 더 떠서 〈나와서 점심이나 사라〉는 것이다. 〈나〉는 〈몇 마디 해주고 점심이나 해결하자는 거냐〉고 인간이 어찌 그럴 수 있느냐고 다그치자 대답은 더욱 걸작이다. 〈야, 인간이니까 그런거지. 인간이 뭐 대단한 건 줄 아느냐〉, 〈오디세우스도 사랑하는 부하들이 다 죽었는데도 밥부터 먹었고, 배가 부르니까 그제야 눈물이 나왔다잖아〉한다. 능청맞고 황당하다.

이상과 같은 <황당>은 가까이는 <아버지>에게도 있고 연인에게서도 볼 수 있었다. 유달리 진지한 <나>에게 아버지의 과장되고 믿지 못할 행태가 너무도 황당하고, 첫 키스 직전에 무산시켜 버린 연인 같은 친구도 황당하였다. 미장원, 미용사 역시 황당하다. 동정은커녕 공포감만 불린다. <어머, 원형탈모신가봐… 피부과에는 가보셨어요> 하면 오히려 이쪽에서 일부러 대수롭잖다는 듯이 대답한다.

이러한 원형탈모로 문상은 가야 하는데 고민스러워 또 K에게 상의 전화를 해본다. <…나는 김제로 문상 가기로 했는데, 머리 때문에 어떡하지?' 하고 뾰족한 수를 구해 본다. 그러나 대답은 역시 충격적이다. '뭐 어때 레만 호에 떨어진 보름달 같다고 생각할 거야> 라고 한다. 이어지는 대화는 긴장과 애태움과 속도감으로 경쾌하다. <'장난이 아니란 말야 머리 이래 갖고 사람 많이 모이는 데 가도 될까?' '누가 네 머리통만 보냐?' '잘 보이고 싶은 남자도 몇 명 있다구. 땜통 때문에 이쁜 척할 수도 없잖아' '그건 그래, 내가 봐도 그건 영 안되겠더라, 그럼 가지 말든가' '안돼, 안가면 인사가 아니야' '그럼 가' '누가 가기 싫어서 그러나? 머리 때문에 그러지' '그럼 안가면 되잖아' '그렇게 간단한 게 아니래도' '뭐가 복잡하다는 거야, 가든지 말든지 둘 중 하나야, 나 지금 바빠, 끊어' '뭐? 자기 일 아니라 이거지?' '바빠서 바쁘다고 말하는데 애같이 자기 일 남의 일은 또 뭐야?' '암튼 못됐어' '못됐다구?' '아니 잘 됐어!'> 이러한 대화의 채널 속에는 소위 동심원(同心圓)이란 찾아볼 수도 없다. 그래서 <나>는 더욱 황당해진다.

비정한 세상의 절망을 시종 골계미로 경쾌하게 꾸며갈 수 있다는 것은 이 작가의 인간미와 에스프리의 배합물에서 가능해지는 것이다.

견자(見者)의 시
― 김혜순

<말>이 세상을 지배한다. 성경의 말씀은 곧 하나님이고, 정치가들은 말로 세상을 지배하려고 한다. 문학예술의 세계도 예외는 아니다. 작가들의 말은 더욱 독재적이고 독단적이다. 그래서 세상은 자기 손바닥 안에서 논다. 자기 은유로 세상을 규정하고 구속시킨다. 하여, <詩人들은 계절보다 먼저 부활>하고 <철새의 깃털처럼 봄을 예언한다> <詩人의 言語는 낙타>처럼 <아무리 地平이 멀어도 갈증을 이기고 모래바람을 막으며 생명의 녹지를 향해 갈 수 있다>(이어령의 '말')고 했다.

이러한 시인이 그 자유 독존 속에서 또 다른 자유독립을 파라독스로 선언한다.

> 지구가 돈다는 건 새빨간 거짓말이야,
> 누가 그런 걸 믿겠어, 누가 그걸 봤어?
> 지구가 둥글다는 건 더욱 더 새빨간 거짓말이야,
> 코리아의 바다는 마라도 끝에서 떨어지고
> 나의 바다는 네 발치 앞에서 끊어질 뿐이야
>
> ― 김혜순 '희망'에서

김혜순은 시집 「불쌍한 사랑기계」 서문에서 <詩는 말씀이 아니다 말하는 형식이다. 그러므로 장르는 운명이다. 나는 시라는 장르적 특성 안

에 편안히 안주한 시들은 싫다. 자기만의 형식이 없고 목소리만 있는 시도 싫다>라고 했다. 여기서 김혜순은 자기 영지를 마련한다.

>   나는 보인다
>   안보이다 보인다
>   나는 안 보이는 것만 보인다
>   나는 보이는 것만 안 보인다
>   ...
>   어머니가 날 뱃속에 넣고 있을 때가
>   내가 어머니 염통과 옛날 얘기하고 있을 때가 보이니 큰일 났다 큰
>   일이 났다 큰일이 터져 버렸다.
>   ― 김혜순, '제삿밥 먹으러 온 귀신들이 보이니'에서

김혜순은 남이 못 보는 것을 보는 見者이다. 이 시의 화자는 제삿밥 먹으러 온 귀신을 본다. 그래서 큰일 났다는 것이다. <어머니가 날 뱃속에 넣고 있을 때> 그 때 <내가 어머니 염통과 옛날 얘기하고 있을 때가 보이니> 큰일 났다는 것이다.

그리고 김혜순의 작품 가운데에는 <똥이 입으로 들어오고 / 밥이 항문으로 소리 없이 나간다 / 똥을 누면 천장에 가 붙고 / 바람은 물밑에서 물밑으로 분다>('洪水'에서)는 것이 있다. 그는 어느 문학상 수상 소감으로 <나는 감정과 관계없는 시를 쓰겠다>면서 <시인이란 우주를 읽는 나만의 방법>을 가지고 있는 사람이라고 했다.

시가 음풍농월을 하는 시대는 옛날에 지나갔지만 이제는 <임사랑>도 <정형시>도 <자유시>도 <사설시조>도 다 가고 그 자리에 희한한 (희한하다는 느낌 자체가 지극히 고루하다) 낯선 세계가 구축된 이처럼 김혜순의 대부분의 시는 기존 관습의 감방에서 해방된 자유를 만끽한다.

절망에서 꿈으로
— 유미리

내가 꾸는 꿈은 왠지 아이들이 꿀 만한 단순한 원망 충족형의 꿈이 압도적으로 많다. 구체적으로는 너무 부끄러워서 말할 수 없지만 꿈속에서 나는 만나고 싶은 사람을 만나고 먹고 싶은 것을 먹고, 가고 싶은 장소에 간다고 하는 식으로 어쨌든 하고 싶은 대로 한다. 나는 불안과 공포를 동반한 꿈은 좀처럼 꾸지 않는다. 그래서 안심하고 꿈속으로 도망간다. 나와 관계된 나쁜 소문을 듣거나 일이 잘되지 않을 때마다 누워서 눈을 감는다. 잠을 빨아들이는 동안 들뜬 마음으로 꿈속으로 들어간다.

어젯밤 꾼 꿈은 나로서는 신기하고 복잡했다.

나는 고등학교 1학년이었다. 산장에서 한밤중에 모두가 잠든 것을 확인한 나는 다른 학교 남학생의 이불 속으로 파고 들어간다. 둘 다 경험이 없어서 성교가 잘 되지 않는다. 상대는 삽입한 순간에 사정해 버린다.

…… 학교의 복도, 산달인 배를 하고서 나는 교장실로 향하고 있다. 교장이 다른 학생에게 악영향을 끼치므로 중절하라고 한다. 여기서 또 장소가 바뀐다. 임신복 위에 남자용의 낡은 코트 차림의 나는 시부야 역의 하치코 앞으로 나가는 계단을 오르고 있다. 내 앞을 남자가 걸어 가고 있다. 나이가 든 ……, 아마 내가 지금까지 사귄 남자 가운데 누군가다. 남자는 걸음을 늦추지 않고 뒤돌아보지도 않는다. 남자는 요츠야 쪽으로 걸어가지만 나는 하치코 앞의 파출소에 들어가 '이 근처의 산부인과를 가르쳐 주세요' 하고 말한다.

…… 나는 들것에 실려 산부인과로 옮겨진다. 여기에도 학교와 같은 긴 복도가 있다. 그 곳에서부터 외부인들은 들어가면 안 된다는 규칙이 있다. 나는 남자가 찾아오면 어디서 만나면 좋을지 고민했지만, 남자를 접수 로비에 기다리게 하고 내가 복도를 지나면 된다고 생각하고 들것 위에서 눈을 감는다.

꿈속에서 잠이 드는 장면에서 눈을 떴다.

머릿속은 아직 꿈의 물에 젖은 채 임산부처럼 팔자걸음으로 창이 있는 서점으로 갔다.

— 유미리, ‘꿈 이야기’에서

재일동포 2세 柳美里. 소설가. 고교 중퇴 후 17세로 일본 역사상 최연소의 나이로 기시다 구니오 희곡상 수상. 그 외 수상 여러 차례, 부모의 별거로 흩어진 가족들이 <가족>을 테마로 한 영화촬영을 계기로 재회하는 내용을 그린 작품 <가족 시네마>로 제116회 아쿠타카와상 수상.

대략 이상과 같은 경력으로 요약되는 유미리의 아쿠타카와상 수상작인 「가족 시네마」를 읽고 이어 그의 자전적 에세이 「창이 있는 서점에서」를 흥미 있게 읽었다.

꿈을 마음대로 꿀 수 있는 여자. 더구나 <원망충족>으로 몰고 갈 수 있는 꿈. 이것은 놀라운 일이다. 성장의 고통과 고독에 젖은 재일동포 작가가 괴로울 때 꿈으로 달아날 수 있다는 것은 의도적인 길들이기에서 얻은 것이 아닐까 생각된다. 유랑민 같은 외로움에 이방인이라는 서러움이 배합된 삶을 살아가면서 위급할 때 달아날 수 있는 대피소를 마련하다니.

사막이라는 생존조건에 오아시스를 숨겨놓은 것 같다. 그러면서도 그는 한편으로 어찌할 수 없는 恨을 숨기고 사는 것 같다. 그의 <창이 있는 서점>은 비교적 가볍고도 경쾌한 이야기들이지만 그 속에 한국의 <서편제>를 비중 있게 다룬 것이 흥미롭다.

그는 <서편제>를 유심히 보고 다음과 같이 말한다.

스크린 속의 길 풍경은 봄에서 여름, 여름에서 가을, 가을에서 겨울, 그리고 겨울에서 봄으로 돌아간다.

왜 안주의 땅을 찾지 않고 유랑하는 것일까 …….

조선 민중은 언제나 현재가 고통스러웠던 것이다. 침략 당하고, 박해 당하고, 말(혼)을 빼앗겼다. 별리, 죽음, 분단 그래서 현재가 아닌 다음 시간, 여기가 아닌 다음 장소를 옮기고자 하는 것일 거다.

……

부모 자식 세 명이 '진도 아리랑을 부르면서 산길을 가는 씬이 멋있다. 5분 40초나 되는 씬이다.

처음에는 아버지가 쥐어짜는 듯한 음울한 목소리로 노래한다.

가버렸네 정들었던 내 사랑
비둘기 떼 따라서 아주 가버렸네
저기 가는 저 기럭아
말을 물어보자
우리네 갈 길이 어드메요

— 유미리, '서편제'에서

영화 「서편제」가 <바람의 언덕을 넘어>라는 제목과 같이 결국 恨의 고개를 넘는다는 이야기이다. 한의 고개를 넘는 세 인물 — 아버지와 아들과 딸(실은 이들은 핏줄이 이어진 관계는 아니다)의 만남과 지나는 과정은 통채로 한의 덩어리이다. 동생은 노래를 배우며 얻어맞는 누이가 보기 싫어 사라지고 누이는 동생이 떠난 후 노래를 하지 못한다. 아버지는 딸의 노래를 위하여 딸의 눈을 멀게 한다. 한을 심어주기 위해 한약을 먹였던 것이다. 뒤에 가서 헤어진 동생과 누이는 서로 만나지만 그들은 옛날의 소리와 박자로 잠시 만났다가 다시 헤어진다.

이러한 과정으로 보면 한국인의 한의 길은 멀고도 길다. 그러나 이 사막의 한에도 오아시스 같은 노래가 있다는 것을 유미리는 포착한다.

노다 가세 노다 가세
저 달이 떴다 지도록 노다가 가세

춥냐 덥냐
내 품안으로 들어라
베개가 높고 낮거든 내 팔을 베어라

위의 노래를 소개하는 유미리는 지극히 밝은 표정으로 변한다. <이윽
고 누나는 춤을 추며 노래를 시작하고 동생은 등에 짊어진 북을 내려
두드리기 시작한다. 활짝 갠 세 사람의 얼굴에는 눈꼽만치의 구름도 없
다>는 것이다.

한의 길에 섞여 있는 이 신명나는 노래는 바로 한국인이 극복의 수단
으로 마련한 카타르시즈이고 영원한 이방인인 유미리가 <원망충족>이
라는 꿈으로 마련한 대피소인 것 같다.

컴퓨터
― 최영미

우리 시대가 한창 <반공>으로 무장하고 살 때 활자 하나로 목이 날라간 경우가 허다했다. 예를 들면 <공화당>이 <공산당>으로 오식이 되었을 때 그 책임은 엄청나다.

필자는 대학신문 주간교수를 맡고 있을 때 교수 이름자 하나 오식으로 혼났다.

얼마전 모대학 박사학위 논문심사 때의 일이다. 제출된 논문 속에 <X자> 한자가 문제가 되어 삭제 여부가 논란거리였다.

제출자의 논문 주제가 <사이버 공간>에 관한 것이니 컴퓨터가 이야기 대상이고 그 가운데 어느 시인의 컴퓨터와 연관한 시 한 부분이 예로 제시될 수 있었다. 시와 인용자의 논문 일부를 그대로 인용해 본다.

< 전략 >
우리의 시간과 정열을, 그대에게
어쨌든 그는 매우 인간적이다
필요할 때 늘 곁에서 깜박거리는
친구보다도 낫다
애인보다도 낫다
말은 없어도 알아서 챙겨주는

그 앞에서 한없이 착해지고픈
이게 사랑이라면

아아 컴-퓨-터와 씹할 수만 있다면!
　　　　　　　　― 최영미 '서른 잔치는 끝났다' 에서

즉자성과 즉물성을 특징으로 하는 최영미의 「Personal computer」는
애인보다도 친구보다도 더 친절하고 인간적이다. 컴퓨터는 관대하고
주인에게 질문을 하며 시비를 따지기도 한다. 정중하게 거절할 줄도
알고 가끔은 바이러스에 감염되어 주인의 애정을 원하기도 한다. 그러
나 뜻이 이루어지지 않는다면 그는 쿠데타를 계획한다. 쿠데타는 주인
과 종의 자리가 전도될 수도 있다는 것을 의미한다. 주인이 주인으로
서의 임무를 성실하게 수행하지 않는다면 종이 주인 자리를 대신할
수도 있다는 경고이다. 모든 것이 상대적이듯 편리한 만큼의 불이익은
존재하는 것이다. 최영미의 컴퓨터는 주종관계의 의미보다는 성교까지
가능한 대상인 것이다. 애인의 자리마저 대신할 수도 있는 인간적인
대상이다.(제출자 김재국)

위의 글에서 논문 제출자는 현대인과 컴퓨터와의 밀접한 관계를 강
조하는 힘을 보태기 위하여 시인의 시를 인용한 것이다. 이 부분을 삭
제 했는지 어쨌는지는 기억이 나지 않는다.
내가 주목하는 것은 시인 최영미의 당돌함이다. 성문제로 시끄러웠던
어느 문인은 난잡한 소설을 발표하고 <덮어두는 일보다 까발길 시대가
되었다>고 강변했지만 문제는 까발기기가 그 작품의 흐름 속에 얼마나
자연스럽고 필연적으로 나타나느냐에 예술과 외설의 경계가 그어진다.
최영미처럼 절박한 자리에 절실히 요청된다 싶고 그것이 독자들과 공감
할 때 이것은 걸림돌이 되지 않는다. <남자의 권력에 해당하는 여자의
강력한 무기는 아름다움>이라는 말이 있다. 이 아름다움이란 말해야 할
때 서슴없이 말할 수 있는 슬기와 용기와 당돌함에도 있는 것이다. 여
자는 집만 지키는 바보가 아니라는 식의 여성운동은 옳은 말이라도 그

전략 때문에 설득력을 잃는다. 조양희라는 여류 소설가는 어느 신문 칼럼에서 <언제부터인가 우리 사회는 주부가 빈집을 지키는 일을 바보스럽게 보고 있다>고 전제하고 <밖에서 하는 일은 우아하고 단순노동을 하는 집안 일은 수준이 낮다는 생각 자체가 곧 어머니의 품위와 권리를 떨어뜨리는 일이다> 했다. 그러면서 <성공이라는 것이 과연 무엇을 말하는가 …… 어머니이자 아내의 위치는 이미 성공한 자리이며 여성의 권리를 찾은 자리>라고 강변한다. 조양희의 말대로 가족이 나갔다고 빈집은 아닐 것이다. 희로애락이 묻어있고 그리고 미래 가족의 꿈도 주부가 설계할 필요가 있다. 그럴 때 집은 보금자리가 된다. 아내마저 직장에 나가 어린 아기들이 외롭고 상처받고 한다면 보금자리가 되지 못한다는 어느 외국 수필가의 글이 생각난다.

어쨌든, <서른 잔치>를 끝낸 최영미에게 아직 남은 소원이 있어 딱도 하다. <컴맹>으로 설움받는 모든 사람들과 함께 하소연을 하는 모습이 눈물겹게 해학적이다. 컴퓨터는 지극히 아름답고 그리운 대상이다.

약사(略史) 페미니즘

계녀서(戒女書) —송시열
유실몽 —손창섭
여성의 팔자 —김주영
한라산 집시 —신현림

계녀서(戒女書)
— 송시열

한국의 여성은 일찍이 슬기로웠고 강했다. 상대로 올라가면 여성으로서 왕의 자리에 올랐고, 억눌린 조선조에도 조정에서 여성의 입김은 강한 때가 많았다. 이러한 여성의 힘을 상징하는 고전 작품 한편을 예로 들어본다.

전주에 사는 한 양반이 여러 자식을 두어도 다 효자들이었는데 셋째 며느리가 들어오면서 부자간은 벌어지게 된다.

이 양반은 그 며느리의 꼴이 보기 싫어 등 너머 이웃마을로 세간을 내주고 찾아가 보지도 않다가 며느리의 거동을 보려고 그 며느리에게 부고를 내고 아랫목에 누워 죽은 체하고 있었다. 그랬더니 그 며느리가 달려와 머리를 풀고 울며 하는 사설이,

「이제 아버님 그려 어찌 살꼬! 어찌 이리도 상사 나신고, 그저께는 우리 집에 오셔서 <내 너를 보러 왔노라> 하시기에 반갑사온 마음에 하 할 것이 없어 생치다리 굽고 흰밥을 옥같이 지어 수북히 담아 드리니…… 여러 곳 다녀 시장하다가 내 안색을 보았드냐 하도 많이 먹었으니 저녁밥 못 먹겠다 하시고…… 낸들 얼마나 살리 잡 뒤 개똥밭훈이논 別給(특별히 주는 것)하고……」

이런 온갖 거짓 사설을 꾸며 가면서 우는데 죽었다고 누웠던 시아
버지가 벌떡 일어나면서 꾸짖어 왈,
「내 언제 네 집에 가서 밥 먹으며 훈이 논 개똥밭 시공논 주마 하
더니」
하고 외치니까 그 며느리는 풀었던 머리를 거두어 얹고 하하 웃고
대답하는 말이
「거짓 상사에 거짓 말씀 그 무슨 허물이 되오리까」 하고 응수했다
고 한다.

　　　　　　　　　　　　　　　　　　　— '불효부전' 전문

　　조선조의 주자학과 남존 여비사상은 한국의 여성사를 심히 어둡게
하기 시작했다.
　　세계화에 이르는 요건이 여러 가지가 있겠지만, 그 중 하나는 우리
특유의 전통을 제시하는 것일 수 있다. 그 하나가 다름 아닌 조상전래
의 미풍양속이다. 이것은 세계 시장에 내놓을 한국의 특산품목이기도
하지만 또한 격변해 가는 이 시대의 우리들의 삶의 질을 생각하는데도
절대 긴요한 것이라 생각된다.
　　요즈음 우리 사회는 고유의 양속은 무너져가고 각종 외래풍조가 만
연하여 비정과 반인륜으로 개탄의 소리만 높아가고 있다. 상하가 없고,
효친사상이 퇴색하고 형제 우애나 이웃 정도 찾아보기 어렵다. 모든 계
층이 자기 주장만 내세우고, 이기주의에 빠져 있다. 이러한 퇴락상이 국
가사회의 기초단위인 가정에서부터 나타나고 있는 것이다.
　　부자중심에서 부부중심으로 변동해 가는 것은 시대에 따른 추세라
하지만, 이러한 가부장제에서 부부중심으로 변화해가면서 가정은 사랑
중심의 스위트홈을 이루는 경우도 있지만, 혹은 갈등이나 심하면 부부
파탄의 경지에 이르는 것도 흔히 보게 된다. 남녀 평등도 좋고, 페미니
즘도 좋지만 인간사로나 우주적 섭리의 차원에서 변할 수 없는 것은 남
녀는 음양의 조화(남자는 하늘, 여자는 땅이라는 고정관념이 아닌 상보
관계)를 이루어야 한다는 것이다. 이 구조적인 원리에서 벗어날 때 갖가

지 파탄이 야기되는 것이다.

오늘날 가정주부가 직장전선으로 나아가 큰 몫을 하고 남성과 동등한 혹은 더 큰 일을 할 수도 있게 된 것은 바람직한 일이지만, 그 여성이 일터에서 판사를 하든 장관을 하든 노동을 하든 일단 가정에 들어서면 아내로서, 어머니로서 혹은 며느리로서의 도리를 다할 수 있을 때 그 여성의 역할은 진실로 보람스럽고 아름다운 것이다. 남자의 처지도 같은 것이다. 이것이 바로 여성의 본분이고, 사명이기도 한 것이다.

송시열 선생이 자기 맏딸을 시집보낼 때 훈계하는 글로 써준 '계녀서'가 이 시대에 다시 음미해 볼만한 가치가 있다는 것을 새삼 느끼게 된다.

우암 선생은 그 글에서 <부모 섬기는 도리>에서부터 지아비와 시부모를 섬기는 일이며, 형제, 친척 화목하기와 자식 기르고, 제사 지내고, 손님 대접하는 일, 그리고 언행 삼가고 검소질박한 생활하기며 근면하고 노비 다스리며 저자에서 사고 파는 일에 이르기까지 자상하게 가르치고 있지만, 전체에 관류하는 깊은 뜻은 한 여성으로서, 아내로서 며느리로서 다시 말하면 한 가정이나 사회에서 여성의 몫을 현명하게 해낼 수 있는 기본 도리를 가르치고 있는 것이다.

이것은 오늘날 다 깨지고 상처 난 조상 전래의 삶의 법도를 복원시켜 준다는 의미에서 새삼 삶의 황금률로 보인다.

이 땅에 미풍양속의 르네상스 없이는 부귀도 세계화도 허탄한 것이 될 것이다.

오늘날 세상 사람들이 모두가 제 욕심 채워 살려하고 자기 성질 참지 못해 어지러운 때에 우암 선생의 <부디 성을 참고 덕을 닦아 뉘우치고 부끄러움이 없게 하라>는 훈계는 더욱 소중한 가르침인 것이다.

그러나 한편 조선조가 끝나고 식민지, 그리고 분단과 6.25 전쟁으로 중상을 입은 이 땅에서의 여성의 위치가 여전히 억압 속에서 고달픈 고난의 일면을 보여주고 있는 것도 사실이다.

유실몽
— 손창섭

손창섭의 '유실몽'에는 술집 작부인 <누이>를 중심으로 직업 없는 <철수>와 <상근>이가 얹혀 살고 있는데, 이들 가족은 화창할 까닭이 없고 언제나 찌푸려진 날씨처럼 우중충하고 게다가 이틀거리로 누이와 매형은 돈 때문에 싸움이다.

갈 곳 없어 누이에게 <주머니처럼 매달려 있는> 철수나, 아내의 주머니에 거의 매일같이 손을 내미는 상근이의 행색도 가련하지만 이틀거리로 두들겨 맞는 누이의 고달픔은 더욱 민망스럽다.

남편이 덤벼들기 시작하면, 누이는 재빨리 두 무릎 사이에 얼굴을 처박고 두 손으로 머리를 감싸안은 채 꼼짝하지 않는 것이다. 남편의 주먹이 떨어질 적마다 움칠움칠 놀라면서도 그냥 몸을 더 웅크릴 뿐이다. 간혹 「아야— 아야—」하고 유창한 비명을 지르는 것이 고작이었다. 그것은 참말 비명으로 듣기에는 너무나 느리고 부드러운 발음이었다. 하기는 누이도 어쩌다가 아픔을 참지 못하는 듯, 「한군데만 자꾸 때리지 말아요! 여기저기 좀 골라 가며 때리라구요」하고 호소하는 일이 있다.

— 손창섭, '유실몽'에서

이것은 누이와 매형의 싸움 장면인데 얻어맞고 신음하는 절박한 상태 속에 있는 누이가 그 절박한 상태 속에서도 <한군데만 자꾸 때리지 말아요! 여기저기 좀 골라 가면서 때리라구요>한 것이 절망과 웃음으로 반죽한 기묘한 에스프리를 이루고 있다.

말하자면 파격의 순간이고, 상궤를 벗어난 동작인데 그것이 너무도 자연스럽게 묘사되어 더욱 효과적이다.

그 다음 싸움 장면에서도, <아이구 정말 간 떨어지갔이요. 좀 쉤다가 때리라요. 얼른요. 좀 쉐 가면서 때리라구요!> 했고 누이가 다급하여 <철수야 좀 말려 주렴아. 얼른 좀 말려 줘요>하고 구원을 청해 올 때면 철수는 <씩 웃어야> 했고 <춘자 아버지가 사위가 되어 달라고 강요해 올 때도 <씩 울고>, 춘자에게 무안을 당할 때에도 <씩 웃었다.> 그러나 철수의 더욱 슬픈 몰골은 누이가 자취를 감추고 난 뒤 아이(재원)를 업고 거리를 헤맬 때다.

> ……나는 자꾸 추켜 올리면서 걸었다. 내 이마와 등에도 땀이 내렸다. 애를 업은 나의 초라한 꼴이 가게 유리창에 비치었다. 그 때마다 나는 걸음을 멈추고 내 몰골을 바라보았다.
> 「할 수 있나!」
> 번번이 나는 그렇게 중얼거렸다.

아무리 서러운 상태 속에서도 성낼 줄 모르고 늑진하게 다음 시간으로 이어 가는 <누이>도 그렇지만 아무리 각박한 경황도 씩 웃으며 넘어가는 <철수>, 그리고 아이를 등에 업고 헤매는 자신의 몰골을 보고 <할 수 있나!>하고 체념하는 그 엎어질 줄 모르는 그의 발자취에도 이 땅의 고달픈 여정이 새겨져 있다.

그래서 철수는 이렇게 말했던 것이다. <나는 웃을 수 있는 동물이라는 것을 지극히 다행한 일이라고 생각한다>고.

이렇게 생각해 보면 볼테르가 <사람은 웃을 수 있는 유일한 동물이다>라고 한 말과 철수가 <웃을 수 있는 동물이라는 것을 지극히 다행

한 일이라고 생각한다>는 것과는 얼핏 보기는 비슷한 뜻일 것 같으면서도 새겨보면 큰 차이가 있는 듯하다.

여성의 팔자
— 김주영

동양 예도를 상징하는 공자도 일찍이 여성을 경시했다. 중국의 명·청시대에서도 <여성은 재능이 없는 것으로 덕을 삼는다>고 했고 「동인시화」에서는 <여성이 유식하거나 재간이 있으면 박복하다>고 했다. 그리고 우리 나라 18세기의 실학파 이익도 <독서와 강의는 남자의 일이니 여자가 이를 힘쓰면 폐해가 많다>고 진술했다.

이러한 풍조 속에서 우리 나라에서는 조금만 시간을 거슬러 올라가면 특수한 경우 외에는 여성들에게는 이름조차 없었다. 친정 친척들은 대개 여자의 친정 마을 이름을 불렀고 시가 친척들은 시집오기 전의 마을이름으로 불렀다. 「감골네」「먹실네」「서당골네」 등으로 이름지어 불렀던 것이다. 이러한 여성들에게 이름이 있게된 것은 1909년 우리 나라에 민적법이 생긴 후부터라고 한다.

조선시대의 여성들이 이처럼 이름마저 갖지 못할 정도였으니 남편은 통칭 <사랑양반>이고 부인은 <내자>였다. 이러한 천대 속에서 딸을 출가시킨다는 표현도 <딸을 치운다>고 했고 시집을 가서도 아는 일도 모르는 체, 들은 것도 못들은 체 애당초 감정표현까지도 금기사항이었다.

남편은 아내와 잠자리는 같이하면서도 밥상을 같이하지 않았고 남편

잃은 여인은 미망인(아직 망하지 않은 사람)이었다. 뿐인가, 여자가 시집가서 자식을 낳지 못하면 그것은 분명 남편과 공동책임일 경우도 여성만이 쫓겨나는 율법이 있었다.

이러한 남존여비사상이 천도나 되는 것처럼 숙명적인 것으로 치부하였고 그것을 여성들의 팔자소관으로 인식하게 되었다. 이러한 여성비하의식이 아직도 우리 사회에는 불문율로 남아 흐른다는데 실은 문제가 있다.

김주영의 단편 '부끄러운 아이'에 나오는 여인은 술꾼 남편으로부터 거의 매일같이 얻어맞고도 이웃집 친지가 <정신차려요. 그래가지구서 온전히 살아 남겠수?> 하고 동정하니까 대답하기를 <팔자가 그것 뿐인디 워찌 하겠소?> 하고 만다.

이 못된 남편은 실컷 두들기고도 그날 저녁 잠자리에서는 여전히 부산을 떨고 하는 말이 <내가 나쁜 놈이지, 벼락맞을 놈이지, 그치?> 하고 주책을 부린다.

한라산 집시
― 신현림

신현림. 그는 <진실>이 아름답기 위해서는 흥미로워야 한다는 브레 히트의 말을 믿는다. 그래서 대담하게 자기 속사정을 까발긴다. 진실로 용기 있고 진실한 여자다. 담대하여 페미니즘의 수준을 넘어서 인간의 함성으로 돌진한다. <감각의 성감대를 찌르고 얇고 부드럽게 매만지는 / 매혹적인 영화 볼 시간에 창 없는 시를 누가 읽나 / 열리지 않은 시를 누가 들여다보나 / 시가 제자리에 퍼져 앉은 기분이야 / 강력하고 마음 을 치는 시, 시선이 열린 시가 그립네 / 열린 의식, 열린 세상, 열린 대 문, 열린 지퍼, 시도 때도 없이 지퍼는 닫아주게>('중경살림'을 보고 돌 아온 밤)처럼 그는 철저하게 열린 시, 활짝 열린 시와 세상을 좋아한다. 그래서 그런 시를 쓴다.

막힌 세상을 살아가는 사람들의 심기를 확 뚫어 준다.

> ......
> 구두가 사람 끌고 다니기 힘들듯
> 때때로 여자 노릇 힘들어
> 답답한 브레지어로 싸맨 젖가슴으로부터
> 다달이 생리로부터
> 지켜야 할 온갖 정조로부터 날아가고 싶구나

외도하고 싶구나
한 사내의 깊고 허망한 산꼭대기가 아니라
지상의 긴 소변을 마치고
인간이란 직장을 폐업해서 싱싱해진 맨발로
노루와 놀다 쓰러지리라
한라산을 누비고 누비다
쓰러져 망초가 된 집시 노처녀
— 신현림, '한라산 집시'에서

신현림은 진실로 싱싱하고 신선하고 다이내믹하다. 이런 신현림에게
누가 <여류>라는 말을 했는가.

그래도 날 여류시인이라 부르진 마
여류가 뭐야? 이쑤시개야, 악세사리야?
여류는 화류란 말의 사촌 같으니 여자라는 울타리에 가두지 마 폄
하하지 마
— '나의 시'에서

쫀쫀한 남자들이 이름이 남자라고 무조건 여인들을 폄하하면서도 좁
은 소견을 이기지 못해 상황을 속태우고 있을 때 신현림은 때때로 지쳐
넝마가 되어도 <따뜻한 스승인 자신감을 모셔> 어느 때든 <희망의 징
을 치고 / 힘들수록 헐렁바지처럼 웃는>('황혼 아리랑') 그런 여인이다.
그러나 신현림에게도 절망은 연속이었다. 그의 일기는 다음과 같이 이
어진다.

1980년 만 19세 — 꽃피는 재수, 불타는 광주 — ……
20세 — 전쟁과 통곡 — 아버지 국회의원 낙선.……
21세 — 꼬냑 한잔 더 주소 — 여동생은 자기만 합격해서 미안하다
며 울다.……
22세 — 갈피 못 잡던 나날 — 여기 오려고 몇 수씩 했나, 이래저

래 후유증으로 신경정신과 4년간 왕래, 성당에 나가 영세를 받고 지금
까지 마음의 천국과 지옥을 헤맴……

23세 — 빌어먹을 과오는 뛰어넘어라 아버지는 개업한 한길장의사
를 민추협 사무실로 쓰심.……

24세 — 청춘은 상실의 활주로에서 — 초가을 첫 연애에 실패.……

25세 — 고독과 예술의 은총을 선택했다 — 자살하고 요절하고 남
달리 불우하고 저주받은 작가에게 위로 받고 고단백 예술의 영양가를
얻다. 싸르트르와 함께 구토하고 카프카의 성에서 바슐라르와 촛불을
켜고 카뮈에게 정직함을 배우다……

26세 — 하나로 뭉치게 한 고통 — 그 시대에 일용할 양식 최루탄
을 마시며 이한열 죽은 다음날 데모하고 돌아온 아버지와 아들 그리
고 무릎깨진 나, 역사와 혁명과 사랑을 배웠다……

27세 — 찾아온 환희와 무거운 짐 — 외로운 30년 야당생활과 3수
끝에 아버지는 통일민주당으로 13대 국회의원에 당선……

28세 — 피터지게 살아보자고 — 시집가라 성화이신 어머니와 심각
한 대립. 노태우 대통령 취임 1주년 기념 데모 주동으로 아우의 체포
와 석방. 틈틈이 고독의 설사제, 인생의 방부제인 책을 읽으면 날은
잘도 가더라.

29세 — 삼십세로 가잖아 ——……

30세 — 독신의 빛과 그늘…… 독신생활은 때론 향기로우나 처절해
서 교도소가 따로 없더라.

이상과 같은 그의 일기('나의 20대')는 그녀의 여정을 단숨에 읽게 한
다. 그 개인사 속에는 우리가 함께 겪은 벅찬 추억이 있다. 그러면서도
이 여자의 가슴은 따뜻한 인간미로 넘친다. 그 인간미가 바로 용기와
웃음과 눈물과 희망과 기도의 합주이다.

진정으로 따뜻한 신현림은 <죽음의 공포쯤은 커피 마시듯 넘겨주는
일>('삼십 30세의 가을') 실제로 그녀에게 죽음이란 <남은 자를 위한 오
전 열시의 햇살이 되는 것<('투사 아버지, 장의사 아버지')이다. 그리고
인생이란 <정인(情人)들과 즐겁게 술상에 둘러앉다 / 한 명씩 떠나는
것>('술 생각')이다.

이처럼 쓸쓸함과 나약함과 우울함을 지닌 것이 인생이기 때문에 그
는 기도를 잊지 않는다. 그에게 기도는 <하나님에게 의지하는 것도 아
니고 오로지 그지 없는 연약함과 서러움을 지닌 인간으로 돌아가는 것
(소노 아야꼬)이라고 믿는다.

하여, 「세기말 블루스」를 노래한 신현림은 이 세기말(황혼)의 기도를
잊지 않는다.

> 지구의 거대한 초록색 수박이 검게 변해감을 용서하시고
> 야타, 나타, 오렌지족, 길잃은 바람 족속에게
> 가벼움의 허무, 섹스의 허무로 빠지지 않게 다른 매니아의 술잔을
> 마련하소서
> 전 농산물의 수입화, 전 제품의 외제화의 격랑 속에
> 우릴 굳게 보전하시고
> 배꼽티 입은 황진이 같은 햄버거족마다
> 버터 냄새나는 간판 이름마다
> 코끝에 국산 고춧가루를 잠시 뿌려주시든가
> 탄광 같은 검은 강과 물고기들에게 희망의 산소호흡기를 대주시고
> 대중교통을 이용하도록 자가용 바퀴란 바퀴 종종 얼게 하시고
> 환경의식이 없는 주부의 손목을 잠시 흐른처럼 꼬이게 하시고
> 더도 말고 삼년 간만 생계엔 지장 없이
> 대통령에서부터 노점상 할머니, 한글 깨친 아기까지
> 문화의 전염병을 앓게 하소서.
>
> 황혼이면
> 온 국민이 하루의 사망을 애도하며
> 삼분간 일제히 통곡하게 하소서
>   — '황혼의 기도 2' 전문

탄력 있는 신현림. 그는 웃을 건덕지도 국물도 없는 세상살이에 웃음
을 던져주고 용기를 준다. 죽음보다 무서운 허무주의에는 빠지지 말라
한다. 그리고 더 무서운 건 체념이라고.

멸망을 상상하면
현실은 저녁 성찬처럼
근사하고 드라마틱 하잖아요
어차피 인생은 허무의 시네마 천국 아니겠어요

신음하는 지구촌의 사진보다
죽음보다 더 무서운 건 허무주의다
구부러진 못 같은 시든 좆같은 너의 체념이다.
　　　　　　　　　　　　 — '세기말 블루스'에서

　신현림은 '오느냐 오너라 세기말이여 서기 2000년이여'라는 시 ①에서
<오늘은 컴퓨터 냄새가 싫으니까 / 손으로 쓴 편지로 나를 울게 해봐>
라고 노래한다. 그는 진실로 인간다운 인간의 체취가 그리웠던 것이다.
그러한 인간의 냄새로 나를 울게 해달라는 이것이 바로 잃어버린 우리
고유의 서정이다. 신현림의 당찬 노래는 <여성의 팔자>를 지나 앞의
'불효부전'의 슬기를 찾았다.

문학에서의 성묘사

작품에 나타난 성묘사
— 정종진

외설시비가 끊이지 않고 갈팡질팡할 때 정종진은 문학과 성에 관한 방대한 저서 두 권을 꾸며냈다. 「한국 현대문학의 성묘사 전략」(1990)과 칠 년만에 다시 「한국 현대문학의 성표현 방법」(1997)을 제시했다.

여기서 정종진은 동서의 대표적인 성의 담론과 작품 실제에 대한 다기한 분석작업을 감행한다.

세상의 모든 존재가 시간 앞에 그 가치가 바뀌어져 가는지라 (정종진은 당대의 시대정신과 가치관에 충실함이 옳다고 주장한다) 절대라는 말이 허용되지 않을 정도로 한 시대의 가치관에 입각한 주장은 다음 시대에 침묵할 수밖에 없는 처지가 되어버리지만 그럼에도 불구하고 설득력 있는 몇 개의 지난 담론을 깔고 많은 작품들의 실례를 바탕으로 그 실상을 제시하고 자신의 소신을 밝히고자 한 정종진의 작업은 성의 시시비비로 방황하는 현실을 극복하려는 한 지성인의 양심으로 돋보인다.

이 저자가 먼저 주목하는 것은 피셔(H. Fisher)의 「성의 계약(Sex Contract)」이다. 피셔는 <오늘날 인간사회의 기원이 유인원 암컷과 수컷의 섹스 계약으로부터 비롯된다>고 본다(피셔는 <성을 인간 사회생활의 모든 것을 작동하게 하는 점화장치의 불꽃이라고 생각한다.*

하나의 생명이 성으로 태어나는 원초적이고 본질적인 문제를 생각해 볼 때 피셔가 성을 '점화장치의 불꽃'이라고 보는 것은 성담론자의 시선을 가장 먼저 끌어당길 만한 주장이다.

그리고 다음으로 주목되는 것은 성은 미(美)와 동일하다는 로렌스의 이론이다. 로렌스는 성을 생명의 불꽃이라 했다. 그것은 미와 동일하다는 말보다 더 본질적인 문제인 것이다. 이러한 견해를 가지고 있는 로렌스 앞에 포르노는 <인간 육체에 대한 모독이고 인간관계의 모독>이었다.

이러한 이론에 동조하는 정종진은 <훌륭한 작가는 성의 문제를 인간성 탐구를 향한 소설의 주제에 봉사시킨다>고 말한다.

그리고 다음으로 가장 주목되는 것은 에로티시즘과 포르노그라피의 경계선에 관한 구획이다. 여기에 원용되는 사람은 조지 레빈스키이고 그가 예술과 외설을 구분하는 방법으로 Naked와 Nude의 비유는 기발하다. Naked는 의복이 벗겨져 <위축된 무방비의 육체>인데 비해 Nude는 <조화가 아름다운 육체>라는 것이다. 즉 전자는 벗겨진 것이고 후자는 아름다움을 위해 벗은 상태라고 보는 것이다.

다시 말하면 벗긴 Naked는 까발긴 것이고 벗은 누드는 적나라하게 표출한 것이다. 즉 앞 것은 부자유스럽게 벗겨진 반면 뒷 것은 자연스럽게 미를 돋보이게 하기 위한 벗은 상태라 할 수 있다. 이러한 사정을 정종진은 로렌스의 「채털리 부인의 사랑」, 밀러의 「섹서스」, 쿤데라의 「참을 수 없는 존재의 가벼움」 등으로 보고, 그것들은 <성을 뛰어넘어 그 이상의 또 다른 무엇을 향해 몰두한 작품>*이라고 말한다.

이상과 같은 열린 시선을 가지고 임하는 정종진 교수에 의해 그 동안 지탄받던 많은 포르노 누명 작품들이 방면되거나 구제 받는다. 그 한 가지 예만 들어본다.

백우암의 장편 「허영의 도시」는 밑바닥 인생의 한 풍경화인데 여기

---

* 정종진, 「한국 현대문학의 성표현 방법」, (태학사, 1997), p.20.
* 정종진, 앞의 책, p.31.

에 섞여든 성묘사는 <속물근성을 비판하기 위해서 더욱 강력하게 속물
근성을 드러내는 것>이라 했다.

> "왜? 힘들어서? 내가 기운을 뺏어 버렸나…… 가요, 보신탕 집으로,
> 몇 번 가본 집이 있는데, 황구 짬지 한 개 얻어 줄께요."
> 농기 섞어, 골방 여자가 빠르게 조르고 나섰다. "여자가 보신탕
> 을……"
> 복동은 일어서서 옷 매무시를 끝냈다
> "나 멍멍이 짬지 먹어 봤다구요"
> 골방 여자가 낮게 키득거렸다.
> "잘 씹히지 않을걸"
> "놈이 여잔 줄 알아보고 빳빳하데요"

주인공 정복동은 시골에서 상경하여 노름, 지게질, 미장이, 빈대약 뿌
리기 따위 숱한 잡일로 전전하며 살아가는 인물이다. 위의 장면은 한
지붕아래 각각 세들어 사는 복동이라는 유부남과 유부녀가 간통을 하
고 보신탕집으로 가는 장면이다. 위와 같은 장면은 작품 전체를 통해
몇 번 제시되는데 <그것이 외설의 혐의를 받게된 셈>이라고 정종진은
지적하고 그것이 바로 <속물근성을 비판>하자는 작가의 의도라고 변
호한다.

위에 예시한 부분은 성묘사라기 보다는 골계감각으로 일품이다. 죽은
개의 <짬지>도 여자를 알아보고 <빳빳하다>는 것은 기발한 표현이다.
이러한 의외의 돌출 코믹이 포르노의식 같은 것을 제압하는 것이다.

성의 근대화
— 성의 약사

1. 정읍사

들하 노피곰 도드샤
어긔야 머리곰 비취오시라
어긔야 어강됴리
아으 다롱디리

저재 녀러신고요
어긔야 즌 티를 드티욜셰라
어긔야 어강됴리
아으 다롱디리

어느이다 노코시라
어긔야 내 가논 티 졈그롤셰라
어긔야 어강됴리
아으 다롱디리

— '정읍사'에서

『동국여지승람』에는 행상인의 처가 밤마다 남편을 기다리다가 망부

석이 되었다고 한다. 이러한 전설을 바탕으로 정병욱은 이 「정읍사」의
분위기를 다음과 같이 풀이해 본다. "지금쯤은 어느 저자(시장)를 향하
여 밤길을 걷고 계실 임이시기에, 혹시 진 곳을 잘못 디디지나 않을까
걱정이 된다. 그래서 달은 더욱 높이 떠야 한다. 만약에 달빛이 없다면,
진 데 마른 데를 분간할 수 없는 암흑의 세계가 되고 말 것이다." 이러
한 부부윤리의 아름다움으로 본 것은 정병욱 뿐 아니라 양주동(『여요전
주』), 조윤제(『한국문학사』), 이병기·백철(『한국문학전사』) 등도 같은
견해를 보였는데, 이에 대한 또 다른 해석으로는 이 노래가 중종대에
<남녀간음사>(男女間淫詞)라는 이유로 궁중악에서 폐기되었다는 점을
중시하여 멀리 행상 나간 남편이 화류항에 빠지지 않을까 하는 여인의
질투심을 표출한 가요로 해석하는 견해도 있다.

그리고 이 시대가 안으로도 그토록 타락한 풍광을 보여 주고 있다는
것은 작품 「쌍화점」도 잘 나타내고 있다. 그 「쌍화점」에 등장하는 제 1
연의 회회아비는 충렬왕조에 다수 주둔하였던 몽고의 점령군을 상징하
고, 제2연의 사주는 승려를, 그리고 3연의 용은 군왕을, 그리고 4연의 술
집주인은 상인을 각각 지칭했다고 보면, 그 당시의 사회가 간음과 능욕
(내 손모글 주여이다) 등이 횡행했다는 것을 생각해 볼 수 있다. 그리고
흔히 이 시기의 노래가 <음란지사>로 사리부재의 현상을 보인 것은 반
드시 망국의 옹졸한 처사에만 있는 것이 아닐 당시의 열린 사회상을 말
해 주는 것이다.

2. 사설시조

중놈도 사람인 양하여 자고 가니 그립다고
중의 송낙 나 베옵고 내 족도리 중놈 베고 중의 장삼 나 덥습고 내
치마란 중놈 덥고 자다가 깨다르니 둘희 사랑이 송낙으로 하나 족도
리로 하나

이튿날 하던일 생각하니 홍글홍글하여라

　　　　　　　　　　　　　　　— 진본 '청구영언', 552

　조선조의 사설시조는 이들이 처음으로 맞이한 무대였다. 성의 유희와 익살과 풍자와 해학 등이 뒤섞여 마음껏 새로운 시대를 구가하고 있었다. 이러한 이들의 난잡한 놀음이 예술적 미학상으로 지나친 감정의 과 잉이었지만, 이 시대의 상민들의 위치는 손에 아무 것도 쥐어 보지 못한 지난날의 벌거숭이 처지는 아니었다. 이미 임란으로 봉건적 정치체제는 요동하기 시작했고, 상업과 수공업의 발전으로 상업도시가 생기고 상인의 세력도 커져가고 있었다. 이러한 지각변동의 현상 속에서 상민들은 자신의 위치를 찾고 자기들의 예술을 아쉬워했다. 이런 분위기에서 일어난 것이 사설시조이고, 판소리이고 가면극 등이었으니 그 마당에서 그들은 여봐라는 듯이 온갖 몸짓을 다 할 수 있었다. 그 동안 수백 년 움츠려 오금도 펴 보지 못했던 한을 마음껏 풀면서 양반 조롱도 마구 할 수 있었다.

　　칠월이라 백중날에 공회를 한다. 무화관 반송순 버들가지 밋헤서 수
　　두룩히 모여 밋헤 맹꽁이가 우에 맹꽁이를 치여다보고 압다 요놈아 염
　　체업시 너무 누르지 말아라 무겁다 맹꽁 우에 맹꽁이는 밋헤 맹꽁이를
　　나려다보며 압다 요놈이 무엇이 무겁다고 잠갑스럽다구 말을 하나냐
　　조금만 차모 하고 맹꽁

　　　　　　　　　　　　　　　— '맹꽁이 타령'

　위의 맹꽁이타령에서는 암수 두 마리의 맹꽁이가 성행위를 하면서 부창부수(여기서는 암맹꽁이가 먼저 무겁다고 맹꽁하고 있다) 맹꽁 하고 있다. 그리고 끝에서 "우리 집 장독간에서 우는 맹꽁이가 수맹꽁이냐"고 묻는다. 맹꽁이는 답답한 사람을 가리켜 일컫는 말이다. 암·수 양편이, 또는 남녀가 모자라고 답답하기로는 도토리 키재기라는 뜻도 포함되어 있지만, 계속 조롱하듯 수맹꽁이냐고 묻는 것은 남성상위 시

대의 고정관념을 깨뜨리고자 하는 심리적 발산인 듯하다. 조동일은 이 노래에 대해 "별별 짓을 다 하면서도 위엄을 뽐내고, 무슨 짓이든 함부로 해서 피해를 끼치고 어울리지 않게 기회를 노리며 용을 쓰는 무리가 서로 우열을 다투는 것을 헐뜯자고 한 것"이라고 지적했다. 이 맹꽁이 타령 뒷부분에 이르면 방귀 뀌고 눈물 흘리고 오줌 잘금잘금 싸고 새끼 치켜들고 놀고 있는 늙은 맹꽁이가 수맹꽁이냐고 수맹꽁이를 거듭 조롱한다. 이러한 사실로 보아 이 노래의 화살이 겨냥하는 것은 아무래도 꼴같잖은 남성이 아닌가 싶다. 하기야 이 시대의 꼴불견의 대상은 너무도 많았다. 그만큼 섧게 산 계층이 많았다는 뜻이 된다. 계급사회는 약한 것은 더 약한 것을 누르기 마련이었다.

> 바람도 쉬어 넘난 고개 구름이라도 쉬여 넘난 고개
> 산진이 수진이 해동청 보라매라도 쉬어 넘난 고봉장성령고개
> 그 넘어 님이 왔다 하면 나난 아니 한번도 쉬여 넘어리라
> — 정병욱, '시조문학사전' 825

이 사설시조는 오랜 억압 속에 살던 평민들의 갈증을 시사적으로 노래한 것으로 보인다. 여기서 님은 자유 그것과 상동성을 지닌다. 그 님이 왔다면 해동청보라매라도 쉬어 넘는 그 고개를 한번도 쉬지 않고 가겠다는 한 맺힌 심정이 보인다. 이 땅의 서민과 여인들은 특히 이러한 한이 유장한 세월 동안 응어리로 맺혀 있었다. 그러한 응어리에 근대화는 이들의 가슴을 열어 주는 청신한 바람이었다.

> 반여든에 첫 계집을 하니 어렷두렷 우벅주벅
> 주글번 살번 하다가 와당탕 드리다라 이리져리 하니
> 노도령의 마음 흥글항글
> 진실로 이 자미 아돗던들 글 적보터 하라랏다
> — 진본 '청구영언', 508

<반 여든에 첫 계집>을 한 것처럼 이들을 찾아온 자유의 공간은

때늦고 철늦은 것이었다. 실로 이들에게는 늦바람 날 샌 줄 모르는 꼴
이었다. 이러한 분위기 속에서 더구나 깨끗한 매무새에 신물이 난 이
들은 아무데서나 누구하고나 마구 사랑을 구가하는 것이 이들의 사설
시조였다. 시조의 좁은 공간에서 상감을 생각하며 긴 한숨 섞어 부르
던 양반들의 그 노래에 비하면 사설시조는 그야말로 자기네들의 뜰
안 평상이었다.

> 둑거비 뎌 둑거비 한눈 멀고 다리 져난 져 둑거비
>   한 나래 업슨 파리를 물고 날낸체하야 두럼 싸흔 우흘 속꼬다가 발
> 딱 나뒤쳐지거고나
>   모쳐로 몸이 날낼세 만졍 중인첨시에 남 우릴 번하거다.
> ― 정병욱, 「시조문학사전」, 691

두꺼비가 파리를 잡아먹는 것은 일상으로 여겨지나, 여기서는 병신
두꺼비가 한 나래 잘린 연약한 파리를 잡아먹으려다 나둥그러지는 꼴을
그려 꼴같잖은 양반 풍자의 의도가 역력히 나타난다. 이 작품에 대해
조동일은 "한눈 멀고 다리 저는 두꺼비가 날랜체하며 우쭐대다가 발딱
나둥그러진 모습은 파리 목숨이라고 할 만큼 무력한 사람들을 괴롭히는
자에 대한 반감을 나타내고, 그 약점을 드러낸 것이라고 보아 마땅하
다"고 했다(이러한 애탄스러움은 현대시에서도 볼 수 있다. 박두진의 「
뜨거운 상처」라는 시에는 "강한 자가 약한 자를 약한 자가 더 약한 자
를/빼앗고 짓밟고……." 라는 표현이 있다.)

이처럼 근대의 여명기에 열리기 시작한 평민사회의 자유는 자유를
누려보지 못한 이들에게 세련되지 못한 몸짓과 갇혔던 정신의 방만성과
양반에의 앙갚음등이 그토록 어지러운 성과 욕설로 폭발하였다. 말하자
면 이것은 오기가 피운 예술이었으나 근대화의 물결에 가속화의 충격을
줄 수 있었다.

3. 여명속의 춘향전

이 땅의 봉건사회가 근대사회로 이양되는 과정에서 웃음은 강력한 추진력으로 작용했다. 반상이 엄격하게 갈려져 있는 사회에서도 한바탕 웃음마당에서는 반상이 함께 웃을 수 있었다. 여기서 웃고 웃기는 양쪽이 따로 있어서 웃기는 상민에 비해 양반은 웃을 수 밖에 없다. 여기서 웃기는 놀이꾼(임철규의 명명)과 웃는 방해꾼 양반이 처지야 다르지만 양반을 매도하고 조롱하는 희극적 테크닉으로 하여 억눌린 상민들은 카타르시스라는 이득을 볼 수 있었던 것이다. 김동욱이 지적한 대로 춘향전은 '민중과 더불어 성장했다'는 것도 이러한 맥락에서 설득력이 있다. 이 작품의 작자나 연대를 정확히 알 수는 없지만 이 땅의 근대화 과정에 나타났던 것만은 틀림없고 그 내용이 담고 있는 폭발적인 효과는 새로운 열린 공간을 마련하는 데 힘이 될 수 있었다.

『이년, 들어라. 모반대역(謀反大逆)하는 죄는 능지처참하여 있고, 거역관장하는 죄는 엄형 정배하느니라. 죽노라 서러마라.』
춘향이 포악하되
『유부녀 겁탈하는 것은 죄 아니고 무엇이요.』
사또 기가 막혀 어찌 분하던지 硯床을 두드릴 때, 탕건이 벗어지고, 상투고가 탁 풀리고 대마디에 목이 쉬어,
『이년 잡아 내리라.』
호령하니 골방에 수청 통인,
『예.』
하고 달려들어 춘향의 머리채를 주를르 끄어내며,
....
대뜰 아래 내리치니 맹호 같은 군노. 사령 벌떼같이 달려들어 휘휘 친친 감아쥐고 동당이쳐 엎지르니 불쌍타 춘향 신세 백옥 같은 고운 몸이 六자배기로 엎더졌구나.

이상의 예문은 신관사또가 반항하는 성춘향을 고문하는 장면 중의 한 부분이다. 이것은 기존 봉건체제의 엄존과 억압상을 단적으로 제시해 준다. 그러나 이러한 세력에 불복하고 있는 춘향의 항거 또한 세차다.

<일편단심 굳은 마음 일부종사 뜻이오니 일개형벌 치옵신들…일각인들 변하리까>하며 한사코 항거한다.

위의 장면에서 독자들이 주목할 수 있는 것은 다스리는 자와 당하는 자의 피를 튀기는 장면이 연출되고 있으면서도 그 속에도 골계성이 틈입해 있다는 것이다. 사또가 <모반대역하는 죄는 능지처참>해야 한다면서 반항하는 춘향을 다스릴 때 사또는 어찌나 분했던지 <연상을 두드릴 때 탕건이 벗어지고 상투고가 풀리>는 등 익살스런 장면이 연출된 것이다. 大怒와 웃음은 극과 극인데도 그 극과 극을 한 장면에 공존시킨 것은 이 작품의 골계미를 더해주고 있음을 보여준다. 같은 분위기로 군노 사령들의 춘향이 머리채 감아쥐는 양태를 <뱃사공의 닻줄 감듯 四月 八일 燈 대 감듯>하고 춘향의 고운 몸이 <六자배기>로 엎어졌다는 것도 직유의 원관념과 보조관념을 기발하게 처리한 것이다.

『그 꿈 장히 좋다. 화락하니 능성실(能成實)이요, 경파하니 기무성(豈無聲)가. 능히 열매가 열어야 꽃이 떨어지고 거울이 깨어질 때 소리가 없을손가. 문상의 懸人하니 만인이 개앙시(皆仰視)라.
문위에 허수아비 달렸으면 사람마다 우러러볼 것이요. 해갈(海渴)하니 용두견(龍頭見)이요, 산붕(山崩)하니 지택평(地澤平)이라. 바다가 마르면 용의 얼굴을 능히 볼 것이요, 산이 무너지면 평지가 될 것이라. 좋다. 쌍가마 탈 꿈이로세. 걱정마소 멀지 않네.』

춘향은 신관사또로부터 온갖 고초를 당하면서도 내일에 펼쳐질 소망의 꿈을 잃지 않는다. 그는 실제로 꿈을 꾸었다. <단장하던 체경이 깨

어져 보이고 창전에 앵두꽃이 떨어져 보이고 문위에 허수아비 달려 뵈고 태산이 무너지고 바닷물이 말라 보이니 나 죽을 꿈이 아니오>라고 해몽가에게 물었던 것이다.

여기서 해몽의 언술은 더욱 기상천외하다. 일반적인 상식으로 꽃이 떨어지고 거울이 깨어지며 문 위에 허수아비가 보이고 바닷물이 마르고 산이 무너지는 꿈을 꾸었다면 그 해몽은 지극히 불길한 징조로 풀이 될 터인데 이 해몽가는 그와 정 반대로 꽃이 떨어지니 열매가 맺어 질 수 밖에 없고 바닷물이 마르니 용을 볼 수 있다고 했던 것이다. 이것은 沈淸傳 해몽장면에서 볼 수 있는 <凶卽吉>바로 그것이었다. 이럴 때 골계적 가치는 운명을 뒤바꾸는 듯한 정신요법으로 작용되고 있다. 실제로 그 작품속의 두 주인공은 긴 악몽을 헤치고 서로 만나 해피엔딩의 통쾌한 행복의 맛을 보게 된다. <얼굴을 들어 나를 보라>는 말에 고개를 드니 걸객으로 왔던 이도령이 어사또로 변해 있었던 것이다.

N.프라이가 로망스와 함께 희극을 죽음에서 재생으로, 겨울에서 봄으로 밤에서 아침으로 움직이는 순환으로 정의한 것을 참고 한다면 춘향전의 구조는 바로 그러한 해피엔딩의 틀로 짜여진 것이다.

춘향전이 이처럼 놀이꾼(상인)과 방해꾼(양반)을 화해시켜 새로운 근대화의 지평을 열고 있음을 이미 춘향전 초두의 이도령(양반)과 춘향(상민)의 만나는 자리에서부터 보여주기 시작한다.

　　'이리 보아도 내사랑 저리 보아도 내사랑; 궁자 노래를 들어보아
　　라… 너와 나와 합궁하니 한평생 무궁이라'

이러한 결과를 보면 이도령과 춘향의 첫 만남과 그들의 합궁은 반상의 갈등에서 화해의 새 시대를 엿보게 하는 역사적 한 지평이기도 하다.

4. 식민지 시대의 모멸

"아시아의 세기적인 여명은 왔다"고 노래한 노천명의 절규처럼 새 세기는 왔고 일본은 싱가폴을 함락하여 기고만장하였다. 〈皇國臣民의 현양〉을 위해 근로보국대가 조직되고 온갖 충성의 노래가 충천하던 식민지 말기. 이러한 분위기는 이미 1937년 4월, 최남선. 이광수 등이 朝鮮文藝會(총독정책의 하나인 사회교화단체)를 결성하면서 날로 가열해 갔다. 국민정신총동원 조선연맹(國民精神總動員 朝鮮聯盟), 시국대응전선사상보국연맹(時局對應全鮮思想報國聯盟), 황국위문작가단(皇國慰問作家團), 조선문인협회(朝鮮文人協會), 국민조선총력연맹(國民朝鮮總力聯盟)등으로 이땅의 지성들은 징발이든 지원이든 동조 협력으로 분망했다.

> 천황의 기원이 시작된 것은
> 지금으로부터 2천 6백 3년 전
> 경사로운 빛발 빛나는 2월에
> 신하인 나는 새로이 기도드리옵니다.
> ─ 김용제, '어동정(御東征)' 서시일련, '녹기(綠旗)', 1943년 2월호

"새롭게 기도드리는 이 아침 / 한 구름에 마음을 씻고" 세례(?)를 받은 이들은 모든 것이 재편성된 현실 앞에서 종래의 모든 시적 이미지들은 이들의 기상(奇想)에 징발되어 폭력앞에 충성의 의미로 변질되어 간다.

1930년대의 이러한 상황에서 지난 근대화의 여명기의 성희적 골계는 특히 남성의 무기력한 자조의 웃음으로 나타난다. 이상과 김유정에게 여성은 실존의 방이었다. 이처럼 식민지시대의 암울했던 시기에 일자리도 돈도 희망도 없이 실의에 빠진 이들 작가가 마지막으로 의지했던 여성이라는 그 안식처는 이땅의 식민지시대의 실존적인 내실이기도 했다.

성경에서 여자는 남자의 갈비뼈 하나로 태어난 것이라 했다. 그런데

이 시대의 특수한 상황속에서 이들 두 작가는 그와 반대로 남자는 여자
라는 장미나무에서 애달프게 떨어져 나온 꽃 한송이라는 관계설정으로
꾸며졌다.

李箱은 그의 시 '神經質的으로 肥滿한 三角形'에서 남자(자기자신)를
▽로, 그리고 여자를 △로 나타내면서 <△이여 씨름에서 이겨본 경험은
몇 번이나 되느냐> 라고 묻고 다음 행에서는 <△이여 보아하니, 外套속
에 파묻힌 등덜미밖엔 없고나>라 했던 것은 식민지 지대 한국대장부의
최대의 모멸이었다.

▽가 △에게 씨름에서 한 번도 이겨본 적이 없다는 것은 외형구도상
으로는 섹스에서 남성은 언제나 먼저 여성에게 공격해 가지만 그 남성
은 죽고야 끝난다는 것이다.(그러나 내면적 이미지는 당시 무기력한 남
성 일반을 가리키기도 한다.)

도립한(▽)삼각형과 바로 선 삼각형(△)이 씨름하면 언제나 ▽이 지
고만다는 李箱의 논리를 그의 친구 김유정이 약속이나 한 듯이 '동백꽃'
으로 형상화 한 것은 흥미있는 일이다.

너 말 마라?
그래

— 김유정의 '동백꽃'에서

이 다짐과 응답소리는 누가 보아도 남자의 촉구에 대한 여자의 응답
이라 할 것이다. 그러나 김유정의 '동백꽃'은 액면 그대로 읽어서는 그
의 독특한 비밀의 미학을 발견하지 못한다. 이 작품 분석은 뉴·크리티
시즘이 무어라 주장하든 그 시대 배경 위에서만 그 진의를 찾아낼 수
있다.

나는 비슬비슬 일어나며 소맷자락으로 눈을 가리고는 얼김에 엉,
하고 울음을 놓았다. 그러나 점순이가 앞으로 다가와서

‘그럼 너 이담부터 안 그럴테냐?'라고 물을 때에야 비로소 살 길을
찾은 듯 싶었다.

위의 부분 역시 상식적인 남녀 역할이 뒤바뀌어 있다. 점순네는 마
름이고 <나>는 그들의 땅을 얻어부치고 살아가는 처지이다. 이러한 사
이임에도 점순이는 <나>를 사랑한다. 그러나 <나>는 그 사랑을 받아
들이지 못하고 있다.

이 바보녀석아!
얘 너 배냇병신이지?
그만도 좋으련만
얘 너 네 아버지가 고자라지?

라고까지 극도로 자극한다. 이러한 자극적인 촌극이 닭싸움 부치기로
이어지고 급기야는 화가 머리끝까지 치솟은 <나>는 점순네 큰 장닭을
때려 죽이는 사건으로 발전한다. 이 사건이 계기가 되어 드디어 점순
이와 <나>는 동백꽃 속에 파묻힌다.
이 작품이 꽁트에 가까운 단편이면서도 중량감을 지니고 있는 것은
남성과 여성의 결합이 통념을 뒤엎은 회화로 하여 극적 효과를 획득하
고 있기 때문이다. 여기에 소도구로 나타나는 <나>의 장닭은 <나>와
점순이를 잇는 중요한 매개가 된다. 점순이는 <나>의 집 장닭을 모이
를 주면서까지 유인해낸다. 끝까지 몰리고 있는 <나>는 쌈닭에는 고추
장을 먹이면 <병든 황소가 살모사를 먹고 용을 쓰는 것처럼 기운이 뻗
친다>는 말을 듣고 자기네 닭에게 고추장을 한 종지 먹인다. 그러나 결
과는 마찬가지로 <나>와 나의 장닭은 식민지 시대의 뿌리 뽑힌 남성들
의 몰골처럼 처참하다.

5. 긴급조치와 벌거벗은 반항의 기법

그러니까 지난 18세기의 이땅에 평민문학(판소리, 사설시조, 가면극 등)이 대두하면서 성과 욕설이 폭발했었지만 그것은 근대라는 여명기를 맞이한 상민들의 억압과 성금기에 대한 시대정신으로서의 몸짓으로 감행되었다. 그리고 그들의 그 몸짓은 근대화를 향한 굴절의 힘으로 작용했던 것이다.

이에 비해 이 땅의 80년대의 나체시는 시인들의 분노의 몸짓으로 다시 나타났었다. 이러한 이들의 파괴행위가 시와 산문, 그리고 예술과 사회의 공존을 강조하면서 전위의식을 보이고자 했다.(이러한 작품 일군에 대해 필자는 <자기파괴>라는 관점에서 비판도 가한바 있지만)

어느날 나는 친구집엘 놀러갔는데 친구는 없고 친구 누나가 낮잠을 자고 있었다.
친구 누나의 벌어진 가랑이를 보자 나는 * * 가 * * 다 그래서 나는
......

— 황지우, '숙자는 남편이 야속해'에서

한국 80년대 전위시를 대표하다시피 괄목할 기존시 형태파괴에 돌입하고 있는 황지우가 여러 가지 사회적 상황을 몽타주 형식으로 실험하고 있는 것은 높이 평가할 만하다. 그리고 박노해의 「노동의 새벽」같은 르포르타지 시에서도 그가 흔히 거느리고, 구사하고 있는 비속어는 대담한 해체이고 변신으로 보인다.

제미랄 * 도!
안쓰고 안먹고
조출철야 휴일특근 몸부림쳐도

— '어디로 갈꺼나'에서

*같은 노무과장, 상무새끼, 쪽발이 사장

                                    ― '포장마차'에서

에라 *팔,
나도 바겐세일이다
3,500원도 좋고, 3,000원도 좋으니 팔려가라
바겐세일로 바겐세일로
다만,
내 이 슬픔도 절망도 분노까지도 함께 사야해

                                    ― '바겐세일'에서

위에서 그 일부를 예시해 보았지만 박노해의 작품들 속에는 분노와
비속어가 거의 동반해 있다. 그러면서도 이들은 이런 시에 대해 혐오스
러워하거나 외면하는 독자들을 <구시대의 독자놈들>이라고 세차게 몰
아붙인다.

    내 시에 대하여 의아해 하는 구시대의 독자놈들에게 …차렷, 열중
  쉬엇, 차렷, 이 *만 한 놈들이…… 차렷, 열중쉬엇, 차렷, 열중쉬엇,
  차렷, 00차렷, 헤쳐모엿!
                          ― 박남철, '독자놈들 길들이기'에서

이상과 같은 80년대의 시동지 가운데 한 사람은 그들의 시작행위에
대해 대충 다음과 같은 변설을 제시한다.

종래의 시가 <도무지 생생한 현장감으로 닿지 않는다>고 전제하고,
이들 인생의 전위부대들은 <스스로 썩어가는 동체이며 자신의 죄악과
상처를 내던져서 세상의 까마귀밥이 되는 속죄양>이고 여기서 시인은
계몽주의자도 아니고, 지사도, 미학주의자도, 신비주의자도 아닌 <이 시
대의 뒷골목에서 뒹구는 광기서린 망나니, 야만적 정신의 그물망 속에
서 미쳐날뛰는 벌거벗은 인간이다>(이윤택, "삶의 양식을 위한 입론"에
서)라고 동정하고 찬양한다.

성은 생명의 불꽃

사랑이 인생의 절정이라면 성은 사랑의 절정이다. 이러한 절정이 없을 때 그 인생과 사랑의 참 맛은 반감한다. 하여, 인생사에서 사랑과 성의 실상에 따라 인생의 진정성도 판가름나는 것이다. 이것은 마멸되거나 모독할 때 생의 진가와 품위가 추락하고 마는 것이다. 그러나 사랑과 성이 자연스럽게 피어날 때 인생과 사회는 파라다이스가 된다.

이러한 의미에서 성이 지극히 자연스러우면서 아름답게 표현할 수 있다는 것은 곧 그 작가와 작품의 품격을 말해주는 것이다. 품격 뿐 아니라 그 수위에 따라 생의 극치와 근원과 본질의 간파 여부가 결정되는 것이다.

　　　밭작물 모두 거두고
　　　늦보리 갈았던 동석이 아저씨
　　　오후엔 텃밭에 마늘을 심다가
　　　해설피 마음마저 고단할 즈음
　　　허리 삐긋한 아내
　　　그만 땅바닥에 자지러지는 걸 보곤
　　　일년 열달 소모냥 부려먹고
　　　약재 한첩 못 다려준 자괴 깊어
　　　그 즉시 닭장으로 달려가

씨암탉 한 마리 모가지 비틀고
묵은 마늘 한 사발 까 넣고
손수 장작을 패서 닭죽을 고아선
큰놈 작은놈 모두 잠든 오밤중
아내 깨워 한 양푼 닭죽 먹이고
자기도 닭다리랑 흠씬 뜯고는
어찌 그다지도 곱게 날 흘기는 아내
그 흙내나는 가슴팍에 꼬옥 껴안고 왈
사내놈만 둘이나 안되겠더라
당신 같은 딸 하나만 더 뽑으라며
그만 아내의 속고쟁이 와락 벗기니
그 아내 도대체 마다하지도 않고
그 아내 도대체 마다하지도 않고
온몸 속속히 열어 그의 씨앗 받으니
오호 뒷방에 앉혀둔 홍시도 고이 익는
추야장장 긴긴 밤 눈물도 깊은 밤

— 고재종, '추야장장'에서

　우리는 이 시에서 인생과 인정의 원시림을 맛본다. 농경시대의 원시성, 아무 것으로도 － 산업으로도, 과학으로도 때묻지 않고 그 무엇도 틈입하지 않은 순수사랑만으로 사랑놀이가 펼쳐지고 성이 한 밤의 꽃으로 몰래 피어나는 여기서 사랑과 성의 절정을 맛보게 된다. <씨 암탉 한 마리 모가지 비틀고 / 큰 놈 작은 놈 모두 잠든 오밤중 / 아내 깨워 한 양품 닭죽 먹이곤 / 자기도 닭다리랑 흠씬 뜯>으니 <어찌 그다지도 곱게 눈 흘기는 안내>며 <그 흙내 나는 가슴팍>이 그다지도 진진하게 교호 교합하는지 <오호 뒷방에 앉혀둔 홍시도 고이 익는> 그 <추야장장>은 <눈물도 깊은 밤>이었다.

　이 광경은 흙내에 젖어본 한국인의 정서를 모르면 제대로 맛보지 못할 시이다. 지금은 이러한 농경시대의 부부사이가 실종됐다.

　이것이 한국인의 순수사랑이고 원초적인 순수생명인 것이다. 서정주의 「화사집」에서 꿈틀거리는 그 힘차고도 순수한 생명성도 바로 이것이다.

> 가시내두 가시내두 가시내두 가시내두
> 콩밭 속으로만 작구 다라나고
> 울타리는 막우 자빠트려 노코
> 오라고 오라고 오라고만 그러면
>
> 사랑 사랑의 석류꽃 낭기 낭기
> 하누바람 이랑 별이 모두 우습네요
> 풋풋한 산노루떼 언덕마다 한 마리씩
>
> 구비 강물은 서천으로 흘러 나려 ……
> 땅에 긴 긴 입마춤은 오오 몸서리친
> 쑥어풀 자근자근 니빨이 허허여케
> 즘생스런 우슴은 달드라 달드라 우름가치
> 달드라.

서정주의 '입마춤'은 <하누바람, 이랑별이 모두 우습>고 <풋풋한 산노루에, 개고리, 머구리들이 함께 있고 (구비 강물은 서천)으로 흐르는 그런 태초의 땅에서 너와 내가 입마춤하는 때였다. <쑥니풀 자근자근 니빨이 허허여케 / 즘생스런 우슴은 천지 만상이 하나로 동기였던 그 시절이었다. 하여 <우슴은> <우름가치 달드라>고 했다.

이러한 원시생명의 건강한 아름다움은 사람과 짐승 가릴 것 없이 순수 성(性)만이 꿈틀거리기도 한다. '소X 한 놈'이 그런 것이다. <그의 집 그 암소의 두 뿔 사이에 봄 진달래 꽃다발을 매어 달고 다니더니 '소 X 한 놈'이라는 소문이 나더니 어느 밤 무슨 어둠발엔지 그 암소하고 둘이서 그만 영영 사라져 버렸다>는 것이다.

서정주의 시가 문법을 무시하면서까지 만물통령이라는 생의 기본문법에 관통하고 있기 때문에 인간이라면 마음 깊은 곳에 숨어있는 그 만물통령에는 다 깊이 공감하게 되므로 그의 시에 마음을 빼앗기고 마는

것이다. 이러한 의미에서 그의 <질마재 신화>는 우주의 신화이고 그의
성은 만물 동근에 바탕한 성이다.

　서정주가 성으로 태고의 깊은 우물물을 솟아 올린다면 곽재구는 깊
디깊은 이 땅의 절망의 우물을 판다.

　① 추석 달빛은 찬데
　　　대인동 골목마다 찬 달빛은 출렁이는데
　　　굳어버린 너의 몸 위에 누가
　　　창녀라고 낙인을 찍겠느냐
　　　누가 한 오리 저주의 그림자를 드리우겠느냐
　　　가까운 고향도 눈에 두고 갈 수 없어서
　　　마음만은 언제나 고향 식구들 생각이 뜨거워서
　　　홀로 들이켠 수면제 가슴 젖어오는데
　　　추석 달빛은 차고 어머니는 웃고
　　　너는 뜬눈으로 달맞이꽃으로
　　　대인동 골목마다 죽어서 살아있는
　　　눈물이 되었구나
　　　　　　　　　　　　　　　　　　　　— '대인동 부르스'

　② 제풀에 쓰러진 아버지가 들것에 실려가고
　　　당직인 도립병원 젊은 의사 선생님은
　　　내 눈을 뒤집고 혀를 차며 백내장이라고 일러주었다.
　　　정신이 든 아버지를 들쳐 메고 오던 밤
　　　갈보들과 별들이 함께 서성이는 거리가 아름다웠다
　　　그날 밤 꿈에 나는 갈보가 되었다
　　　아버지에게 더운 고기밥을 지어 드리고
　　　한쪽 구석에서 사내를 받던 어느 날 밤엔
　　　사내가 되어 돌아온 어머니의 얼굴과도 부딪쳤다.
　　　　　　　　　　　　　　　　　　　　— '대인동 6'

　지난날 '수없이 끝없이 다양하게 절망을 체험한 우리는 위와 같은 시
에 금방 공감한다. 이러한 의미에서 여기서 성은 성(性)이 아니라 분노의

성남이고 역사의 자락에 묻혀 숨쉬는 우리들의 뼈아픈 체험인 것이다.
김지하의 '분씨물어(糞氏物語)'도 그러한 분노의 일종이다.

> 길바닥에 조선 女學生 하나만 보면 얼씨구 좋아라 살판났구나!
> "빠가야롯 죠오셍징!"
> "이 거지 새끼들아"
> 목구멍 터져 피나오게 악쓰며 돈 뺏고 옷 벗기고
> 두들겨 패서 눕혀 놓고 윤간하고 엉덩이에 뺑끼칠하고
> ......
> 치마 벗고, 훈도시 차고, 젖통 내놓고 갓을 쓰고 陰毛 뽑아
> 그 수대로 돌아가며 술 마시고 계집이 사내옷 입고,
> 사내가 계집옷 입고 미치고 초치고 환장해서 춤추고
> 악쓰고 소리치고 아우성치고 물어뜯고 꼬집고
> 할퀴고 치고 차고 패고 밟고 벗기고 주무르고 조지고 올라타고 지지
> 누르고
> 아리랑 아라리요
> ......
>
> 이년이 여기 만지고 저년이 저기 만지고 女大生같은 妓生 아리랑!
> 妓生같은 女大生이 쬬이나!
> 씻겨 주고 닦아주고
> 쓰다듬고 어루만지고
> 비벼 주고 주물러 주고 핥아 주고 빨아주고
> ......
> 드디어 女大生같은 妓生년이 자지를 붙잡고 주물러 주고
> 妓生같은 女大生년이 혓바닥으로 똥구멍을 강력히 핥아주니 골이
> 확- 돌아가 버리면서 "훼훼훼훼, 한국은 모두 내꺼!

신현림은 '자정의 시계'에서 다음과 같은 표현을 한다.

> <가끔 나는 내 머리 속에 든 것의 '8할'은 섹스, 그것이 아닐까......>
> 윤후명의 소설에 밑줄을 그었다. 공감해! 그녀는 뿔처럼 짧게 외쳤
> 다...... 섹스는 인생의 극치입니다. 그걸 죽을 때쯤 알거나 대부분 모

르고 죽습니다.……>

　　　　　　　　　　— 신현림, '자정의 시계'에서

　실제로 이러한 섹스를 진실로 인생의 농담으로 농담보다 훨씬 추악
한 것으로 희롱하는 작가도 있다. 그것은 D. H.로렌스의 말대로 <성의
모독이다> 성의 모독일 뿐 아니라 인생의 모독이고 육체의 모독이고
예술 그 자체에 대한 모독인 것이다.

예술과 외설

예술사에서 가장 많은 시비 가운데 하나가 <외설이냐 예술이냐>이다. 그것은 말 그대로 시비일 뿐 어느 주장도 영원히 이긴 것은 없다. 변하는 시대가 당대의 가치관을 무너뜨리기 때문이다.

지금 우리 사회에도 이 시비는 여전하다. 장정일, 서갑숙 등이 아직 시비의 대상이지만 그것은 이 시대의 시비일 뿐이다. 그 곡직의 판단은 그때그때 그 시대정신이 그 시대의 윤리규범에 맞는 잣대로 판단할 뿐이다. 곽덕준의 작품에는 '10개의 계량기'라는 것이 있다. 여기에는 열 개의 저울이 4, 3, 2, 1의 순으로 3각형 꼴을 이루고 있다. 저울이 저울에 달리고 있는 것이다.

누드화는 고대 그리스시대에는 완벽한 신체적 아름다움으로 추구되었다. 그러나 중세 기독교의 누드는 악마나 마녀로 전락되었고 르네상스시대에는 다시 영광된 신의 피조물로 대접받는다. 이러한 에로티시즘이 예술적인 요소로 보편성을 갖게되는 것은 19 세기말의 에두아르 마네부터 이고 20세기의 피카소에 이르면 뒤틀린 듯 왜곡된 추상누드로 고전적 안목을 전복한다.

작가 D. H. 로렌스는 1928년 이탈리아 피렌체의 한 출판사에서 「채털리부인의 사랑」을 자비로 펴냈다. 이 소설이 1932년에 부분 삭제된 상태로 출판된 이래 곧 금서로 낙인찍히고 미국과 영국에서는 30년 법적 공방이 벌어졌다. 그리고 1960년에 영국 펭귄 출판사에서 무삭제 본으로 출간된다. 여기서 법정공방이란 바로 끝없는 시비이고 그것은 저울이 저울 자신에게 달리는 운명을 상징한다.

1957년에는 외설시비에 휘말린 제임스 조이스의 '율리시즈'와 관련하여 영국 연방 대법원의 판결은 <외설적인 것이란 당대의 사회도덕 기준에 비추어 그 전체적인 주제가 일반인들로 하여금 성적 충동을 불러일으키는 것>이라고 하였다.

여기서 주목되는 것은 역시 <당대의 사회도덕 기준>이라는 말이다. 그러나 당대란 흐르는 강물인 것이다.

그런데 당대에도 살지 못하는 작품이 있다. 그것은 성 표현이 작품 속의 필연성과 관계없는 경우이다. 그것이 외설이 되는 것이다. 우리 나라에서 대부분의 성묘사는 거의가 필연성을 지닌 것이어서 예술성으로 인정되었다. 가령 구효서, 장정일, 박일문, 이인화, 주인석 등이 흔히 성묘사를 하지만 그들 작품은 그 성묘사가 각기 작품 속에 어울려 독자들로 하여금 어색한 불쾌감을 유발하지 않는다. 이러한 필연성에서 벗어난 예는 마광수의 「즐거운 사라」이다. 이 작품에서의 성묘사란 앞 뒤 연결고리(필연성)도 없이 타락한 성적 유희가 이어지고 있기 때문에 심한 혐오감을 유발한다.

이 작품을 염재만이 지적한 것처럼 주인공 사라는 <예사 연애로는 만족하지 못해 자유분방하고도 괴벽스러운 애욕행각을 벌인다. 그녀의 색욕 감각대상이 되는 남성으로는 미술학도, 친구의 기둥서방, 국문학 교수, 또 다른 친구의 약혼남, 또 다른 교수, 또 다른 남학생 등으로 잇따른다. 이 책에서 묘사되는 성애의 장면도 오럴 섹스가 주가 되면서 동성애, 화실섹스, 호텔섹스, 비디오섹스, 카섹스, 그룹섹스, 자위행위 및 비오는 골목안과 교수의 연구실 음행 등으로 환상적·관능적 섹스 행태까지 곁들여진다>(중앙일보, '베스트의 사회학'(1992. 10. 4일자)).

이러한 경향에 대하여 김윤식은 <성에의 관심이 시대나 작가의 위기

의식을 돌파하기 위한 하나의 전략으로서 활용되는 것은 의미 있는 일
이나 단순히 흥미를 끌기 위한 방편으로 성이 표현되고 있다는데 문제
의 심각성이 있다>(중앙일보 같은 일자)고 지적한다.

이상과 같은 필연성이 없는 성묘사는 그 어느 시대의 잣대에도 용납
되지 않는 음란물로 배척될 수밖에 없는 것이다. 이 시대에 배척되고
다음 시대에도 복권될 희망이 희박한 이것을 우리는 외설이라 한다.

비상구
— 김영하

김영하는 한국 전통해학의 비밀을 아는 작가이다. 웃으면서 들어서서 눈물 골짜기를 보고 나오는 한국의 해학, 그 진수를 김영하는 자연스럽게 만들어낸다.

'비상구'도 그 한 예가 된다. 이 작품에서 <비상구>는 여성기이다.

그것은 그 여인에게는 위기를 탈출하는 유일한 비상구이다.

성묘사의 측면으로 보면 이 작품은 전편이 시종여일하게 성으로 뒤덮여 있지만 이것은 등장인물들의 치열한 삶의 전선이므로 성희롱으로는 전혀 생각할 수 없는 작품이다.

> 그 여자애 배꼽 밑에는 화살·문신이 있다. 그걸 새길 때보다는 뱃살이 붙었는지 이제 그 문신은 화살이라기보다는 밧줄 모양이다. 화살촉 부분도 초기의 날카로움을 잊고 끝이 구부러져 버렸다. 그런 화살이라면 아무도 못 죽일 것이다. ……
>
> 야, 넌 허벅지 볼 때마다 무슨 생각이 드냐? 그 중 기억나는 대답은 씨팔, 삼백만원만 있으면, 이었다. 옛 남자를 지우는 가격이 삼백만원이라면 싼 셈이다 ……
>
> — 김영하, '비상구'에서

이상의 농담 같은 그들의 대화 속에는 심각한 그들 나름의 약속과 윤리의식이 숨어 있다. 전 남자의 문신을 새겨놓는 대가로 고액이 지불되었던 것을 알 수 있다. 하여, 그것을 지우는데는 그만큼 변상이 필요한 것이다. 요즈음 사기로, 거짓말로 범벅된 세태를 놓고 보면 비하면 이들은 타락한 세태를 공격하는 게릴라부대이다.

주인공 나는 삐끼이고 그 삐끼가 밤거리 여인과 눈이 맞아 서로 연인 사이가 되었지만 이들의 결속은 서로의 신뢰와 의리로 맺어진다. 이것도 일종의 세태풍자의 풍경이다.

> 내 나이도 올 겨울만 지나면 스물 하나가 된다. 오토바이 타고 장난칠 때도 지났고 삐끼질 할 쌈밥도 아니다. 조직에 들어가서 허리 굽히고 살기도 싫다. 집구석으로 들어가는 건 더 좆같다. 집에 가 봐야 눈칫밥밖에 더 먹나. 괜찮은 년 하나 있으면 살림 차리고 씨팔, 이삿짐이라도 날라볼까. 하루 일당 십만 원이면 뺑이야 치지만 삐끼보다는 낫다.
> 비디오가 끝났다. 암스테르담인지 어딘지에서 찍었다는 거다. 씨팔, 내가 암스테르담인지 뉴욕인지 지들이 그렇다면 그런 줄 알지, 가보기를 했나, 앞으로 가볼 일이 있나. 개새끼들, 어차피 이불 뒤집어쓰고 방안에서 씹질 하는 거, 부산에서 하면 어떻고 암스테르담에서 하면 어떤가. 저런 새끼들 때문에 나라가 이 모양 이 꼴이다. 저런 씹질 비디오도 외국 나가 찍는 새끼들 때문에 아이엠에픈지 뭔지가 됐다는데, 하여간에 좆같다.
>
> — 김영하, '비상구'에서

<나>는 자신의 처지에 대해 회오하고 있을 뿐 아니라 한국인들의 흥청망청이 아이엠에프로 이어졌다는 개탄까지 하는 위인이다.

상대하는 여인 역시 순진하고 진지한 맛에 <나>는 그녀를 사랑한다.

> 보면 볼수록 애가 싸가지도 있고 귀엽다. 어제 바나난 쌔리다가 한 따까리 할 때, 고 기집애 하는 게 아주 깜찍했다. '너넨 직업 윤리도 없나?' 푸푸. 화끈한 데도 있고 다소곳한 데도 있다. 내가 거기 밀자고 하니까 암 소리 없이 치마 내리는 거만 봐도 그렇다. 그만한 여자는

없다. 나라년 같았으면 내 대갈빡에 맥주병이 꽂혔을 거다.

그러나 이러한 유의 상항에 위험과 불행은 언제나 도사리고 있는 것
이다. 하여 서로의 생활전선은 항상 비상계엄하에 있다. 어느 날 여자에
게는 뜻하지 않은 시련이 닥친다.

"외박 나가기 전에 화장이나 고치려고 화장실에 들어갔는데 이 새
끼가 따라왔냐고 그러니까 거기서 하고 싶다는 거야. 어차피 좀 있다
줄 거니까, 거기서 한판 뜨자는 거야.:"
"그래서?"
"그래서 내가 농담으로 기냥 넘기려구 오빠, 여기서 하면 따블 줄
거야? 그랬더니 그러겠다는 거야. 그러니까 씨발 할말이 없더라고. 난
아무리 따블 아니라 따따블을 줘도 업소에선 하기 싫어. 언니들도 있
고 동생들도 있잖아. 애들이 날 뭘로 보겠어. 글구 그러면 거기. 오빠
들도 안 좋아해."
"그래서 어떻게 했는데?"
"내가 그냥 웃으면서, 에이 오빠 여관 가서 해. 내가 서비스 잘 해
줄게, 그랬거든. 그랬더니 이 새끼가 다짜고짜로 달겨드는 거야. 내가
씨팔, 소리라도 지르면 거기 오빠들이 와서 다 해결해줄 텐데, 그러기
가 싫더라구. 그래서 에이 그냥 한번 주자. 글고는 문 닫고 들어갔는
데 이 새끼가 내 치마 밑으로 손을 넣더니, 어, 그러는거야. 그러더니
막 웃는 거야. 씨팔."
그제서야 뭔가 짐작이 오기 시작했다.
"그래서?"
"날더러 재수가 없다는 거야. 뺵이라나. 조금 더 더듬더니, 어 완전
뺵이네, 이러더니 이 새끼가 문 열고 그냥 나가버리는 거야. 좆나 쪼
개면서. 글고는 손을 씻더라고. 뭐 이런 새끼가 다 있나 싶어서 따라
나갔더니 이 새끼가 지 술 마시던 룸으로 들어가는 거야. 나도 따라
갔지. 그랬더니 이 병신 같은 자식이 지랑 술 먹던 인간들한테 그 얘
기를 막 떠드는 거야. 그리고는 지배인님 불러서 외박 나갈 아가씨를
바꿔야겠다는 거야. 당연히 지배인님은 뭐 잘못된 거 있냐고 물었지.
근데 그 새끼가 그 얘길 지배인한테도 또 하는 거야. 이 여자 뺵이라
재수 없어서 못 자겠다고. 좆같은 새끼."

"그래서? 니가 깠구나."

"몰라. 기억 안 나. 나중에 언니들 얘기 들어보니까 내가 썸씽으로 그 새끼 마빡을 깠대. 그렇게 되니까 그 새끼 친구들하고 우리 언니들 하고 난쟁이 났어. 리나 언니도 많이 다쳤어."

"짜부 안 떴어?"

"떴지. 리나 언니가 자기가 책임질 테니까 먼저 빠지라고 해서 나 온거야.……

— 김영하, '비상구'에서

이상과 같은 사건으로 쫓고 복수의 활극은 시작되고 결국 이러한 활극의 전개과정 속에서 작품은 끝이 난다.

<나>는 친구와 합세하여 복수의 살인극을 벌이고 쫓기는 신세로 집에 돌아오자 연인은 상처투성이 싸맨 얼굴로 돼지꿈 이야기를 한다.

"왜 안 자고 있었어?"

"나 돼지꿈 꿨다. 무지하게 많은 돼지들이 꿀꿀거리면서 나한테 오더라."

"내일 복권이나 사."

"꿈 같은 거 믿어?"

여자애가 내 눈을 들여다보며 묻는다.

"아니."

"난 돼지꿈 처음이야. 돈 졸라 벌 건가봐."

"쌍통은 그 찌그러져 가지고 행여 떼돈 벌겠다. 퍼져 잠이나 자."

— 김영하, '비상구'에서

말하자면 이들의 생활전선은 곧 사선(死線)인 것이다. 호구지책을 위한 최소한의 노동이 이들에게는 흔히 화급을 요하는 위험한 능선이기 일수이다. 지금도 이들의 상황은 한쪽은 중상이고 또 한쪽은 보복의 대가로 철창행 직전에 있는 것이다.

이러한 비상구의 실존 속에서 <돼지꿈> 이야기가 껴드는 것은 작가의 기발한 유머감각이다. 이것이 바로 뿌리 있는 해학이라는 것이다.

이 땅에는 너무도 빈번한 불행이 겹쳐왔기 때문에 웃음으로 대응하지 않고는 숨을 돌릴 수 없었다. 하여 <눈물보다 더 단 웃음>이라는 말이 나왔다. 이것은 지난날 처용이 밤늦게 노닐다 돌아와 자리에 보니 가랑이 넷이었고 그것을 보고 '가무이퇴'했더니 '벽사진경'이 왔다는 뿌리와 닿는다. 이것이 바로 김영하가 추출해낸 한국적인 웃음의 비밀인 것이다.

해학은 그 어느 나라의 것이든 비애를 웃지만 같은 비애의 웃음이라도 그 내면 속에는 판이한 경황이 내장돼 있는 것을 볼 수 있다.

김영하의 '엘리베이터에 낀 그 남자는 어떻게 되었나'의 경우에도 아침부터 그날은 왼종일 불운만 연속되지만 그 주인공은 끝내 좌절하는 모습으로 삶의 현장에서 퇴장하는 기색을 보이지는 않는다. 그러면서도 불운이 계속된 그 하루가 독자들을 웃게 만들고 주인공은 신음하는 이중효과로 나타낸다.

D. H. 로렌스에 의하면 <포르노는 성을 욕되게 하고 더러운 것으로 만들려고 한다…… 인간의 육체에 대한 모독이었고 생명력이 충만한 인간 사이의 관계에 대한 모독>이라고 했다.

그러나 김영하의 '비상구'는 육체에 대한, 인간관계에 대한 모독이 아니라 그 관계를 탐색하는 작가의 의도에 기여하고 있는 것이다. 그러니까 김영하는 <성의 문제를 인간성 탐구를 향한 소설의 주제에 봉사시키는데 이용할 뿐이다.*

---

*정종진, 「한국 현대문학의 성표현 방법」, 태학사, 1997. p.29.

거짓말
— 장정일

    장정일의 거짓말은 만만치 않다.

    사람들은 장정일의 작품들에 박수를 치기도 하고 혹은 자끄 라캉이나 프로이트의 이론을 가지고 접근하거나 분석해 보기도 한다. 그러면서 그는 시니피앙만 난무하고 시니피에가 없다고 불평들을 한다. 하긴 <퇴근할 즈음 10시>이었는데 집에 도착하니 <9시 뉴스가 시작> 되더라는 말은 분명 거짓말이다. 실로 그의 거짓말에 독자는 놀아나는 듯도 하지만 나는 그의 거짓말 속에 기묘한 맛의 메시지 같은 시니피에가 있다고 본다. 그는 왜 통사구조까지 파괴할까를 생각해 보아야 한다. 「너에게 나를 보낸다」에서 화자는 꿈의 창작을 믿지 않는 사람들 앞에서 이제는 꿈마저 꿀 수 없는 세상이니 성행위 놀이나 하면서 빈잠을 자려는 것이라 했다.

    세상은 거짓말투성이다. 이 거짓말 세상을 장정일은 거짓말 대포(창작)로 쏘아 파괴시키고 싶은지도 모른다. 재즈와 같이 종잡을 수 없는 세상을 재즈와 같은 음악으로 조롱하고 있는 것이다. 이런 눈치를 채지 못하면 장정일 곁에 가지 말아야 한다.

    그의 거짓말을 잘 눈여겨볼 필요가 있다. 「너에게 나를 보낸다」에서 세 번 나오는 꿈 이야기는 환상 공간에서 그는 무엇인가를 노린다. 거대한 성기. 그 성기는 전봇대보다 크다. 그래서 몸이 성기에 붙어 다닌다. 위정자가 그것을 거세하려 한다. 그 성기는 장갑차와 전투기에 맞서 싸우고 지구를 박살내고 우주를 여행한다. 이런 이야기는 설화에도 있다. 김해 김씨의 시조는 성기가 커서 그것으로 다리를 놓아 백성들에게 봉사했다는 설화가 있다. 그 다리를 건너가던 한 행인의 담배불똥이 성기에 떨어져 그 시조는 상처를 입었다. 그 자국이 지금도 모든 김해 김씨 후손들의 성기에 남아있다고 한다. 조사해 볼 일이다. 그리고 삼국사기를 쓴 김부식은 바른 말 하고 성기를 잘리고도 그래도 <三國史記>라는 역사적인 바른 말을 했다.

장정일이 거짓 세상에 꿈 한 번으로 거짓말을 박살내고자 한 것은 진정한 픽션이다.

> 문명은 사라질 것이다.
> 쿵쾅거리는 전쟁에 의해서가 아니라 소리 없는 침략에 의해,
> 인간의지에 의해서가 아니라
> 자연의 의지에 의해
> 문명은 일소될 것이다.
> ······
>
> — 장정일, '물에 잠기다'에서

이러한 부분에서도 그의 예술 인식은 다른 차원에 있다는 것을 알 수 있다. 그는 불우한 어린 시절 수많은 책을 읽었다고 한다. 나이는 젊었어도 독서가 나이든 사람을 훨씬 능가했다면 그는 나이든 사람의 겉멋으로 위풍당당한 것보다 훨씬 위풍당당하다.

> 이놈의 시는 / 왜 이다지도 애를 먹인담. 나는 / 테크놀로지와 자연에 대한 현대인의 / 갈등을 추적해 보고 싶다. 종이를 새로 / 나는 테크놀로지 이용에 대한 이율배반의 / 모순성을 갈파하고자 한다. 즉 테크놀로지를 이용할 / 때의 편리성, 그로 인해 그것에 종속되어 가는 /

현대인들을. 그리고 덧붙여, 테크놀로지에 / 노예화됨으로써 테크놀로지를 이용할 수 없는 / 자연적인 상황에 부딪혔을 때 보이는 현대인의 / 초조한 반응을 묘사하고 싶었다. 어떻게 될까? / 그런 상황 앞에서 비로소 테크놀로지의 불편함을 / 느끼기도 하겠고, 도리어 테크놀로지화 되지 않은 / 자연에 대해 신경질 부릴 수도 있겠지. /

　　　　　　　　　　　　　　　— '길 안에서의 택시 잡기'에서

<테크놀로지>를 저주하면서 또 그 <테크놀로지>가 없다면 얼마나 불편할까 생각하는 인간군상. <테크놀로지>의 노예가 된 인간군은 다른 대책이 없다. 이런 구제불능의 인간을 그려가자니 노예냐 해방이냐의 갈등에서 시인의 시 쓰기는 심히 난감해질 것이다. 이런 허튼 소리 같은 시를 쓰고 있어도 사람들은 이 젊은이를 무시하지 못한다. 그는 이미 세상을 기호로 많이 체험한 후의 뒷소리를 하고 있기 때문이다.

장정일은 실로 기발한 작가이다. 그의 희곡 '어머니'에는 감방 속의 죄수가 꿈에 어머니 뱃속에 들어갔다가 죄를 벗고 나온다. 이러한 장정일이 창작에서 흔히 성을 이야기하는 것은 그것도 대담하게 표출해 내는 것은 그 까발린 성 속에서 거짓 없는 진정한 인간을 찾아보자는 것이 아닐까 생각해 본다.

장정일은 '텅빈 껍질'이라는 시에서 <사랑만 유일한 희망>이라고 노래한다.

영화 <거짓말>을 생각해 보자.

이 영화는 개봉되기 전에 여러 가지 구설수와 논란 때문에 관중의 호기심은 한층 고조되었었다. 그것도 상영 중단에서 조건부 상영이라서 관심은 더욱 컸다.

그러나 막상 뚜껑을 열고 보니 기대와는 달리 비판의 소리가 예상 밖으로 높았다. 섹스 장면의 반복 외에 별다른 의미도 볼 맛도 없다는 것이다. 그리고 이런 저런 사연 때문에 또 상영 중단사태에 이르렀다.

실제로 그 영화는 소박한 관중을 실망시킬 수밖에 없었다. 비교적 전문가의 눈을 가진 구성애(성 문제 전문가)까지 <시간 낭비, 에너지 낭

비>이고 <때리고 맞고>하는 것을 누가 좋아하겠냐는 것이다.

그러나 '때리고 맞고'하는 것은 가학과 피학이라는 심층 심리학적인 처지에서 보면 반드시 장난이 아닌 것이다.

그 「거짓말」의 두 줄기 반복이 성행위와 때리기뿐이었지만 그것을 인간심리·탐색이라는 입장에서 보면 인간성 파악에 대한 또 하나의 문제 제기라 할 수도 있는 것이다.

장선우 감독이 주장하듯이 그는 기존의 파괴와 색다른 구성을 시도한 것이다. 장선우 감독의 저력으로 <꽃잎>이나 <나쁜영화>의 여러 작품의 성과에 비추어 볼 때 그의 시도는 한 번쯤 믿어 볼만도 하지 않을 까.

이상과 같은 담당 감독의 소리에 원작자 장정일의 예술감각을 계산해보면 장정일의 전위적인 예술의식은 결코 외설이나 포르노 바닥에 그를 눕힐 수는 없을 것이다.

즐거운 사라?
— 마광수

그러나 마광수는 또 다르다. 마광수는 전통의 파괴뿐 아니라 보편적 가치관에 함부로 도전하고 허문다. 그 동안 마광수는 빛나는 담론도 많이 발표하였다. 그러나 우리가 기존의 고정관념에서 탈피하여 새 시대 새 술에 맞는 새 부대를 간절히 바라지만, 그 어느 시대에도 허용되지 않는 보편적 인간정서를 묵살하고 공격하는 것은 전위도 프론티어도 아닌 만용에 불과한 것이다.

솔직히 말해서 나는 내가 '나이값'을 하지 못하고 있는 것을 퍽이나 다행스럽게 여기고 있다. 만일 내가 나이값에 걸맞는 삶을 살아왔더라면 진작에 자식을 가진 아버지가 되었어야 했을 것이고, 늦은 나이에 야한 내용의 글, 아니 가식적 교훈이 배제된 내용의 글을 쓰려고 애쓸 수도 없었을 것이기 때문이다.

— '나이값' 중에서

<나이값>을 못하고 어린 순수를 지킨다면 좋다. 되바라진 세상에 천진한 순수는 세상을 맑게 하는 부활의 요소가 되는 것이다. 다른 것은 몰라도 '즐거운 사라' 정도는 <작가값> 이전에 성의 모독이고 육체의 모독이다.

그날 밤 나는 한지섭과 내 방 침대에서 같이 뒹굴었다. 모든 것이 지극히 자연스럽고 자유로웠다. 그는 먹고 싶을 때 먹고, 마시고 싶을 때 마시고, 만지고 싶을 때 만지고, 핥고 싶을 때 핥았다. 그와 나는 진정 '한 쌍의 귀여운 바퀴벌레' 같았다.

그는 나보고 자기를 '당신'이라고 불러달라고 했으면서도, 갑자기 선생의 모습으로 돌아가기도 했다. 남편같이 굴기도 하다가 갑자기 어린 아들로 돌변하기도 했다. 무척이나 헛갈리고 있는 남자인 것만은 분명한데, 그게 도무지 믿지가 않았다. 그는 새디스트가 되기도 하고 매저키스트가 되기도 했다. 그는 특히 내 긴 손톱으로 자기의 페니스를 갉작거리게 하는 것을 좋아했다. 그러는 동안 그는 긴 손가락으로 나의 음부를 사정없이 쑤셔대는 것이었다.

나는 그날 밤 예전에 하던 버릇대로 실컷 빨아주고 핥아주고 비벼주고 나서, 결국에 가서는 아무래도 그것만으론 허전해서 인터코스를 해달라고 졸랐다. 그러나 그는 그것만은 정말로 하기 싫다는 표정을 했다. 그래서 나는, 이 사람도 역시 김철처럼 삽입에는 자신이 없는 남자로구나, 하는 생각이 들었다. 나는 잠시 착잡한 심정에 빠져들지 않을 수 없었다.

그가 너무 제멋대로인 데다가 그와 나 사이가 자꾸 주종관계처럼 돼가고 있는 것 같아, 나는 쬐끔 심술이 났다. 그래서 나는 악착같이 그에게 인터코스를 해달라고 졸랐다. 그가 열등감 때문에 열쩍어 하는 모습을 기어코 보고 싶었다. 그러자 한지섭은 이렇게 말하는 것이었다.

"너무 빨리 달아오르는 건 싫은데 ……. 지금 우리는 속도가 너무 빠른 것 같애. 그래서 금방 식어 버릴까봐 두려워. 너는 내가 오랫동안 찾아 헤맨 끝에 찾아낸 진짜 좋은 '먹이'란 말야. 그러니까 될 수 있는 대로 천천히 음미해 가면서 오래 씹어 먹어야 맛이 있지. 사라는 지금 나를 가지고 이것저것 성능 실험을 해보려고 드는 건 아니겠지? 제발 그러지 말아 줘, 사라. 난 건방진 여자는 무조건 싫어. 나는 너하고 헤어지고 싶지 않단 말야."

그래도 내가 계속 졸라댔더니 그는 결국 우리 두 사람이 살을 섞는 것을 허락해 주었다. 나는 꼴깍꼴깍 군침을 삼켜가며 그의 심볼을 내 살 속으로 받아들였다.

그는 마치 불감증 환자 같아 보였다. 전혀 흥분하는 빛을 보이지도

않았고, 흠흠흠 쉬어 빠진 신음소리 같은 것도 내지 않았다. 조루증하
고는 아주 거리가 먼 사람 같았다. 페니스가 한도 끝도 없이 계속 발
기된 상태로 있었다. '지루증'이라는 병명을 어느 책에선가 본 기억이
있는데, 혹시 지루증 환자는 아닐까 하는 생각이 들 정도였다.

　　한찬 만에야 그는 조금 흥분된 빛을 보이는 듯하더니,

　　"아이 신경질 나! 이게 무슨 재미가 있냐. 꼭 끝까지 가야 하겠어?
넌 참 버릇이 나쁘게 들었구나."

　　하고 말하며 페니스를 쏙 뽑아버린다. 나는 그가 더럽게 건방지다
고 생각했다. 하지만 그의 뻔뻔스런 기세에 눌려, 내가 마치 죄진 사
람처럼 무안해지는 것을 어쩔 수 없었다.

　　"역시 오랄 섹스가 쬐끔 더 낫지. 빨리 빨아라, 빨아!"

　　그가 갑자기 킬킬킬 웃어가며 이렇게 명령했다.

— '즐거운 사라'에서

　　이상과 같은 부분은 성과 육체 뿐 아니라 예술 전체가 학살당하는 꼴
이다.

　　마광수는 〈제발 제발 상상력의 자유를 달라〉고 외친다. 그러나 그
상상이 혼자 하는 것이면 누가 그 자유를 방해할 수 있는가 꿈도 혼자
꾸듯이 상상도 혼자 할 수 있다. 그러나 그것이 왜곡된 채 지성의 이름
으로, 작가의 이름으로 예술이라는 보자기에 싸서 세상에 펼친다면 그
상상은 사회를 어지럽힌다. 돌을 던지는 꼴이다. 그리고 큰 상처를 낸
다.

　　육체의 손상만 상처가 아니다. 보편적 기본정서를 짓밟고 성스러운
성(性)을 마구 희롱하는 대상으로 삼는다면 사람들의 기분은 심히 손상
된다.

　　세상에는 성애의 작품이 얼마든지 있다. 사드의 소설로부터, 「채털리
부인의 사랑」, 「북회귀선」, 「푸른 하늘엔 캔디가 없다」, 「로리타」, 그리
고 우리 나라에서도 젊은 작가들 ― 장정일을 비롯하여 수많은 시인,
작가들이 성을 표현하지만 대부분이 주제와 연관된 인간탐구이고 필연
성에서 야기된다. 그러나 음란한 장난을 일삼은 것은 외설이고 그런 외

설은 어느 시대에도 용납되지 않을 것이다.

> 요즈음 내가 늙어간다는 것이 좀 겁이 나기도 하고, 아직도 철부지 어린애처럼 칭얼칭얼 사랑 얘기만 하고 있다는 것이 조금 창피하게 느껴지기도 한다. 하지만 어쩐지 내가 영원한 철부지 소년으로 머물고 말 것 같은 예감이 들어, 이른바 의젓하고 늠름한 인물이 되는 건 단념하기로 했다.
> 나는 오직 솔직한 '순간의 연소'만을 위해서 살아가려고 한다. 될 수 있는 한 나는 학교에서 학생들에게 좋은 선생이기보다는 좋은 친구이고 싶고, 문학은 물론 다양한 예술 장르를 통해 남의 눈치를 보지 않고 이런저런 가지각색의 똥을 누는 '푸근한 배설꾼'이고 싶다.
>
> — '나의 길' 중에서

'나의 길'에서 마광수는 <나는 오직 순간의 연소만을 위해서 살아가려고 한다>고 했다. 순간은 영원과 통한다. 그 순간이 이어져 영원을 이루는 것이다. 그러나 순간들의 점점이 지리멸렬하게 혐오스런 파편들로 이루어진다면 모든 시간과 인간사와 존재의 허망을 가져온다. <선생보다는 친구>가 되려는 것도 아름다운 이야기이고 <똥을 누는 배설꾼>이 되겠다는 것도 고답적이고 경직된 사회를 유연하게 한다는 의미로 해석하면 좋다. 바흐친의 카니발 이론처럼 부자가 가난뱅이가 되어보고 인간이 신이 되어보고 선생이 학생처로 서로 바꾸어 <역지사지>를 해보는 것은 좋다. 그러나 마광수의 행각은 그것이 아니다.

> 문학이란 무엇인가. 문학은 한마디로 말해 '상상력의 모험'이며 '금지된 것에 대한 도전'이다. 문학은 도덕적 설교가 아니고 당대(當代)의 가치관에 순응하는 계몽서도 아니다. 문학은 언제나 기성 도덕에 대한 도전이어야 하고, 기존의 가치체계에 대한 '창조적 불복종'이요, '창조적 반항'이어야 한다.
> 그런 의미에서 볼 때 카뮈가 말한 문학적 명제는 뜻깊다. 카뮈는 "나는 반항한다. 고로 나는 존재한다. 그러므로 나는 외롭다"고 말했다. 참된 문학은 당세풍(當世風)의 기득권 윤리에 대한 반발이므로 창

조적 문학인은 당연히 외로운 수밖에 없는 것이다.

이른바 '명작'이라고 불리는 작품들 가운데는 그 작품이 갖고 있는 구성이나 문체의 완벽성보다도 오히려 창작자의 집필의도 가운데 내포돼 있는 '참신한 도전성' 때문에 뒤에 가서 명작으로 불리게 된 것이 더 많다. 입센의 「인형의 집」이나 D. H. 로렌스의 소설들, 또는 에밀 졸라의 작품들이나 오스카 와일드의 작품들이 대표적 예라고 할 수 있다.

그러므로 우리는 '명작'을 이른바 '작품의 품격'과 결부시켜 생각하는 잘못된 시각을 교정해야 한다. '창조적 반항'은 당대엔 언제나 경박해 보이기 쉽고 거칠어 보이게 마련이기 때문이다.

— '문학에 대하여' 중에서

<문학은 상상력의 모험>이고 <금지된 것에 대한 도전>이고 기성 도덕에 대한 도전이라는 말도 맞는 말이다. 카뮈가 <나는 반항한다. 그러므로 나는 존재한다>고 말했다. 그러나 그의 실존주의는 부조리한 세상, 불확실한 세상으로 인간과 우주의 이반상태 자체가 부조리하다 하여 분열하는 모습을 그린 것이지 성스러운 성을 이놈이 따먹고 저놈이 따먹고 여기서 하고 저기서 하는 개 같은 장난으로 예술과 세상을 분열시키고 카오스로 만드는 그런 처지가 아니다. 그래서 카뮈는 외롭지 않다.

어머니가 죽었는데 오늘인지 어제인지 불확실하고 사람을 죽였는데 태양 때문이라는 이 어처구니없는 부조리를 카뮈가 찍어낼 수밖에 없었기에 그는 고독한 것이고 그의 고독은 전후 현대인의 고독 그것이었다.

입센이나 D. H. 로렌스, 에밀 졸라, 오스카 와일드 등의 <창조적 반항>도 경박해 보인다는 아전인수의 오해를 하면 안 된다. 그들은 전위적인 예술로 신선한 충격을 주었지 타락한 행태로 혐오감을 주는 위인들이 아니었다. 연애를 <관능적 경탄>으로 시작한다는 말도 전혀 터무니없는 말은 아니다.

그러나 마광수의 전후 사정을 살피고 보면 사랑을 육체의 경탄에서

시작해야 한다는 것도 영원히 인정받기 어려운 독단이다. 아무리 독창
적인 생각과 창작도 그것이 독자들 앞에 닿았을 때 공감할 때 새 생명
으로 빛나는 것이다.

　'미의 민주주의'를 논하고 '문학에 대하여'를 논하고 '연애'를 이야기
하고 '행복'론을 펼쳐도 그것이 공감될 때 건전한 화두로 행복론으로
값한다.

　'육체에 바탕을 둔 정신', '관능적인 사랑의 체질화' 이런 주장을 이
시대 전위적인 예술가의 함성으로 착각하지 말기 바란다.

　우리 사회의 한 작가로 살면서 더구나 젊은이들의 캠퍼스에서 연구
실에서 강의실에서 이런 기괴한 담론을 역설한다면 우리를 너무도 슬프
게 하는 것이다.

21세기 예술의 전략

뛰어넘기(소설) —보르헤스
길찾기(시) —김춘수 · 이승훈
어울리기(그림) —이중섭
담장 허물기(수필) —김현 · 김윤식
물 위의 글보기(비평)

21세기 예술의 전략

오늘날의 유전공학은 오분전에도 없었던 새로운 생명체를 만들어낸
다. 2010년쯤되면 <뇌의 암호가 해독되어 뇌가 어떻게 작동하는지 밝혀
지고 따라서 인간의 마음과의 직접 커뮤니케이션이 가능해진다>(미국
맥밀란 출판사에서 펴낸 「미래사전」 Encyclopedia of the Future)고 한
다. 오늘날 과학은 이런 경지에까지 이르렀다. 이러한 인간의 능력은 따
지고 보면 대부분 상상력에 기인한다. 예술의 세계도 바로 이 상상력에
서 비롯된다.

노발리스가 <시인은 상상력으로 오성(悟性)의 한계를 벗어날 수 있
다.>고 한 말이라든가 보들레르가 <예술가는 상상력으로 세계를 변형
시킨다>고 한 것도 같은 맥락에서 나온 말이다. 더구나 우리가 당도한
새 천년은 그야말로 별유천지가 되어가고 있다. 다원화하고 다채찬란하
면서도 가공할 각종 풍광을 매일 같이 TV나 그 외의 정보매체로 전달
해 주고 있다. 이처럼 초고속으로 대량으로 화려하게 프로그래밍 되고
있는 이 시대에 예술도 특단의 혁신이 요구된다.

인간은 원래가 신비에 쌓인 동물이어서 마음 자리 구석구석에, 그리
고 기분의 갈피갈피에 비밀이 있고 뉘앙스가 있을 뿐 아니라 역사와 생
활체험이 감당해 온 추억과 미래의 꿈, 오늘의 번뇌 등으로 무궁무진한

화제거리를 가지게 된다. 더구나 세상은 점점 넓어지면서 좁아져가고 매일같이 신기한 새 것으로 채워져 가는지라 들을 것도 볼거리도 넘쳐난다. 그러나 알고 보면 거창한 역사나 사건의 무대보다도 지극히 사소한 일상 속에 인간의 혜안을 열게 하고 놀랍고 심오하고 심각하며 환희에 찬 극적인 사건도 얼마든지 있는 것이다.

더구나 예술이 픽션일 바에야 단축되고 축소되고 함축된 이야기로 대하를 제압할 수 있다면 그것이 얼마나 시간과 정력의 절약이고 효과의 극대화가 되겠는가.

뛰어넘기(소설) ― 보르헤스

오늘 우리 독서계에 환상적 리얼리즘으로 우상처럼 나타난 보르헤스의 소설은 기나긴 사연을 짧게 줄여 기지의 섬광을 보여준다.

신의 존재 여부는 수백년 수천년에 걸쳐 수많은 논객들의 담론으로 이어져 오고 있는데 보르헤스는 '새의 숫자와 관련된 논증'이라는 반페이지 분량의 꽁트로 간단히 처리한다.

> 나는 내가 몇 마리의 새를 보았는지 모른다. 그렇다면 새들의 숫자는 확정적인 것일까? 이 문제는 신의 존재 여부와 관계가 있다. 만일 신이 존재한다면 새들의 숫자는 확정적이다. 왜냐하면 신은 내가 몇 마리의 새를 보았는지 알고 있기 때문이다 … 나는 열 마리 안에서 한 마리 이상의 새를 보았지만 … 그것은 9, 8, 7, 6, 5등의 숫자를 본 게 아니다. 이 전체적인 숫자는 인식이 불가능하다. 그러므로 신은 존재한다.
>
> ― 보르헤스, '새의 숫자와 관련한 논증'에서

인간에게는 미지수가 너무 많다. 그 속에는 인간이 모르는 확실한 숫자가 있다. 그것을 신은 앎으로 신은 존재한다는 것이다.

그는 이렇게 황당한 논법으로 지식의 새로운 지층을 연다. 그의 소설

논법은 얼핏 황당하지만 터무니 없는 것도 아니어서 이러한 보르헤스를 <유사 고고학적 환상과 사실주의>라고도 한다.

인생사는 윤회한다든가 반복한다는 말을 수 천년 불교설법이 가르치고 수많은 철학적 담론이 주장했는데 그는 이런 장황한 거대담론을 '케네디를 추모하며'라는 한 페이지 꽁트로 처리한다.

소위 <피타고라스적 윤회>(피타고라스는 영혼은 죽지 않고 다른 형상을 가지고 계속 태어난다고 믿었다)라는 말을 구체화하여 우루과이 대통령을 쏜 총탄은 링컨을 쏜 총탄이고 그것이 <셰익스피어 희곡>의 대사를 통해 시저의 암살자인 브루투스로 변했다고 말한다.

이처럼 환상으로 매혹적인 집을 짓는 그에게 많은 독자들이 몰려드는 것은 결국 인간은 절망적인 현실에서 탈출하고자 하는 환상이 그립기 때문이다.

길찾기(시) ─ 김춘수, 이승훈

오규원 왈 '말'은 인간이 주인이지만 자기가 만든 말이라고 함부로 세계를 규명하고 독단할 수 없다는 것. 그래서 오규원은 은유를 중심축으로 했던 종래의 자기 생각을 환유로 중심축을 바꾸어갔다고 했다. 말하자면 개념화 관념화하는 은유를 삼가고 <날(生) 이미지>로 언제나 살아서 변할 수 있는 이미지를 중요한 것으로 본다는 것이다.

자기 말(詩)의 무한한 힘과 둔갑술만 믿고 낯선 깊은 산 속으로 들어섰다가 한 때 길을 잃은 김춘수 시인의 이야기를 생각해 보자. 이 이야기는 그의 시 '꽃'에서부터 찾아야 한다. 김춘수의 시 '꽃'은 많은 이들의 애송시였다. <내가 그의 이름을 불러주기 전에는 그는 다만 하나의 몸짓에 지나지 않았다. / 내가 그의 이름을 불러주었을 때 / 그는 나에게 와서 꽃이 되었다. / 그에게로 가서 나도 그의 꽃이 되고 싶다.> 그런데 김춘수는 이 아름다운 의미의 시는 시가 아니라는 자각에 이른다. 꽃과 같은 관념시는 시가 아니고, 시는 사상이나 철학으로 응고되기 이전의 존재라는 것이다. 그래서 이미지도 버리고 존재의 모습 그대로의 <무의미> 시를 쓰고자 다음과 같이 노래한다. <불러다오 / 멕시코는 어디 있는가 / 사바다는 사바다, 멕시코는 어디 있는가 / 사바다의 누이는 어디 있는가 / 말더듬이 일자무식(一字無識) 사바다는 사바다 / 멕시코는 어디 있는가 / 사바다의 누이는 어디 있는가 / 불러다오 / 멕시코 옥수수는 어디 있는가〉「처용단장, 2부중」

이상과 같이 리듬만 있는 주문(呪文)같은 시로 헤매다가 그는 길을 잃고 결국 처용단장 연작은 중단된다는 말을 이승훈이 어느 글에서 소개했다. 그런데 김춘수의 순수시(無意味詩)에 매혹된 이승훈은 순수시라는 미로에 빠진 김춘수의 경우를 잘 알면서도 그는 이 무의미시의 연장선상에 선다.

이승훈. 그는 왜 굳이 <비대상>을 찾았을까.

이승훈이 말하는 <비대상>은 <실존적 각성이 상기하는 의식의 운동>, 바로 그것이라고 한다. 그는 환상을 통한 일종의 초월을 꿈꾼다. 이러한 자기 자신을 천사와 밤새 싸워 이긴 야곱에 비유한다. 아니 고흐의 그림 천사와 싸우는 야곱에서 이승훈은 끝까지 환상이라는 비대상을 찾아 답답한 현실에서 초월할 수 있는 새 지평을 열었다고 했다.

그는 비대상 시를 계속했다. 이러한 이승훈이 시로 '문학'을 생각해 본다.

문학은 노엽다
너마저 사라진 언덕에서
누구를 사랑하기에

꽃잎은 피는가
꽃잎은 번쩍이는 내일인가
어디고 고요한 언덕은 없는데

하아얀 원고지 쌀과 석유
온갖 괴롬 끌어안고
언덕에 서면

밤이 대낮이고 대낮이 한밤인
고통만 싱싱할 뿐
누구를 위하여
떠오르는 바다만 싱싱할 뿐

공포로 빛나는 시간아
괴물과 인간의 싸움아
허나 아직 오지 않은

희망은 바다를 적시며
언덕을 일으켜 세운다
언제나 언제나
노엽고 서러운 문학은

— 이승훈, '문학' 전문

시로 펼친 그의 '문학'론에 나타난 바와 같이 문학을 하고 시를 쓴다
는 것은 더구나 비대상의 시를 쓴다는 것은 카오스 속에 던져지는 고독
이고 고뇌인 것이다. 이러한 암담함 속에서 무신론자인 그는 <실존신
학>이라는 영혼의 깊이에까지 닿는다.

<나의 시 쓰기는 자아 찾기>라고 고백한 것을 보면 그는 이상과 같
은 비대상시에서 진정한 자아와 세상을 찾아보려 했을 것이다. 보르헤
스도 거울을 통한 자기 성찰 이론을 펼치지만 시란 결국 미로에서 길을
찾는 작업일 것이다.

어울리기(그림) — 이중섭

<섶섬이 보이는 풍경>에서부터 <서귀포의 환상> <물고기와 노는

아이들>, 물고기나 새들과 어울린 가족들, 불끈 힘을 쓰고 있는 황소들 <소와 새와 게> <달과 까마귀> <복사꽃이 핀 마을> <봄의 어린이> <해와 아이들> <닭과 게> 등 하나같이 천진한 풍경이다. 그 중에서도 가장 많은 것이 발가숭이 아이들이다. 그 아이들은 또 하나같이 게나 물고기, 까마귀, 닭들과 어울려 있다. 한마디로 선악과 이전의 에덴동산 이다. 이중섭이 아이들을 얼마나 좋아했는지, 또 아이들은 동물들을 얼마나 사랑했는지, 어린이가 물고기를 안고 게를 타고 있다. 게다가 재미 있는 <옛이야기>도 곁들인다. 상투를 틀고 앉은 노인 앞에는 사슴, 학 등의 십장생들이 마치 벗은 노인의 늘어진 성기를 구경하듯 함께 어울 려 있다.

아니, 그토록 가난했던 이중섭이, 그렇게도 외롭게 겨우 40을 살다간 이중섭이 어찌 그리도 익살스럽게 붓질을 했는지, 웃음은 포용력에서 나오고 특히 해학은 연민의 정에서 분출하는데 그토록 많은 짐승들을 거느리면서 감싸고 있으니 신기하기만 하다.

로빈슨 크루소는 무인도에 혼자 떨어져 살면서 앵무새나 고양이 개 를 상대로 성서를 읽어준다. 나는 여기서 이 풍경을 그린 작가 다니엘 디포를 생각해본다. 짐승에게 성경을 읽어준 크루소는 디포의 사랑과 유머의 힘이기 때문이다. 크루소는 우연히 펼쳐든 성경 속에서 <환난날 에 나를 부르라 내가 너를 건지리니>라는 말을 발견한다. 그리고 〈나 는 너희를 버리지 아니하고 너희를 떠나지 아니하리라〉 라는 구절을 읽 는다. 그것은 바로 구원이었다.

이중섭은 <판잣집 골방에서 시루의 콩나물처럼 끼어 살면서도 그렸 고, 부두에서 짐을 부리다 쉬는 참에도 그렸고, 다방 한 구석에 웅크리 고 앉아서도 그렸고, 대포집 목로판에서도 그렸고, 캠버스나 스케치북이 없으니 합판이나 맨 종이, 담뱃갑 은지에도 그렸고, 물감과 붓이 없으니 연필이나 못으로 그렸고, 잘 곳이나 먹을 것이 없어도 그렸고, 외로워도 그렸고, 부산, 제주도, 통영, 진주, 대구, 서울 등을 표랑 전전하면서도 그저 그리고 또 그렸다>(구상, ‘폭마다 애절한 사연과 곡절’)그런 상황

에서 그렇게 혼을 쏟은 그림이 개구리이고 물고기며 수십마리씩이나 되
는 게들이고 까마귀들이니 그의 독특한 사랑법 때문에 이중섭은 오늘
우리들 앞에 부활하였다.

우리는 이 시대에 이중섭의 예술혼과 다시 만나야 한다. 지구의 생태
계가 걷잡을 수 없이 파손되고 상해가는 이 시대에 - 생태계의 남획자이
고 폭력범이고 파렴치한 인간군상은 이중섭의 갤러리에서 모자를 벗고
들어서 보아야 한다. 그리고 거기서 온 지구가족이 일가권속이 되어 푸
른 들판이나 좁은 골목에서나 하나로 뒹구는 해학적인 모습을 목격해
보아야 한다.

이중섭의 화랑에서는 이처럼 화목하고 천진한 지구가족들이 오늘은
마구 포획되고 탐식되고 잠식당한다. 인간은 그들을 다양하고도 무자비
하게 정복하고 활용한다. 찢고, 먹고, 징발하고 혹은 악담의 보조관념으
로 징발하기도 한다. 실로 이중섭이 즐겨 그린 <소>가 웃는 세상이다.

담장 허물기(수필) ― 김현·김윤식

우리는 흔히 대하는 작품에서 글쓴이의 발가벗은 실존의 숨결이나
그의 영혼이 실려 있지 않은 것을 많이 대한다. 그때 우리는 허상 같은
것에 잠시 머물러 있었다는 허탈함을 느낀다.

수필이든 비평이든 소설이든 상관없이 그렇게 느낄 때가 있다.

더구나 비평같은 글은 객관성이라는 이름으로, 실증성을 담보한다는
명목으로 자신의 영혼이 없는 글을 흔히 쓴다. 이것이 그간의 비평문의
상식처럼 이어져 왔다. 이러한 현상 속에서 요즈음은 '에세이 비평', '에
세이 소설'쪽으로 시선을 돌려보는 새로운 요구가 등장한다. 권성우의 「
비평의 매혹」에서도 그러한 일단을 볼 수 있다.

그렇다면 왜 비평이나 소설이 굳이 에세이에 업혀 나타나기를 요구

하게 되었는가를 먼저 생각해 볼 필요가 있다.

루카치의 말대로 에세이는 <좀처럼 붙잡기 힘든 인간 영혼의 가장 은밀한 곳에 자리잡은 마음의 미세한 풍경>을 그릴 수 있는 장르라고 볼 때 가식으로, 과장으로, 포장으로 넘치는 이 시대에 진솔하고도 진정한 수필적인 글쓰기가 요구된다.

나는 언젠가 작고한 김 현이 프랑스 상징과 시인들에 관해 평설한 글에 매료된 적이 있다. 그 무렵 그의 글이면 무조건 읽는 버릇이 있었다. 그러다가 어느 날 그의 번역문을 읽다가 실망하였다. 거기에는 김 현의 혼이 빠져 있는 탓인지 도무지 감동을 주지 못했다. 역시 누구의 말대로 <번역은 반역이었다>

그러다가 우연히 다음과 같은 김 현의 글을 대하게 되었다.

> 나는 호텔 주인이, 동양인들은 왜 그리 자주 웃는지 모르겠다는 말을 하는 것을 들었다. 나는 서양인들이 너무 착취를 해서, 그 고통을 숨기기 위해 동양인들은 자주 웃는 것이라고 대답했다. 그 순간 섬광처럼 커피의 쓴 맛까지고 달작지근하게 느껴지도록 쓰디쓰게, 후진국 지식인은 불행하게 살게끔 운명지어져 있다는 생각이 내 머릿속에 떠올랐다. 선진국 지식인들에게 지적(知的)으로 강간당하고 그들의 프로파간다에 속아 보편인이라는 환상을 깊게 가슴속에 간직한 후진국 지식인의 불행한 운명……
> ― 김 현 「예술기행」(권성우의 「비평의 매혹」에서 재인용)

이 글은 나에게 만각(晩覺)의 충격이었다. 김 현이 웃음에 관한 돌올한 견해 하나를 불쑥 내놓았기 때문이다.

<동양인이 자주 웃는 것은 서양인들이 너무 착취를 해서 그 고통을 숨기기 위해서>라니, 이야말로 참으로 당돌하고도 놀라운 혜안이었다. 결국 나는 웃음의 양상은 이토록 무궁무진하구나 생각되어 웃음의 순례는 지금부터라고 다시 생각했다.

서양의 어느 선진국을 찾아가 유학한 김 현이 비록 그들의 문화를 보자기에 싸면서도 내심으로 그런 모멸감을 안고 있었다니 진정으로 동양의 지식인이고, 후진국의 예술인이 아니었던가.

김 현이 쓴 <지적 강간>이라는 말은 그 뒤 나에게 새로운 세력으로 새 파장을 일으키기도 했다. 그 말을 강의실에서 인용했더니 어느 영문과 학생이 제출한 리포트에는 나보다 더 충격적인 심회를 기술해 놓았다.

이상과 같은 김 현의 충격적인 발언은 우스개 같지만 실은 영혼과 치열하게 대화해야만 나타날 수 있는 것이다.

김 현과 우정이 깊었던 김윤식 역시 「예술기행」에서 자신의 신앙고백 같은 글을 실어 놓았다.*

특히 김윤식이 <환각>이라는 이름으로 자신의 수많은 글들 가운데에 진정으로 자신을 행복하게 해준 글이 따로 있다는 진술은 섬뜩한 느낌마저 주는 것이었다.

김윤식은 자신이 열정적으로 모색하고 있는 모든 글들은 실은 <환각>에 바쳐지고 있다는 것을 전제하고 <인생이란 과연 무엇이겠는가. 문학이나 학문 또는 예술이란 무엇이겠는가. 한갓 환각을 찾아 헤매는 열정이 아니겠는가>라고 말한다.

그리고 <그 환각은 비현실적이거나 신비하다기보다는 생의 어떤 절대적 심연에 대한 그리움이 투사된 감정의 형태라고 할 수 있다>고 부연한다. 특히 그 고독위에 내리는 행복 속에서 김윤식은 생의 빛을 맞이한다.

중년을 넘어선 한 사나이가 자기 과거를 새삼 돌아보고는 이국의 밤하늘·아파트 잠자리에서 잠을 이루지 못하는 이유와 같은 것. 가슴은 텅비어 있었고, 남는 것이라곤 몇 권의 저서뿐, 그것은 정신이 깃

---

* 이에 대한 자세한 것은 권성우의 「비평의 매혹」을 참고할 필요가 있다.

들인 것도 아니고 추상어의 나열일 것이다.
— 김윤식, '문학과 미술사이'에서

김윤식은 우리나라 비평계를 대표할 정도의 역량을 보였다. 「한국 문
예비평사 서설」이라는 중량감 있는 초기 역저에서부터 수많은 학술적
저서와 평론, 에세이를 써왔다. 이러한 사이에 많은 후진들에게 비평적
예지를 들려주면서 한국문학사에도 기여한 바가 크다. 그런 김윤식이
말한 솔직한 고백은 한 여행객의 여수에 나타난 가벼운 수상쯤으로 보
기에는 진지하다.
더구나 그의 제자인 권성우의 다음과 같은 글을 읽어보면 더욱 그렇
다.

  …… 그는 추상어의 나열인 학문의 세계만으로는 충분히 만족할 수
  가 없었던 민감한 영혼이었던 것입니다. 그는 무엇보다도 자신의 영
  혼이 실린 글을 쓰고 싶었고, 대상이나 풍경을 자신의 마음 안에 고이
  간직하고 싶었던 것입니다. 추상어의 나열이나 공허한 객관적 담론은
  그에게 단지 의무의 차원에서 수행되는 영역이었던 것입니다.
— 권성우, 「비평의 매혹」에서

김윤식과 권성우의 솔직한 심정을 살펴보면 김윤식의 기나긴 논리적
평설보다는 1979년 이후로 계속되는 「황홀경의 사상」(1984), 「작은 생각
의 집짓기」(1985), 「낯선 신을 찾아서」(1988), 「환각을 찾아서」(1992) 등
이 진실로 김윤식의 혼의 내밀한 고백이고 그의 진정한 얼굴이라는 점
이다. 이런 측면에서도 에세이 비평이 갖는 소중한 일면을 느낄 수 있
다.
필자는 교수생활을 하면서 명목상으로는 학생들을 가르치는 처지이
지만 실제로 강의 진행과정에서는 학생들에게 배우는 경우가 많았다는
것을 고백하지 않을 수 없다.
특히 학생들이 그 어떠한 구애도 받지 않고 자유분방한 생각들을 펼

친 글들에서 온갖 감추어진 영혼과 교감해서 짜낸 놀라운 영감을 대할
수 있다. 학생들이 습관이 되어버린 낡은 모럴의식 같은 장애물을 모두
팽개치고 고독한 영혼 깊숙한 곳에서 자기 심령과의 깊은 속삭임으로
길어올린 영감에 찬 글들을 대할 때면 가르치는 스승은 놀라지 않을 수
없다.

나는 학생들 일부가 간직한 비밀을 알기 때문에 그들의 유순한 외형
속에 잠복한 루카치나 카프카를 탐색해 보기 위해 자주 창작시간을 갖
는다. 게다가 자유분방한 낙서를 하라고 지시하면 그들은 형식적인 답
안지 작성시에는 쩔쩔 매면서도 어느새 도스토예프스키가 되고 이상이
되고 다다이스트가 되고 까뮈가 되어 숙였던 고개를 쳐들고 만장의 기
염을 에세이로 펼친다. 그들은 실존의 그림자를 진술하고 정직하고 과
감하게 붙잡아 고백한다. 그 어느 눈치나 도덕률에 살균되지 않고 꺾
이지 않은 그들의 발가벗은 실존의 표백은 평소 설익은 젊음으로 여기
던 교수들을 놀라게 한다. 이러한 경이로움은 시나 소설이나 평론에서
가 아니라 수필 형태의 쟝르를 업고 쓴 글에서 볼 수 있다.

누구나 자기 영혼과 마주하려면 수필 유형의 글을 쓰라고 권하고 싶
다. 그리고 자기 영혼과 만나지 못했으면 수필은 쓰지 말라고 권하고
싶다.

모든 수필이 반드시 영혼의 불꽃으로만 피워올리겠는가마는 단순한
영혼 외에 그 어떠한 분석이나 통찰도 진실로 그의 영혼과 속삭인 뒤의
영감에 찬 것이어야 그 글은 감동적이고 충격을 주게 되는 것이다.(위
에서 본 김현의 경우처럼)

'에세이 비평'에 이어 '에세이 소설'도 제기되고 있다.

온갖 잡다한 주위 환경에서 오롯이 자기를 지키는 고독한 실존의 자
기방에서 추억의 세계를 퇴영하거나 혹은 자신의 현실 속에서 영혼과
교직된, 이야기가 있는 한 편의 드라마는 <에세이 소설>로 승화될 수
있다. 최근의 자전적 소설들이 그것이다.

비평이 <에세이 비평>으로 소설이 <에세이 소설>로 각기 에세이를 업고 나올 때 역으로 에세이는 비평과 소설의 실증성, 과학성, 허구성을 보충하여 <비평 에세이>, <소설 에세이>로 수필 본래의 틀을 더욱 풍요롭게 심화, 확대해 볼 수도 있다고 생각한다.

에세이가 좀 더 적극적인 변화양상을 보이려면 기존 자기틀에 대한 영토 내의 망명자가 되어 볼 수도 있다. 스스로를 패러디하여 <심적 나상(心的 裸像)>이나 <붓 따라 마음 따라>라는 보수적인 틀에 반역한다는 의미에서 적극적으로 소설같은 허구의 집을 지어보기도 하고 비평 같은 예술 행위에 대한 잔소리나 꼬집기 같은 자기 속의 반란(인사이드 아웃사이드)같은 글쓰기를 해볼 수 있다.

소설이 메타픽션(Metafiction)으로 나아가는 마당에 에세이도 메타에세이로 자기 혁명을 해볼 수 있는 것이다. 여기서 에세이의 이와 같은 혁명을 위하여 메타소설이 무엇인가를 말한 영국인 교수 페트리샤 워(Patricia Waugh)의 말을 참고해 보자.

> 메타픽션이라는 용어는, 픽션과 리얼리티 사이의 관계에 의문을 제기하기 위해 스스로가 하나의 인공품임을 의식적, 체계적으로 드러내는 소설 쓰기를 지칭한다. 스스로의 창작방법을 비판하기 위해 그러한 소설 쓰기는 내러티브픽션의 근본적인 구조를 조사할 뿐 아니라, 허구적 문학텍스트의 외부에 있는 실제 세계의 허구성까지도 탐색한다…… 그러므로 메타라는 접두어는 이러한 임의적 언어 체계와 그것이 지시하는 세계 사이의 관계를 탐색하기 위해 필요하다. 픽션의 경우, 그것은 픽션의 창작과 그 픽션의 창작에 대한 진술을 동시에 한다는 것이다. 즉 그 두 과정은 '창작'과 '비평'의 구분을 무너뜨리며 그들을 '해석'과 '해체'의 개념 속으로 혼합시키는 작업을 긴밀히 함께 해나가고 있다.
>
> — 金聖坤, 「포스트모더니즘과 현대미국 소설」에서

위에서 볼 수 있는 바로는 이제 소설은 기존의 소설 틀에서 머물지 않고 존 바스의 말대로 <소설을 쓰는 작가에 대한 또 하나의 이야기>로 이중적 소설 쓰기인 것이다. 이것은 일종의 반성이고 혁명이다.

이처럼 포스트모더니즘의 한 형태로 <메타픽션>이 있는 것처럼 포스트 모더니즘의 한 양상으로 <메타수필>도 가능하지 않을까 생각한다. <메타픽션>이 스스로의 소설 쓰기에 대한 과정의 조사를 해보듯이 에세이도 그러한 자기 반성이나 새로운 인식을 위한 변신을 해볼 수 있는 것이다.

이렇게 되면 소설에서 패러디가 행해지는 것처럼 에세이에서도 그러한 패러디가 가능해질 수 있다. 패러디가 예전 작품의 형태나 스타일을 유지한 채 다른 주제나 내용으로 예전 작품들을 조롱하는 것처럼 수필에 있어 패러디도 하나의 창작인 동시에 비평의 역할까지 맡아 새로운 가능성을 탐색해 볼 만하다. 우리 나라에서 수필은 그들이 오래전의 그 모습을 그대로 이광수나, 이태준이 「문장강화」를 쓸 때의 틀을 고스란히 간직하고 있어 벌써 오래 전부터 진부해지고 싫증이 날 때가 지난 것이다.

위에서 살핀 바와 같이 현대는 경계를 무너뜨리는 시대이다. 시와 소설과 에세이와 비평, 희곡 등이 서로 넘나들고 둘 이상이면서 서로 보태서 하나가 된다. 오늘의 세계도 닫힌 문들을 활짝 열고 서로 트고 열고 산다.

사실 모든 것이 지금은 급변하고 있다. 그리고 불확실한 시대이고 가변적이고 유동적이다. 그래서 소설도 종래의 스토리텔링 기법은 어림 없다. 소멸해 간다. 하여 포스트모던한 이 시대에 그러한 소설은 죽었다고 종언을 고한다. 새로운 이념이나 방법을 찾지 못한 상태에서도 벌써 <고갈>을 느끼고 있는 것이다.

미국 포스트모더니즘의 기수인 존 바스가 <고갈의 문학>을 선언한 것도 바로 이러한 맥락에서였다. 어쨌든 포스트모더니즘의 이 시대에는 리얼리즘이나 모더니즘이 그 어느 쪽도 빛을 잃었다. 극단을 싫어하는 대신 중화와 조화편에 서 있는 것이 포스트모더니즘이다.

양비론(兩非論)도 아니면서 양시론도 아닌 것이다.

다만 에세이가 종래의 에세이 홀로서기를 고집할 필요가 없다는 말이다. 다양화하고 다극화한 시대에 옛날 피리로 옛 곡조만 부는 것은 매력도 생명도 없다. 옛날 피리라면 그 것으로 새 곡조라도 불러야 한다. 새 피리에 새 곡조면 더욱 좋다.

물 위의 글보기(비 평)

어느 글에서 김윤식은 백 철에게 사사건건 간여한다는 의미에서 딜레탕트라고 꼬집어 말한 적이 있다. 아닌게 아니라 김윤식의 「한국 현대 문학 비평사」를 펼쳐보면 백철선생의 비평적 발언은 여러 페이지에 걸쳐 간헐적으로 사사건건 간섭하며 등장한다. 그만큼 백철의 비평세계는 광활했다. 출몰이 빈번한 만큼 그에 대한 비난도 가지가지일 수밖에 없었다. 그 한 예로 이헌구는 백 철의 혼미한 문장의 이론전개를 심하게 공격한다.* 비평가는 같은 비평가사이나 작가들에게 불만의 소리를 듣는다. 여러 가지 이유가 있지만 그 중에는 지적 편견일 때가 그렇다. 특히 비평가의 고정관념은 시력을 떨어뜨린다. 어쨌든 최승호의 <물 위의 글 쓰기>라는 말과 같이 시인이나 작가의 환상이나 기법은 거의 무한대이다.

글자 없이 종이 없이 쓴 시적 분위기, 가령 禪의 세계 같은 경우 활자에 매어 달리고 지식에 구속되고 관념의 노예가 되어 있는 통속적인 비평은 무의미하거나 해독이 된다.

인간은 언어의 한계성 때문에 흔히 탁월한 시인들 중에는 인간이 보장하고 있는 언어 밖에서 자신이 추구하는 세계의 진의에 이르고자 하는 경우를 왕왕 볼 수 있다. T. S 엘리엇은 인간세계의 황야에서 <영혼

---

* 김윤식, 「한국 현대문학 비평사」, p.155

의 내면세계에로>라는, 장미원을 찾기 위해 썼다는 「聖灰水曜日」은 초
월적인 「말씀」에 의지하고 있다.

> 말해지지 않는 말, 들리지 않는 「말씀」은 여전히 있다.
> 말 밖에 있는 말씀, 이 세상안에 있는 그리고 이 세상을 위한 「말
> 씀」이 있다.
>
> — T. S 엘리엇 「聖灰水曜日」에서

　위의 시에는 인간세상의 혼잡하고 유한한 한계상황을 벗어난 진정한
의미의 말은 말해지지 않는 말이라는 것이다. 이것은 다다이즘이 지난
날 거부와 저항의 자세로 언어를 생략한 것과는 다른 것이다. 진정한
말을 말 밖에서, 글줄 사이에서 찾는다는 것은 고도의 논리인 것이다.
　너무 슬프면 울음이 나오지 않고, 이별한 사연이 너무 곡진하면 사설
로 풀어지기보다는 가슴안에서 시어로 감당 할 수 없는 영혼으로 오열
할 것이다.

> 안녕! 내 혼의 무게로 쓰여진 이 시들을 이해하려면
> 너 또한 네 혼의 무게로 잠 못 이루어야지
> 어디, 나와 함께
> 이 낯선 저녁 안개 속을 지나갈까?
> 손잡고서
> 그러나 조심하거라
> 저 나뭇가지 위에 무서운 검은새가 있어
> 너의 눈을 공격할까
> 두려우니
> 이곳은 시인들이 사는 이상한 나라가 아닌가
> 벌레들이 내 시집의 네 귀퉁이를 갉아먹고
> 마는 너의 두꺼운 안경이 무서워
> 아, 무서워
> 신발을 내던지고 모래언덕 너머로 달아나는데
> 너는 어느 별에서 왔길래 그토록

어려운 단어들을 가방 속에 넣고 있니?
머리가 아프겠구나
머리를 식힐 겸
우리 그 별의 이야기를 동무 삼아
더 나아갈 수 없는 곳에 이를 때까지
이 저녁 안개 속을
한번 헤쳐가 볼까?
죽음 너머의 세계를 너는 보았니?
아니다. 너에게는 너만의 세계가 있는 것이겠지
너 또한 시로 표현할 수 없는 그 무엇인가 있겠지
버림받은 어린시절, 그 상처 같은 것
슬픔 또는 허무 같은 것
안녕! 잘 자라, 아가야
　　　　— 류시화, '시를 평론한다는 사람들에게' 전문

　시인의 시에서 이런 시가 나오기까지는 비평적 전횡과 독선이 있었
을 것이다. 소위 현대문학으로 판이 바뀌어지면서 비평가들의 독단적인
자기 지식의 시위와 횡포는 오늘까지 계속되어 오고 있다.
　김윤식이 한국 평론가를 대표할 정도로 그의 평론활동은 왕성하지만
그에게도 천 여의 일실은 있다. 가령 정지용의 신앙시를 거론하는 자리
에서 지용이 신앙적 고뇌보다는 한갓 <시적인 멋> (이승훈, 임영천 등
의 지적)이라고 한 말 외에도 <음악이나 미술의 경우는 즐기는 것이 핵
을 이루고 따라서 그것이 예술적 진리로 되지만 문학은 언어가 갖고 있
는 역사성, 사회성으로 말미암아 인식적 측면이 결코 배제될 수 없다>
(같은 책, p.284) 는 지적도 음악에 대한 홀대로 들린다.
　그리고 김동석의 경우에는 <태준·원조·남천·임화를 문단명부에서
제명 처분한 예술부락의 시인들>을 <꽃다운 호접(호접)>이라고 지칭하
면서 <탁류(한국의 역사)속에서 몸부림치는 물고기를 비웃는 나비들이
여, 두고 보라…> 후회할 것이다 ('탁류의 음악'에서)라고 했지만, 아직
까지는 후회할 일이 생기지 않았다.

여행은 길동무, 세상은 정으로

여행은 길동무, 세상은 정으로
—한·일(韓·日) 동반의 전략

두 나라의 뿌리 찾기

1) 〈柔之勝剛〉(韓國)

한국의 「삼국유사」에는 순리를 강조하는 아름다운 설화가 있다. 백월산 무등곡에 노힐부득(努肹夫得)과 달달박박(怛怛朴朴) 두 청년이 修道를 하고 있었다. 어느 날 아름다운 낭자가 날이 저물어 달달박박이 머물고 있는 암자에 찾아와 하룻밤 쉬어가기를 청하였다. 그러나 달달박박은 <사찰은 청정을 주로 하므로 너는 가까이 할 곳이 아니다. 그러니 지체치 말고 가라>고 했다. 거절당한 낭자는 그 길로 건너편 노힐부득이 머물고 있는 암자에 다시 찾아가 꼭 같은 간청을 했다. 이에 노힐부득은 <이 땅은 부녀가 더럽힐 곳이 아니다. 그러나 중생에게 수순함이 또한 보살행의 하나이다>하면서 그 낭자를 맞이했다. 이러한 사태가 터질 것을 짐작한 달달박박은 <염계>했을 노힐부득을 비웃어주려고 찾아가 보았더니 뜻밖에도 노힐부득은 연대에 앉아 미륵존상으로 성불해 있었다. 노힐부득은 수순하여 순리대로 행한 일이 대승을 가져온 것이다. 이러한 수순의 승리에는 한국인의 깊은 선의 심성과 멋이 숨어있다. 이처럼 한국인은 일찍이 순리대로 살면서 복을 누렸다. 순리는 곧 천도라는 것을 믿고 살았던 것이다.

신라의 처용가에는 처용이 밤늦게 침실에 돌아와 보니 역신이 자기 아내와 동침하고 있었다. 이에 처용은 오히려 가무이퇴(歌舞以退)하여 벽사진경(辟邪進慶)이라는 신비의 복을 얻어낸다.

2) 〈작은 巨人〉(日本)

일본에는 「잇슨보시(一寸法師)」와 「모모타로(桃太郎)」라는 설화가 있다. 이어령 교수는 이것을 <작은 거인>이라고 하면서 다음과 같이 소개한다.

> 바늘이 칼이 되고 공기가 배(舟)가 되며, 젓가락이 노가 되는 그 세계에서는 숨결이 태풍이 되고 작은 물결도 해일이 된다. 그렇다고 잇슨보오시는 개구리의 먹이가 될 만큼 약한 존재가 아니다. 작기 때문에 오히려 거대한 도깨비에게도 들키지 않고 마음대로 공격할 수가 있다. 결국 복숭아에서 나왔다는 모모따로우와 마찬가지로 거대한 도깨비를 물리치고 보물을 빼앗아 오는 작은 거인인 것이다.[1]

위에서 살핀 바와 같이 한민족은 지고도 이기는 역설적인 비밀을 지니고 있다. 그리고 일본은 축소가 확대를 능가한다. 이렇게 보면 양쪽이 다 약한 것이 강한 것을 이기는 역설의 철학을 가지고 있다.[2]

---

1) 이어령, 「축소지향의 日本人」, 기린원, 1987, 27쪽.
2) 「老子道德經」36장에 나오는 <微明>이라는 말은 드러나지 않는 밝은 지혜라는 뜻이다. 군자가 소인을 다루는 방법이라고 말한다. 빼앗고자 하면 먼저 주어야 한다는 논리가 담겨있다. <…柔弱勝剛强. 魚不可脫於淵…>물고기는 물보다 강하지만 물 밖을 뛰어나와서는 살 수 없다.

두 나라의 어제와 오늘

1) 古代의 韓國文化

옛날로 거슬러 올라가면 한민족이 일본문화에 씨를 뿌린 사실이 극명하게 나타난다. 4세기말 오진(應神) 천황 때에 왕인 박사가 백제로부터 일본에 건너와서 「논어(論語)」10권과 「천자문」 1권을 전하고 태자의 사부가 되었다고 한다.[3]

이 무렵 왕인에 앞서서 아치키(阿直岐)가 백제왕의 사자로 와서 태자의 사부가 되고 7세기 중엽 백제가 멸망한 후인 665~669년에는 백제의 왕족을 비롯한 귀족 등 지배계층의 유민이 도래하여 정치에 참여하거나 관리 학자 기술력으로 활약하여 일본사회에 많은 영향을 미쳤다고 한다. 『일본서기』에 의하면 이 기간에만 3000여 명이 망명해 왔고 아스카(飛鳥)문화 개화의 원동력이 되었다고 한다. 이러한 사실을 뒷받침하듯이 일본에서 오랜 세월 연구생활을 한 한국의 김사엽 박사는 「만요슈」을 깊이 연구할수록 한국적 요소가 많이 발견된다고 했다. <일본에 있어서의 토착화된 표기법은 우리 나라에서 건너간 지식인들에 의하여 이미 우리 나라에서 이용되고 있던 여러 가지 방법이 동시에 쓰여진 것으로 보여진다>[4]는 것이다.

---

3) 황인영, 「일본사 여행」, 일본문화 연구센터 간, 1997, p.13
4) 김사엽, 「일본의 萬葉集」, 民音社, 1983, p.265
   그는 다음과 같이 주장한다.
   신라는 7세기 중기에 이르러 숙적이던 백제와 고구려를 멸망시키고 삼국을 통일하여 한반도 전역을 지배하게 되었다. 統三後 神文 孝昭 두 王代에 걸쳐 문물이 가장 창성하였다. 漢詩며 향가도 크게 유행하였다. 이 시대에 일본은 天武·持統의 천황이 통치하였는데 외교정책으로 신라와의 우호를 돈독히한 까닭에 양국간의 왕래는 잦아 신라 像의 도일, 문화적 친선사절의 왕래도 빈번하여 친밀의 도를 더해갔다. 원효대사를 위시한 신라 고승들의 佛經琉 등은 저작됨과 동시에 일본에 전해졌고, 「懷風癌」(日本 最高의 漢詩)에는 <於長

　이상과 같이 진술하는 김사엽 교수는 극구 「만요슈」의 감상에는 한
국어학을 바탕으로 해야만 정당한 해독이 가능하다고 주장한다. 그리고
이영희 교수도 일본 고대가요를 골똘히 찾다가 어느 날 무심히 우리 옛
노래를 들여다보니 신기하게도 그 진상이 일본의 「만요슈(萬葉集)」와
너무도 유사하더라고 했다. 특히 한국의 백제가요 「정읍사」와 「만요슈」
이 그렇다고 했다.[5]

　여기서 보면 상대로 올라갈수록 한 · 일 양국의 문화는 그 뿌리가 거
의 섞여 있다는 것을 알 수 있고 특히 그것이 한국에서 일본으로 유입
되어간 사실을 확인할 수 있다.

　이러한 사실은 한국과 일본은 이미 지정학적으로 그 어느 나라 보다
이웃한 관계로 내왕이 빈번했던 것을 알 수 있다.

　이러한 사실에서 유추해 볼 수 있는 것은 일본 속에 스며든 한국 혼,
그리고 그 한국 혼은 특히 일본의 문화예술 속에 지금도 어느 정도 살
아서 성장하고 있다고 볼 수 있다.

　도요토미 히데요시는 자기가 아끼는 한국산 도자기를 깬, 시중드는
아이의 목을 당장 베려했다는 것은 한국문화에 대한 단순한 취향을 넘
어서고 있다는 것을 알 수 있다.

2) 현대의 〈일본주식회사〉

　옛날에는 중국문명이 대부분 한국을 거쳐 일본으로 흘러들었다. 그러
나 지금은 그와 반대의 입장이 되었다. 분명히 일본은 한국보다 선진한
나라가 되었다.

　최근 우리 주변에는 일본인들이 쓴 한국론을 가끔 볼 수 있다. 그 중

　王宅 宴新羅客〉이라는 題下의 漢詩가 여러 首 보일 뿐 아니라 일본의 正史
　에도 〈新羅客을 宴하다〉라는 가사가 연달아 나타나며, 신라로부터의 渡來人
　의 기사도 등장한다.
5) 李寧熙 〈「萬葉集」/천년의 秘史를 캔다〉(조선일보 연재)에 아래와 같이 原文
　을 소개, 설명한다.

에 모모세 다다시(百瀨 格)가 쓴 <한국이 죽어도 일본을 못 따라잡는 18가지 이유>라는 저작도 그 한 예가 된다.(농담 같은 제목이지만 내용은 설득력이 있어서 고소를 금치 못하는 책) 이 저자의 진술들 속에서 우리를 가장 부럽게 하는 것은 일본인의 협동심인 <일본주식회사>라는 말이다. 일본은 정부, 기업, 국민이 밀접한 관계를 가지고 조화롭게 협력하여 크게 경제성장을 하고 있다는 것이다.

그들의 소위 「일본주식회사」란 정부가 본사이고 각 기업이 支店이라는 구조를 가지면서도 그들 각 기업은 본사의 명령에만 따라 움직이는 것이 아니라 하나의 복합기업과 같다고 했다. 즉, 일본정부는 시장경제 원리를 추구하면서도 일본경제의 자립적 고도성장을 달성하기 위하여 목표산업을 선정하고 그 특정산업을 선정할 때도 산업계를 비롯하여 학계, 금융계의 전문가들과 충분히 협의하여 결정한다고 한다. 그러니까 일본정부는 <일본주식회사>의 경영간부가 되어 일본 전체가 가지고 있는 자원을 자유롭게 동원하고 배분할 수 있고 또 산업활동을 통합 조정하면서 일본 전체를 위한 일본주식회사를 운영해 간다는 것이다.

이러한 <일본주식회사>라는 <정부·기업체·국민>이라는 이 삼위일체의 협동체를 보면 우리의 소위 <정경유착>이라는 악명이 대조적으로 느껴져 부끄럽기 이를 데 없다. <정경유착>, 그 고질병으로 <한보>라는 <단군 이래 최대의 부도>가 있었고 <한보>가 <한국의 보배 아닌 한국 최대의 수치가 되었다>고 지적하는 모모세 다다시의 풍자에는 할말이 없어진다. 이런 지적을 하면서 모모세는 한국의 <콩가루 집안>에 연민의 정을 느끼는 것이 분명했다.

모모세 다다시가 한국의 실정과 실책을 꼬박 꼬박 짚어 가는 가운데 지난 문민정부를 간과하지 않았다. <황태자 김현철>의 구속사태에 까지 이르게된 동기를 지적하면서 그는 김영삼 전 대통령이 <국민과 함께 한 정치>가 아니었다는 것을 말한다.

<인사가 만사>라고 입버릇처럼 말한 YS의 지론이 실제로는 <인사가 망사>가 되었다는 것이다. <국가의 경영은 전쟁이 이긴 장군들의

논공행상이 아니라는 것이다. 특히 김영삼 전 대통령이 연두 기자회견을 할 때 아직 질문이 쇄도하고 있는데 YS는 <이제 그만 합시다>라고 중단을 선언하더라는 비판과 함께 한국의 정치는 <국가 민족의 미래를 향한 비전에 있지 않고 차기 선거를 향한 전략에 의해 좌우된다는 느낌을 받았다는 지적이다.

또 하나의 경청할 그의 지적은 만화에 관한 것이었다. 요즈음 한국에 무진장 들어오고 있는 일본 만화에 대해 한국의 기성인들은 저주하듯이 일본을 미워하지만 <한국에서 유통되는 그것은 한국의 누군가가 번역하여 유통시키고 있지 않느냐>는 것이다. 이런 논리로 책임을 피하려는 그들이 얄밉기는 하지만 따지고 보면 할 말이 없어진다. 대통령이 중대한 인사정책에 개인적인 선심이 개입하는 것이나 남의 만화가 불건전하다는 것을 알면서도 영리의 목적으로 그것을 번역 유통시키는 상술이나 이것은 모두 한국을 위한 한국인은 아닌 것이다6).

---

6) 이케하라 마모루(池原衛)는 「맞아죽을 각오를 하고 쓴 한국, 한국인」에서 다음과 같은 몇 가지 지적을 한다.
  <일본>에서는 뇌물먹고 발각되면 흔히 자살로 그 집단과 비밀을 보호하는데 한국에서는 굴비 두름처럼 줄줄이 묶여가더라.
  사촌이 땅을 사면 배아파한다. 몽골의 침입자나 <임진왜란> 때에는 임금은 이리저리 도망가기 바빴고, 한국전쟁 때에는 이승만 대통령은 자기가 도망간 다음에 한강다리를 폭파하여 수많은 사람이 죽었다.
  한국에서는 <자기돈으로 사업하면 바보다>, <기업은 망해도 기업주는 망하지 않는다>는 말이 유행한다. 이런 풍조가 IMF를 초래했다. 이어서 이케하라는 일본의 상대문명은 한국이 씨를 뿌렸다. (특히 백제의 왕인박사를 비롯한 많은 사람들이 일본에 올 때 문화를 유입했고 그들은 무사가 되어 일본의 황족과 가까워지면서 황족이 되었다. 그리고 주목되는 것은 독도는 분명 한국 것이다. 위치가 한국에 가깝고 지금도 한국이 지키고 있다고 했고 그리고 무엇보다도 관심사는 이케하라(池原)도 모모세(百瀬)도 그들 조상은 한국인이 아닌가 생각한다는 것이다. 이것은 단지 호감을 사기위한 것이 아닌 것 같다. 이케하라(百瀬)는 백제의 후예일 것이라고 했다.

두 나라 기질의 대비

1) 〈수용형〉 김유정

고대에는 우리 문화가 일본 땅에 심어졌고 오늘의 〈일본주식회사〉는 한국의 〈정경유착〉과 대조되지만 이러한 통시적 외형적인 대비에서 조금 더 입체적인 대비를 위해 한·일의 기질이 보이는 일면을 〈웃음〉을 통해 대비해 본다.

임어당은 〈동서양의 해학〉이라는 제하의 특별 강연에서 다음과 같은 말을 했다.

> 〈.....만일 우리가 천사라면 우리는 유머를 따로 필요로 하지 않으며 온종일 찬미가를 부를 것이다. 불행하게도 우리는 천사와 악마 사이의 인간의 조건을 타고 태어났다. 인간의 생활은 슬픔과 비애 어리석음과 좌절로 가득 차 있다. 여기에 인간을 강하게 하는 활력소로서의 유머의 기능이 있다. 그것은 우주적 연민 속에서 나타난다……〉

즉 인간은 숙명적으로 슬픈 사연을 지니고 있기 때문에 유머를 사랑한다는 것이다. 이러한 처지에서는 한국이나 일본이나 다를 바 없다. 웃음에 대한 이러한 정의를 상기하면서 한국에서는 대표적인 유머작가로 김유정을 그리고 일본의 경우는 나쓰메 소세키를 대비해 보겠다. 먼저 김유정의 작품세계를 본다.

콩밭에서 금을 캐겠다고 날뛰는 가난한 〈영식〉(金따는 콩밭)이나 모처럼 얻은 아내를 잃고 허탈하게 서있는 〈덕돌이〉(산골 나그네) 혹은 장인에게 속고 또 속은 〈산골 머슴〉('봄·봄')의 몰골 등 이들은 모두 가련한 처지에 빠져있지만 그러나 그들은 뼈저린 절망의 기색을 보이지 않는다. 그의 작품 '봄·봄'을 보면 나이 열 여섯인 「점순」이와 혼인을 시켜준다고 데려와 일만 시키니 화가 난 머슴과 주인의 공방은 코믹하면서도 비애를 느끼게 한다.

몬순지역에 속한 이 민족이 한재, 홍수 등의 저항할 수 없는 자연의
엄습에 반항보다는 인종과 수용을 배웠고 그것은 어느새 이 민족의 성
격으로 생활태도를 자리잡혀 있다. 인력으로 해결될 수 없을 때 한국인
은 그것을 숙명으로 치부할 줄 알았고 혹은 신령에 기도하면 다소 소원
은 이루어지는 것으로 믿기도 했다. 이 산골 머슴은 '점순'이의 키 크기
를 이렇게 빌고 있다. <「점순이의 키 좀 크게 해 줍소사. 그러며 담엔
떡 갖다놓고 고사드립죠니까」> 이러한 치성은 김유정의 예의 작품 「金
따는 콩밭」에서도 나타나고 있는데 순박한 '영식'은 산신이 거들기만 하
면 그 콩밭에는 金이 난다고 믿는다.

> 밭 가운데다 자리를 펴고 그 위에 시루를 놓았다. 그리고 시루 앞
> 에다 공손하고 정성스레 재배를 커다랗게 한다. 「우리를 살려줍시사
> 산신께서 거들어 주지 않으면 저희는 죽을 밖에 꼼짝 수 없읍니다유.」

그러나 산신은 <영식>을 돌보지 않았고 그래서 '영식'은 밭만 망쳐버
린다. '산골 나그네'의 주인공 <덕돌이>도 가난하여 늦도록 장가도 못
가고 있다가 뒤늦게 요행히 장가가는 행운을 얻었다. 그러나 그 행운은
삽시에 무산된다. 기대와 실망이 한꺼번에 밀려온 거기에 민망스럽고
불쌍하고 바보스러운 데가 있어 웃음이 빚어진다. 하룻밤 사이에 그 신
부는 옷을 싸 가지고 달아난 것이다. <덕돌이>는 징징거리며 하소연하
나 소용이 없다. 이 장면은 <심봉사>가 <뺑덕어미>에게 속은 그 모습
과 궤를 같이 한다.
    일찍이 백철(白鐵)은 김유정의 묘사법이 특이하다고 경탄한 적이 있
지만, 이 작가의 토속적인 인간상은 한국의 전통문학을 짚어 가는 데
특이한 요소로 제시될 수 있다. 우선 그 작자가 등장시키는 인물 대부
분이 가난한 벽촌의 소박한 인간상들이지만, 그 가운데에도 '소나기',
'산골', '산골 나그네', '金따는 콩밭' 등이 특히 짙은 향토색을 지니고 있
다.

이 작가가 등장시키는 거의 모든 인물들은 매품을 팔려는 흥부처럼 우직하고 바보스럽고 남의 조롱거리가 되는 피해자의 입장에 서 있다. 그러나 그들 인물들은 자신의 몰골을 회오하거나 각박한 현장에서 퇴장하는 성미가 아니다.

2) 〈마코도(眞)〉 나쓰메 소세키

김유정에 비해 일본의 '나쓰메 소세키(夏目漱石)'는 일본 명치문단에서 영문학자이고 소설가로서 근대문학의 토대를 닦은 다양한 작가이다. 그에게는 '나는 고양이다'라는 유머러스한 장편도 있지만 '봇짱'도 일본적인 기질을 잘 드러내는 그의 대표작이다.

「봇짱」의 주인공 <나>는 시골학교 수학교사로 처음 부임해 갔다가 주위의 비루한 인간들(동료직원과 학생들)속에 끼어 살 수 없어 그곳을 뿌리치고 인간다운 <기요>(食母)가 살고 있는 고향으로 돌아온다는 내용이다.

<봇짱>이 시골학교 수학 선생으로 초임되어 갔을 때 동료직원들의 온갖 추태와 비인간적인 행태는 봇짱을 참을 수 없게 한다. 더구나 학생들의 비루한 장난에는 견딜 수가 없다. 뎀푸라 한 그릇을 사먹은 이튿날 학교 흑판에는 <뎀푸라 선생>이라고 써있고, <경단>을 사먹은 다음날은 <경단 두 접시칠전>그리고 목욕탕에서 헤엄친 날은 <탕 속에서 헤엄치지 말 것>이라고 써있는 데는 참을 수 없는 분노가 터진다. 그러나 이것도 봉급 <사십원 속에 포함되어있다면 하는 수 없다고>고 자위한다. 이러한 행위의 일단에는 전형적인 섬나라의 담백한 기질이 엿보인다. 그리고 <봇짱>은 비열한 멧돼지(별명)에게 일전 오리의 혜택을 입은 것이 자신을 모욕한 것 같아 이튿날 집을 나설 때부터 손에 일전 오리를 목욕 값처럼 쥐고 오는 위인이다. 이러한 <봇짱>의 기질 가운데에도 다음과 같은 대목은 전형적인 일본인의 표상이다.

엉터리(아첨하고 이기적인 등장인물-筆者註)는 정말 보기 싫다. 이런 자식은 다꾸앙 돌을 매달아서 바다 밑에 가라 앉혀버리는 것이 일본을 위한 일이다.

이러한 골계 속에 챙겨진 그들의 분노에서 우리는 작가 나쓰메 소세키의 기민한 예지를 읽을 수도 있지만, 동시에 그들(日本民族)의 여유 없는 편협성을 유추해볼 수도 있다.

일본의 데라타(寺田彌吉)은 그의 「신일본 철학에의 도」에서 인도가 '환(幻)'의 힘에 -그리고 중국이 '文'의 힘에 의지한다면 서양은 '이(理)'의 힘에 의지한다고 전제하고, 중국이 하나의 변설 혹은 문자를 가지고 백만의 군세를 움직이려 하고 서양은 기계를 가지고 자연을 정복하려 한다면 일본은 <마코도>를 가지고 이에 대비할 수 있다고 <마코도> 제일 명제론을 피력한다.

이러한 데라타의 철학상의 의견이 나쓰메 소세키의 작품 속에서 구체화하고 있는 사실을 다음의 대목으로도 알 수 있다.

> 「이 세상에서 정직한 것이 이기지 않고 그밖에 이길 것이 있나 어디 생각해 보라. 오늘밤으로 이기지 못하면 내일 이긴다. 내일 못 이기면 모레 이긴다. 모레 못 이기면 하숙에서 도시락을 가져다가 이길 때까지 이곳에 있는다.」

이 장면은 짓궂은 학생들이 선생(主人公)이 자는 하숙방에 메뚜기를 집어넣어 <나>(봇쨩)는 골치를 앓고 분이 넘치는 감정을 참고 이를 물고 실토한 대목이다. 그래서 <나>(봇쨩)는 <대체로 중학교 선생이란 아무 데로 가나 이런 것들을 상대로 하는 것이라면 불쌍한 존재>라고 생각하고 <용케도 품절이 안 된다>고 생각하면서 교육도 못 받고 지위도 없는 할멈이지만 인간으로서는 참으로 훌륭하다고 생각하는 <기요>(식모노파)를 그리면서 떠나간다.

에고에서 광장으로

1) 〈샤미센〉과 川端康成

위에서 우리는 두 나라 작가가 제시한 주인공들을 잠시 대비해 보았다. 거기에 나타난 바와 같이 두 주인공은 각기 양국의 기질 일면을 대변해주고 있다. 그러나 이들 뒤에는 더 넓고 깊은 세계가 있다. 여기서 우리는 일본의 가와바타 야스나리(川端康成)(1899~1972)와 한국의 시정주를 제시해 볼 수 있다.

가와바다 야스나리는 고아와 다름없이 성장하여 열 다섯에 제1차 대전, 그리고 44세에 태평양전쟁을 겪었다. 그의 작품 세계는 모든 생명 앞에는 죽음이 있다는 대전제 위에서 생을 바라보는 쓸쓸하고도 아름다운 이야기를 펼친 나쓰메 소세키처럼 일본을 위한 액국이나 마고도 같은 작은 감방이 아니라, 가와바타는 운명이라는 커다란 수레바퀴 앞에 서서 세상을 응시하는 범세계적인 눈을 보여준다. 흔히 예술작품이란 인간의 소망을 꿈에서나 충족시키려는 욕망 충족의 시나리오를 만들어가는 것인데 이 가와바다는 인간의 의도적인 욕망이나 의지를 나타내지 않고 고독한 산책자의 발걸음 같은 너무도 인간적인 숙명앞의 이미지를 그려낸다.

그래서 그의 노벨상 수상 작품인 「설국」도 소설의 기본적인 정석은 전혀 의식하지 않는다. 주인공이 눈 나라의 고장을 여행하면서 겪은 잔잔한 일들을 순리대로 풀어낸다. 그래서 그의 작품세계에는 갈등이나 절정 같은 것이 없다. 그는 이미 인간이란 대 우주 속에 고독하게 던져진 존재라는 것을 간파하고 그 대전제 위에서 인간의 사건을 풀어가기 때문이다. 그래서 항상 그가 바라보는 대상들은 하나같이 가련하고 아름답고 애처로운 것으로 비쳐진다. 게이샤인 여주인공 고마코도 요코도 가련한 인간상들이다. 거기다가 오동나무로 만든 샤미센(三味線)이라는 일본 악기의 소리며 고마꼬를 부르는 요오꼬의 목소리에도 <맑고도 슬

프도록 아름다운> 여운이 있다. 말하자면 작가 (주인공)의 눈에 보이는
모든 것이 <쓸쓸하도록 아름답고> <쓸쓸하도록 고운 것들>이다. 여기
에 갈대나 억새(萱), 싸리꽃 등이 쓸쓸하고 아름다운 분위기를 더욱 고
조시켜 준다. 이러한 분위기를 작가는 가을 벌레들의 죽어 가는 실상에
서도 포착한다.[7]

남자 주인공 시마무라는 가을과 곤충의 죽어 가는 모습을 유심히 본
다. 이러한 곤충의 죽음을 보는 시마무라의 눈은 이어 이 소설의 끝 부
분에서는 그가 가장 마음속으로 사랑했던 요코가 불에 타 죽는 모습으
로 이어진다. 그 때의 요오꼬의 얼굴에는 승천할 듯한 공허함이 있다.

가와바타 야스나리의 작품 「이즈의 무희」의 분위기도 「설국」과 다를
바 없다. 고등학생과 14세의 춤추는 광대 소녀와의 짤막한 만남과 이별
이야기를 줄거리로 하고 있다. 그러나 특별한 사건은 없고 고교생 주인
공인 <나>는 광대소녀가 이동하는 대로 따라다니다가 말미에서 <나>
는 동경으로 돌아온다는 이야기로 끝이 난다.

여기서 주인공 <나>는 그 곳을 떠나오면서 석별의 눈물을 흘리지만
그 눈물은 석별의 아픔보다는 인간이라는 숙명을 긍정하는 눈물이다.
그래서 가와바타 야스나리의 주인공들은 현실의 희로애락에 빠지지 않
는 이러한 가와바타에 대하여 미시마 유키오(三島由紀夫)는 다음과 같
이 말한다.

> 어떠한 시대관념도 川端씨를 기만하지는 못했다. 近代, 新感覺派,
> 知性, 國家主義, 實存哲學, 精神分析 등등 온갖 관념이 우리 시대에 百
> 鬼夜行처럼 나돌고 있으나 川端씨는 그 어느 것에도 속아넘어가지 않
> 았다.

---

7) 가을이 깊어감에 따라 그의 방 다다미 위에는 죽어 가는 벌레가 날로 늘었
   다. 날개가 단단한 벌레는 뒤집혀지면 두 번 다시 일어나지질 못했다. 벌(蜂)
   은 조금 걷다가는 뒹굴고, 또 걷다가는 쓰러지곤 했다. 계절의 바뀜과 같이
   자연히 멸망해 간다. 조용한 죽음같이 보였으나 가까이서 보면 발이나 촉각
   을 떨면서 안간힘을 쓰고 있는 것이었다......

이상과 같은 지적에도 나타나듯이 이미 가와바타는 작은 사상이나
주의(主義)에도 그리고 한 섬나라 일본적인 기질에도 머물러 있지 않다.

2) 신화와 서정주

일본의 경우 夏目漱石을 지나 가와바타 야스나리의 드넓은 세계를 볼
수 있다면 한국은 김유정을 지나 서정주의 작품에서 신화를 만날 수 있
다. 서정주의 우주적인 심상에는 인간의 논리나 법규 혹은 윤리의식을
넘어서는 만물 동근(同根)의 세계가 있다.

> 小者 李생원네 무우밭은요, 질마재 마을에서도 제일로 무성하고 밑
> 둥거리가 굵다고 소문이 났었는데요. 그 건 이 小者 李생원네집 식구
> 들 가운데서도 이 집 마누라님의 오줌 기운이 센 때문이라고 모두들
> 말했습니다.
> 옛날에 新羅적에 智度路大王은 연장이 너무 커서 짝이 없다가 겨울
> 늦은 나무 밑에 長鼓만한 똥을 눈 색시를 만나서 같이 살았는데, 여기
> 이 마누라님의 오줌 속에는 長鼓만큼 무밭까지 鼓舞시키는 무슨 그런
> 신바람도 있었는지 모르지. 마을의 아이들이 길을 빨리 가려고 이 댁
> 무밭을 밟아 질러가다가 이 댁 마누라님한테 들키는 때는 그 오줌의
> 힘이 얼마나 센가를 아이들도 할 수 없이 알게 되었습니다. 「네 이놈
> 게 있거라 저놈을 사타구니에 집어넣고 더운 오줌을 대가리에다 몽땅
> 깔기어 놀라!」그러면 아이들은 꿩 새끼들 같이 풍기어 달아나면서 그
> 오줌의 힘이 얼마나 더울까를 똑똑히 잘 알밖에 없습니다.
> ─서정주, 「小者 李생원네 마누라님의 오줌 기운」 전문

이 작품에서 이생원네 마누라 <오줌 기운>과 이 집 <밑둥거리가 굵
은 무>가 동질관계를 이루고 있는 것은 인간과 식물의 원초적 동종을
시사한 것이다. 그리고 신라의 지도로 대왕의 큰 연장과 이생원네 마누
라의 <신바람>나는 그것과도 동질로 맥을 이어놓은 것은 신화시대와
현대는 같은 공간이라는 것을 시사해준다. 특히 이러한 신화적 맥락을

성기의 강한 힘으로 상징함으로써 신화의 현대적 의미를 한층 강하게
시사해주고 있다.

　프로이트가 인간의 모든 양상을 성에서 풀어보려고 한 것도 이것과
일맥상통하는 것이라 보여진다. 그는 모든 인간행동은 성(Sexuality)에
서 유발되고 성을 근원적인 생명원리로 간주했다.

　위의 작품에서 우리가 추출해낼 수 있는 것은 우주의 삼라만상은 같
은 뿌리에서 나서 공존하는 공동체이고 그것들은 예나 이제나 한 공간
에서 언제나 협화를 이루고 있다는 교감의식을 보여준 것이라 볼 수 있
다. 이러한 생명과 신화의 교감 무대를 서 정주의 작품은 보여준 것이
다. 하늘과 땅(神과 人間), 인간과 자연 인간과 인간, 인간과 동식물, 자
연대 자연 등 모든 만상은 상감통령 된다는 것을. 그러니까 하나의 민
족문학이 역사적 상황의 좁은 울타리를 넘어서면 모든 인간의 문학예술
과 그 정신은 서로 만난다는 것을 여기서도 확인할 수 있다. <李생원네
마누라 오줌 기운>과 이 집 <밑둥거리 굵은 무>가 일치하는 것, 그리
고 지도로 대왕의 큰 연장과 이생원네 마누라의 <신바람>나는 <그 것
>과의 관계상징이 보여주는 동종주술과 연계되는 것이다.

　이처럼 흔히 신화와 오늘의 이야기를 병존시키는 서정주는 지상과
천상도 하나의 매개를 통해 조응시킨다.

> 하늘이
> 하도나
> 고요하시니
> 난초는
> 궁금해
> 꽃피는 거라
>
> 　　　　　　　　　　　　— 서정주, '난초'

　가장 쉽고 간결하게 이루어진 이 시가 가장 먼 거리인 하늘과 땅을
한 송이 난초로 이어주고 있다. 여기서 난초가 하늘과 땅을 교감시키는

역할로 기능한 것은 바로 난초의 의인화에서 가능했던 것이다.

수사법에서 의인법은 사물을 일으켜 세우는 주술적인 작용을 한다. 우리 나라의 시나 산문 문장에 흔히 이 의인법이나 성유(聲喩), 시자(示姿)가 많은 것은 원천적으로 만물 감통(通靈)에 기인하는 것이다. 신화나 전설, 민화 등 모든 설화들이 환상적으로 꾸며진 실제로는 불가능한 것들이지만 그 정신적 신앙이 오늘의 현대인에게도 믿게 하는 마법적 힘을 지니고 있는 것이고 그 신화적 바탕이 한국예술의 기층에 깔려 있기 때문에 한국예술의 구조적 공간은 흔히 그 스케일이 클 수밖에 없었다.

진실한 생명은 부활한다

일본에는 '이시하라 신타로(石原愼太郎)'가 창출한 <태양족>이 있고, 다자이 오사무(太宰 治)가 남긴 <사양족>이 있다.

<태양족>은 이시하라의 「태양의 계절」에서 탄생했듯이 <사양족>은 다자이의 소설 「사양」에서 나온 것이다. <태양족>의 주인공 <다쓰야>는 뜨거운 사막에서도 꽃을 피우는 선인장처럼 도전적이지만 <사양족>의 주인공 <나오지>는 참회하고 자학하는 너무도 인간적인 일면을 지니고 있다.

전자는 찬란한 태양이고 후자는 뉘엿뉘엿 지는 석양을 상징한다. 그러나 지는 해는 찬란한 아침을 맞이하고 빛나는 태양은 노을을 맞이한다. 이러한 이치를 일찍이 세계적인 시인 '셰리'는 「서풍부」에서 다음과 같이 노래했다.

오, 예언의 나팔을 불어라 겨울이 오면 봄도 머지 않은리

겨울이 오면 봄이 온다는 것은 만고의 진리이다. 다자이의 작품 속의 주인공은 참회의 유서를 남기고 자살했고 작가 자신도 자살했지만 전쟁

에 반대하고, (다자이는 일본의 전쟁을 <자포자기>라고 말하면서 이런 자포자기에 휘말려 죽기보다는 자살하겠다고 했다) 귀족의 후예임을 참회하며 죽은 <나오지>는 오늘 우리 앞에 다시 살아났다.

그러나 <남경 대학살>과 <종군위안부> 역사를 부인하는 <태양족> <이시하라>는 오늘 살아서 소리치고 있지만 진리는 그의 왜곡된 절규에 진혼곡을 불러줄 것이다. 그러나 죽은 다자이의 영혼은 살아서 인간의 진실을 계속 호소한다.

일본의 한 여대생(오비린 대학교 국제학부 3학년인 무라다 나츠)은 다음과 같이 용기 있는 선언을 했다. 즉 <정신대는 일본의 잘못이 분명합니다. 일본은 그에 대한 책임을 져야 합니다>라고 했다. 더구나 그 학생의 말 가운데 <교과서와 대학교수, 저널리스트, 인기만화가에 의해 역사를 정확하게 배우지 못한 젊은 세대들이 한 인간으로서 국제 사회에서 바로 살아가도록 하기 위해서도 조국은 죄를 인정하는 용기가 필요하다>고 부언했던 것이다.

이 학생의 말대로 <교과서와 교수, 저널리스트들에 의해 젊은 세대들이 왜곡된 역사 속에서 세상을 보고 듣는 정확한 눈과 귀를 갖지 못하고 있다면 이것은 일본을 위해서나 이웃나라 혹은 국제사회에 심히 불행한 일이다.

다자이 오사무는 소설 「사양」에서 다음과 같이 말한 바 있다.

> 敗戰 뒤, 우리는 世上 어른들을 믿지 않게 됨에 따라, 뭐든지 그들이 말한 것과는 반대쪽에 진실한 인생의 길이 있는 것 같은 생각이 들기 시작했다…… 나는 확신하고 싶다. 사람은 사랑과 생활의 발전을 위해서 태어났다……

다자이가 영혼의 소리처럼 진술한 그 말이 오늘날 일본의 한 여학생의 목소리를 통해 부활한 것이다. 우리는 여기서 잠시 이 특이한 작가 다자이오사무의 사상을 주목할 필요가 있다. 그는 작품 '사양'에서 일본

이 일으킨 전쟁과 자신의 귀족임을 참회하면서 역설적인 논리를 다음과
같이 진술한다. <논리는 결국 논리에 대한 사랑이다. 인간에 대한 사랑
은 아니다> <학문이란 허영의 별명이다> <역사 철학 교육 종교 사회
그런 학문보다 한 처녀의 미소가 귀중하다고 한 파우스트 박사의 용감
한 실증>이라고 말한다. 그는 자기 작품에서는 <사람은 사랑과 생활의
발전을 위해 태어났다>고 했으면서도 그는 자살한 것이다. 이 천재적인
작가에 대해 유미리는 <내게 있어서 다자이의 소설은 복음서이다>라고
최대의 찬사를 보낸다.

에밀레종과 고토(琴)의 합주

일본의 노벨 문학상 작가인 가와바다 야스나리는 지난 1970년 한국에
서 개최한 국제 펜 대회(주제는 <동서문학의 해학>) 축사에서 '정치적
인 모임은 실패도 하지만 문학인들의 모임은 실패한 적이 없다'고 했다.
정치적인 협상이 자주 결렬되는 경우를 우리는 국제정치나 국내정치
할 것 없이 자주 보게 된다. 오늘의 한국정치 마당도 그렇고 크고 작은
정치협상들이 흔히 고배를 마시는 것을 볼 수 있다.
한일간의 독도 문제도 정치인들이 해결하려던 자리가 얼마나 난항이
면 김종필 전 국무총리는 차라리 독도를 폭파시키자고 했겠는가 (이것
은 이케하라 마모루의 글에서 본 것이다). 그러나 문학예술가들의 모임
은 쓴 잔보다는 축배가 많았다. 예술에는 야망보다는 구원이 희구되기
때문이다. 작년 한국문학 평론가 협회에서 주최한 동아시아 문학 국제
심포지움에서 일본의 고바야시(小林孝吉)는 자기나라의 <신내셔널리즘>
을 고발하였다.(그는 <신내셔널리즘>에 가담된 사람들의 이름까지 모두
제시 해 주었다) 그리고 그의 강연 중 특히 주목되는 것은 교포 작가 유
미리에게 큰 기대와 희망을 가지고 있다고 했다. 그는 <한국과 일본의

갈라진 해협에 무지개가 걸려오는 희망을 유미리에게 기대하고 있다>고
했다.

이것은 바로 가와바다의 문학 세계이고 유미리가 가장 좋아하는 太宰
治의 세계와 이어지는 동시에 서정주의 동근 의식과 통령의 세계와도
합류할 수 있는 것이다.

시바 료타로(司馬遼太郎)는 한국에 관한 몇 가지 저서를 남겼는데, 그
중에는 「한국기행」이라는 책도 있다. 이 책에서 시바는 한국에 가는 이
유를 묻는 말에 다음과 같이 대답한다.

　　아주 먼 옛날에… 이를테면 일본이라든가 조선이라든가 하는 국경
　도 없을 정도로 먼 옛날에는 서로 하나라고 생각했겠지요. 그런 아주
　먼 옛날을 한국의 농촌 등에서 혹시 맛볼 수 있을까 해서 갑니다.

시바 료타로의 이상과 같은 말을 듣고 유미리(柳美里)는 <시바 씨가
먼 시원의 시간을 생각하고 지난 36년의 원망을 잘 청산하면 두 나라는
진짜 이웃사촌이 될 수 있다>고 말했다.

이제 한일의 길동무 전략은 문학예술의 장에서부터 찾아야 할 것이
다. 정치는 야망의 전략으로 하지만 예술은 혼을 흔들어주는 것이기 때
문이다. 이제 한국과 일본은 에밀레종과 고토(琴)의 합주로 21세기를 동
행해야 할 것이다.

영혼의 등불

참회와 구원
— 고정희

인간의 운명은 시간이 되면 궁극적으로는 죽을 수밖에 없는 비참한 존재이다. 이처럼 시간과 운명에 갇힌 인간이 꿈을 꾸어 시간을 잠시 초월하는 일장춘몽을 찾기도 하고 혹은 예술이라는 이름으로 현실에서 초월하여 일시적인 자유분방한 길 떠나기를 할 수도 있다.

도스토예프스키가 설정한 「죄와 벌」의 주인공 라스콜리니코프는 19세기 러시아의 허무주의자이다. 이 때의 허무주의는 일체부정을 의미한다. 이 허무주의자인 23세의 청년은 인류를 평범인, 비범인으로 나누어 평범인은 법을 따르는 일반 대중이고 비범인은 사회개혁을 위해서는 피를 흘리게 할 수 있는 나폴레옹과 같은 인간유형이라고 믿는다. 라스콜리니코프는 저신의 분류에 따르면 비범인으로서 기생충과 같은 고리대금업자 노파를 도끼로 찍어 죽인다.

그러나 라스콜리니코프는 그 사건으로 양심의 가책을 심하게 느끼는 자신을 알고 결국 자신도 비범인이 아니라는 것을 알게 된다. 특히 윤락녀 소냐를 통해 이러한 자기 발견이 있게 된다. 소냐는 가정의 가난 때문에 윤락녀가 된 18세의 소녀로 하늘색 눈동자가 실로 아름답게 해맑고 선량한 티없는 소녀였다. 하나님을 철저히 믿는 소냐는 자신은 더러워진 몸이기 때문에 더욱 가여운 사람들을 구원할 자격이 있다고 생각한다.

이러한 부분이 시사하듯이 인간은 소냐처럼 지순한 천성으로도 그어느 환경 조건하에서는 추악한 창녀로 혹은 살인자로 바뀌어질 수 있다. 그러나 그 창녀는 천사가 되어 더러운 라스콜리니코프를 구원한다.

여기서 인간의 본질이나 속성은 불가해 한 것으로 판명되지만 도스토예프스키는 자신이 시베리아 유형생활을 하던 4년 동안에 완전히 바뀌어진다. 그는 오로지 한 권의 성서를 필사적으로 읽었던 것이다. 그성서를 통해 인간은 악마이고 자유이기도 하지만 무한한 가능성을 가진 존재라는 것도 부인할 수 없다는 것을 깨닫는다.

하나님을 믿지 않던 라스콜리니코프는 창녀 소냐가 읽는 요한복음 11장 속의 죽은 나사로를 일으키신 예수의 말씀을 듣는다.

"내 말을 네가 믿으면 하나님의 영광을 보리라"(요한복음 11장)

그리고 차츰 믿는 자에게만 보이는 진실을 깨닫게 된다. 즉 소냐를 통해 믿는 자의 행복을 발견하게 되는 것이다. 하여, 라스콜리니코프는 소냐 앞에 무릎을 꿇고 그 발에 입 맞추면서 말한다.

'너에게 입맞춘 것이 아니라 인류의 고뇌에 입맞추었다'고 이에 소냐는 '지금 당장 네거리로 가서 당신이 더럽힌 대지에 입맞추라'고 한다. 그리고 '세상 사람 모두에게 들리도록 큰 소리로 <저는 살인자올시다!> 라고 외치라고 권한다. 그렇게 하면 아직도 하나님께서는 당신의 생명을 구해 줄 거라고 권유한다.

이러한 소냐의 사랑에 라스콜리니코프는 굴복하고 경찰서로 가는 도중 광장에 이르러 더러운 흙에 입맞춘다. 그리고 시베리아로 유배된 라스콜리니코프는 자기 사상의 패배를 시인하고 소냐의 진실 앞에 굴복하고 하나님을 발견하고 영의 구원과 행복을 얻게 된다.

우리는 여기서 도스토예프스키의 문학이 왜 위대한 명작인가를 이런 점에서도 짐작할 수 있다. 작가가 지상만 보지 않고 보이지 않는 천상을 볼 수 있었고 그 천상을 연약하고 오만한 인간도 볼 수 있게 하면서 <부활>의 새 봄을 맞이할 수 있게 했다는 점이다.

1991년 세상을 떠난 시인 고정희는 이 실락원 같은 어두운 세상을 특히 지난 80년대를 <상복을 입은 시대>라고 하면서 신랑을 맞이할 이 시대의 다섯 처녀로 자임한다.

> 내가 불을 붙이지 않거나
> 그대가 불을 붙이지 않거나
> 우리가 불을 붙이지 않는다면
> 이 어둠을 어떻게 밝힐 수 있을까
> — '그 가을 추도회' 중에서

예수님은 요한복음 13장 34절에서 <내가 너희를 사랑한 것 같이 너희도 서로 사랑하라>고 하였다. 이 시대의 하나님의 사자인 고정희는 위의 요한 복음을 다음과 같이 노래한다.

> 이 어둠 속에서 우리가 할 일은
> 오직 두 손을 맞잡는 일
> 손을 맞잡고 뜨겁게 부둥켜안는 일
> 부둥켜안고 체온을 느끼는 일
> 체온을 느끼며 하늘을 보는 일이거니
> — '서울 사랑 — 어둠을 위하여' 중에서

이 시는 21세기 예술가들이 노래할 대합창의 가사 중의 하나로 정해질 만한 것이다. 이제 우리 문학도 이 실락원에서 거듭나야 할 것이다. 사랑의 꽃씨를 뿌리고 가꾸는 일이다. 끝까지 믿는 자에게 복음이 있다는 말은 욥기에 있다. 우스 땅의 순진하고 정직한 욥은 하나님을 경외하는 인물이었다. 자녀 10남매에 재산의 소유도 양이 7,000마리, 약대 3,000마리, 소가 500마리, 종도 많고 동방사람 중 가장 큰 자였다.

그러나 욥은 그 모든 것을 잃고 병든 비참한 인간이 되었다. 사탄의 장난이었다. 그러나 욥은 끝까지 主를 섬겼다. 그러자 욥은 모든 것을 되찾고 더 영광스럽게 되었다. 이렇게 하나님의 큰 사랑은 연단으로도 오고 때로는 사탄까지 부린다고 한다.

　이제 우리 문학도 구도자로서의 나그네를 생각해 보아야 한다. <너희
는 세상의 소금이다>(마태복음 5:13)라는 말은 시인 작가들의 금석문이
다.

신이 준 갈대피리
— 조병화

선생님,

저는 선생님의 이번 시집 48宿(「먼 약속」)을 읽고 먼저 인도의 시인 타고르의 '기탄잘리' 한 절을 생각하였습니다.

> 이 가냘픈 갈대피리를
> 님은 산을 넘고 골짜기를 넘어 가져오셔서
> 영원한 새로운 멜로디를 불어 넣으셨습니다.
> — 타고르, '기탄잘리'에서

타고르는 이 노벨 수상작품에서 신은 연약한 인간에게 갈대피리를 주어 무한한 노래의 생명을 주었다고 하였습니다. 저는 선생님이 48宿에 당도하기까지의 아름답고 줄기찬 힘을 주신 신에게 감사하고 싶습니다. 그리고 신이 선생님에게 주신 그 갈대피리 소리가 이번 「먼 약속」에 이르러서는 드디어 그 시편들이 시론이고 인생론이며 무위자연으로 합류하고 있다는 데 다시 감사하고 싶습니다.

선생님은 그 동안 진솔한 목소리로 수많은 사랑 노래를 들려주셨습니다만 그 사랑노래도 이번 48宿에서는 절정에 이른 듯 합니다. 공교롭게도 이 사랑의 절창(絶唱)이 사모님과 영원히 이별하는 자리(「먼

약속」)에서였으니 아이러니컬합니다. '자유는 감옥에서 빛난다'면 사랑
은 이별자리에서 그 빛을 내나 봅니다. 그러나 선생님의 이번 사랑의
시는 단순히 부부 사랑에 한하지 않습니다.

> 살아갈수록 당신이 나의 그리움이 되듯이
> 나도 그렇게 당신의 그리움이 되었으며
>
> 달이 가고 해가 가고 세월이 가고
> 당신이 내게 따뜻한 그리움이 되듯이
> 나도 당신의 아늑한 그리움이 되었으면
>
> 그리움이 그리움으로 엉겨 꿈이 되어서
> 외로워도 외롭지 않은 긴 인생이 되듯이
>
> 인간사
> 나의 그리움 당신의 그리움이 서로 엉겨서
> 늙은 줄 모르는 달이 되고 해가 되고
> 쓸쓸해도 쓸쓸하지 않는 세월이 되었으면
>
> 아, 서로 그립다는 것은 이러한 것을
> — 조병화, '서로 그립다는 것은' 전문

마르틴 부버가 <너와 나>라는 담론에서 <나는 너와의 관계 속에 있
을 때에만 나이고 나라는 존재가 성립한다>고 한 말이 단순한 철학 한
줄이 아니라는 것을 새삼 실감하게 됩니다.
  선생님의 <서로 그립다는 —>이 시편이 오늘 따라 절실하게 와 닿는
까닭이 있습니다. 노 대시인의 완숙한 잠언이라는 데서도 그 이유를 찾
을 수 있지만 그보다는 이 시대가 이러한 노래를 절실히 갈망하기 때문
입니다.

  선생님, 우리 시단 풍경 하나를 잠시 생각해 볼까요. 소위 IMF 시대

에 하나의 이적이 나타났습니다. 그토록 현실정치에 반항하고 그야말로 감옥에서 자유를 빚낸 박노해가 새 사람으로 나타났다는 것입니다. <얼어붙은 겨울 물이 봄이면 녹아 소곤거리는 개울 되어 흐르듯> 통째로 새 옷 입고 나타났습니다. 저항 투사가 이 IMF 시대에 따뜻한 사랑의 전령사가 되어 돌아왔으니 이적같지 않습니까.

여기 저기서 퇴직했다, 도산했다, 자살했다로 억장 무너지는 소리만 들리는 이 꽁꽁 얼어붙은 IMF 시대에 시인들이 <기름을 준비한 다섯 처녀들>처럼 구원의 예수를 기다리듯이 노래한다면 이 어두운 터널을 우리는 빨리 지나갈 수 있을 것입니다. 이런 시대에 선생님이 「먼 약속」으로 상처받고 지친 영혼에 따스한 위로가 되어주시니 한번 신이 주신 갈대피리에 감사할 뿐입니다.

> 마른 장작이 훨훨 타며
> 소리 없이 나를 따뜻이 감싸주듯이
>
> 늙은 나도 훨훨 타서
> 그저 당신을 따뜻이 감싸주었으면
>
> 밖엔 눈이 내리는가
> 한없이 그리운 긴 겨울날.
> ― '그리움 ― 편운재 난로에 장작을 지피며' 전문

늘 소박하고 순수한 선생님의 영혼 속에 이토록 뜨거운 사랑이 장전되어 있었다는 것이 놀랐습니다.

1991년에 세상을 떠나 시인 고정희의 시 한 편이 생각납니다.

> 이 어둠 속에서 우리가 할 일은
> 오직 두 손을 맞잡는 일
> 손을 맞잡고 뜨겁게 부둥켜안는 일

부둥켜안고 체온을 느끼는 일
체온을 느끼며 하늘을 보는 일이거니
— 고정희, '서울 사랑 — 어둠을 위하여' 중에서

선생님, 이 시대가 이러니, 서로 신뢰하지 못하는 인심이 그렇고 이기주의와 부정부패가 만연해 있고 게다가 앞장서서 이를 헤쳐나가야 할 이 나라의 정치가 이 꼴이니 — 속삭이듯 아, 이 상위로하며 불 심지 돋우는 고귀한 시 한 편이 진실로 그리운 때입니다. 한 시대에 고정희의 '상한 영혼을 위하여' 부른 그때 그 노래는 얼마나 구원의 나팔소리 같았습니까. <뿌리 없이 흔들리는 부평초 잎이라도 / 물 고이면 꽃은 피거니 / 이 세상 어디서나 개울은 흐르고 / 이 세상 어디서나 등불은 켜지듯 / 가자 고통이여 살 맞대고 가자 / 외롭기로 작정하면 어딘들 못 가랴>(고정희의 '상한 영혼을 위하여' 중에서) 라고 노래한 고정희의 시대와는 오늘은 또 다른 고통의 시대를 우리는 지나고 있습니다. 이 어두운 한 겨울을 지나가면서 선생님이 속삭이듯 인고하듯 한 줄 엮은 시는 큰 위안이 됩니다.

대롱대롱 흔들리는 앙상한 생존의 둥지 안에서
매섭게 지나가는 찬바람 소리
꽁꽁 듣고 있습니다.

IMF의 기름이 가늘게 타며
(1998. 1. 3)
— 조병화, '겨울 편운재' 전문

설한풍 속의 민중들 속에서 민중과 함께 참고 노래하는 그 자체도 소중하지만 그러한 선생님의 사랑이 종교적 결합하여 천지신명께 감사하니 위대한 패러독스입니다.

이 외로움도 특별히 조물주가 나에게

내려주시고 있는 은총이라 사료되옵지만

이 괴로움도 특별히 조물주가 나에게
내려주시고 있는 은총이라고 사료되옵지만

이 고통도 특별히 조물주가 나에게
내려주시고 있는 특별한 은총이라고 사료되옵지만

아, 이 홀로도 특별히 조물주가 나에게
내려주시고 있는 은총이라고 사료되옵지만.
— 조병화, '시를 쓰는 나에게' 전문

앞에서 잠시 비친 타고르라는 시인은 그의 한 몸에 두 가지 신비스러운 영혼이 불타오르고 있었습니다. 하나는 시인으로서의 영혼이고 또 하나는 종교적인 영혼이었습니다. 시와 종교를 융화시킨 그는 梵我一如라는 인도사상의 원천에 뿌리내리고 있었습니다. 우주의 중심인 梵과 개인의 중심인 我가 조화를 이룬 것이기에 그의 노래는 평강과 활력의 불꽃이었습니다.

님의 不死의 손길이 닿자 이 가냘픈 가슴은 기쁨에 겨워 이루 형언할 수 없는 말을 외칩니다.

님의 무한한 선물을 극히 작은 이 손을 타고 오셨습니다. 세월은 흘러도 님께서는 영원히 퍼부으시니 아직도 채울 곳은 남았습니다.
— 타고르, '기탄잘리'에서

이 시성의 노래에서 울림해 오는 소리에는 시인과 신이 하나가 되어 있음을 느끼게 됩니다. 유한한 육체의 손길에 님의 불사의 손길이 닿았으니 그것은 영원한 생명으로 불타오르지 않겠습니까. 그러니 그의 갈대피리 속에서 울림해 오는 소리는 사랑과 기쁨이었습니다. <모든 창조물은 기쁨에서 태어나고 기쁨 속에서 살아가며 기쁨으로 돌아간다>는 것입니다.

> 어머님 심부름으로 이 세상 나왔다가
> 이제 어머님 심부름 다 마치고
> 어머님께 돌아왔습니다.
>
> — 조병화, '꿈의 귀향' 전문

저는 이 시에서 놀랐습니다. 이 묘비명은 장차 떠날 시인의 육성이지만 이 육성을 남기고 떠난 시인은 소멸됨으로써 새로운 진정한 존재를 찾을 수 있기 때문입니다. 우리는 존재의 의지를 버릴 때 무위자연의 길로 들어설 수 있습니다. 여기서 생과 사를 융화시킨 공관(空觀)의 불교철학과 만날 수 있습니다. 주체의 본질이 애당초 공이니 존재의 근원도 공이고 시도 공으로 몸을 잃고서야 비로서 참시의 자태를 볼 수 있을 것입니다. 이러한 사상은 선생님이 항상 말하는 무상과도 통하는 것이겠지요.

> 먼 여행 끝에
> 이제 거진 다 온 것 같습니다
>
> — 조병화, '인사' 전문

이 짧은 인사가 윤회를 믿는 선생님이 묘비명이 되어도 좋다고 저는 믿었습니다. <세계가 정말 있는 것이라면 이는 티끌들이 모여 잠시 세계라는 형상을 이루고 있을 뿐>(金剛經)이라면 우리가 지상에 모여 살다가 이별한다는 것은 선생님의 인사처럼 얼마나 가벼울 수 있는 것입니까. 우리는 떠났다가 다시 올 수 있으니까요. 그래서 저는 하이데거의 「존재와 시간」이라는 거대담론을 보고 이것이 거시적으로는 동양의 윤회사상과 이어지고 있는 것이 아닌가 생각해 보았습니다. <인생은 미완성>이라는 가벼운 유행가 한 자락에도 깊은 윤회철학이나 하이데거의 담론과 연결되어 있다고 봅니다.

이러한 의미에서 제가 선생님의 시편에서 또 하나 발견한 묘비명은
다음의 시였습니다.

> 오, 죽음이여
> 허무한 완성이여
> 공허한 승리여
> 허망한 희열이여
> 나는 나를 살았노라
>
> — 조병화, '어느 생애'에서

선생님, 이것은 영락없는 묘비명입니다. 이 세상에 완성이 어디 있겠
습니까. 승리가 무엇이며 궁극적인 희열이 있겠습니까. 우리는 태어나는
순간에 이미 죽음이라는 씨앗을 가지고 있었던 것입니다.

이러한 인간사 뒤에서 철학을 논하고 예술을 논하고 우열을 따지고
큰소리치는 논객들을 보면 연민의 정을 느끼게 됩니다. <존재는 존재되
어 가는 것>이라면 존재의 완성은 없겠지요. 그리고 모든 존재는 아무
리 바위에 새기고 쇠에 새겼다 해도 <시간>이라는 변하는 절대담론을
피할 수 없습니다. 이러한 시간 앞에서 자기 철학과 논리를 장담하는
사람들은 실로 불쌍한 지성들입니다. 그래서 저는 언젠가 학생들에게
<열 줄 백 줄의 철학적 담론보다 한 줄 참회의 글이 아름답다>고 말한
적이 있습니다. 그런데 저는 선생님의 시편들 속에 참회처럼 고백처럼
진솔한 선생님의 육성을 듣고 깊이 감동했습니다.

> 서운한 점 있었다면
> 그것을,
> 깊은 그 인연에 깊이 보답치 못했다면
> 그것을,
> 인간이어서 그럴 수도 있지, 너그러이 생각하시어
> 그것을 다 잊으시고 용서하여 주시길 비옵니다

나뭇잎과 바람
바람과 구름
구름과 하늘

천지만물 무상한 자리
무상한 인간의 인연
그 무상한 인연의 눈물로 용서하시길 비옵니다

아 무명(無明)한 탓으로
변화무쌍한 존재로.
— '모든 인연을 돌려보내는 기도'에서

여기서 무상한 존재라는 것이 하이데거가 「존재와 시간」으로 펼친 담론의 핵이 아니겠습니까.

선생님의 시편 속에는 이 겸허의 미덕이 항상 꿈틀거리고 있습니다. 시집 38宿을 살펴보면 거기에는 「다는 갈 수 없는 세월」이라는 인간의 한계를 노래하였습니다. 그것이 '내일'이라는 시입니다. <걸어서 다는 갈 수 없는 곳에 / 바다가 있었습니다 / 날개로 다는 갈 수 없는 곳에 / 하늘이 있었습니다 / 꿈으로 다는 갈 수 없는 곳에 / 세월이 있었습니다 / 아, 나의 세월로 다는 갈 수 없는 곳에 / 내일이 있었습니다>('내일' 전문)

이 <내일>이 하이데거나 말하는 시간입니다. 이 <내일>이라는 시간 철학이 이번 48宿의 「먼 약속」에서는 더욱 확실하게 고해성사처럼 선생님은 노래하십니다.

당신 약속하는 시간은
너무나 멀어서, 지키지 못해
혹시 먼저 내가 자리를 떠나더라도
그것이 우리들의 인연이라고 생각하시길

당신하고의 약속은 이 세상에서

너무나 멀어서 내 수명으로 지키지 못해

혹시 내가 먼저 자리를 떠나더라도
그것이 우리들의 운명이라고 잊어주시길

아, 당신의 약속은
너무나 먼 날에 있어서, 나의 일월으로 가지 못해
혹시 기다리다 먼저 떠나더라도
그것이 서로 닿지 않는 우리들의 만남으로 접어주시길

· 당신이 약속하는 시간은 너무 멀어서
그날 그 시간은 너무나 먼 곳에 있어서.

— '먼 약속' 전문

여기서 <당신>은 애인(인간)일 수도 있고 지상일수도 있습니다. 어쨌
든 선생님이 노래 속에 — 인생을 노래하는 선생님의 시정신 속에 —
있는 뉘앙스는 바로 <내일>이고 「먼 약속」입니다. 인간에게는 절대로
닿을 수 없는 미지의 항구가 있다는 것입니다. 조병화 시의 전편이 이
「먼 약속」이나 <내일>이라는 불가지의 기름으로 태우는 촛불입니다.

그래서 선생님의 시는 고백이고 참회이며 위안입니다. 인간이라는 존
재를 깊이 응시한 순정의 울림이고 눈물입니다. 여기서 선생님의 시는
난해한 <비대상(非對象)>시와 구별됩니다.

흔히 시의 문법을 논하는 이들이 브룩스의 '잘 만들어진 항아리'(The
Well Wrought Urn)를 예로 들어 아이러니와 역설을 펼칩니다. 합리주의
와 이성주의의 전통인 과학적 구조에 매혹되기도 합니다.

그러나 단순 소박한 선생님의 직정성 속에 더 깊은 진리가 있습니다.
다는 갈 수 없는 운명을 뒤집어, 쓴 인간이 패러독스다. 통합된 감수성
이다(엘리어트), 포괄의 시다(리차즈), 낯설게 하기다, 카니발 형식이다
(바흐친) 한들 대우주의 품안에 매어 달려 잠시 기숙하는 인간에게 그
것이 얼마나 사치하고 부조화스러운 것입니까. 차라리 정직하고 솔직하

게 작은 줄기(我)가 큰 줄기(梵)에 자연스럽게 하나가 되어 흘러가는 것이 대자연속의 인간이 아니겠습니까. 이것이 48宿까지 거침없이 작은 갈대피리를 불며 올 수 있었던 선생님의 시였습니다. 한마디로 선생님은 가식과 가장 없이 물처럼 흘러서 무위자연한 것입니다. 이것이 자연과의 대타협이고 운명과 윤회와의 융화입니다. 이리하여 선생님은 노대시인의 영광을 누리게 된 것입니다.

참으로 물처럼 투명하게 흘러오셨습니다. 헤르만 헤세의 장엄한 서사를 선생님은 간결한 서정으로 펼친 것입니다. 헤르만 헤세는 「싯다르타」에서 부처가 되기 전의 수도하는 과정을 이야기하였습니다. 선생님은 묘비명을 쓰기까지의 대자연 앞에서 진솔한 고해성사를 한 것입니다. 수도하는 싯다르타는 온갖 체험을 하면서 많은 것을 배우고 터득하게 되지만 그 중에도 자신을 가장 깊게 가르쳐준 것은 강물이었다고 합니다. 그 강물소리는 삼라만상 모든 소리를 들려주고 있습니다. 그 물빛이 그렇고 아래로 낮은 데로만 내려가는 물은 온갖 깊은 것을 다 묵묵히 시사해 준다는 것입니다. 그래서 싯다르타는 뱃사공의 제자가 되기도 하였습니다. 뱃사공의 일하는 모습을 통해 더욱 깊은 물의 진리를 배우게 되었던 것입니다. 물은 흐르고 또 흘러서 끊임없이 흘러가지만 언제나 그곳에 존재하고 또 언제나 똑같은 존재이면서 순간 순간 새로운 존재로 흐르고 있더라는 것입니다.

선생님은 그 연약한 갈대피리로 물처럼 흐르며 물처럼 노래하셨고 또 지금도 그렇게 노래하고 계십니다.

그 피리소리는 아직도 머나먼 지평, 닿을 수 없는 하늘을 보면서 말입니다.

은총과 부활
— 이청준

　이청준의 「낮은 데로 임하소서」는 <안목사>와 <안요한>이라는 부자를 중심으로 하여 하나님을 거부해 온 아들 요한이 오랜 실락원에서 드디어 하나님의 빛을 찾아 새로운 삶을 찾는다는 내용으로 전개된다. 기독교 문에 들어서기가 싫었던 주인공 안요한에게 자신을 기독교로 끌어들이려는 아버지 안목사는 그에게 빛의 차단자였다. 예수를 모르고 신을 몰랐던 자신을 예수 앞으로 몰아세우는 행위는 남의 자유스러운 풀밭을 뺏는 강탈자였다. 그래서 그는 아버지에 대한 반항을 시작한 것이다. 그러한 신에 대한 부정을 이 작가는 <나>의 행동을 통하여 코믹하게 처리해 간다.

　<—하나님은 계시지 않았느니라아, 안요한복음 1장 1절> 교회당 문 앞에 <나>는 이런 낙서를 써 붙이기 일쑤였다. 그러나 자신이 外大에 진학하고 자기 청춘의 꿈이 찬란하게 수놓아지자 <스스로 즐거워함은 세상을 모두 즐거운 것으로 만들> 수 있어서 그는 아버지의 명령대로 교회에 나가기도 했지만 그것은 현실의 행복감의 <덤>이었고, 교회는 그에게 하나의 체면이었다. 그러는 동안 <여호와는 나의 목자시니 내가 부족함이 없으리로다>라는, 성경 속에서 이따금 가슴이 뜨거워지기도 하고, 아버지의 뜻을 따라볼까 싶어지기도 했다. 그러나 신이 없는 <나

의 풀밭>은 여전했고 무엇이 인생의 참된 빛인가를 그는 여러 번 생각
해 보았다. 그런데 그가 입대하고 제대하는 과정 속에서 완전히 세속화
해 버렸다.

이러한 주인공 내가 신을 만날 수 있는 계기가 온 것은 그의 육신의
눈에 이상이 온 실락원에서였다. 그는 기나긴 실락원에서의 싸움에서
결국 육신의 자신은 완전히 빛을 잃었고, 그 빛을 잃자 사랑하는 가족
들도 모두 그의 곁에서 떠나 버린다. 그는 완전히 혼자이고, 이세상 모
든 것과 차단되어 버렸다. 이렇게 방황하는 삶의 고통 속에 그는 이제
더 이상 이 세상에 버틸 수 없는 자신을 생각하고 자살을 각오한다. 면
도날을 생각하고, 부모에게 용서를 빌고, 아내와 아이를 생각하며 마음
은 깊은 나락에 빠져들었다. 이때 그에게 놀라운 계시가 온다.

　　　— 요한아, 요한아……어디선가 나를 부르는 목소리가 들려오고 있
　　었다. 우렁 우렁한 목소리가 한 마디도 아니고 연속적으로 방안을 가
　　득 울려오고 있었다.
　　　소리에 놀라 눈을 떠보니 방안에는 그 소리뿐 아니라 이상하게 휘
　　황한 광채와 향기 같은 것이 가득해 있었다. 형언할 수 없이 휘황한
　　그 광채와 향기 속으로 누군가의 목소리가 계속해서 울려왔다.
　　　— 요한아, 요한아, 요한아……이제 그만 일어나거라.
　　　— 당신은 누구십니까, ……당신은 누구시며 어디에 계십니까…….
　　　— 나는 너의 여호와니라, 내가 아직 너를 버리지 않았는데 어찌
　　너는 혼자라 하느냐…….
　　　— 내, 네가 혼자가 아님의 증거를 보이리라. 구약성경 삼백 이십
　　면이 너의 것이니라.
　　　　　　　　　　　　　　　　　　— '낮은 데로 임하소서'에서

여기서 주인공 요한은 처음으로 확실한 신념과 환희로 성령을 체험
한다. <나는 아직도 혼자가 아니라구? 당신이 아직 나를 버리지 않았다
구?>라고 황홀하고 뜨거운 마음으로 구약 320페이지를 남의 목소리를
통해 접한다.

　　— 여호와의 종 모세가 죽은 후에 여호와께서 모세의 시종 눈의 아
들 여호수아에게 일러 가라사대……
　　……내 종 모세가 죽었으니 이제 너는 이 모든 백성들로 더불어 일
어나 이 요단을 건너 내가 그들 곧 이스라엘 자손에게 주는 땅으로
가라. 내가 모세에게 말한 바와 같이 무릇 너희 발바닥으로 밟는 곳을
내가 다 너희에게 주었노니 곧 광야와 이 레바논에서부터 큰 하수 유
브라데에 이르는 헷 족속의 온 땅과 또 해지는 편 대해까지 너희 지
경이 되리라……
　　— 너의 평생에 너를 능히 당할 자가 없으려니 내가 모세와 함께
있었던 것 같이 너와 함께 있을 것임이라, 내가 너를 떠나지 아니하며
버리지 아니하리니 마음을 강하게 하라, 담대히 하라……
　　— 이 율법 책을 네 입에서 떠나지 말게 하며 주야로 그것을 묵상
하여 그 가운데 기록한 대로 다 지켜 행하라. 그리하면 네 길이 평탄
하게 될 것이라. 네가 형통하리라, 내가 네게 명한 것이 아니냐. 마음
을 강하게 하고 담대히 하라……
　　　　　　　　　　　　— 이청춘 '낮은 데로 임하소서'에서

　여기서 안요한의 기나긴 실락원은 끝난다. 지극히 찰나적이고 속세적
인 것들에서 헛되이 방황한 여로에 새로운 빛이 든다. 지난날 자유로운
목장을 마음껏 뛰며, 신을 외면하던 그가 이제 하나님의 종인 진정한
<안요한>이 되어 낮은 곳에서 스스로 찾아낸 소명의 불빛에 충만해 있
다. <육신의 눈을 뜬 사람은 볼 수 없는> 영혼의 눈으로 밖에 볼 수 없
는 것을 보게 하기 위하여 <내 육신의 눈을 멀게 하고 나를 그곳으로
인도>한 사실을 그는 체험으로 확인한 것이다. 그리고 <낮고 어두운
곳일수록 당신이 필요한 것>이라는 것도 알 수 있었다.
　이 작품에서 안요한이 새 빛을 찾은 것은 이 땅에 기독교가 새로운
빛으로 정착한 것을 시사해 준다. 그리고 <나>에게 있었던 길 실락원
의 여로는 이 땅의 고달팠던 지난날의 행로에 비길 수 있다. 그리고 안
요한이 새 광명을 찾은 이후 완전히 한 사람의 기독교인이 되어 새로운
생활을 펼쳐 가고 있는 모습은 부흥한 이 땅의 교회를 상징한다. 서구

에서 수천 년 역사를 누리며 이어온 그 기독교가 오늘 생소한 이 땅에 찾아든 지 백 년 만에 그 발상지와 전통 깊은 땅에서보다 오히려 강세를 보여 준다는 사실은 모든 신에 의지하고, 친화력이 강한 이 땅의 기질을 의미하는 것이다.

하나님의 은총으로 신학대학에까지 입학하게 된 안요한은 육안으로는 볼 수 없는 영안으로 광명한 천지를 보게 되자 보는 것마다 환희이고 느끼는 것마다 은총이다. 육안이 감겼다는 불편한 의식은 전혀 갖지 않게 되었다. 처음 시작된 기숙사 생활에서도 여러 가지 즐거움을 맛본다.

학교에 들어간 후 첫 번 째로 맞은 추수감사절 날 안요한은 한 토막 희극의 주인공이 된다.

까닭은 날마다 꼭 같은 반찬에 식상하던 기숙사 식탁에 그날은 색다른 닭다리 튀김이 올랐다. 모두들 환호성이다. 특별 감사의 기도도 올렸다. 그런데 기도를 끝내고 막 닭다리 튀김으로 달려들려는 판에 정전이 되었다. 여기저기서 맥빠진 불평소리도 튀어나왔다. 그러나 안요한에게는 불편이 없다. 모두가 밝기를 기다리는 데 안요한은 장난을 시작한다. 자기 접시 닭다리를 뜯고 빈 접시를 옆 친구 것과 슬쩍 바꾸어 놓았다. 얼마후 불이 들어오자 옆 친구가 <내 다리>하고 소리친다. 안요한은 그 친구의 다리를 더듬으며 <왜 네 다리가 없어졌어, 여기 있잖아> 하고 친구의 양다리를 만진다. <그 다리 말고 닭다리 말이야> 하고 친구는 범인을 찾는다.

이처럼 안요한의 일상생활은 지극히 정상적이었고 위트와 코미디까지 한다. 더구나 소등시간에도 그는 녹음테이프나 점자로 누어서 평안히 공부할 수 있었다. 그래서 그의 입에서는 <보는 병신들>이라는 농담까지 튀어나온다.

그러나 불편한 때도 있었다. 시험 때가 되면 각자가 바쁜 탓으로 친구 방을 이리저리 찾아가자면 흔히 이마에 상처를 내곤 하였다. 그래서 시험 때마다 이마에 별을 달곤 하였다. 때로는 소장 중장도 되고, 대장까지 올라갈 때도 있었다. 그러나 요한은 조금도 화내지 않는다. 오히려 자신도 자신을 <장군>이라 지칭한다.

어느 날은 인천에 있는 국립요양원 꽃시계 동산을 구경갔다가 육안의 열린 눈보다 훨씬 아름다운 상상의 꽃동산을 볼 수 있었다.

나는 그 맑은 공기로 하늘을 보았고, 은은한 향기로 아름다운 꽃빛깔을 보았다. 손등에 내려앉은 따뜻한 햇볕으로 삼라만상의 숨결을 느꼈다. 동산 꽃밭에선 수천 수만의 꽃송이들이 나를 향해 미소짓고 있었다. 그리고 생명의 기쁨을 합창하고 있었다.

눈물보다 더 단 웃음
— 이성교

　이성교 시인은 보물 하나를 가지고 있다. 천진난만한 어린애 같은 웃음보가 그것이다. 천금 만금을 주고도 사고 팔 수 없는 그 보물을 지녔으니 그는 억만장자다. 스스로 이 은총을 알기에 그는 항상 감사하며 살고 있다. 이 감사를 실천하는 몸짓으로 그는 일찍이 예수님의 문하생이 되었다. 항상 평화로운 이성교, 늘 따뜻하고 웃음기 있는 이성교 시인.

　이성교 시인은 필자와 같은 무렵에 정년퇴직을 하였다. 흔히 대학에서 만난 친구는 옛 고향 친구 같지 않다는 말들을 하지만 이성교 시인과 필자는 만나면 금방 고추를 내놓고 다니던 어린 시절의 악동이 된다. 문단 데뷔 연대로 따지면 이성교 시인은 나보다 훨씬 앞서지만 정동갑에다 대학원 이후 줄곧 교분을 두고 지낸 터라 이미 수십 년 우정은 배꼽 밑에 사마귀까지 알 정도이다. 어쩌면 그보다 세월이 흐를수록 교분이 두터워지는 것은 서로 투명한 성격이 거북하지 않고 편한 때문일 것이다. 천상의 하나님 이야기에서부터 지상의 스승과 주변 친구들 이야기, 게다가 문학 이야기에 내외간, 자녀들 이야기에 이르기까지 대화에 걸림돌이 없다. 주변 친구 욕을 할 때도 의기투합하고야 만다.

　철없어 보이면서도 하나님의 눈빛 같은 깊은 혜안이 있고 속없는 소

리 같으면서도 역설과 위트가 있다. 이러한 성향이 그의 시편들 속에
그대로 녹아내려 그의 시는 천진한 평화이고 감미로운 웃음이다.

최근 그의 38년간의 창작을 한 묶음으로 펴낸 「이성교 시전집」을 집
약하여 언급한 한영옥 교수는 바로 이러한 그의 성향을 다음과 같이 지
적해 낸다

> 이성교 시인이 일관된 시 세계를 지탱하는 관건은 신기할 정도로
> 幼年의 순결한 시선을 잃지 않고 있다는 데 있다. 시적 대상 앞에서의
> 놀람, 웃음, 슬픔의 정서들을 그는 곧바로 펼쳐놓음으로써 일체의 수
> 식이나 편견 없이 의식의 현존성을 포획해 낸다. …… 이러한 면모는
> 마치 프랑스의 시인 프랑시스 잠을 떠올리게 한다. 일생동안 천진무구
> 한 의식으로 삶을 감싸안았던 잠은 스스로 天國에 갈 것을 믿어 의심
> 치 않았을 만큼 그야말로 어린애의 심성을 가졌던 시인이 아니었던가.
> 그래서 속진에 물든 우리에게 『당나귀와 함께 천국에 가기 위한 기
> 도』라는 시는 웃음과 울음을 동시에 자아내게 만든다……
>   ― 한영옥, '진정한 삶을 돋구어 준 힘의 詩'에서

인간의 시선은 흔히 친숙한 대상에 머문다. 이러한 의미에서 시선은
곧 마음이다. 프랜시스 잼이 굳이 당나귀와 함께 천국에 가고자 기도하
는 모습은 특이한 사랑 같지만 실은 이것이 우주생명의 보편적 사랑법
이어야 했던 것이다. 우리들의 유년시절은 이러한 순수로 가득하였다.
그러나 사람들은 자라면서 대상과 싸워 가는 동안 이러한 유년의 모습
을 모두 잊어버린다. 그러나 시인 이성교는 세상과 싸운 적이 없는 사
람처럼 그 유년의 성품을 그대로 지니고 살며 시를 쓰고 있다. 그 어떠
한 상황에서도, 젊은 날의 전선(戰線)에서도 원천적인 평화로움은 분실
하지 않았던지 그의 심성에 터잡은 순한 수용력은 논바닥의 허수아비를
보고도 미소를 느낀다.

강산에 불 밝힌 역사
항상 강원도는 고운 햇살이 내려

마음이 훈훈했다

무시로 오는 계절에
해와 달이 뜨고

그리운 사람들 가슴속엔
무엇이 빨갛게 익어가고 있었다

묵 밭의 허수아비도
태평세월을 만난 양 허허 웃고 있다

이제는 아쉬운 마음 훌훌 털고
잠자리처럼 창공을 날아볼거나

아, 풍요로운 그 들판
그곳에 내 사람이 피어났었다
그곳에 내 눈물이 열렸었다

— 이성교, '강원도' 전문

　이 시에서 우리는 그의 웃음의 뿌리를 금방 알아낼 수 있다. 고향의
고운 햇살과 무시로 뜨는 해와 달 그리고 그 들판과 강과 산과 바다 이
러한 고향은 그에게 태평세월이었다.
　허수아비의 실체와 그 의지는 수문장이고 사나운 병사이다. 침공해오
는 새들과 싸우니까. 그러한 병사의 얼굴에 웃음기가 있을 리 없다. 그
러나 화자의 가슴에 머문 평화로운 태평성대의 시선은 그것을 수문장으
로 포수로 볼 수 없다. 프랜시스 잼의 마음처럼 이 시인에게는 이 지상
의 모든 것이 친구요 동기이다. 그래서 그의 시에도 개구리가 있고 빙
긋 웃어주는 성황당 소나무며 뽕나무 등이 있다.

　　二月 초하루

　　잔나비를 닮아

눈이 깊었고
늘 쏘다니기를 좋아했다
그래서 늘 뽕나무 밑에서
종기발을 앓았다
그럴 때마다 개구리가 앞에 와
위로해 주었고
성황당 소나무가 할머니처럼
빙긋이 웃어주었다

— 이성교, '幼年某月'에서

이 시의 화자는 바로 이성교이다. 그는 지금 고회 고개를 바라보고 있으면서도 발걸음은 언제나 경쾌하고 얼굴은 동안이다. 아기 얼굴에는 악의(惡意)가 스며들 수 없다. 더구나 험상궂은 주름살이야 앉을 자리가 없다. 그래서 그는 언제 보아도 평화롭기만 하다. 이것은 우연이 아니다. 이미 먼 옛날 하나님은 이성교의 마음에 성령의 씨앗을 뿌려놓았기 때문이다. 이것이 주님의 대기업이다. 이 성스러운 성령의 씨앗이 자라 오늘에사 그 불꽃이 만발하였으므로 그는 언제나 오늘의 퇴락한 땅에서도 어린 천사의 꿈에 산다.

이러한 천사의 꿈이 시인 이성교의 시에 날개로 전이하여 그의 시는 늘 층위 공간을 만들어낸다. 이 층위는 야곱이 꿈에 본 그 사다리이다. 그 사다리는 천사가 천상과 지상을 이어준다. <묵밭>이라는 하방(下方)에 <허수아비>라는 상방이 있고 <풍요로운 들판>위에는 햇살이며 달이며 잠자리가 있다. 야곱이 천사와 밤새 씨름한 것처럼 이성교는 이 층위 공간에서 날마다 씨와 씨름한다.

지금도 그 언덕에
그 바람이 불겠지
몰래 풀꽃이 피겠지

— 이성교, '강원도 4'에서

이 시에서 풀꽃 위의 바람도 같은 입체 공간이다. 이러한 층위 공간
으로 하여 그의 시는 풍요롭고 그의 시적 이미지는 언제나 생생하다.

그 뉘앙스 있는 이미지, 본래 이미지란 마음속에 그리는 대상의 감각
적 형상이기 때문에 이 시인이 본 허수아비의 웃음은 바로 이성교 자신
의 웃음이고 성령의 미소에 다름 아닌 것이다. 그러니까 그 '허허 웃는
허수아비'는 바로 이성교가 간직한 밀실의 풍경화인 셈이다. 이러한 그
의 웃음이 시편 곳곳에 나타난다.

> 그저 꿋꿋한 마음으로 살면
> 입가에 미소가 퍼지는 것을
>
> — 이성교, '강원도 3'에서

<살다 보면 억한 심정도 있지만 / 강산이 좋은 약이 되어>(강원도 2)
삭이고 하다보니 그는 지금 웃음이라는 통풍의 동력을 가슴에 품게 되
었다는 것이다.

> 상순이
> 종시
> 종화
> 남순이
> 근철이
> 몰래 언덕 아래
> 풀섶에서 웃고 있네
>
> 아, 부끄러워라
> 몰래 피던 그 사람,
> 울타리 사이로
> 몰래 웃던 꽃,
> 허리 꼬부라진 연집이 할아버지가
> 몰래 장기판 뒤에 와서

훈수하던 곳

— 이성교, '강원도 4'에서

여기서 피어나는 웃음은 후기 산업사회의 척박한 시멘트 바닥에서
기계처럼 조작된 웃음이 아니라 우리 고향의 유토피아에서 바람처럼 꽃
처럼 피어나는 웃음인 것이다. 그 어느 위대한 과학자가 이처럼 순수생
명의 깊은 샘에서 솟는 이런 웃음을 길러낼 수 있으랴. 여기서 우리는
이성교의 시를 발견하게 되고 그의 시에서 웃음을 보게되고 그 웃음 속
에서 프란시스 잠의 종교적 사랑을 느끼게 된다.

> 하나님, 당신의 나라에 가게 되는 날은
> 마을마다 축제로 먼지가 뽀얗게 낀 날이게 하여 주시옵소서
> 천국에 가는데도 이 세상에서와 같이
> 마음에 드는 길을 선택하고 싶은 것입니다
> 천국에는 낮에도 별이 반짝이고 있을 것입니다.
> 나는 지팡이를 짚고 큰길을 걸겠습니다. 그리고 내 친구인 나귀들
> 에게 말하겠습니다.
> 나는 프란시스 잠, 나는 천국에 가나니
> 선하신 하나님의 나라에는 지옥이 없단다.
> 또한 나는 말하겠습니다. 따라오너라, 푸른 하늘의 착한 친구
> 귀를 쫑긋거리며 탐욕스러운 파리와 귀찮은 등에와 꿀벌을 쫓고 있
> 는 귀찮고 불쌍한 짐승들아.
>
> 원컨대 이 짐승들에게 둘러싸여 내가 당신에게
> 가게 하십시오. 나는 나귀를 좋아합니다.
> 이 짐승들은 머리를 다소곳이 숙이고, 연민의 정을 느낄 만큼
> 그 작은 다리를 바짝 붙이며 서는 것입니다.
> 나는 수천 개의 귀를 거느리고 가겠습니다.
> 배에 바구니를 운반하고 있던 나귀와
> 서커스 수레를 끌고 있던 나귀와
> 마포나 깡통을 실은 짐수레를 끌고 있던 나귀들과
> 발을 삔, 새끼 밴 나귀를 진 나귀들과

끈질긴 파리에게 애먹지 않도록
작은 바지를 입은 나귀들을 거느리고서 나는 가겠습니다.
하나님, 이 나귀들과 함께 당신의 나라에 갈 수 있도록 하십시오.
그리고 천국의 안식 속에서, 천사들이 숲 속을 흐르고 있는
시내 쪽으로 우리를 인도하게 하십시오, 거기에는 소녀들의 미소짓
는 살결처럼 부드러운 버찌가 떨고 있을 것입니다.
그리고 영혼의 휴식소의 당신의 거룩한 흐름에
몸을 굽힌 내가 나귀들을 닮을 수 있게 하여 주십시오.
그 엄숙하면서 행복한 가난을
깨끗하고 영원한 사랑에 반영시키고 있는 나귀를 닮게 하십시오.
　　　― 프랜시스 잼, '나귀와 함께 천국으로 가기 위한 기도' 전문

　프랜시스 잼의 14편의 기도의 노래는 하나같이 코믹하다. 그러면서
그 웃음이 사랑에서 배태하고 평화를 갈망하는 그리움 속에서 불타오른
다. 프랑스의 시인 잼은 번화가 파리에는 두 번밖에 나오지 않을 정도
로 피레네 산맥의 두메산골에 살았다. 자연과 벗하고 창조주와 속삭였
다. 그래서 남을 위한 사랑밖에 모르고 평화로운 웃음으로 그의 전 시
편을 출렁이게 한다. 그는 항상 남을 위해 기도하고 특히 불쌍한 짐승
들을 위해 기도한다. <늙은 말도 무거운 발을 들고, 수줍음을 타는 소
들도 / 시장을 향해 조용히 걸어가고 있습니다. 그러하오니 / 들과 거기
사는 모든 것들을 위해 축복을 내리소서> ('타인이 행복하기를 위한 기
도'에서)라고 타인을 위해 기도하면서 그는 <모든 것에게 내가 가지지
못한 행복을 주십시오>라고 하나님께 기도한다.

　　농가의 순한 개도 선술집 구석에서
　　맛있는 숩을 먹고, 서늘한 그늘에서 잘 수 있게 하십시오.
　　휘청휘청 걷는 기나긴 염소 떼도 투명한 줄기가 달린
　　신머루를 찾을 수 있게 하십시오. 하나님
　　만일 바라신다면, 내게 대해서는 관심을 가지지 않으셔도 좋습니다.
　　……
　　　　― 프랜시스 잼, '타인이 행복해지기를 위한 기도' 중에서

우리 나라에서는 빈둥빈둥 먹고 노는 게으름뱅이를 <개 팔자>라고
한다. 이 문맥에는 나태한 사람을 질시하는 뜻도 있지만 그 뿌리에는
개에 대한 경멸감이 내포되어 있다. 그러나 잠은 늘 빈둥거리는 개에게
도 <맛있는 숨을 먹고 서늘한 그늘에서 잘 수 있게 해달라고 기도한다.
그러면서도 자기 자신에 대해서는 관심을 갖지 않아도 좋다고 한다. 사
랑과 웃음을 절묘하게 배합시켰다.

잼은 '고통을 사랑하기 위한 기도'에서도 <아아 고통이여, 나는 끝내
너를 존경하게 되었다 / 고통이여 너는 가장 사랑하는 여인보다 정이
많다>고 노래하면서 삶의 고통과 불편을 낭만적으로 해석한다. 이것이
잼의 특이한 웃음의 미학이다.

웃음은 관용이다. 떠나가지 않는 고통도 그것을 얼싸안고 친화하면
애인처럼 될 수도 있다는 것이다. 불교에서는 이 세상을 고해(苦海)와
각해(覺海)로 나누어 본다. 무지몽매한 미련한 자에게는 이 세상이 고해
지만 지혜로운 자에게 있어 이 세상은 은총이고 축복이라는 것이다.

기독교에서도 믿으면 결과가 좋다고 말한다. 모든 것을 하나님에게
맡긴 뒤에는 그 어떠한 불행이 와도 그것은 하나님의 큰 사랑 기업으로
계산하면 그것은 축복이 된다. 욥(욥기)은 세상 영화를 다 빼앗기지만,
끝까지 하나님께 매어 달린 그는 잃었던 것보다 더 많은 복락을 얻게
된다. 이것을 알고 있는 잠이기에 그는 세상 모든 것을 웃음으로 받아
들인다.

그리고 잼은 '내가 죽는 날이 아름답고 깨끗하기를 바라는 기도'에서
는 <흰 것에는 반드시 검은 것이 있다>고 노래한다. 그래서 잠은 하나
님에게 말한다. <당신은 아십니다. 사람들이 말하는 행복에는 무엇이
결여되어 있는가>를. 그리고 <완전한 사랑, 더럽혀지지 않는 사랑, 흠
없는 꽃, 그런 것들은 이 세상에는 없다>고 읊조린다. 혹은 또 잠은 '하
나님을 찬양하기 위한 기도'에서는 <이 세상에 행복은 없는 것>이라고
규정 짓는다. 그래서 잼은 소나무 아래서 계속 외치는 매미처럼 당신을
찬양하는 용기를 달라고 기도한다. 진정한 행복은 하나님과 함께 할 때

만 가능하기 때문에 오로지 당신만을 목청껏 찬양하게 해달라고 노래한다.

이처럼 잼은 이 세상은 웃음보다는 눈물이라는 것을 알았기에 그는 눈물을 웃음으로 바꾸는 사랑법을 깨달았던 것이다. 즉 고해를 각해로 바꾸는 지혜를 터득하였던 것이다. 하여 그의 사랑은 모든 대상에 미친다. '나귀와 함께 천국으로 가기 위한 기도'라는 명편 걸작도 만들어낼 수 있었다. 자연의 품안에서 자연과 함께 살고 주님과의 속삭임만으로 살아온 그에게는 적대적인 것은 존재하지 않는다. 세상 모든 것이 그의 사랑의 의식 속에 쌓여있다. 나귀도 그 중의 하나이다. 어느 대상에 대한 사랑과 연민은 누구나 느낄 수 있다. 그러나 잼처럼 그 사랑과 연민을 진실로 진실하게 느끼고 호소하고 또 그것을 해학적으로 처리하기란 쉽지 않은 것이다. 웃음은 진솔하면서도 딱한 순간에 있으므로 진실을 떠나서 웃음은 나타나지 않는 것이다.

> 배에 바구니를 운반하고 있던 나귀와
> 서커스 수레를 끌고 있던 나귀와
> 마포나 깡통을 실은 짐수레를 끌고 있던 나귀들과
> 찌그러진 깡통들과
> 발을 삔, 새끼 밴 나귀를 진 나귀들과 끈질긴 파리에게 애먹지 않
> 도록
> 작은 바지를 입은 나귀들을 거느리고서 나는 가겠습니다
> 하나님, 이 나귀들과 함께 당신의 나라에 갈 수 있도록 하십시오

이 부분에 나타난 나귀는 무거운 짐 지고 발 삐고 새끼 밴 나귀를 지고, 파리에게 뜯기는 바지 입은 지극히 가련한 나귀들이다. 거지 나사로가 하나님 앞에서는 부자보다 호강하듯이 이토록 불쌍한 나귀가 아니었다면 잼은 그의 천국행에 굳이 나귀를 선택하지 않았을 것이다. 하나님에게로 가는 길은 좁은 길이다. 이처럼 잼의 시는 이성적이면서도 감성적이고 논리적이면서도 논리를 뛰어넘는데 해학적 뉘앙스를 찾을 수 있

다. 흔히 천국행에 사람과 같이 가고자 할 것이고 기왕이면 애인이나
부모 자식과 갈 것이겠지만 잼은 나귀를 택했던 것이다.

시인 이성교의 시에도 이러한 청아함이 있다. 그도 웃음으로 노래하
지만 그 웃음 속에는 눈물이 있었다.

> 인생의 영화는
> 꽃과 같은 것,
> 꽃은 꽃대로 몸부림이 있다
> 아픔이 있다
> 겉으로는 웃고 있지만
> 속엔 울고 있다
>
> — 이성교, '약속의 말씀 부여잡고'에서

이성교는 잼처럼 세상을 꿰뚫어보았다. 그래서 그는 주님이 약속한
말씀을 부여잡고 있다. 그 손길에서만 고해를 각해로 바꾸어 놓을 수
있었기 때문이다. 이렇게 보면 그 작품 속에 녹아있는 웃음은 곧 눈물
이었다. 그는 야곱처럼 눈물과 밤새 씨름하며 웃음을 획득한 것이다. 그
것이 하나님의 은총이었다.

> 흰 구름 피어나는 雪峰 아래
> 늘 웃으시는 그 얼굴
>
> 바람 부는 봄 언덕에
> 포롯이 돋는 풀잎으로도
> 그 마음 알 수 있습니다
>
> 혹여 긴 언덕에
> 까치집 열리지 않았으면
> 어떠했을까
> 그 추운 날 밤에
> 불을 밝히지 않았으며

어떠했을까

실로 어두운 역사에서
언 손 호호 불며
한 가닥 희망 찾아
험한 산 고개를 넘어오신 임

그래서 물소리로도
임의 계심을 알 수 있습니다

　　　　　　　　　　― 이성교, '그 사람 6' 전문

　이 노래가 아름다운 것은 단지 <험한 산 고개를 넘어오신 임>을 찬
양하고 있기 때문이 아니다. 그 임이 오시는 길목과 서신 그 자리를 층
위의 제단으로 쌓아 놓았기 때문이다. 이것은 바로 천사의 사다리를 은
유한 것이다.
　지상에는 <풀잎>과 <물>과 <어두움>이 있고 그 위의 중간 항에는
<언덕>과 <바람>과 <희망>이 있고, 또 그 위의 상방(上方)에는 <설
봉>과 <불>과 <임>이 임재하고 있음을 보여주고 있다. 이러한 층위는
곧 웃음 밑에 숨은 눈물 그리고 그 위의 은총이라는 상징적 층위이다.
웃음 짓는 모습이 있지만 그 속에는 처절한 눈물이 있음과 동시에 시인
의 부활의 눈빛이 있음을 보여준다.
　잼이 그러했듯이 이성교의 시와 사랑과 웃음에는 험악한 세상 모든
것을 아우르고 있다. 이것은 욕심과 아집과 야망으로 가득 찬 어른들의
심보로는 기대할 수 없는 것들이다. 천진한 아이들의 순수한 마음 밭에
서나 가능한 것. 그래서 친구중의 한 사람이었던 고 박재삼 시인은 이
성교에게 <아직도 동안을 상하지 않은 소년티의 순정과 물같이 담담한
심성>이라고 한 적이 있고 이동주는 <서울 인정은 섣달 그믐의 들녘
북풍받이>이기에 이웃이 되어 같이 살아보고자 한 친구가 이성교라고
했다. 그리고 성춘복은 <아리랑은 못 불렀지만 / 그러나 눈물보다 더
단 막걸리>같은 설움도 곧잘 풀어낸 시인 이성교는 영원한 고향의 시

인이고 한국의 시인이라고 했다.

이러한 의미에서 시인 이성교는 윤병로의 말대로 그는 <시대적 변화의 물결에 노를 젓는 뱃사공이 아니라 그러한 물결에도 의연히 서 있는 강변 바위 위의 한 그루 소나무>일시 분명하다.

선사와 신사
— 함동선

시인이나 작가들의 창작은 일종의 유토피아 찾기이다. 현실에서 잃은 것을 작품에서 찾고자 하는 것이다.

함동선도 예외가 아니다. 그의 유토피아는 흘러간 시간 속에 있다. 이 것도 일종의 카니발이다.

바흐친이 착안한 카니발은 처지를 바꾸어 보는 유쾌한 상대성 만들 기이다. 왕이 거지가 되고 빈자가 부자도 되어본다. 천국과 지옥도 바꾸 어 본다. 선사의 지팡이 같은 풍경, 이런 카니발이 함동선 시의 총화에 서 엿볼 수 있다.

> 쌀가마니 탄약상자 부상병이 탄 달구지를 보고
> 놀란 까치들이
> 흰 배를 드러내며 날아간다.
> 후퇴하는 인민군 총 뿌리에 떠밀리며
> 서낭당에 절하고 또 절하던 형님은
> 그 후에 다신 돌아오지 못했다.
> 오늘도 낮 달은 머리 위에서 뒹굴고 있지만
> 빛을 먹은 필름처럼 까맣게 탄 사진을 현상해서
> 천도제 올린 우리 식구들
> 절이 멀어질수록 풀벌레 소리로 귀를 막는다.

나무껍질처럼 투박해진 세월은
내 얼굴의 버짐처럼 가렵기만 한지
저수지에 돌팔매질을 해
물수제비 예닐곱 개나 뜨던 여름이 오면
형님은 언제나 거기에 있다.
6·25를 기억하는 예성강처럼
언제나 거기에 있다.

— 함동선, '형님은 언제나 서른네 살'-

이 시에는 <나무껍질처럼 투박해진 세월>이 <내 얼굴의 버짐처럼 가렵다>는 감각적인 기법도 빛나지만 그보다는 시인 개인사나 전통이나 역사까지를 묶어버리는 시간을 해체하고 재구성한 마력이 돋보인다. 이처럼 아우가 재구성한 시간의 축제 속에 사별한 형이 살아나는 것이다. 이러한 역동성에 <달>이라는 매개항이 작동하였고 이 달은 이 작품의 연결고리에 한하지 않고 함동선 시의 주류를 이루는 동시에 이것이 동양사상의 전통과 연관되어 있어 주목에 값한다.

순이가 달아나면
기인 담장 위로
달님이 따라 오고

분이가 달아나면
기인 담장 밑으로
달님이 따라 가고

하늘에 달이야 하나인데
순이는 달님을 다리고
집으로 가고

분이는 달님을 다리고
집으로 가고

— 조지훈, '달밤'

위의 시에서 시편 한 가운데 뜬 달은 분명 하나인데 달을 데리고 가는 사람은 순이와 분이 두 사람이다. 즉 달은 너도 갖고 나도 갖는 동양적인 공유 공존을 상징한다. 달 하나로 이처럼 우주적 심포니를 상징해주면서도 조지훈의 시에는 구조적인 <통합된 감수성>이나 <포괄>이나 파라독스 같은 테크닉 없이 단순 소박하면서도 정신문명의 거대한 오케스트라를 연주해 준다. 그래서 달은 오늘까지 수많은 사람들로부터 가지가지 변주곡을 만들게 했다.

신라의 처용은 달로 <벽사진경>을 끌어냈고 백제의 아낙은 행상 나간 남편의 밤길을 밝힌다. 여기서 일일이 거론할 수 없을 정도로 달은 이 땅의 희비애락의 동반자였다. 그 달로 때로는 울고 웃는다.

반짝반짝 하늘이 눈을 뜨기 시작하는 초저녁
나는 자식놈을 데불고 고향의 들길을 걷고 있었다.

아빠 아빠 우리는 고추로 쉬하는데 여자들은 엉뎅이로 하지?

이제 갓 네 살 먹은 아이가 하는 말을 어이없이 듣고 나서
나는 야릇한 예감이 들어 주의를 한번 쓰윽 훑어보았다. 저만큼 고추밭에서
아낙 셋이 하얗게 엉덩이를 까놓고 천연스럽게 뒤를 보고 있었다.

무슨 생각이 들어서 그랬는지
산마루에 걸린 초승달이 입이 귀 밑까지 째지도록 웃고 있었다.
— 김남주, '추석 무렵'

언제나 성난 얼굴로 저항하던 민주투사 김남주로부터 농경사회의 으스름 달밤에 있었던 코믹연기 한 토막을 들을 수 있는 것은 달의 진폭력 때문이다. 이것이 농경사회의 진풍경이고 우리가 잃어버린 유토피아이다.

지금은 농경사회에서 산업사회를 거쳐 정보화사회에 당도하였다. 남

은 농경시대를 지나고 산업사회를 지나고도 그날의 농경사회를 그대로
유지 발전시켜 시너지효과까지 얻는다는데 우리는 어설픈 정보화에 들
어서면서 어느새 농경사회는 까맣게 잊고 시멘트에 자동차에 휘황찬 전
등에 으스름 달밤 같은 것은 잔상으로도 보이지 않는다.

함동선의 시를 대하면 달이 연이어 떠오르고 바람이 있고 구름이 있
고 나비가 나는 지난 농경 시대의 르네상스를 만날 수 있다.

특히 함동선은 달 하나로 많은 변주곡과 애창곡을 만들어 냈다.

원형갑이 함동선 시중에 걸작이라고 골라낸 '풍경'이라는 작품도 그
화룡점정은 역시 달이었다.

함동선은 이미 오래 전부터 '모든 형체는 서로 엉키어 흐른다'는 깊은
인식에 젖어있었기로 <나비가 민들레 언덕을 날으고> 있는 것을 보면
<나는 / 그 나비를 따라 날개 짓을 익히다가 / 어느 새인지 모르게 /
한 마리 나비가 되어>있고 <이사할 때>는 <고향 뒷산에 내린 적이 있
는 하늘을 / 손안에 담고서야 / 길을 떠났는데요>('소묘')라고 한다. 너
와 내가 금방 하나로 통화할 수 있는 이런 <자타지>가 생리화한 것을
볼 수 있는 것이다.

농경시대의 정서는 어떤 대상과도 교감 할 수 있는 감정의 공유와 이
해가 가능했다고 할 수 있다. 시집살이하는 새댁이 잠을 이기지 못해
그 잠을 뽑아 탱자나무에 걸었더니 금방 탱자나무가 꼬박꼬박 잠에 취
할 정도로 우리는 언제나 사물과 길이 교감할 수 있었다.

> 옥양목 새 옷으로 갈아입으시고
> 휑하니 담을 돌아오시는 할머니를
> 오늘도 비치고 있으니
> 한 치 앞에서 뵙는 거나
> 고개 넘어서 뵙는 거나
> 그리고 못 가는 故鄕에 계시다고 생각하는 거나
> 넓은 천지에 뭐이 그렇게
> 대수로운 차이가 있겠는가

— 함동선, '얘야'

여기서도 시인은 자기 속에 넓은 천지를 안고 있는 것이다 연꽃 한
송이에도 우주가 들어있었던 것이다 이러한 사실을 보면 언젠가 함동선
은 자신의 시 세계 구축에 <T.E. 흄> 사사 운운했지만 이것은 지난 이
야기이거나 자신에 대한 잠시 오독의 소치가 아니었나 생각된다.

소위 서구의 신비평가들은 시의 구조를 황금율로 여기면서 그 속에
애매 모호하고 서로 어울릴 수 없는 것끼리 어울리게 하는 불일치나 모
순어법에서 미를 찾는 너스레를 떨었지만 동양의 정신문명 속에는 천지
만물은 애당초 동근 동체에서 그런 파라독스가 미가 될 수 없었다.

난초가 꽃을 피우는 것은 하늘이 하도 고요하니까 궁금해서였고 <소
자 이 생원네 무 밭은> 밑둥거리가 굵다고 소문 났는데 그것은 이 집
마누라의 오줌기운이 센 때문이라고들 했다.(서정주, '소자 이생원네....
오줌 기운') 이렇게 만물은 상감감통(相感感通)하고 있는 것이다.

그런데 지금 우리 현실은 사물과 사람의 교감은 커녕 사람과 사람,
이웃과 이웃 더러는 부모자식이나 사제간이나 부부끼리도 마음은 제각
각이다. 제각각에 그치지 않고 경우에 따라서는 상대를 파먹는다. 아비
가 어린 자식의 새끼손가락도 필요에 따라서는 자르고 자식이 부모를
혹은 부부간에도 예외가 아니다. 하여 우리에게는 서정주의 '질마재 신
화'가 소중하고 조지훈의 '달밤'이 그리운 것이다. 함동선도 이러한 그리
움 때문에 그런 달을 노래하고 있는 것 같다.

앞에서 함동선이 자신의 시를 오독하지 않았다고 말한 것도 실은 까
닭이 있다. 롤랑 바르트는 텍스트 이론을 펼치는 가운데 <저자는 텍스
트의 기원도 종결도 아니고 단지 손님으로 텍스트를 방문할 뿐> 이라
고 말한다. 그리고 이어 텍스트는 중심을 정하거나 종결될 수 없는 철
저히 파괴적인 기표들의 자유로운 놀이를 통해 기의를 무한히 연기시킨
다고 했다. 이러한 논리는 독서는 본질적으로 오독할 수밖에 없다는 이
론에 이르게 된다.

함동선 시인은 역시 서구풍의 구조미에서 보다 동양적인 교감체계에 가깝다. 이것은 본인 스스로도 잘 눈치채지 못한다. 왜냐하면 서구적인 이미지즘기법은 의식적으로 시도하는 것이지만 동양적인 신화나 선의 세계는 그것이 무의식적으로 흐르기 쉽기 때문이다. 이러한 사실은 남에게 더 잘 들킬 수밖에 없는 것이다. 무의식적인 자기행동은 무의식적으로 이루어지기 때문이다.

> 내 빈손 안에
> 늘 잡혀 있던 故鄕이
> 어디쯤 있을까 두리번거렸더니
> 개 첩첩 산과 흐르는 물 속에
> 내 옛집이 그대로구나
>
> — '紅流洞'에서

<내 빈 손안에> 늘 잡혀있는 내 고향은 언제나 내 마음속에 있다는 말이다. 마음속에 있는 그 고향이 화자의 눈으로 전달(이심전심 같은)되어 화자는 그 그리운 고향을 <저 첩첩 산과 흐르는 물 속에> 서도 찾아낸다. 마음은 모든 것을 빚어낼 수 있는 것이다. 일체가 유심이다.

이러한 함동선의 시 옆에 선시 한 편을 빌려 본다.

> 산비 그윽히 내리는 곳
> 새소리 지저귀는 때네
> 마음물결 일고 지는 것 돌아다보니
> 노송의 가지에 바람이 움직이네
> 山雨濛濛處
> 喃喃鳥語時
> 返觀心起滅
> 風動老松枝
>
> — 龍潭, '閑居卽事'

위의 선시에는 깨달음의 세계가 나타나 있다. 선은 마음의 역동성이라 할 수 있다. 마음속에 살아 숨쉬는 것을 모든 대상 속에 살아있다는 것을 느끼고 깨닫는 것이다. 이것이 선의 세계이기도 하다. 그래서 자아는 바람도 되고 달도 되고 나비도 된다. 하여 내가 그리던 고향은 내 시선이 멎는 저 산과 물 속에도 있게 되는 것이다. 여기에는 걸림돌이 없다.(圓融無碍) 산이 아무리 높아도 구름은 방해받지 않고 넘어간다. 그리고 아무리 큰 부미산도 겨자씨 속에 들어갈 수 있다하여, <水水山山爾形 花花草草爾意> (물과 물 산과 산은 내 모습이고 꽃과 풀은 내 뜻이다.) ('용성의 자찬'에서) 내가 대상 속에 들어가고 호환하니 걸릴 것 이루지 못할 것이 없다. 꿈꾸는 대로 마음먹은 대로 다 이룰 수 있다. 그래서 선의 세계는 놀라운 비약과 천지조화가 자유롭다. 반대로 또 선의 힘에는 인생 자체를 해체하기도 하다.

인생은 아무 것도 의미하지 않는다고도 본다. 셰익스피어의 작품 가운데 멕베스가 외치는 세계이기도 하다.

> 인생이란 걸어가는 그림자,
> 자기가 맡은 시간만은
> 장한 듯이 무대 위서 떠들지만
> 그것이 지나가면 잊혀지는
> 가련한 배우일 뿐
> 인생이란 바보가 지껄이는 이야기,
> 시끄러운 소리와 광포로 가득하지만
> 아무 것도 의미하지 않는 이야기
> (셰익스피어, '맥베스'에서)

셰익스피어의 소견대로 결국 인생이란 바보가 지껄이는 이야기에 불과하다는 것이다. 그래서 To be, or not to be, that is the question을 <살아 부지할 것인가, 죽어 없어 질 것인가>(최재서), <과연 인생이란 살 가치가 있느냐 없느냐>(이덕수), <삶이냐 죽음이냐>(장우영), <있음이냐 없음이냐>(최종철) 등으로 해석하기도 하지만 김용옥은 사느냐 죽느냐 그 어느 쪽에도 해답이 있지 않고 이러한 실존적 갈등에서 해방되고 해탈하라는 해석이 옳다고 주장한다. 그러나 선은 역시 조화옹의 지팡이일 때 무릎을 치게 된다.

바다 밑 제비 둥지엔
사슴이 알을 품었고
불 속의 거미집에선
고기가 차를 달인다
이 집안의 소식을
뉘 있어 알아볼 건가
흰 구름 서쪽으로 날으니
달은 동으로 날으네

— 이찬형, '曉峰'

위의 시는 상식을 파괴한다. 바다 밑 제비집에 사슴이 알을 품는다는 것은 우리의 상식과 논리로는 상상할 수 없다. 그리고 거미집이 어떻게 불 속에서 타지 않고 있으며 그 거미집에서 고기가 차를 달일 수 있는가 이러한 광경을 김용옥은 <우주적 여여의 심포니>라 했다.

우리가 인간적인 욕망에서 풀려나 해탈할 수 있다면(그것은 열반의 경지일 수도 있지만) 불 속에서도 타지 않는 거미줄이 될 수 있을 것이다.

괴테는 <환상은 나의 여신이라>고 했다. 그리고 칸트는 신비의 우주 속을 뚫고 들어가는 힘은 환상뿐이라고 했다. 이것은 그들의 신념이고 철학이다. 그러나 인도의 불교가 중국을 거쳐 선이 된 선의 세계는 신념이나 철학보다는 만물 통령 의식이 승화한 해탈의 경지 같은 것으로 생각된다.

할아버지가 누우신 산에서
만난 비는
골짜기 물이 되어 흐르더니
한 시오리 길이지 아마

아버지 산소에
갇힌
구름이 되어
솔바람 스쳐갈 때마다
내 눈물로 흐르더라

— 함동선, '山에서'

위의 시를 보면 나는 함동선에게서 신화나 선시적인 요소를 더욱 강하게 느끼게 된다. 신화나 선사상을 엄격히 구획 짓기는 어렵지만 그 조화가 진정으로 조화로울 때 우리는 선사의 대나무 지팡이 한 소리가 깨우는 놀라운 사실을 보게 된다.

시인은 '산에서' 조·부·자의 혈맥적 교감을 비와 구름과 눈물이라는 우주적 교감에서 찾는다. 이러한 우주적 교향곡에서 삶의 비밀을 찾아내는 시인은 단순한 기교적 미학으로 시를 구축하는 것과는 다르다.

엘리아데는 '신화와 실제'라는 글에서 불멸성 가운데 가장 널리 퍼진 모티브 중의 하나는 창조적인 근원에서 복귀 즉, 삶의 상징적 자궁에의 복귀라고 말한다. 그래서 옛사람들의 행동이 오늘 우리들의 꿈속에 나타난다는 것이다.

'그날의 감격은'에서 함동선은 돌아가신 아버님께서 다정한 웃음으로 <손짓하시는 모습이>이 하늘로 변하는 것이라든가 '어느 날의 일기'에서 아버님 제삿날 큰 형님이 분향하고 재배하자 아버님 말씀이 <술잔에 가득 고였다>는 것 등은 우주적인 원형에 신화적인 인간사가 오버랩 되어 나타난 것이라 볼 수 있다.

이러한 일련의 시작은 함동선의 선시적인 역동성을 가늠케 하는 것이다.

함동선은 말수가 적고 눈매까지 부드러운 선사 같은 신사다. 이런 신사가 선사의 풍경을 제대로 그려낸다면 제격일 것이다.

사랑만 유일한 희망
— 문종수

인생이 허망하다는 것을 알면 우리는 삶을 마음껏 꽃피울 수 있다.
인간의 숙명적인 한계를 무한대의 시공간으로 쓸 수 있기 때문이다.

문종수는 장로이면서 법조인(검사장, 민정 수석 비서관 역임)이고 시
인이다. 이 시인의 다섯 번째 시집 원고를 보면 우선 놀라게 된다. 그
시편들 속에 기독교적인 것보다도 선(禪)의 요소가 묘미로 감돌고 있기
때문이다.

'헛되고 헛되며 헛되고 헛되도다'라는 말이 불경에만 있지 않고 노장
의 목소리만도 아닌 성경의 진수이기도 하다는 것은 한계상황 속에 갇
혀 살고 있는 인간에게 시사하는 바가 크다.

> 전도자가 가로되 헛되고 헛되며 헛되고 헛되니 모든 것이 헛되도
> 다.…
> 내가 해 아래서 행하는 모든 일을 본 즉 다 헛되어 바람을 잡으려
> 는 것이로다.
> 내가 다시 지혜를 알고자 하며 미친 것과 미련한 것을 알고자 하여
> 마음을 썼으나 이것도 바람을 잡으려는 것인 줄을 깨달았도다. 지혜가
> 많으면 번뇌도 많으니 지식을 더하는 자는 근심을 더하느니라.
> — (전도서1:14-18)

위의 성경 전도서 1장에 이어지는 2장에도 <그 후에 본즉 내 손으로 한 모든 일과 수고한 모든 수고가 다 헛되어 바람을 잡으려는 것이며 해 아래서 무익한 것이로다(2:1~)>라고 모든 것이 헛된 것임을 강조한다.

그리고 1장 끝 부분에서 <지혜가 많으면 번뇌도 많으니 지식을 더하는 자는 근심을 더하느니라>라고 한 것은 그대로 노자의 역설이다.

선사가 선을 배우겠다고 온 제자에게 '차나 한 잔 하여라'하고 '그릇이나 닦으라' 하는 것 등은 바로 선의 중추는 일상(日常)이라는 것을 가르치는 것이다.

철인 소크라테스의 철학이나 참새 소리나 궁극적으로는 같은 것이고, 달을 밟고 온 우주비행사나 이태백이나 무슨 차이가 있겠는가.

대철학자나 사상가, 종교인이 심산유곡에 들어가 위대한 사상과 철학과 종교적 환상을 안고 돌아와서 겨우 얻은 결론이 바람소리였다.

> 어느 禪師의
> 선문답을 읽다가
> 딴에는, 빙긋 웃으며
> '여보, 이 말 좀 들어봐요'
> 했더니
> 아내는 무심한 듯
> '당신 차 한 잔 드릴까'
>
> 이 고즈넉한 저녁
> 아내의 마음엔
> 이미, 禪心이 가득한 것을
> 어리석게도, 안경 추스르며
> 文字의 숲 속을
> 헤매었구나.
>
> — 문종수, '차 한 잔 드릴까' 전문

글을 쓰고 시를 쓰면서도 문종수는 불립문자(不立文字)를 생각한다. 달마가 동쪽으로 간 까닭을 아득히 생각하는 것 같다. 그 차를 박진순이 문종수에게 날라다 주든 김영수에게 유성식이 날라다 주든 다를 바 없고, 시골 아낙이 내오든 선사가 내오든 차 맛은 같다. 아내가 가정에서 남편에게 차를 내오는 것은 일상사이면서도 동시에 선(禪)이라 생각할 수 있다는 것이다. 눈(雪)속에 그려진 진주를 생각해 보는 순간이다. <아주 낯 선 / 처음 찾아온 손님같이 / 육순이 / 문지방을 넘어섭니다 / ……어서 오시게나 / 오실 줄 알았네>(육순의 문턱에서)라고 깨닫는 것처럼 알고 보면 세상사는 모두가 낯 선 것이다.

　　　남향 창문을 여니
　　　샛노란 산수유는
　　　꽃샘바람이 간지러워
　　　까르르 웃고
　　　서슬에, 깜짝 놀란
　　　목련 꽃망울
　　　목 내밀고 두리번거리네
　　　연두 빛 물오른
　　　개나리, 호들갑스럽게
　　　봄볕을 재촉하니
　　　아, 축복의 계절*
　　　당신도 살며시 눈뜨고
　　　나를 바라보네

　　　　*당신의 쉰 여덟 번째의 생일에

　　　　　　　　　　　— '축복의 계절' 전문

산수유나 목련이나 개나리나 당신(아내)의 얼굴이나 전혀 다른 게 없고 산수유가 까르르 웃거나 목련이 두리번거리거나 아내가 살며시 눈을 뜨는 것이나 그것 역시 다르지 않다.

시인은 누구인가. '시인아, 너의 영광을…… 촛불로 날아들어 죽기도 아름다운 나비를 보아라'라고 시인 이상화는 노래했다. 불을 향해 뛰어들어 새 세계로 향하려는 의지를 꽃 피울 수 있다면 시인은 즐겨 부나비가 되고 목마르게 우는 청개구리가 되는 것이다.

문득 귀가 열리더니
매미가 운다

천 마디 웅변보다
절절하게 세월을 우니

아쉬워 아쉬워
어리석은 삶이여

아, 이 여름
다 가기 전

나도 저렇게
한 번, 목놓아 울고 싶어라.

— '나도 저렇게' 전문

이것은 바로 선(禪)의 세계이기도 하다. <문득 귀가 열리더니/매미가 운다>는 것은 깨달은 순간이다. 혹은 깊은 잠 속에 빠진 우리를 깨우는 종소리이기도 하다. 선의 세계가 어느 경지에 이르면 그 속에는 팔만대장경이 다 들어 있고 그것은 노고지리 소리에 불과할 수도 있다. 그래서 극락도 지옥도 한 가지이다.

바람도 일종의 선과 같은 것. <이순(耳順)이 가까워 잠 못 이루는 사내가> 겨울이 지나가는 소리를 <바람>으로 듣기도 하고 ('어느 별의 사내와') 혹은 <받아들여라>, <내 주어라>하고 권고하는 이유도 <바람> 때문이다. '입춘(立春)에' 서서 보아도 존재는 바람이었고 <외손녀의

다팔머리 위 / 금빛 햇살 한줌 / 깡충 내려 앉>는 것도 바람이었다. 단
풍을 몰고 오는 것도 <바람>이고 달빛을 가리는 것도 <바람>이다. 그
바람은 세모에도 불고 새해에도 분다. 기다리는 심사에도 바람은 일고
애써 무심하고 싶을 때도 시인은 바람소리를 듣는다. 때로 그것은 소문
의 메타포로, 혹은 의(義)의 깃발로 은유 되기도 한다. <임금님 귀는 자
꾸는 자라고 / 대숲은 밤낮없이 수런대는데 / 대숲 어귀에 서서 / "아니
다, 아니다" 외쳐 본들 누가 들으랴>하고 가슴이 답답할 때도 시인은
바람에 의지하고 있다.

　이처럼 다양한 노래의 리듬 속에 여러 가지 몸짓으로 부는 바람은 바
로 존재의 시그널이다. 나뭇가지를 흔드는 바람, 아니 바람에 흔들리는
나뭇가지 그것이 인생이고, 아침 이슬을 흔들어 깨우는 것도 바람이다.

　　　(장자(莊子)의 꿈속으로 가볍게 떠남)

　　나비 되면 꽃잎에 나래 접고
　　달맞이꽃 되면 달빛에 젖고
　　혹여 노을 바라보다 한 덩이 돌이 되면
　　빙긋 바람 속에 미소로 남지.

　　　　　　　　　　　　― '한 덩이 돌이 되어' 전문

　장자가 나비가 되고 나비가 장자가 되고, 그리고 나비가 되면 꽃잎에,
달맞이꽃이 되면 달빛에 젖고, 노을 보다가 돌이 되면 바람 속에서 미
소로 남고… 싯다르타도 고행 길에 정처 없는 바람이었다. 수도하는 나
그네(싯다르타)는 하늘에 반짝이는 외로운 별이 되기도 하고 돌이 되기
도 했으며 뱃사공으로부터도 깊은 진리를 배웠다.

　불교에서는 존재의 소멸에서 존재의 정체를 찾는다. 존재는 소멸로써
그 본체를 얻는다. 주체의 본질이 애당초 공(空)이니 존재와 시의 본질
도 공이라는 것이다. 만유(萬有)는 생과 사가 드나드는 한 마음 안에 있
다는 것.

이러한 인간의 본체를 알 때 비로소 시인은 바람의 노래를 부를 수 있는 것이다. 서정주도 이적같은 신비를 노래한다. 서정주의 시가 어법에 잘 맞지 않고 때로는 황당하면서도 그 시가 많은 독자들로부터 사랑을 받을 수 있는 것은 설화 같은, 전설 같은, 혹은 신화 같은 신비의 노래로 한계상황 속에 갇힌 인간에게 비상의 자유를 주기 때문인 것이다.

우리가 창세기부터 성경 끝까지에 매혹되는 것도 지상의 인간조건으로는 절대 불가능한 것을 하나님은 할 수 있고 해낼 수 있다는 그 이적의 힘 때문이 아니겠는가. 이러한 이적의 힘을 모방한 것이 인간의 상상력이다. 논리를 넘고 조건을 탈출하고 둔갑을 하고 기적 같은 사실을 상상으로 창출해낼 때 그것이 곧 훌륭한 작품이 될 수 있는 것이다.

그러나, 문종수 시인에게는 예나 이제나 변하지 않는 것이 단 하나 있다. 그것은 사랑이다. 그 사랑은 문신인을 온전케 하는 신앙이다. 선도 허무도 그 어떠한 시의 미학도 이 사랑에 머문다. 그 사랑이 아내(박진순)에게로 향하든 하나님에게로 가는 것이든 <사랑만 유일한 희망>(장정일의 '텅 빈 껍질')이다.

이 사랑은 현실인 동시에 십자가로 이어지고, 원죄로 이어진다.

> 하염없이 안개 속을 드나드는
> 숲을 바라보며
> 묵직하니 아파 오는 가슴을 다스리며 묻는다.
> '너는 어디에 있느냐'
>
> 나는 늘 양지에 서 있었고
> 일상의 안온함을 위안 삼아
> 부끄러움 없이 순치 되어 버렸지
> 이제, 비로소 '아니다'하는 외침에
> 귀 열릴 때, 너는 무엇을 하였느냐
>
> 변명으로 점철된
> 내 연약한 삶의 궤적이여

      역사의 수레바퀴에 낀
      작은 못의 아픔이여.
                    — '빗물에 떠내려가는 역사' 중에서

  이 시에서 '너는 어디에 있느냐?' 이 말은 방금 금단의 열매를 따먹고
숨어 있는 아담과 하와를 향해 하나님의 목소리로 들려 온 것이다.
  창세기에 인간의 조상이 처음으로 죄를 짓고 하나님께 들켜 바야흐
로 에덴동산을 쫓겨나야 할 상황 위에 벌어진 엄청난 사건이고 준엄한
목소리이다.
  여기서 '너'는 시의 화자인 동시에 인류 전체이기도 하다.
  주일 교회의 강단 설교에서 <회개하라>고 반복하는 것은 죄가 반복
되고 있다는 증거다. 윤동주도 <참회>했고, 성인도 글인도다. 지옥에서
하나님 옆에 앉은 거지 나사로를 보면서 <부자>도 참회한다. 지상에
가서 자신의 처참한 상황을 알려주고 오겠다고 해도 허락 받지 못했다.
산 자의 말도 믿지 못하는 사람들이 죽은 자의 말을 믿겠느냐는 것이
다. 아담의 잘못된 선택 때문이라고 한다. 그래서 검사장(문종수)도 영
이 맑을 때 하나님의 추궁소리를 들었던 것이다. 여기서 눈뜬 장정일은
말한다. <사랑만 유일한 희망>이라고. 그래서 문종수 시인도 이러한 사
랑을 노래한다.

      당신은
      내 영혼을 빛나게 하는
      가장 아름다운
      한편의 시 —
      어설픈 告白으로는
      감당할 길 없는
      내 영혼의
      雅歌
      바로 그것이기
      때문입니다.

                    — '당신을 위한 詩'에서

　　문종수 시인은 아내인 <당신>에게 매일 한 편의 시를 바치고 사랑을
주고받는다. <사랑만 유일한 희망>이기 때문이다.

허튼 소리
— 중 광

나는 天堂과
極樂을
오른쪽 호주머니에
가지고 다니고

地獄은
발바닥 밑바닥에
가지고 다닌다

양심은
하늘에 걸어두고
이슬처럼 따먹는다

— 중광, '미친소리' 전문

　중광은 지금 미친 소리를 하고 있다. 그러나 중광을 미쳤다고 하는 것은 이 사회의 관습과 논리에 발묶인 사람들의 편견이다. 중광 쪽에서 보면 논리습관에 얽매인 사람들이 바보요 미친 사람들이다.
　선의 세계는 신념이나 철학보다 만물통령의식이 끌어낸 일종의 해탈이다.

돌계집이 갑자기 아기 낳으면
나무사람이 가만히 머리를 끄덕이고
저 곤륜산이 쇠말을 타면
허공이 금 채찍으로 친다.

石女忽生兒
木人暗默頭
崑崙騎鐵馬
虛空着金鞭

— 白雲, '又作十二 松呈似'

　이러한 선시는 이미 기교를 지나 비약과 역설로 개오와 대각의 세계
를 열고 간다. 그런데 이러한 선이 극도에 이르면 그것은 다시 지극히
평범하고 단순한 일상에 와 닿게 된다. 그래서 제자가 불이나 선에 대
해 묻는 경우 스승은 코를 비틀거나 '밥먹어라' 혹은 지팡이로 머리통을
치며 딴전을 피우는 것은 선의 세계에서는 흔한 예화이다. <불을 구하
고 법을 구하는 것은 곧 지옥을 만드는 업일 뿐이다. (求佛求法, 卽是造
地獄業)

나는 산이란 산은 다 데불고 앉아
나는 하늘이란 하늘을 다 데불고 앉아
물소리란 물소리 다 데불고 앉아
새소리란 새소리 다 데불고 앉아
산짐승이란 짐승은 다 데불고 앉아
바람이란 바람은 다 데불고 앉아
바위란 바위는 다 데불고 앉아
나는 나란 존재를 다 데불고 앉아
나는 왕이 되는 것이다.
산은 산을 먹고살거라
하늘은 하늘을 먹고살거라

물소리는 물소리를 먹고 살거나
새소리는 새소리를 먹고살거라
산짐승은 산짐승을 먹고살거라
바람은 바람을 먹고살거라
즐거움은 즐거움을 먹고살거라
신선은 신선을 먹고살거라
바위는 바위를 먹고살거라
나는 나를 먹고살거라
이 비밀을 설악산 곰이 물고 도망을 가거라
도망가는 곰을 하늘이 따라가 빼앗아 가거라
내설악이 검다가 지친 푸른 물
설악만은 깊고 깊어라.

— 중광, '허튼 소리'

그는 완전히 허튼 소리를 하는 듯 하면서도 인간 속에 숨어 있는 진실과 지혜를 발산하고 있다. 그는 여기서 산, 하늘, 물, 짐승, 바람, 바위 할 것 없이 다 소유하고 있다. <나는 나도 데불고> 있고 <나는 왕이> 되었다. 이 비밀을 설악산 곰이 물고 가도 좋고 <도망가는 곰을 하늘이 따라가 빼앗아 가>도 좋다. 그리고 그는 '설악산에 와서'는 <내설악에 들어서니 / 선녀탕에 선녀들이 / 주섬주섬 내려와 / 목욕 재계하며 노니는데 / 저 늙은 부처 바위 빙그레 웃누나 / 百年 못살아 한 生인데 / 이제는 떠나지 말고 / 같이 살자구나>하고 꾀어본다.

인간의 운명은 감방 같은 것이다. 한계상황 속에서 속절없다. 이러한 숙명에 거역해 보는 것이 상상이고 선(禪)이고 환각이고 몽환이다. 인간이 종교와 예술로 머리를 돌리는 것도 한계상황에서 탈각하려는 욕구에서 비롯된다. 이러한 몸부림 자체가 가련하고도 희극적이다.

공자가 살아야
― 오동환

공자의 제자 중에 효도와 약속의 소중함을 역설한 사람이 증삼(曾參)이다. 그를 높여 증자(曾子)라 부른다.

어느 날 증자의 아내가 저자에 가려하자 아이가 울면서 쫓아 나왔다. 그러자 증자의 아내는 아이를 떼어버리려는 생각에서 무심코 말했다.
"울지 말고 집으로 들어가 있거라. 이따가 돼지 잡아 구워줄 테니."
그런데 이게 웬일인가. 증자의 아내가 집에 돌아와 보니 증자가 몸소 돼지를 잡고 있는 게 아닌가.
증자의 아내가 어이없다는 듯이 말했다.
"아니 여보, 그냥 무심코 했던 말인데 정말로 돼지를 잡다니오."
그 말을 증자는 단호히 가로막았다.
"무심코 한 말이라니요. 그렇다고 해도 약속은 약속이오. 사소한 약속이든 큰 약속이든 약속은 지켜져야 하오. 그래야 아이들에게 본보기도 되고 효도의 바탕도 되는 법이오."
증자가 돼지 잡은 이 이야기는 너무나 유명하다. 그런데 돼지를 잡지 않은 사람은 이 세상에 너무나 많다. …
　　　　　　― 오동환, 「누가 돼지를 잡겠다고 약속했는가」에서

오동환의 말대로 〈돼지를 잡겠다〉고 하고 잡지 않는 사람이 실로 너무 많다. 병실의 위독한 환자를 보고하는 의사의 거짓말도 아닌 멀쩡한 국민들을 우롱하는 정치판 거짓말이 상식이 되었다.

거짓말이 탁류처럼 흐른다. 얼마 전에도 국회 청문회장에서 옷 로비 사건으로 큰 소란을 피운 전직 장관, 회장 부인들이 역시 거짓말로 진실을 목 졸라 버렸다. 진실을 목 조른 부인들이 하나같이 하나님 믿는 신자들이었다. 그리고 그들은 평소 형님 아우 하던 사이라 했다. 그 중 누구인지는 모르지만 양의 탈을 쓴 이리가 있었다. 그 뒤 전직 대검 공안부장의 취중 발언사건을 놓고 벌인 청문회도 거짓말은 무너지지 않았다. 더욱 한심한 것은 출전한 여야의원들 중에는 사건의 핵심을 추적하는 신문 대신에 편들기로 일관하는 쓸개빠진 이기주의 추태까지 보였다. 한심한 공범들이 국회 청문회장에서까지 공공연했다.

이렇게 거짓말 정치에 속고 썩고 사는 것이 우리 국민이다.

그래도 공자가 있고 그 제자가 있고 그들의 바른 말을 귀담아들은 오동환이라도 있었기에 돼지 잡는 우스개 아닌 등불 같은 진담이라도 들을 수 있으니 다행이다.

공자와 그 제자 이야기가 나왔으니 말이지 항간에는 <공자가 죽어야 나라가 산다>는 책이 잘 팔린다니 더욱 한심스럽게 돌아가는 세상이다. 공자의 사상이 걸림돌이 되는 것도 있겠지만 세상의 도덕률이 거의 몽땅 후기산업화다 정보화사회다 하는 바람에 밀려나 무너져 가는 판에 공자를 알만한 사람이 공자를 죽이겠다니 이 무슨 해괴한 논법인가.

어디 죽일 사람과 사상이 없어서 그나마도 겨우 명맥을 유지해 가는 공자의 <인의예지>까지 뽑아 버리려 하는가. 거짓말로 멍들어 가는 세상에 그 누가 <정은 正>(공자)이라고 바른 정치를 호소하는 참된 어른이 있는가 공자를 알만한 사람이 그 모양이니 <君君臣臣 父父子子>는 잊었구나 대통령은 대통령답고 교수는 교수다워야 한다고 孔子는 말했느니라.

금관(金冠)의 예수
— 김지하

김지하의 <말>은 무기다. 폭압에 대한 저항의 총탄이었다. 그의 말은
자유를 갈망하는 사람들에게 종소리이기도 했다.

그가 수인이었을 때 국내 문단은 말할 것도 없고 세계의 문인대회 때
마다 그의 석방운동이 거론되었던 것은 단적으로 그의 <말>의 위력을
입증한 것이다. 그의 말은 각계각층에서, 더러는 칼로 혹은 빛과 소금으
로 변주되었다.

어느 목사는 김지하의 <금관의 예수>를 설교장에서 감동적으로 활용
하였다.

성당 앞에 금관을 쓴 예수가 서 있고 그 밑에는 거지가 신음하고 있
었다. 그 앞을 부자도 지나가고 사제도 지나가지만 이 거지에게 한 푼
동정해 주지 않는다. 경찰관이 와서 그 거지를 쫓아 내려한다. 그 거지
는 <나는 집도 가족도 먹을 것도 없는데 나의 갈곳이 어디란 말인가>
하고 탄식한다.

그러던 거지가 "금관을 쓴 예수를 쳐다보고 저 금관을 가져가면 내가
한 평생을 살 수 있겠구나"하고 생각한다. 그리고는 그 금관을 훔쳐가
려 한다. 그 때 어디선가 들려오는 소리가 있다. "얘야 어서 이 금관을

가져가거라. 나는 이 금관과 시멘트 옷에 감금되어 도무지 움직일 수가 없구나. 나는 가시관으로 족하고 자유스런 몸으로 헐벗고 가난한 너희들과 이야기하고 싶다."라고 말한다. 이 작품은 오늘의 교회에 세찬 환청으로 들려온다.

이 세상을 구원하기 위하여 만 왕의 왕으로 오신 예수는 화려한 금관을 쓰고 장엄하게 온 것이 아니라 지극히 평범한 곳에 지극히 평범한 사건으로 말구유에서 태어났던 것이다. 그리고 그의 33년이라는 일생은 지극히 낮은 곳에서 가난하고 불쌍하고 병들고 핍박받는 사람들을 구원하는 종의 모습으로 일관했던 것이다.

그런데 요즈음 각 교회는 당시의 예수상과는 엄청나게 변질된 각양각색의 모습을 만들고 있다. 그는 가난하고 병들고 핍박받는 이들의 벗으로 구원자로서보다는 존엄한 모습으로 교회만 지키고 있다. 부자나 권세 있는 사람들은 그에게 쉽게 접근할 수 있고 정작 가난하고 불쌍한 사람들은 그 예수 앞에 멀어져 갈 뿐이다.

이처럼 형식화하고 석화한 종교는 오늘날 이 타락한 인류사회 구원을 위해 아무런 빛과 진리의 역할을 하지 못하고 있다.

그 어떠한 종교 신앙이든 간에 사랑과 구원을 근간으로 하고 있지만 오늘의 종교는 자기사랑 자기구원에만 급급하고 있다. <길이요 진리요 생명>의 말씀은 <말씀>으로만 성경 속에 갇혀 있고 <자타불이>와 <중생제도>라는 진리는 불경 속에만 갇혀있는 외로운 등불이 되고 있다.

오늘처럼 어둡고 어지럽고 그리고 벅찬 이 시대에 종교는 새로운 등불로 환하게 이 세상을 밝혀야 할 것이다. 제2 제3의 종교개혁이 다시 요청되는 세상이다.

만다라
― 김성종

불교는 한국의 신앙세계를 장악한 대표적인 외래종교이다. 한국의 고유신앙이라 할 샤머니즘은 토속신앙으로 뿌리가 깊고, 널리 퍼지기는 했지만, 유교와 불교가 국가시책의 차원에서 비호되면서 무격(巫覡)이 사갈시 되고, 또는 배척되기까지 했다. 그러나 불교는 척불숭유의 조선조에 이르기까지 거의 절대적인 신앙이었고, 성리학이 기반을 튼튼히 한 가운데에도 민간의 심성을 떠나지 않았었다. 근대화 이후에 들어선 지금은 불교는 기독교와 함께 한국의 2대 종교로 신앙되고 있다.

이 불교가 한국문학의 소재나 주제로 취급된 것은 허다하다고 하겠다. 불교적 주제가 아닌 경우에도 불교적 사고방식과 행위는 흔히 노출되고 있음을 본다. 이것이 문학 속에 뚜렷이 드리워진 경우는 신라 향가의 경우는 말할 것도 없고, 시가를 논외로 하더라도, 현대소설에서는 우선 춘원 이광수의 광활한 작품 세계에서 하나의 분지를 이룬다. 춘원은 불교뿐 아니라 기독교와 인도주의 등으로 한국문학에 사상적 폭과 깊이를 더해 준 가장 포괄적이면서도 중량 있는 문인이었지만, 특히 그의 作品「마의태자」나「사랑」을 위시하여 여러 작품 속에 불교의 그늘이 짙게 드리워져 있다. 춘원 이후 불교를 문학 속에 수용한 대표적인 예는 김동리라 하겠다. 이 작가는 어린 시절 소꿉 친구의 죽음을 보고

그때부터 죽음에 관한 생각을 버릴 수 없다는 작가 자신의 말대로 그의
작품은 시종 종교적 형이상학이 독특한 색채로 드리워지고 있다. 불교
적인 면으로 그의 대표적인 작품이라면 「등신불」을 들 수 있겠는데, 이
작품의 특징은 이복형제간(<신>과 <기>)의 사랑(종교적 사랑)과 갈등
을 그린 것이다. 불쌍한 처지가 되어 집을 떠난 <신>을 찾아 구원하려
고 소신공양을 한 소신(燒身)의 성불이 원만하고 미소 짓는 불상이 아
니고, 찡그린 상이라는 데 이 작품의 의의와 뉘앙스가 있다.

이러한 불교적 작품을 시도한 작가로 이례적인 작품으로는 김성동의
「만다라」를 들 수 있다. 이 작품은 처음 절을 찾은 법운(<나>)이 해괴
한 선배 스님 <지산>과의 어울림으로 결국은 추악한 자기자신으로 되
돌아온다는 내용으로 전개된다. 언제나 소주잔에 젖어 있는 해괴한 <지
산>에게는 <나무(南無 : 歸依, 부처님께 돌아가 의지한다는 뜻) 소주
佛!> 타령이 그의 철학이고 종교였다. 해탈을 겨냥한 스님이 겨우 술과
타락의 시말 속에서 <不二>의 법칙을 찾는다는 이 작품에는 밑자리에
극락정토 사상을 깔아 놓고, 그 위에는 가장 세속의 밑바닥인 성행위와
술잔으로 시종한다.

> 부처가 신이 아니고 인간일진대…… 지금 이 시간에도 순한 중생들
> 이 배고파서, 병들어서, 옥에 갇혀서, 권력과 금력을 가진 자들에게 억
> 눌려서 신음하고 있는데…… 적어도 석자가 인간이었고, 인간을 위해
> 이 세상에 나온 것이라면 하나쯤 그리워하고 슬퍼하고 분노하는, 그리
> 하여 팔만 사천 번뇌에 싸여 고통스러워하는 모습의 불상이 있어야
> 할 게 아닌가 말이야? 함께 울고 함께 웃어야 하는 게 아닌가 말이
> 야? 인간의 얼굴을 하고 있지 않은 부처를 그대는 사랑할 수 있다고
> 생각하나?
>
> ― 「曼陀羅」에서

이것은 늘 반항적인 <지산>의 논법이다. 가난하고 억눌리고 고통받
는 중생들을 위해 가련한 심정으로 어루만져 주는 고통스러워하는 얼굴

의 불상이 아닌 부처를 믿을 수 있겠느냐는 반문이다. 김동리가 그린
「등신불」 같은 불상을 요구하는 것이다. 고뇌하는 모습을 한 부처가 과
연 세상에 있는지 모르지만, 불교의 교리에는 분명히 불상은 원만상이
라야 한다.

원래 불상은 불교의 이상을 표현한 것이고, 불교에서 이상으로 하는
진여의 진리는 눈으로 볼 수도 없고, 형상으로도 지시할 수도 없는 추
상적인 것이기 때문에 이것을 중생인 凡夫에게 알기 쉽도록 구체화하여
표시한 것이 여러 가지의 불상이라고 한다.

그래서 처음 입문한 「만다라」의 주인공 <나>에게 보인 부처도 <자
욱한 어둠을 뚫고 태양이 떠오르듯 문득 각성처럼 나타나는 부처님>이
고, <그 불가해의 미소, 천년의 미소, 꼭 무슨 말씀이 있을 듯한데 그러
나 침묵하는 부처님>이었다. 그러나 <술과 여자를 모르고는 부처의 세
계를 안다고 할 수 없고, 술과 여자야말로 적나라한 중생의 세계이고,
부처의 세계>라는 역설적인 <지산>의 논리에 <나>는 자신도 모르게
빠져들고 있었다.

> 내가 계율의 강 앞에 발이 묶여 협소한 소승(小乘)의 세계를 살면
> 서 위선자가 되고 있을 때 그는 계율의 강을 자유자재로 넘나들며 광
> 활한 무애(無碍)의 대승(大乘) 세계를 살고 있는 자유인인지도 모른다
> 는 생각이 드는 것이니, 계율의 노예가 되어 부단히 돌출하는 욕망에
> 멱살을 잡혀 있는 나보다 훨씬 인간적이며 또 어떤 의미에선 진짜 중
> 인지도 모른다는 생각이 드는 것이니.
>
> — '曼陀羅'에서

그런데 <지산>이 어느 날 세상을 떠났다. <나>에게는 충격이고 허
무이고 허망이었다. <지산>이 타는 불덩이 속에서 일체가 타고 있는
것을 그는 보고 있다.

<빛이, 소리가, 냄새가, 맛이, 느낌이, 마음이, 그리움(風)이 타고 있었
다> 뜨거운 눈물이 불을 타고 흘러내렸고, 그 불덩이 속에서 물체가 튀

어 오르는 것을 보았다. 오랫동안 애써 온 병 속의 한 마리의 새. 그러나 그것은 환영이었다. <나>는 결국 지산처럼 여인이 있는 여관에서 나오면서 이 작품의 끝이 맺어진다.

이러한 부분을 보면 김동리가 오랜 시간 방황하고 있는 그 딜레마(인간과 절대자, 유한과 무한)의 평행선은 이 작품에서도 그대로 이어지고 있다는 뜻이 된다. 그러나 「만다라」의 경우에는 그 딜레마 외에 세속 풍진에 때묻은 불교를 세척하려는 풍자적인 의지도 있었다고 볼 수 있다.

몽상의 시학

농경시대의 여치
변비에는 유모레스크

농경시대의 여치

소크라테스는 감옥에서 독배를 마시기 전에 사랑하는 제자 플라톤에게 다음과 같이 말했다고 전한다.

<사는 것이 중요한 문제가 아니라 바로 사는 것이 중요하다.>

<바로 사는 것>, 이 시대의 우리들에게 이 한마디 말보다 더 소중한 명제가 있을까 싶지 않다.

철인 소크라테스는 아테네 시민의 정신혁명을 위하여 그의 생애를 바쳤다.

그러나 아테네법정은 소크라테스에게 「불신앙과 청년의 유혹」이라는 죄명으로 그에게 사형을 선고했다.

아테네 법정이 그에게 사형은 선고했지만 죽은 것은 그의 살덩이 뿐이었다.

그는 진리 앞에서는 기꺼이 자기 육신을 버릴 줄 알았고 가치관과 행복의 기준을 확고히 하고 있었다. 그는 사는 길도 의연히 바른 길을 선택했지만 죽음 앞에서 태연자약했고 행·불행의 심판은 신에게 맡겼다.

<자, 떠날 때는 왔다. 우리는 우리의 길을 가는 것이다. 나는 죽으러 가고 여러분은 살러 간다. 누가 더 행복할 것이냐, 오직 신만이 안다.>

그런데 결과는 어떻게 되었는가. <나는 죽으러 간다>는 소크라테스

는 오늘 우리 앞에 살아있고 <살러 간다>는 아테네 시민들은 지금 우리 앞에 없지 않은가.

오늘 우리의 현실에도 살러 가는 사람, 죽으러 가는 사람이 있고 영광을 누리는 사람과 핍박 속에 신음하는 사람이 따로따로 자신의 삶을 살고 있다.

여기서 어느 편이 더 복되고 영광된 것인가는 당장의 탐욕스러운 눈으로는 분간하지 못한다.

소크라테스에게는 수많은 일화·기담도 많지만 그중 하나는 그가 추운 겨울에도 맨발로 걸어다녔다는 것이다. 맨발로 땅의 질감을 느끼며 아테네거리를 그것도 아테네 관청이나 화려한 정원이 아닌 아테네시민들의 삶의 터전인 아고라광장이었다고 한다. 당시 아테네 거리에는 진리를 입술로 날조한 소피스트들이 많았지만 소크라테스는 발바닥으로 느낀 생생한 진실의 촉감으로 정직하게 바른 길 즉, 정도(正道)를 찾아갈 수 있었던 것이다. 머리보다는 마음이, 마음보다는 손이, 손보다는 발로 철학을 실천한 것이다.

그러나 우리는 지금 저 멀리 있는 타락한 아테네시민을 흉볼 처지인가. <너 자신을 알라>는 소크라테스의 말처럼 우리들 자신을 깊은 자성의 눈으로 살펴보아야 한다. 지금 이 거리에도 진리를 날조하고 거짓말하고 타락한 정치선상의 소피스트들, 캠퍼스의 타락한 몽상가들, 부패·타락한 시민들, 그리고 무엇보다도 불화와 갈등과 사치와 낭비와 탈선으로 일그러진 정객은 얼마나 많은가.

특히 서울은 지금 요지경속이다. 선거판이 그렇고 압구정은 신흥자본이 터잡은 환락의 거리다. 부유층·상류층의 호화 샹들리에 아래 지상천국이 연출되고 있다. 돈과 성과 허영과 사치가 마구 넘친다. 그곳엔 소비가 멋이고 절제는 죄악이다. 도덕적 무감각과 정치적 무관심이 지배하는 정글지대다.

이처럼 출렁이며 넘치는 환락의 잔치 속에 지구는 극지방의 얼음이 녹아내려 해수면의 상승이 우려되는데 서울의 환락가에는 양주에 얼음

덩이가 녹아 내린다.

이렇게 현란하게 타락한 서울에 농경시대의 여치는 심히 화가 나서
혀를 찬단다.

「나의 오줌 줄기에도 / 아랑곳하지 않고 / 뭐가 그리 개탄스럽다고
/ 쯧쯧쯧쯧 / 혀를 차는 여치 / 한 도시 가운데서 진저리 치며 / 난
여치와 / 농경 문화적으로 만났다 / 잠깐 / 이곳에 방뇨하는 자는 /
그것을 잘라 버리겠다 주인백 / 쯧쯧쯧쯧」
— 유하 '나와 여치와의 불편한 관계'에서

그래도 우리 앞에는 여유 있는 시인이 있어 농경시대의 여치와 만나
재담으로 이 시대를 욕해주니 웃기는 하지만 이 시대야말로 그것을 잘
려야 할 위인이 많다. 특히 애국자라고 설치는 위인들이 그렇다.

이 소비사회에 현란한 풍조가 골목골목이, 직장의 코너마다 설치된
자동판매기, 한 가구에 여러 개씩의 텔레비전, 거리마다 넘치는 자동차
들, 대중매체의 폭발적 확산, 물결치는 광고 노래방 매춘, 이제는 인터
넷을 통한 사이버 환경에서 벌어지는 온갖 일들까지.

이렇게 찬란한 불야성 속에서 어느새 사물은 자유를 구속하고 얻은
것은 사치병이며 잃은 것은 인정주의이고 미풍양속이며 인륜도덕이다.

5월만 가정의 달이 아니다.

아고라 광장을 맨발로 질감을 느껴보던 소크라테스처럼, 흙이 아늑한
촉감으로 소박했던 지난 이 땅의 농부들처럼 우리들 가정에서 훈훈한
인간미를 피워 올려야 할 것이다. 이제는 공부하여 이기고 성공하여 치
부하고 영달하는 탐욕스런 속물근성에서 벗어나야 한다. 이제는 진정코
지능지수(IQ)보다 감성지수(EQ)를 중시해야 할 뿐 아니라 실천에 옮길
때가 온 것이다.

EQ는 가정에서 95%, 학교에서 2.5%, 교회에서 1% 정도 형성된다니
가정이란 얼마나 중요한 교육장인가.

더욱 흥미로운 보고는 부모의 잔소리, 부모의 불화, 과보호, 지나친

기대, 징계, 비난 등은 자녀에게 해를 끼치는 정서적인 사약(死藥)이 되는 반면 자녀에 대한 칭찬이나 사랑, 인정, 부모의 화목, 훈계, 아름다운 추억 등은 정서적인 보약(補藥)이 된다니 각 가정에 꽃다발처럼 등불처럼 밝혀야 할 새로운 가훈이라 하겠다.

공자가 논어에서 제시한 정명(正名) 철학은 일그러진 우리 가정과 사회 특히 정치판에 다시금 깃발처럼 휘날려야 한다. 그는 정명의 구체화로 「군군 신신 부부 자자」(君君 臣臣 父父 子子)를 이야기한다. 임금은 임금답게, 신하는 신하답게, 어버이는 어버이답게, 자식은 자식답게 자기 이름·자기 소임을 다하라는 것이다.

소크라테스의 <너 자신을 알라>라는 교훈도 소중하지만 공자의 이 말은 <존재의 부름에 응답>하는 철학의 본질문제인 동시에 동양적인 윤리의 기본이라 생각된다. <나는 누구인가>를 묻는 일은 오늘날 존재 망각의 잠 속에 떨어진 병들고 타락한 현대사회에 바른 길을 찾게 하는 철학중의 철학이요, 인류의 본체 탐색이 아니겠는가.

부정과 비정과 욕정으로 상처투성이인 이 시대에 진정으로 정도(正道)는 유토피아처럼 그리운 희망다.

이제야말로 우리는 사소하고 작은 일에서부터 바른 길 찾기에 모두 나서야 한다. 겨자씨 한 알에도 정도의 얼만 새겨져 있다면 그 작은 씨앗은 장차 열락의 새가 와서 우짖는 영광의 거목이 될 수 있는 것이다.

변비에는 유모레스크

카프카의 '작은 우화'는 우리들에게 극한 상황을 상징적으로 보여준다. 막다른 골목 앞에서 쥐는 고양이에게 잡아먹힌다는 내용이다. 작품은 얼핏 이 지상에는 구원의 길이 없다는 것을 말해준다.

카프카의 작품 「소송」에서는 한 선량한 인간이 죄 없이 체포돼 처형된다. 이외의 그의 작품 대부분이 부당하고 부조리한 절망의 늪을 펼친 것을 우리는 볼 수 있었다.

이러한 작품에 대해 문학 이론가들 대부분이 평하기를 <인간에게 여하한 출구도 남기지 않는 절망의 외침이다>라고 했다. 그러나 카뮈는 해석이 다르다. 이 부조리와 절망 속에서 생기 넘치는 희망과 복음을 들을 수 있다는 것이다. 출구 없는 극한 상황에서 인간은 신의 품에 뛰어들 수 있다는 의미에서 카뮈는 유신론적으로 풀이한 것이다.

나는 최근 우리국민이 당면한 여러 가지 위기 앞에서 카프카가 설정한 이러한 극한상황을 자주 연상한다. 그러나 여기에서 나는 카뮈의 해석에 손을 들어준다.

우리에게도 출구는 있다. 오히려 신의 품안 같은 새로운 안전지대, 더 크고 벅찬 희망의 언덕을 내다볼 수 있다. 이 21세기의 찬란한 새 언덕에서 생각해보자.

절망은 어디에나 있다. 그리고 그 절망은 새로운 출구를 찾아가게 하는 동기를 준다. 이것이 인간의 의지이고 도전이다. 이것은 인류역사에 내장돼 있는 신화체계다.

우리들의 지난 역사를 뒤돌아보아도 수없이 많은 좌절의 고개를 넘어왔다. 그때마다 용기와 도전으로 이미(우리는 불길할 때 「흉즉길(凶卽吉)」이라는 반전법을 썼다) 반만년 역사의 탑을 쌓았다.

지난 60~70년대의 미국과 유럽을 휩쓴 상황은 어떠했는가. 인플레이션, 실업, 에너지 위기 등 경제의 구조적인 침체가 IMF로 오늘 침하된 한국 경제를 방불케 했다. 게다가 학생운동, 환각제 등 여러 가지로 뒤엉킨 패배주의로 그들은 멸망의 길에 들어선 것이 아닌가 했었다.

여기에서 그 위기를 분석하고 낙관적인 미래상을 제시한 사람이 앨빈 토플러였다.

지금은 네 탓 내 탓을 떠나 나를 죽여 다시 사는 진리 앞에 순교하는 정신을 갖자.

지금이야말로 온 국민이 하나가 되어 도전할 때이다. 도전이란 뜻을 세우고 행동하는 것이다. 그렇다면 지금 우리의 뜻은 어디에 두어야 하는가. 그것은 곧 가치를 찾는 일이다.

세기말의 한국의 '작은 우화' 앞에서 우리의 가치는 어디에서 찾을 것인가. 여기에서 우리는 먼저 가치중의 가치이고 가치의 알파요, 오메가인 예수의 십자가나 소크라테스의 독배 혹은 석가의 설산고행이 창조한 가치의 원형과 원동력을 깊이 생각해 보기로 하자. 그들은 그 가치의 창조로 인류사에 영원한 길이요, 진리요, 생명의 빛을 남겼다.

우리도 그처럼 영원한 생명으로 타오를 그런 가치를 생각하면서 우리가 도전할 뜻을 세우기로 하자.

나는 이 혼미한 우리 시대에 「라인강의 기적」을 삽화로 참고하고자 한다.

독일은 제2차 대전 때 참패하였다. 그리하여 그들의 살림은 바닥을 드러냈다. 공장은 잿더미가 되고 국토는 폐허가 되었다. 그러나 그들은 칠전팔기의 의지력으로 다시 일어섰다.

그때 그들은 다음과 같은 가치관을 수립했다고 한다. 에피소드 같은 이야기가 그들에게는 자력갱생의 길이었다.

<돈을 잃어버리는 것은 아무 것도 잃어버리는 것이 아니다. 용기를 잃어버리는 것은 인생의 많은 것을 잃어버리는 것이다. 그러나 명예와 신용을 잃어버리는 것은 인생의 전부를 잃어버리는 것이다.>

뜻 있는 논객들이 이따금 인용하는 말이다. 그러나 우리에게 이 속담 같은 한 토막이 왜 이다지도 절실한 프롤로그로 느껴질까.

<돈=별로 가치 없음> <용기=가치 인정> <명예·신용=절대 가치>. 이 등식은 우리에게 그 무엇인가를 분명히 가르쳐 준다.

우리들의 그간의 행태에는 명예와 신용은 무가치, 돈은 절대가치로 전도되어 있었다.

정치인의 명예가 무엇인지 모르는 나라, 정명(正名)을 모르고 때로는 남의 나라의 봉이 되는 국민. 이 두 가지의 반가치 현상으로도 족히 위기상황을 불러들일 만한 것이다.

<죽은 나무에 새순을 돋워 올려야 한다>는 <죽어야 산다>는 진리를 반복할 필요가 있다. 진실로 변화하는 사회, 새로운 인간구성을 위해 <역할개요>를 만들어 외우자. <돈보다는 명예가 절대가치다>라는 것을.

이제 우리는 가면을 벗자. 우리 내부에 숨어 있는 이기적이고 허탄한 인격들을 해체시키고 새로운 모습을 다시 그려 우리들의 새로운 초상을 그리고 개조해야 할 것이다.

변비증에는 음악요법으로 모차르트의 '미뉴에트'나 드보르자크의 '유모레스크'가 좋다고 한다.

상식이 통하지 않는 사회에 기발한 요법으로 요한슈트라우스의 '비엔나 숲 속의 이야기'는 어떨까.

지금 돈 때문에 두통이 심하거든 베토벤의 '로망스 F장조'를 들어라. 사정한파로 노이로제 증상을 보이거든 비제의 '카르멘조곡'이나 리스트의 '헝가리 광시곡'이라고 틀어라.

'산다는 것 그것은 선택하는 것이다.' 사르트르의 말이다.

우리는 무엇을 선택하여 우리의 귀한 인생과 시간과 정열과 지성을 바칠 것인가.

가치 있는 삶의 새 지평은 어디에 있는지 우리는 그곳을 찾아 이제 도전장을 내고 떠나야 한다. 그러나 한쪽을 보면 다른 한쪽을 못 보는 그런 잘못은 이제 그만 하자.

루빈의 컵을 보았을 것이다. 소위 <선택적 부주의> 컵을 보면 얼굴이 안보이고 얼굴 그림인가 하면 컵이 안 보이는.

우리는 나도 보고 너도 보고 주변도 살피고 내일을 보아야 한다.

고난과 역경은 축복의 길과 연결된다는 말을 반드시 종교적으로만 해석할 필요는 없다.

인생사 인류사 한국사가 통과해야 할 좁은 문은 언제든지 얼마든지 숨어 있다는 것을 알아야 한다.

이제 우리는 도전장을 던지고 새로운 자화상을 그려야 한다. 긍정적이고 적극적인 용기 있는 자화상을.

병든 습성으로 중독증세를 보여 온 것은 말끔히 씻자. 데리다의 해체의 망치로 시대착오적인 권위나 타성은 해체시켜야 한다.

미국의 노먼 V. 필은 「할 수 있다고 생각하면 할 수 있다」는 책을 썼다.

그 책 속에는 다음과 같은 말이 있다. <홈은 날 때부터 오른 발이 반밖에 없었고 오른 손도 불구였다. 그러나 홈은 기록을 깬 일류 프로 축구선수가 되었다.> 그리고 홈은 말하기를 <나의 부모는 나에게 한 번도 할 수 없다고 말한 적이 없다>고 할 수 있다고 생각하면 할 수 있다.

웃음의 국제 심포니

유신체제와 신경안정제
웃음의 국제경연
해학 논쟁

유신체제와 신경안정제

한국문학사에서 지난 1970년에 개최되었던 해학 국제대회는 현대문학사의 작은 막간극이었지만 그 의의는 컸다.

4·19와 5·16 그리고 경제성장 제일주의로 이어진 이 땅에 웃음의 세계대회란 한국문학사가 연출한 일종의 희화였다.

제37차 P.E.N 대회, 나라 안은 폭압 정치에 대한 <저항투쟁>, <최루탄>, <가두시위> 등으로 연일 먹구름인데 조선호텔에서의 일주일 대회는 세계에서도 일찍이 유례가 없던 웃음의 경연장이었다.

개회 벽두부터 백철 대회장은 인사말을 통해 조크를 던지고 (서방에서 오신 여러분들께서는 나폴레옹이 갖고 싶어했던 긴 담뱃대를 한국의 골동품 상점에서 구해볼 수 있다… 등) 이어 대통령(박정희)의 치사는 더욱 코믹한 역설이었다.

　　이번 제 37차 세계 작가대회의 주제가 <동서문학의 해학>이라고 듣고 있습니다만, 해학이란 인간관계에 있어서 호의와 관용을 전제로 해서 이루어지는 웃음이요, 익살이요, 풍자라고 할 수 있을 것입니다.
　　어느 때 보다도 오늘의 메마른 사회 현실에 있어서 해학은 인간성에 여유를 갖게 하고 긴장과 불만을 완화시키는 신경안정제의 기능을 다한다고 하겠습니다 ….

— 박정희, '치사'에서

하루아침에 무장한 장군이 진주했고 그처럼 긴장이 고조된 서울에서 평화의 나팔 같은 해학의 깃발이 오르고, 그 깃발 아래 장군(대통령)의 목소리가 우렁차고도 부드럽게 <긴장과 불안에는 웃음이라는 신경안정제가 명약이라> 했으니 이처럼 유머감각은 시간과 상황의 산물(김방옥)이라는 것을 알 수 있다.

토마스만은 <神은 인생의 무섭게 진지한 얼굴에 미소를 띄게 하기 위하여 웃음을 제공했다>고 했다. (여기서 우리는 무장한 장군과 해학 경연장의 인간 박정희를 상상해 보면 흥미롭다)

웃음의 국제 경연

실제 경연장에 제시된 각국의 해학은 명실공히 일품요리들이었다.

프랑스의 토니 메이에르는 태양이 찬란한 자기 나라에서는 포도주 같은 열정과 기쁨으로 충만하여 지적 에스프리가 강하다고 하면서 다음과 같은 익살 한 토막을 소개했다.

간수와 죄수가 놀음을 하다가 죄수가 속이니까 간수는 그 죄수를 옥문 밖으로 쫓아냈다.

원래 게임이나 경기는 싸움이 아니다. 선의 경쟁은 아름다운 평화를 약속한다. 토니 메이에르의 이 한 토막 기지는 삶의 본질에 육박한다. 긴 장편 소설의 늘어지는 장광설보다 청명한 프랑스 하늘이 내뿜는 신비스럽고 산뜻한 에스프리였다.

불행했던 죄수가 돈 따고 출옥한 이 일거양득에 독자도 함께 즐거운 것이다. 이러한 숨은 인간의 아름다운 요소를 끄집어내는 순발력에도 웃음이 있는 것이다.

필리핀의 로세스는 '해학의 근원'이라는 강연을 하면서 다음과 같은 자기네 해학 비장품을 소개한다.

　어느 필리핀 농부가 심한 가뭄을 겪고 나서 몹시 궁해지자 호소할
곳은 없고 신에게 하소연하였다. 그는 하나님에게 도와달라는 편지를
보냈다. 우체국에 들어온 그 편지를 보고 우체국 직원들은 한바탕 웃
었다. 웃고 나서 서로 상의하여 딱한 농부에게 몇 푼씩 모아 그 주소
로 보내주었다. 그것을 받은 농부는 하나님에게 감사의 답장을 또 보
내왔다. 그 내용은 <경애하는 하나님, 저에게 필요한 금액을 보내주셔
서 감사합니다. 그러나 불행하게도 당신께서 그 돈을 우체국을 통해
보내주신 탓으로 (우체국 직원이 반을 먹고) 저는 반밖에 받지 못하
였습니다. 다음은 저에게로 직접 보내주시기 바랍니다.>

　참고로 우리 나라의 「笑天笑地」라는 해학집에는 가난한 사람이 영국
수도가 좋다기에 우표 한 장을 이마에 부치고 보내달라고 한다. 이에
우체국 직원들이 그 멍청한 사람을 통속에 넣어 빙빙 돌린 후 내놓고
다 왔다고 하니 그 멍청이 하는 말이 <영국 수도도 별 것 아니군> 했
다.
　멍청하고 바보 같은 데도 해학미는 있다.
　세상은 되바라질 대로 되바라져서 잠시 잠깐 한 눈 팔면 속는 판이
다. 어린이를 왜 하나님까지 찬미하는가. 그들은 거짓이 없고 속일 줄
모르고 청순하기 때문이다. 그래서 동서의 철인들도 어린이의 순진 무
구를 극구 찬양했다. 그들은 바보스럽지만 아름답다. 그래서 필리핀의
한 농부는 하나님의 은총을 입었던 것이다.
　유고슬라비아의 미라 미헬리치는 '해학의 중요성'이라는 발표에서

　옛날 홀쭉하고 수심이 가득한 한 남자가 의사를 찾아왔습니다. 더
이상 이생에 '대해 미련이 없기 때문에 자살하는 길밖에 없다고 하였
습니다. 그러니까 의사는 그에게 웃음과 즐거움으로 기분 전환을 해볼
것을 요구했습니다. 예컨대 세계에서 가장 즐거운 사람인 어릿광대 그
리말디의 흥행물을 구경하러 가보라고 했습니다. 그러니까 그 사람 하
는 말 <하지만 제가 바로 그리말디인걸요> 했더란다.

남을 위해 항상 웃음을 연구하고 던지는 웃음의 연기자가 실은 얼마나 고역이고 고행인가를 말해준다. 인생은 원래 고해라고 말한다. 이 고해를 헤쳐가게 하기 위하여 신은 인간에게 웃음이라는 보강제를 주었다.

밀란 쿤데라는 그의 소설 「웃음과 망각의 책」에서 <신음할 때 인간은 자신을 고통받고 있는 신체의 현재에 붙들어매는 것>이라 하고 <황홀한 웃음 속에서 인간은 모든 기억, 모든 욕망을 잃고 다른 아무 것도 알 필요가 없다>고 했다.

현대인은 여러 가지로 번잡한 자기현실에서 도피하기를 좋아한다. 도시 공해가 싫은 사람들은 틈만 나면 한적하고 맑은 교외로 탈출해 간다. 집안 일이나 회사 일이 잡박하여 시달리는 사람들도 그 자리를 피하고자 한다. 입시지옥에서 허덕이는 학생들은 또 그들대로 몰래 금지된 영화관이나 만화가게나 전자오락실 등을 찾는다. 이렇게 현대인은 누구나 할 것 없이 자기 현실에 부대끼고 있기 때문에 잠시나마 피난처를 구하게 된다. 그러나 사람은 번번이 자기 일터나 자기 몫이 있는 자리를 박차고 떠나갈 형편이 허락되지 않는다. 이처럼 절박한 인간에게 고달픈 현장을 금방 대피소로 바꾸어 줄 수 있는 피난처 구실을 해주는 것이 바로 웃음이다.

사람은 웃을 때 모든 것을 잊어버린다. 아무리 절박하게 발목잡힌 현실에서도 웃는 순간은 그 현실에서 해방되는 것이다. 더구나 후기산업 사회의 공해에 시달리고 복잡한 일에 노예가 되어 있는 현대인에게 웃음은 가벼운 피로회복제에서부터 심신의 보양제 구실까지 하게 된다.

일본의 경우 참석한 부부작가 중 부인이 먼저 발표를 하였다. 발표가 끝나고 질문을 받자 답이 궁해지니까 자기 남편에게 대신 대답해줄 것을 요구했다. 남편은 청중석에서 일어나더니 <내가 가정에서는 한 남편으로서 부엌일이나 온갖 것을 다 돕고 있지만 이 자리는 작가의 경연장이고 나도 아내와 경쟁하고 있기 때문에 도울 수 없다고 했다.

그리고 페르샤에서는 풍자의 아버지라는 오바이드가 자신이 만든 풍자의 사전을 소개하였다.

세　계 : 생물이 믿을 수 없는 곳
학　자 : 돈을 벌어들일 요령을 갖지 못한 자, 문제 꾸러기
판　사 : 모든 사람들에게 미움을 받는 자
변호사 : 옳은 것을 그르다고 증명하는 자
뇌　물 : 못된 놈을 돕는 수단
사업가 : 하나님을 두려워하지 않는 자
종교인 : 기도를 파는 자
질　병 : 의사의 실험재료
학　생 : 영원히 배고픈 사람
시　인 : 말을 다루는 악한

해학 논쟁

이러한 해학의 경연장에서 정작 주최국인 한국의 출전선수들이 제시한 해학품목과 그 요리 솜씨는 어딘지 미진한 느낌도 없지 않았다.(이것은 필자의 과욕 탓일 수도 있다.) 하여 필자는 펜대회 이전에 설왕설래한 해학론에 반론을 제기한 바 있고, 나의 반론에 재반론이 있기도 하였다. 필자의 반론 일부를 잠시 참고해 본다.

「펜」 대회를 앞두고 몇 차례 전통해학의 모색작업이 있었는데 그것이 거의 미학 없는 해학론이 되어 우리 문학 속에 깔린 많은 익살은 전시되었지만 아직 우리의 해학미는 제대로 포착하지 못하고 있어 「펜」 대회가 박두한 오늘 우리는 허망한 느낌을 금할 수 없다.

알다시피 웃음에는 뉘앙스가 있는 것이고 더구나 그 웃음이 문예작품 속의 해학이라면 단순한 익살이나 궤변이 아닌 미의식을 포용하고 있는 것이라면 그것이 미학적인 디딤돌 위에서 발굴되고 규명되었어야 할 것인데 이러한 미학 없이 해학을 「익살맞은 말이나 짓」이라는 사전상의 풀이에 의거하여 우리 해학이 산출된 결과 어설픈 익살토막이 한국 해학의 진상으로 나타나고 정작 해학의 요소는 배제되는 등 갖가지 넌센스를 빚었다.

가령 <춘향전 같은 경우에 있어서는 해학의 요소란 방자의 익살에 국한된다>고 한 鄭鍾元씨의 裁斷이라든지 <春香傳에는 조소도 풍자도 해학도 없고 요설에 가까운 익살뿐>이라는 崔一秀씨의 견해 등이

바로 그러한 예를 증언해 주고 있는데 우리가 이러한 피상적인 근시
안에서 벗어나 해학에 대한 많은 사람들의 미학적인 정의를 일단 정
리하고 내다보면 春香傳에 대한 위의 두 분의 견해나 그 외 그 동안
풍성하게 소개된 우리의 골계(滑稽) 미도 상당히 다른 각도로 나타날
것 같다.(下略)
         —김영수, '美學 없는 해학論', (동아일보, 1970. 5. 27.)에서

위의 필자의 글에 최일수의 재반론(<왜곡된 해학>—김영수, · '美學
없는 해학論', (동아일보, 1970. 5. 27.)에 그 내용의 일부는 다음과 같다.

   평론가 김영수씨는 필자가 「우리의 익살과 서구의 풍자(월간문학 5
월 호)에서 <춘향 전에는 조소도 풍자도 해학도 없고 요설에 가까운
익살 뿐>이라 했다고 지적, 미학 없는 넌센스라 반박했다.
   물론 <눈물과 웃음이 함께 피어 있는 모습 속에 해학미가 있다>는
씨의 정의에 공감을 한다. 그런데 과연 춘향전이 씨가 말한 바 <비극
적인 요설 속에 울어도 좋지만 웃어도 좋은> 그러한 미감으로 해서
해학 문학을 이루고 있는가.
   설혹 희비의 교차나 조도(錯倒)와 상치가 있다고 해서 그것만으로
해학 문학이 될 수는 없다.
   익살의 대표적 작품으로 보는 「셰익스피어」의 '말괄량이 길들이기'
처럼 모순된 성격에 의해서 作品이 뼛속부터 살갗에 이르기까지 해학
적이어야 하는데 춘향전은 익살이 겉돌고 있다.
   동일한 소재나 주제를 가지고 해학적으로도 비극적으로도 만들 수
있다고 생각하면 큰 잘못이다. 해학은 애당초 해학적인 세계로서 독립
되어야 한다. <울어도 좋은데 웃어도 좋은> 그런 감미 속에 해학미가
있다는 씨의 불투명한 미학은 관용, 여유, 은근, 비꼼, 익살로서 진실
을 얼버무리는 격이 되기 쉽다.
   물론 웃음 속에 보다 차원 높은 슬픔이 깔려 있다. 그런데 춘향전
의 슬픔은 익살로서 심화되지 못하고 있다. 그것은 익살이 희비의 엇
갈림 속에서 빚어지는 모순과 갈등과 조도 속에서 발현되지 못하고
슬픈 얼굴에 그저 피에로식 분장만 하고 있기 때문이다.

이 무렵 해학에 대한 비평적 지원이 좀더 활발하지 못했던 것이 유감

으로 느껴지지만 그 일주일간의 해학 대회는 긴장으로 동토가 된 사회
와 대중들 가슴을 잠시나마 위로하고 녹여준 훈풍이었다. 이것은 군부
통치 속의 막간극이고 한국 문학사 속의 촌극이었지만 이 촌극은 한국
문학의 1960년대에서 70년대로 가는 가파른 고갯길의 숨돌릴 여유(웃
음)였고 이것은 한국민족사 전반에 걸친 사막 길의 선인장 꽃을 상징하
기도 하는 것이다. 사막 속의 선인장은 타는 목마름으로 생의 열정으로
꽃을 피운다.

웃음의 실내악

Don't worry, be happy
— 안성권

<모든 인생에는 어느 정도의 근심이 있다. 네가 걱정하면 그 근심
은 두 배가 된다. 너에게 내 전화번호를 줄 테니 근심이 있으면 전화
하라. 그러면 너를 즐겁게 해주겠다.

— 보비 멕페린, 'Don't worry, be happy'

그 누구에게나 크고 작은 근심걱정이 있기 마련이다. 이러한 세파 속
을 살아가게 하는 무기의 하나로 신은 인간에게 웃음을 끼워 주었다고
나는 확신한다. (찬송가에 '마음속에 근심있는 사람 주 예수 앞에 다 아
뢰어라'고 한 것도 결국 주는 인간의 걱정을 자기가 대신 갖고 웃음으
로 바꾸어 주겠다는 뜻이다. 십자가의 의미가 그것이다.)

나는 몇 해전 여러분의 사랑 속에 회갑잔치를 하게 되었고 회갑문집
으로 웃음에 과한 책 두 권까지 꾸미게 되었다. 내 생애 최고의 영광이
었다. 그 영광의 문집 속에는 Don't worry, be happy라는 팝송도 들어
있었다. 흔히 유행가는 일시적으로 유행하다가 사라지는 것으로 인식되
지만 그것은 상식이고 이 노래는 나에게 영원한 것이 되었다.

당시 필자의 동료(독문과)였던 젊은 안성권 교수가 내 회갑문집에 협
찬한 글 '독일문학과 웃음' 속에 경쾌한 선율로 흐른 '걱정 말고 즐거워

하라는'는 팝송은 나의 「웃음과 세월의 풍경화」에도 잘 어울려 더욱 큰
기쁨이었다.

　나는 그 때 회갑잔치를 마련해준 제자, 동료 교수, 친지들을 향해 답
사하는 자리에서 <앞으로 나의 삶은 여러분에게 늘 웃음을 공급하는
웃음의 배달부가 되겠다>고 했다. 이 책도 그 약속의 일환이라 할 수
있다. 내가 웃음의 배달부가 되겠다는 것은 나와 같은 세상 사람들이
조금이나마 근심걱정을 잊고 즐겁게 살아가는 데 일조를 하고 싶은 심
정에서였다. 이것은 나의 오랜 꿈이다.

> 새 한 마리가 새잡이 끈끈이에 걸려 있네.
> 날개를 힘껏 파닥거려도 빠져 나올 수 없네.
> 검은 수코양이 한 마리가 살살 기어 다가온다.
> 발톱은 날카롭게 나오고 두 눈이 이글거린다.
> 고양이는 나무를 기어올라 점점 더 높게.
> 가련한 새에게 다가간다 점점 더 가깝게.
> 그 새는 생각한다. 상황이 이렇기 때문에,
> 어쨌든 저 고양이가 날 먹을 것이기 때문에,
> 그래서 나는 촌각의 시간도 잃지 않으련다.
> 나는 가냘픈 목소리로 좀더 노래 부르련다.
> 또한 여전히 즐겁게 유쾌하게 지저귀자꾸나.
> 그 새는, 내 생각에는, 유머를 가졌구나.
> 　　　　　　　— 안성권, '독일문학과 웃음'에서 재인용

　위의 시는 빌헬름 부쉬가 한 마리의 새를 통해 극한상황을 유머로 대
처하는 모습을 보여준 것이다.

　이 노래는 19세기 부쉬가 그 당시를 노래한 것이 아니라 인간 부쉬가
인간 세상을 노래한 보편적 가치를 갖는다. 나는 지금 정년퇴직을 하고
고희를 바라보면서 어디론가 진지하게 가고 있다. 분명한 길은 무덤으
로 한 발짝씩 가까이 가고 있다 하겠다. 그러나 나는 지금 부쉬가 노래
하는 새가 되어 웃음을 노래하고 이야기하고 있는 것이다. 이것은 나뿐

이 아니다. 너나 할 것 없이 다 그런 것이다. 하이데거의 말대로 <죽음은 우리들 각자의 것>이니까. 고양이가 잡아먹으려고 온다고 해서 낙담하고 있으면 이미 낙담하고 있는 그 순간부터 그 생명은 죽은 것이다.

이 세상에 막 태어나는 아기의 울음 속에는 이미 죽음이라는 씨앗이 동시에 살아서 자라는 것이다. 우리가 <삶의 한 가운데 있다고 생각할 때>에는 죽음이 울음으로써 자신의 존재를 알린다는 것이다.

> 죽음은 위대하도다
> 우리는 입으로 웃음 짓고 있는
> 죽음의 가족이다.
> 우리가 삶의 한가운데 있다고 생각할 때,
> 죽음은 울음을 감행한다.
> 우리 내부의 한가운데서
>
> — 릴케, '마지막 작품'에서

우리는 이 릴케의 유언 같은 <마지막 작품>을 보면 인간의 가장 위대한 지식은 먼저 자신을 아는 것이다. 그래서 소크라테스는 자기의 무지를 아는 지식을 최상의 교육으로 생각했다(그래서 사형선고를 받았지만).

<탈레스가 별들을 관찰하기 위해 하늘을 향하고 가다가 우물에 빠져 조롱 당했다>는 우화는 우리 모두에게 해당된다. 큰 재벌은 큰 재산 모으기에 혈안이 되다가 우물(죽음)에 빠지고 독재자는 절대적 권력을 휘두르지만 어느 날 그도 갑자기 우물에 빠져갔다. 우리 모두가 우물을 가지고 있는 것이다.

어느 날 어거스틴이 길을 가다가 소녀가 바닷물을 바가지로 퍼내는 것을 보았다. <너는 무엇을 하고 있니?> 하니까 소녀의 대답은 <이 바가지로 바닷물을 다 퍼내려고 한다>는 것이었다. 그래서 어거스틴은 <그걸로 어떻게 바닷물을 다 퍼낼 수 있니?> 하니까 어린 소녀는 <그럼 어거스틴 선생은 어떻게 그 작은 머리로 이 우주를 다 알려고 하느냐>

는 것이었다.

인생을 가장 잘 아는 대철학자 앞에도, 종교인에게도, 예술가 앞에도, 정치가에게도, 우물은 다 있고, 어리석은 욕심, 불쌍한 희망은 다 있는 것이다.

그래서 인생은 살아가면서 우스개를 하고 실생활보다 더 많은 거짓말(창작)에 빠지고 웃고 하는 것은 하이네가 말하는 <웃는 눈물>에 다름 아닌 것이다.

이러한 의미에서 안성권 교수가 웃음의 근원을 그리스 신화에서 찾아보고 디오니소스제에는 웃음의 사자들이 시중을 들었다는 보고서는 의미 있는 진술이었다. 삼촌에게 유혹되어 지하로 내려간 딸 페르제포네를 잃은 슬픔으로 수심에 잠겨 있던 여신 데메터는 그녀의 하녀<이암베>가 들려주는 외설적인 농담의 말과 제스처를 통하여 다시 미소짓고 웃고 유쾌한 기분이 되었다고 하지 않았던가.

웃음은 악마도 구제한다
― 임성균

　<영문학에 있어서 세월의 시련을 견디고 살아남는 작품을 창조해 내는 위대한 작가들은 결국 웃음을 등한시하지 않았을 뿐 아니라, 웃음의 특성을 이해하고 웃음을 통해서 인생을 사는 지혜>를 배우는 것이라고 보는 임성균은 그렇다고 영문학이 웃음에만 기운 것도 아니라고 말한다. 예컨대 <셰익스피어의 비극은 사이사이에 웃음이 있음으로 해서 더욱 비극적이 되는 아이러니를 가지고 있다>는 것.

　특히 셰익스피어의 작품이 비극과 희극을 다 포용하고, 그의 희극의 경우는 워낙 깊고 그윽하여 그 깊이는 측량하기조차 어려운 것이다. 그러한 웃음의 깊이가 두터운 까닭은 그 웃음에 희생자가 있기 때문이다.

　우리 나라의 고전 가운데 '심청전'이 그토록 비극적인 것도 그 비극 속에 희극의 요소가 가미되어 있고 그때 심봉사는 웃음의 희생자이다.

　셰익스피어의 명작 중의 하나인 '베니스의 상인'에서도 포샤의 기지에 찬 판결로 하여 유대인 샤일록은 안토니오가 구출되는 반면에 희생자가 된다.

　이러한 영문학과 웃음의 관계는 고전에서부터 오늘에 이르기까지 이어져 있다. 최근 포스트모더니즘 소설로 각광을 받고 있는 움베르토 에코의 중세 추리소설 '장미의 이름'에도 살인사건의 핵심이 되고 있는 주제가 바로 수도원의 도서관 밀실에 소장되어 있는 희극서적들이었다. 이 소설에서는 수도원의 원로 수도사가 희극을 다루고 있다고 알려져 있는, 실전된 아리스토텔레스의 '시학' 제 2권을 금서로 지정하고, 책갈피에 독을 묻혀 그것을 보는 사람이 죽음을 당하게 하고 있는데, 그 이유는 한 마디로 "웃음은 사악한 인간을 악마의 두려움에서 해방시킨다"는 것이다.

여기서 웃음이 사악한 인간까지 악마의 두려움으로부터 해방시킬 수 있다는 것은 웃음의 역동성을 말해주는 것이다.

이러한 영문학에서 임성균 교수는 여러 가지 웃음의 유형을 소개해 주고 있지만 그 중에도 14세기의 위대한 시인 쵸서의 「켄타베리 이야기」에서 '방앗간 주인의 이야기'를 제시한다.

이 작품 내용은 늙은 목수의 젊은 아내 알리슨이 니콜라스라는 젊은 이와 짜고 남편을 속이는 줄거리와 지방 교구의 서기인 압살론을 골려주는 두 개의 줄거리가 복선으로 구성되어 있다. 여기서 압살론은 니콜라스와 즐기고 있는 알리슨의 창 밑으로 찾아와 귀찮게 자신의 연정을 하소연하는 데 압살론이 허락한 키스는 알리슨의 입술이 아니라 엉덩이였고 거기서 벌어지는 복수의 과정이 코믹하다.

패러디 세상
— 정효구

<생명의 순수성, 그리고 진리의 순결성을 지켜가려는 문인과 학자가 시장의 교환가치에 기여하고 있어 참담하다>고 말한 문학평론가 정효구는 다음의 시에서 그런 한탄 섞인 푸념이 터졌다.

MENU

스롤르 보돌레르 800원
칼 샌드버그 800원
프란츠 카프카 800원

이브 본느프와 1000원
에리카 종 1000원

가스통 바슐라르 1200원
이하브 핫산 1200원

제레미 러프킨 1200원
위르겐 하버마스 1200원

시를 공부하겠다는

미친 제자와 앉아
커피를 마신다
제일 값싼
프란츠 카프카

— 김대규, '프란츠 카프카' 전문

이 시를 읽고 정효구는 다음과 같이 말한다. 우선은 유명한 세계적인
시인, 소설가, 문학 이론가, 문화 비평가 등이 한낱 커피가게의 메뉴판
에 상품 이름으로 올라가 버렸다는 데서 오는, 이른바 씁쓰레한 웃음이
다. 그리고 정효구 교수는 씁쓰레한 심정을 계속 토로해 간다. <어디
그뿐인가. 우리는 위 작품으로부터 제일 값싼 프란츠 카프카 커피밖에
마실 수 없는 시인과 시를 공부하겠다는 그의 제자를 보면서 역시 씁쓰
레한 웃음을 저버릴 수가 없다. 더욱이 시를 공부하는 일이 미친 일일
수밖에 없는 우리의 현실과 그런 현실을 알면서도 시를 쓰고 있는 시인
의 모습을 대하면서, 우리는 아픈 웃음을 웃게 되는 것이다.>(정효구,
'우리 현대시에 나타난 웃음')

요즈음 우리 사회 특히 문화 예술계는 패러디가 유행한다. 패러디가
유행한다는 것은 모든 것이 변한다는 뜻이다. 변화에 대한 반응이기도
하다. 그런 가운데 매운 풍자정신도 섞여든다.

작품은 일단 발표되면 그것으로 고정되지만 독자의 상황은 끝없이
변한다. 그래서 작품은 독자에 의해 패러디 될 수밖에 없다.

롤랑 바르트는 '작품에서 텍스트로'에서 <저자는 텍스트의 기원도 종
결도 아니고 거저 손님으로서 텍스트를 방문할 수 있을 뿐이다> 라고
말한다. 저자나 시인은 이미 자신의 작품에서 떠나고, 향수나 평가는 독
자가 한다는 뜻이다. 하여 현대를 소위 포스트모더니즘의 시대라고 말
한다.

왜 이 시대를 포스트모던 시대라고 부르는가. 김성곤은 「포스트모더
니즘과 현대의 미국소설」에서 다음과 같이 풀이해 본다.

그것은 아마도 지금 우리가 도저히 믿을 수 없는 일들이 모든 분야에서 일어나고 있기 때문이다. 예컨대 산업화는 여러 단계를 다 거쳐 지금은 후기산업사회에 이르렀고 서비스산업 시대를 지나 이제는 정보산업시대에 이르렀으며 기계화도 그 극에 달해 지금은 첨단전자사회에 이르렀다. 또 60년대에 마샬 맥루한이 주장했듯이 구텐베르크식 활자문화는 이제 전자미디어에 의해 대체되었으며, 지구는 하나의 마을—곧 지구촌—이 되어 버렸다. 그 외에 이 시대를 지칭하는 용어들은 많다.—예컨대 컴퓨터 시대, 후기자본주의 시대, 후기마르크스주의 Post-Marxism 시대, 탈구조주의 시대, 대량소비 시대, 해체 시대, 탈제국주의 시대, 우주산업 시대, 계시록 시대, 대량소비 시대, 해체 시대, 다문화·다인종·다국적 시대 등……

세상은 얼마나 변하였는가. 이제는 그 누구도 다시 순수를 선언해 줄 수 있을 것 같지 않다. 모두가 가짜인 이 시대 효도하는 말에도, 사랑의 속삭임 소리도 거기서 순수라는 순도는 의심하게 된다.

<새는 울어 뜻을 만들지 않고 지어서 교태로 사랑을 가식하지 않는다… 포수는 한 덩이 납으로 그 순수를 겨냥하지만 주검의 껍데기를 허리에 차고 돌아온다>(박남수의 '새'에서) 이러한 순수는 새에게만 있다. 이제는 예술도 그 비평에도 순수는 없다는 극단적인 견해가 있다. <노래 속에 뜻을 담으려 하는 이데올로기 지향, 그리고 억지로 가식하여 시를 꾸미고 풀이하는 시인과 비평가들까지도 실은 시를 죽이는 음모자의 편에 서 있는 자>(이어령)라는 것이다.

> 산너머 남촌에는 부동산 투기꾼
> 아파트 짓는 곳엔 몰려서 오네.
> 꽃피는 4월이면 최루탄 냄새,
> 밀 익는 5월이면 화염병 불길.
> 어느 것 한가진들 실어 안 오리.
> 언제나 마음 편히 살아보려나.

위의 시는 김동환의 '산 넘어 남촌에는'을 김대규가 패러디 한 것이다. 그래서 오늘 패러디는 순수의 해체라 할 수도 있다.

한국인과 바보이야기
― 박용숙 · 김현실

　지난날 이 땅의 예술이나 이야기에는 익살이 많다. 우주를 보고 세상을 깨닫고 인간성을 미리 간파한 조상들의 슬기였다. 이러한 의미에서 박용숙이 제시한 '한국 미술에 나타난 웃음'에서 <인면 와당> 이야기는 반추해 볼만하다.

　　웃음을 잃은 얼굴, 그것은 빛을 잃은 얼굴이고 생기를 잃은 얼굴이다. 그리스 말, 멜앙조리아가 병의 징조인 것처럼 웃음을 잃을 때 사람은 병이 든다. 우리네 조상들이 그 점을 얼마나 진지하게 알고 있었는가는 檀園이나 蕙園의 풍속화에서도 잘 나타난다.
　　그러나 웃음이 인간에게 얼마나 소중했던가 하는 확실한 증거는 경주의 흥륜사 절터에서 발견된 소위 신라시대의 人面瓦當에서 찾아볼 수 있다.
　　한마디로 와당에 새겨진 그 얼굴을 필설로 다 말하기에는 너무나 미묘한 것이다. 얼굴은 둥근 와당의 전면적을 사용해서 새긴 까닭으로 그 모양이 둥글넓적하며 코와 눈썹을 잇는 선이 이마에까지 이르고 있다. 얼굴의 양쪽 면을 전부 차지하고 있는 눈은 실눈같이 게슴츠레한 모습이고 코끝과 입술은 거의 잇닿아 있어서 人中이 보이지 않을 정도다. 중요한 점은 입이라고 할 수 있다. 얼굴이 어른스럽다면 입은 어린아이의 그것처럼 앳되고 어리다.
　　　　　　　　　　　　　　　　　　― 박용숙, (미술평론가, 동덕여대 교수)

박용숙이 관찰한 한국인의 얼굴은 한마디로 자연을 닮은 얼굴이다. 단원이나 혜원의 풍속화에 나타난 익살스러운 모습들, 그리고 신라시대의 <인면와당>이나 <토우>에서 볼 수 있는 모습은 익살이고 자연 그대로이다. 얼굴은 어른스러운데 입은 어린이의 그것처럼 앳되고 <코끝 쪽으로 입술이 닿아 있을 뿐만 아니라 입술은 한쪽으로 기울고 있어 반달 같다는 것 등은 그 전체적인 웃는 얼굴이 자연을 닮은 생태적인 것임을 알 수 있다. 이것은 한국인의 술수 없는 자연 그대로의 옛 모습을 보여 주는 것이다. 때로는 바보스럽지만 그것은 궁극적으로는 지혜롭다. 지극히 어진 구석에서 바보스러운 데를 볼 수 있는 것이다. 하여, 아예 옛날 민담이나 설화에는 바보이야기가 많다.

　　옛날 한 바보 사위가 있어 처음으로 처가에 다니러 가게 되었다. 그 처는 장인 앞에서 남편 망신을 시키지 않으려고 남편 음낭에 줄을 매달아 한번 흔들면 '진지 잡수십시오.', 두 번 흔들면 '연초 잡수십시오.' 하라고 훈련시켰다. 드디어 처가에 당도하여 밥상이 나오자 처는 부엌으로 나가 줄을 한번 당겼다. 사위는 절을 하고 '진지 잡수십시오' 했으며, 밥상을 물린 후 두 번 당기자 담배를 넣어 '연초 잡수십시오' 했다. 장인이 사위의 인사에 매우 흡족해 하는 사이 그 처는 잠깐 일이 생겨 줄을 명태 대가리에 매어놓고 밖에 나가게 되었다. 그때 마침 고양이가 들어와 명태 대가리를 붙잡고 늘어졌다. 사위는 다시 '진지 잡수십시오', 또 당기자 '연초 잡수십시오'를 반복하고, 계속 흔들어대자 나중에는 급히 '진지 잡쇼, 연초 잡쇼'를 수없이 계속했다고 한다.
　　　　　　　　　　　　　　　　　― 김현실[1]), '바보 이야기와 웃음'에서

바보가 장가간 이야기며 음낭과 고양이 이야기는 익살스럽다. 이러한 바보의 순후한 모습이 이 시대에 다시 재미있게 읽히는 것은 의미심장하다.

---

1) 김현실, 용인 송담대학 교수

한국영화 시집가는 날
― 차범석, 김수남

신은 언제나 진 쪽의 손을 들어주었다. 신을 대신한 예술가들도 그 하늘의 이치를 따랐다.

홍부와 놀부 이야기에서는 가난한 홍부가 이기고, 처용가에서는 역신의 힘에 밀려 가무이퇴(歌舞而退)한 처용이 이긴다.

삼국유사에 있는 노힐부득 달달박박 두 청년 이야기에서는 곤경에 빠진 산 속의 여인을 자기 수도를 위해 밀어낸 달달박박보다 우선 남을 구하고 보자던 미련한 노힐부득에게 성불의 기회를 주었다. 이 두 청년 이야기를 다해 가는 말미에는 이긴 자는 수순 때문이었다고 말한다.

순리대로 살고 본심으로 살면서 남을 먼저 의식하며 사는 것이 본래의 한국인이다. 이것이 하늘의 뜻이고 하늘의 뜻은 곧 인간적인 것이다.

그래서 한국인은 계교를 모른다. 본성을 어기고 억지로 이겨보려 하다가는 결국 낭패를 본다는 것이 한국인의 믿음이다. 이런 정서 때문에 여기에 적중하는 작품은 독자나 관중과 호응이 잘 되지만 이와 배치되는 창작물은 공감과 교감이 이루어지지 않는다. 그것은 신의 뜻이 아니기 때문이다. 천심이 아니니 인심도 아니고, 인심을 배반하는 데 공감이 갈 수 없는 것이다.

한국 영화학을 전공하는 김수남 교수가 '한국 영화와 웃음'에서 소개

한 바에 의하면 우리 영화가 세계 무대에 처음 진출하게 된 것이 오영
진 각색, 이병일 감독의 '시집가는 날'(1956년 작)이라고 했다. 이것이
1957년 제4회 아시아 영화제에서 희극 특별상을 받고 제8회 베를린영화
제와 제6회 시드니영화제에 참가하여 '시집가는 날'은 명실공히 세계영
화계에 한국영화를 소개한 첫 작품이 되었다는 것이다.

한국영화가 세계 무대로 진출하는 첫 작품이라는 것은 기념비적인
사건이다.

이미 이 작품은 여러 차례 상영하여 거의 내용을 알 수 있지만 이 작
품에서 가장 드라마틱한 부분은 반전(反轉)에서 재반전하는 장면이다.

만약 이 작품에서 반전만 있고 재반전이 없었다면 아시아는커녕 우
리 안방에서도 호응을 얻지 못했을 것이다.

그 사건의 첫 번 째 반전이란 도라지골 김 판서 댁 준수한 아들(미
언)과 혼인 약속을 한 맹 진사가 혼인날 직전에 김 판서 댁 아들이 절
름발이라는 잘못된 정보를 듣고 자기 딸 갑분이를 피신시키고 하녀 입
분이를 대신 초례청에 내보낸다는 사건이다.

그러나 순리를 거역하고 회심의 미소를 짓는 맹 진사 댁에 신은 손을
들어주지 않았다.

이윽고 마을을 지나 신랑행렬이 집 앞에 당도하여 말에서 가뿐히
내리는 신랑 미언을 바라보는 맹 진사는 기절초풍하게 된다. 신랑 미
언은 병신은커녕 흠잡을 데 없는 수려한 미장부였던 것이다. 일부러
맹 진사 앞에서 당당하게 걷는 모습을 시위하는 미언이의 뒤에는 얼
마 전 객손님을 자처하고 방문했던 도라지골 유생이 딱 버티고 있었
으니, 더구나 그 객손이 신랑의 숙부라는 사실에 맹 진사는 아연실색
하지 않을 수 없게 된다. 그 와중에서도 맹 진사는 혼례의식을 지연시
키며 삼돌을 갑분이가 은신하고 있는 운산골로 달려가게 한다. 입분이
와 혼약을 기대하다가 놓쳐버린 삼돌은 신바람이 나서 갑분이를 데려
왔지만, 결혼 예식은 거의 끝나버린 후였다. 눈뜨고 미언이를 하녀 입
분이에게 바쳐버린 맹진사와 입분이를 미언이에게 빼앗긴 삼돌은 절
망으로 주저앉고 만다.

— 김수남, '한국영화와 웃음'에서

신은 선한 약자에게는 역전의 기회를 주지만 악한 강자에게는 그렇지 않다.

이러한 신의 공의로움을 한국인은 전통적인 신앙으로 간직하고 있다. 그러나 최근에는 이 인류 천륜의 신앙마저 흔들리고 있다. 이러한 중심축이 요동한다는 것은 일시적인 경제사정과는 전혀 다른 문제이다.

이러한 한국인의 연희풍광을 차범석은 다음과 같이 소개한다.

...

피지배자가 지배자에 대항하려는 반항과 분노와 울분을 곧이곧대로 퍼붓는 게 아니라 웃음과 익살로 변용 시킴으로써 부지불식간에 하나의 비판력까지도 낳게 하는 그 희극적인 창의력은 놀랄만하다. 눈물과 실의와 체념을 익살과 웃음과 신명나는 흥으로 변용 시킬 줄 알았던 우리 조상의 지혜는 무한한 창의력을 지녔다고 할 수가 있다. 감정을 있는 그대로 발산하기보다는 그것을 한 고비 돌아 넘기는 여유와 참을성이 있다는 풀이로도 받아들일 수가 있을 것이다.

— 차범석[2], '한국인과 희극정신'에서

---

2) 차범석, 대한민국 예술원 회장

'허허선생'과 개
— 남정현, 윤병로

　최근 영국의 작가 존 르 카레는 자전적 소설 '싱글 앤드 싱글'에서 자기 아버지를 사기꾼으로 비판했다는 이야기를 썼다고 화제에 올랐다.

　<타이거 싱글과 올리버 싱글, 부자(父子)의 이야기를 축으로 삼은 '싱글 앤 싱글'에서 아버지 타이거 싱글은 온갖 음흉한 방법과 뒷거래, 돈세탁, 러시아 마피아와의 결탁 등을 통해 치부(致富)하고 런던의 금융중심지 시티에서도 성공한 금융인으로 인정받는 매우 부정적 인물로 묘사> 되었다는 것이다.

　옛날 초(楚)나라에서는 한 정직한 사람이 양(羊)을 훔쳤다고 자기 아버지를 비난했다. 그러자 유학을 숭상하는 지사(知事)는 이 충성스런 백성을 불효자식으로 취급해서 그를 사형에 처하도록 명령했다. 그리고 노(魯)나라의 한 신하는 적을 앞에 두고 달아났다고 고발되었지만 그는 자기가 죽으면 늙은 아버지를 돌볼 사람이 아무도 없다는 이유를 대자 공자는 그의 효행을 찬양하고 그를 승진시키도록 했다고 한다.

　위의 이야기는 공자의 인(仁)이 낳는 <다섯 폐해>를 비판하는 한비자(韓非子)의 목소리였지만 어쨌든 동양에서 부모에 대한 효는 국법 위에 있었던 것 같다.

　그런데 우리는 풍자작가 남정현의 작품 '허허 선생'에서 이색적인 아

버지 질시 광경을 볼 수 있다. 앞에서 본 영국 작가 존 르 카레에 가깝
다 하겠다.

여기서 우리는 작가의 눈의 정직성과 진실성을 다시 한 번 확인하게
된다. 이 남정현의 '허허 선생'에 대하여 윤병로는 다음과 같은 견해를
밝힌다.

> 아버지와 아들이 좀처럼 먼 거리에서 접근할 수 없는 이유 중에서
> 얘기되고 있는 개 이야기도 흥미롭게 읽힌다. 쉽게 헤아리기조차 어려
> 운 수많은 개를 사육하게 된 '허허 선생'의 취미에 관한 얘기는 몹시
> 아이러니컬하게 펼쳐진다.
> "그리하여 단지 내가 지금 저어하고 있는 문제는 바로 다름 아니라
> 그렇듯 부친이 개들과 거의 광적일 정도로 친밀하게 지내게 되면서부
> 터 섭섭하게도 부친의 몸에서 전처럼 친근한 부친 냄새가 아니고 개
> 냄새가 난다는 사실이었다."
>
> — 윤병로, '남정현의 웃음'에서

아무리 효가 중심을 이루는 사회라 해도 위의 초나라나 노나라의 예
와 같이 무조건 부모를 구실로 탈법까지 한다는 것은 용납될 수 없는
일이다.

온 국민이 침략자 일본에 항거하는 판에 친일을 한 아버지에게 인간
보다는 개 냄새가 난다고 토로한 것은 당시의 한국적 상황과 가치관으
로 보아 충분히 가능한 상황 희극이 된 것이다. 당시의 상황은 다음의
민요에서도 볼 수 있다.

언젠가 우리 사회 모 일간신문에서는 전직 두 대통령(전두환, 김영삼)
이 서로 너는 <주막 강아지>, 너는 <거리 강아지>로 공방한 기사를 보
고 국민들은 쓴웃음을 지었다.

검찰관과 고골리의 외투
— 장 실

고골리의 작품 '검찰관'은 도박으로 여비를 몽땅 털리고 여인숙에 묵어 있는 뻬쩨르부르그의 청년을 중앙 정보부에서 밀파된 검찰관으로 오인하고 뇌물소동을 벌인다는 내용이다. 읍장, 경찰서장, 우체국장 할 것 없이 뇌물을 먹고 백성을 못살게 군 관리들을 그 지역인사가 가짜 검찰관에게 고발한다.

그런 대로 그 몹쓸 녀석이 그렇게 했습니다 — 제발 그놈을 이승에서나 저승에서나 반쯤 죽여 주시옵소서! 만일 큰어머니가 있으면 그 큰어머니는 단단히 혼을 내주시고 또 아비가 살았으면 그 아비놈도 병신이 되든지 한평생 해숫병을 앓게 해주십시오 ……

여기서 비행이 크고 뇌물을 많이 먹었던 읍장은 그 가짜 검찰관에게 많은 뇌물을 바치고 마지막으로 딸까지 뇌물로 바치려고 약속을 해놓고 집에 돌아와 다음과 같이 큰소리를 친다.

어때, 안나? 응? 이런 일이 있으리라군 설마 생각 못했겠지? 이런 호박이 굴러 떨어지다니 제기랄! 바른 대로 한번 말해봐 당신 따위는 아마 꿈도 꾸어보지 못했을 거야 — 기껏해야 시골 읍장 부인이던 것이 별안간 …… 홍 제기랄 놈에! …… 그런 거물급을 사위로 삼을 줄

이야

이렇게 장담을 쳤지만 그 가짜 검찰관은 호주머니에 두둑이 받은 뇌물을 집어넣고 조소의 편지만을 남긴 채 사라졌고 그 후 진짜 검찰관이 나타난다.

이 작품은 러시아 농노제를 주제로 하여 수회공금소비, 무지몽매 등 그들의 사회악을 예리하게 파헤친 작품이다. 이 작품을 친히 구경한 황제가 <모두들 멋있게 두들겨 맞았어. 그러나 누구보다도 호되게 언어맞은 것은 황제인 나야>라고 말했다고 한다.

러시아에는 <고골리학파>라는 말이 있다. 작가 고골리를 위주로 모여든 진보적인 문학운동의 진영과 그 기운을 긍정적으로 강조한 평론 용어이다. 그만큼 고골은 러시아문학에서 거장이다.

흔히 러시아 문학은 모두 고골리의 '외투 속에서 나왔다'고 말한다. 이러한 연유를 章實 교수는 다음과 같이 말한다.

> 자연학파 작가들의 작품세계와 그 주제는 고골의 유머와 풍자, 비판, 우화의 정신을 따랐으며 등장인물의 성격과 기질, 생활세태의 진실된 묘사, 고골적 언어와 문체를 그대로 정형화했던 것이다. 특히 '죽은 혼'은 이미 죽은 농노를 서류상으로 팔아 넘기는 협잡꾼 치치꼬프로 하여금 러시아 사회의 모든 부정적 인물, 부정적 사회생리현상을 독자와 함께 만나게 하면서 당대의 시대정신을 구체적으로 반영하고 있다. 벨린스키는 이 작품을 앞세워 다른 작가들에게도 '죽은 혼'과 같은 작품을 써야 한다고 권고했다. 이에 호응하듯 자연파의 예술적 구현의 가장 큰 성공은 1846년에 발표된 도스토예프스키의 '가난한 사람들'이라고 말한다.
>
> — 장실, '러시아 문학과 풍자정신'에서

그러나 러시아에는 고골학파의 진보적인 성향과 그 작품의 내용을 멸시하는 사람도 일부에는 있다. <고골은 러시아 삶의 추잡한 면에만 집착한다는 것. 이에 대해 벨린스키는 순수예술의 공허함을 지적하면서

예술에게서 사회적 이익을 위해 봉사할 권리를 빼앗는 것은 예술이 지 닌 生命力 곧 理想을 빼앗는 것과 다를 바 없다>면서 위고, 뒤마 소설 의 본질은 과장되고 멜로드라마적이고 공허한 감동에 지나지 않는데, 이 같은 성향은 고골의 영향력에 의해 소멸되었다고 반박한다.

웃음과 성
— 김방옥

　정종진·김주회 교수를 비롯한 나의 경애하는 제자들과 동료교수들 그리고 원근 친지들이 베풀어준 회갑잔치가 웃음을 주제로 한 문집 「웃음과 세월의 풍경화」와 학술논문 「한국문학과 골계연구」 두 권으로 엮어지니 그것은 뜻밖에도 골계의 황금어장이 되었다. 학술적으로는 동서고금을 통하여 웃음의 이론과 실제가 어느 정도 드러났고 특히 한국 문학에서 골계의 어제오늘의 실체가 가늠이 되었다.

　학계와 문단의 선후배가 대거 동원된 터이라 웃음에 관한 창작과 이론 그리고 역사적 추적에 이르기까지 웃음은 일대 장관을 이루었다. 그런 가운데에도 특히 주목할 사실은 웃음이야기가 동서고금을 통틀어 주로 성(性)을 축으로 하고 본으로 한다는 이야기이다. 안성권 교수가 '독일문학과 웃음'을 보고하는 자리에서도 <고대부터 오늘까지 웃음과 농담에서 외설이 필수 요소>였다는 사실을 그리스 신화를 근거로 증언한 바 있지만 '연극에서의 웃음'을 탁월한 논지로 제시해준 연극 평론가 김방옥 교수의 연극 이론에서도 웃음에는 성이 큰 비중을 차지한다는 사실을 다음과 같이 말한다.

　레이놀드 톰슨이라는 학자는 희극에서의 웃음의 요인을 다음의 여섯 가지로 정리한 적이 있다.

첫째 외설(obscenity), 둘째 신체적 불운(physical mishap), 셋째 플롯상의 고안(plot devices), 넷째 언어의 재치(verbal wit), 다섯째 인물(character), 여섯째 관념이나 사상들이다.

첫째로 연극에서의 성이란 대개 웃음의 대상이 된다. 금기의 대상이었던 것이 공개적으로 표현되기 때문이다. 일상생활에서 누군가가 성에 관한 얘기를 하거나 실수로 바지가 흘러내린 모습을 보고 웃는 것도 같은 까닭이다. 성적 표현이란 인간의 가장 보편적인 욕망이기도 하다. 원시적인 연극에서부터 현대의 부조리극, 실험극에 이르기까지 끊임없이 성에 관한 언급이 있는 바 이는 대개 희극의 영역에 속한다.

그 중에서도 특히 원시적이거나 단순한 단계의 희극에서 성적 표현의 비중이 큰 것을 알 수 있다. 우리 나라의 탈춤을 포함해서 세계 각국의 민속극 야외춤극에는 남녀의 성적 결합을 노골적으로 흉내내기, 음담들이 가득 담겨 있다. 희극의 기원을 흔히 풍요제의(fertility ritual)로 잡는데 풍요와 성이란 직결된 개념이기 때문이라고도 할 수 있다.

— 김방옥[3]), '연극에서의 웃음'에서

이제 우리는 여기서 필자의 '웃음문집'에 협찬한 소화(笑話) 몇 가지를 요약해 보기로 한다.

① 불의 장미 한 송이

네루다는 자신을 작은 벌레로 비유하면서 굶주린 채 전신으로 타오르고 있다. 그래서 그는 '나는 벌레보다 더 작은 존재'라고 말한다.

여기 산이 하나 있다.

나는 거기서 절대로 나오지 않겠다.

오오 얼마나 거대한 이끼인가!

그리고 분화구 하나와, 촉촉히 젖어 있는

불의 장미 한 송이가 있다!

— 네루다, '벌레'에서

그는 이처럼 여인의 육체를 더듬어 내려가면서 불쑥 융기한 '산'에서

---

3) 청주대 교수, 연극 평론가

분화구를 찾아내고 촉촉이 젖어 있는 이끼와 불의 장미 한 송이를 꺾는 열정의 스킨러브를 노래한다. 오르가즘의 절정! 그는 그 이끼 속에 숨어 나오지 않겠다는 것이다. 이쯤 되면 이 시야말로 에로이즘의 절정을 노래한 시라고 말 할만 하다.

그러면서 일단 시의 후반부를 향해 아니 육체의 하반신을 타고 내리면서 그 벌레는 무릎에 당도하고 있다.

> 그대의 발을 향하여 나는 미끄러진다.
> 날카롭고, 느릿하고,
> 반도(半島) 같은 그대 발가락들의
> 여덟 개 갈라진 틈새로,
> 그리고 그 발가락 틈에서
> 하얀 시트의 허공으로

그 미물인 작은 벌레는 아니, 나는 눈멀고 굶주린 채 떨어지는 것이다. 아무리 여인의 육체를 탐하고 정복했다 해도 그 우주인 육체 속의 정신은 다 벌거벗길 수 없음을 이 미물의 존재는 터득하고 있는 것이다. 그것은 신이 만든 오묘한 악기이면서 타오르는 작은 그릇 모양의 윤곽이기 때문이다.

여기에서 참으로 네루다의 위대한 정신을 일깨울 수 있다 할 것이다. 일찍이 브레이크는 모래알 속에서 우주를 보고 들꽃 한 송이에 천국이 있다고 노래했지만, 네루다는 이 신의 그릇 즉 신이 만들어 낸 이 지상의 최상품인 명기 속에서 우주와 천국을 읽어낸 것이 된다.

— 송수권 '시에서의 웃음'에서

② '前三은 後三, 後三은 前三'

내가 의대를 졸업하고 위생학 교실 조교로 있을 때였다. 동기동창 몇 사람이 어울려 대두들이 청주 한 병과 안주를 준비해 가지고 휘문고보 때의 은사였던 가람 이병기 선생님을 모시고 자하문 밖으로 소풍을 갔다. 주기가 거나하게 되신 가람 선생께서 우리들에게 前三後三 後三前三 이야기를 해주셨다.

그것은 숙종 대왕 때에 영의정까지 지낸 바 있는 김수항이 젊었을 때의 일이다. 장가든 지가 몇 해 되었는데도 내자에게 태기가 없어 자

못 수심이 깊었는데 어느 여름철에 독서를 멈추고 문에 내리친 발(垂
簾) 건너 뜰에서 닭이 교미하는 광경이 눈에 띄었다. 거기서 수탉이
암탉 뒤로 접근하는 자세를 터득하여 그날 밤부터 내자를 엎디어 엉
덩이를 번쩍 들어올리게 하여 뒤로 접근하여 방사를 치르기 시작하였
다. 그리하여 세 아기를 가졌을 때에 김수항이 평안감사로 부임하게
되었다. 평양서 수청 들러 들어온 기생에게도 지금까지 해오던 그 자
세로 이를 치르려 하였더니 기생이 대경실색하면서 앞으로 하는 편이
훨씬 더 편하고 좋다고 역설하기에 그렇게 해 보았더니 과연 더 좋았
다. 그 이후로 김수항은 앞에로 하는 자세로 세 아이를 더 낳았다. 그
래서 前三은 後三이요, 後三은 前三이라 하였다. 결국 김수항 내외는
그 어느 편에도 불임증이 있었던 것은 아니고, 다만 부인이 지나치게
정숙하여 잠자리에서 두 다리를 쭉 뻗은 채로 유지하고 벌려주지 않
았기 때문에 일을 치르지 못하였을 뿐이었다.
　내가 휘문고보 학생 때 지리와 역사를 가르치셨던 김도태 선생님에
게서 들은 이야기이다. 고려 말 공민왕 때에 아기를 못 낳는 부인들이
신돈이란 중이 있는 절에 가서 백일 동안 불공을 드려서 아기를 낳게
된 경우가 많았다. 신돈은 그렇게 해서 낳은 아기 저고리에 오색 동정
을 달아주라고 했기 때문에 송도 장안에는 그런 저고리를 입은 아이
들이 수천 명에 이르렀다 한다. 신돈은 불공드리러 온 부녀자에게 독
한 법주를 마시게 하여 정신이 몽롱해졌을 때에 앉아 있던 마룻장 밑
지하로 뒹굴어 떨어지게 하여 겁탈·강간하는 방법을 사용하였다. 그
렇게 시작하여 백일을 그 절에서 지내는 동안에 여러 차례 당하다 보
면 남성 불임증으로 아기가 없던 부인은 거의 다 임신하게 되었을 것
이다. 대체로 불임증 부부의 반쯤이 남편에게 그 원인이 있다고 보면
백일간 불공드린 부인 5할은 임신에 성공하였을 것이니 불공드린 효
험이 심히 높다 하겠다. 한날은 포은 정몽주 부인이 며느리가 그 절로
불공드리러 가겠다니 허락해도 좋겠느냐는 질문에 포은 선생은 신돈
이란 놈의 수작을 아는지라 한참 망설이다가 허락하되 아홉 벌의 속
곳을 겹쳐 입고 가게 하라고 명하였다. 시아버님 분부대로 그렇게 첩
첩으로 아랫몸뚱이를 둘러싼 그 며느리만은 신돈인들 어찌할 도리가
없었다는 것이다. 무자식이 칠거지악의 하나였던 시대에서 그렇게라도
해서 아기를 가지게 된 것을 천만다행으로 알고 절에서 겁탈 당한 데
대하여는 입을 다물 수밖에 없었고 그 사실에 대하여 남편은 모르는
것이 약이었다. 그러나 포은 선생의 경우는 내막을 너무 잘 아는 것이

병이었다.

— 양재모,[4] '의학과 웃음'에서

③ 정범석의 '웃음 한 꼭지'

정범석 박사는 민법학자이면서 동서고금의 철학과 일화 등에 박학한 딜레탕트이다. 정석규 박사(전 청주대 학장)와 동석하는 날이면 필자는 그날 동서고금의 기담일화의 대어를 풍성하게 낚을 수 있다(여기 소개 되는 내용도 그 중의 한 꼭지이다).

1940년이 접어들면서 미국과 일본 사이는 점점 심각한 대결의 길을 걷고 있었다. 농민은 공출로 인해서 쌀을 탈취 당하고 배고프고 젊은 이는 지원병에 끌려가고 징용, 보국대, 정신대 등으로 조선 사람이면 불안과 초조에 어쩔 줄을 모르고 근심걱정으로 해가 뜨고 해가 지곤 했다.

송장로는 크레인 목사와 만나 정보를 교환하고 민심, 특히 신자들 의 동태를 살피면서 그 대책에 고심하고 있었다. 요번 일요일의 설교 에서는 어떠한 시련에도 이기고 오로지 하느님을 믿고 장래에 큰 희 망을 가지고 기도하는 생활, 의젓한 생활을 해야 한다는 취지가 요구 된다고 두 사람은 의견을 일치했다.

크레인 목사는 미국인으로서는 조선말이 능한 편이었다. 혼란과 전 쟁에 관한 서양 역사의 유명한 사실들을 소개하면서 소망을 가지고 예수님을 믿고 천당을 믿을 때 구원을 받을 수 있다고 설교했다. 그렇 지 않을 때 멸망을 면할 수 없다는 유명한 전례를 들어서 풀이해 주 었다. 영미와 같은 기독교 나라보다 조선과 같이 기독교 신자들이 빨 리 늘고 신앙심이 두터운 국민들은 신앙 때문이라도 반드시 이 난세 에서 구원받게 됨을 그는 소망했으며 확신하고 있었다.

설교는 크게 공감을 일으켜 모든 신도들의 눈이 목사에게 집중되고 기침소리 한번 나지 않았다. 이런 분위기에 도취된 듯 목사는 조금 생 각하더니 송장로에게 질문을 했다.

"송장로님, 왜 밤에 하는 것 있지요 그것이 무엇입니까?"

---

4) 대한가족협회 이사장(전 연세대 의료 부총장)

"밤에 하는 일."

송장로는 갈피를 잡지 못하고 어쩔 줄을 몰라 고개를 갸우뚱했다. 목사는 의외인 듯

"왜 하는 일 있지 않습니까?" 하고 어조를 높였다.

"성경 공부!" 말을 다 마치기도 전에 "그것 말고."

장로는 이것 야단났구나 하고 "기도!" 하니 이제는 짜증나는 듯 그것도 부인했다.

벌써 여신도들은 고개를 숙이고 눈을 감고 있었다. 남신도는 여러 사람들과 의견을 교환하고 있는 듯 했다. 교회는 술렁거리기 시작했다. 목사는 성급한 본성을 가다듬은 듯

"왜 밤에 요 깔고 이불 덮고 다른 사람 모르는 사이에 하는 것 있지요?"

하고 목사는 장로를 질책하는 듯 응시했다.

목사가 더운 날씨라서 좀 돈 것은 아닐까, 혹은 일본 관헌의 교회 탄압에 정신적 갈등이 일어났는가? 혹시 미국의 성 개방을 착각하고 조선을 미국인같이 보고 떠벌이고 있는 것은 아닌지 송장로는 걱정되었다. 하여간 어떻게라도 수습해야 할 일이었다. 그러나 그는 어떻게 대답을 해야하는지 종잡을 수가 없었다. 그때 뒤편에서 기침소리가 크게 난 후 우렁찬 젊은이의 목소리가 들렸다.

"목사님, 그것은 꿈입니다. 꿈!"

교회 안은 폭소가 터지고 송장로의 등은 식은땀이 젖어들었다. 목사는 설교를 계속하기 시작했다.

— 정범석5) '웃음 두 꼭지'에서

④ 머슴과 마님

풍신수길이 조선을 침략했을 때도 무려 800여 명의 이야기꾼이 종군하였다고 한다. 오늘날의 병과로 치자면 정훈 부대와 같은 역할을 이들이 담당하며, 병사들에게 전장의 공포를 극복할 수 있는 카타르시스를 제공하였을 것이다. 이러한 가운데 '笑話'는 차차 구전문학에서 벗어나 기록으로 정착하게 되었다.

---

5) 전 국민대 총장, 대한교련 회장

임진왜란 이후의 인쇄기술의 발달로 한번에 수백 권 이상씩 발매되어 대중들 사이에서 읽혀진 '笑話'의 수도 천여 종류가 넘는다 하였으니 이로부터 '笑話'는 문학 속으로 들어오게 되었다.

어떤 머슴이 주인이 외출한 틈을 보았다가 마님에게 "마님, 아주 중요한 부탁이 있는데 들어주신다면 말씀드리지요" 했다. 마님이 놀라서 "좀 경솔하구나 남들이 보면 어쩔려고" 하며 싫지 않은 듯이 꾸짖었으나 머슴은 크게 마음먹은 듯이 "일단 말한 것이니 들어주시지 않으면 만자로서 참을 수 없습니다." 마님은 큰맘 먹은 듯이 "그렇게 까지 생각하고 있다면……" 하고 얼굴을 붉혔다. 머슴이 "그럼 지금 당장……" 하니 마님은 "지금 당장은 아직 일러" 하고 당황하였다. 머슴은 "남이 안 보니 지금이 좋습니다" 하고 서두르며 마님에게 다가가 귓속말로 "마님, 끼니때마다 밥이 적어요. 어떻게 좀 더 퍼주세요" 했다.

— 정장식[6], '일본의 민담과 웃음'에서

⑤ 고자 신랑
문틈으로 여어보니 고자신랑 거동 보소
……
옥 같은 신부손목 넌즈시 쥐여보고
속속들이 껴 입은 것 차례로 벗겨놓고
……
돌밭을 갈았던가 헐덕이도 헐덕인다
저 혼자 애를 쓴들 중쇠 없난 맷돌이요
고부러진 방아로다 밤새도록 애만 쓰고
비지땀 베 흘이다 첫닭이 홰홰 우니

이 노래는 딸의 신랑을 잘못 골라 벌어지는 비극적 상황을 어머니의 시각에서 노래한 것이다. 그러나 그 비극적 상황이 여성들의 세계에서는 입에 담기도 어려운 의외의 사태로 되어 있다. 딸의 신랑이 성불구자로서 첫날밤을 제대로 치러내지 못하는 것이다. 그것을 歌辭로 노래했다는 것 자체가 여성가사의 커다란 전환이라고 할 수 있다. 이

---

6) 청주대 일문과 교수

는 가사문학을 부덕의 교훈서로 이용하려 했던 남성들의 의도에서 크
게 벗어나 여성들 스스로 그들 자신의 실제 삶을 현실감 있게 드러내
보여주려는 데서 야기된 것이라 볼 수 있다. 그들의 비극적 삶을 있는
그대로 그리는 데 있어서 성적 불행도 예외일 수가 없었던 것이다. 결
국 작품 속의 서술자는 홧병이 들어 세상을 떠나고, 주인공도 절에 들
어가 중이 된다는 결말을 맺고 있는 이 歌辭는 여성 가사에 성적 표
현도 금기일 수 없다는 전기를 마련했다고 할 수 있다.

— 서영숙, '여성민요와 웃음'에서

찾아보기

한국문학 그 웃음의 미학

인쇄일 초판 1쇄 2000년 05월 21일
　　　　 2쇄 2015년 08월 23일
발행일 초판 1쇄 2000년 06월 05일
　　　　 2쇄 2015년 08월 25일

지은이 김 영 수
발행인 정 찬 용
발행처 **국학자료원**
등록일 1994.03.10, 제17-271호

서울시 강동구 성내동 447-11 현영빌딩 2층
Tel : 442-4623~4 Fax : 442-4625
www.kookhak.co.kr
E- mail : kookhak2001@hanmail.net
ISBN 978-89-279-0925-5 *93800
가 격 18,000원